21 世纪应用型精品规划教材·旅游管理专业

旅游文学欣赏

王 惠 主 编

匡 健 张德平 丁 婧 蔡海燕 副主编

清华大学出版社

北 京

内 容 简 介

本书立足于高职旅游管理专业、酒店管理专业人才规格要求，牢牢把握旅游市场转型升级的趋势，着眼于将人才培养与企业需求结合起来，以旅游文学欣赏理论知识介绍和旅游文学欣赏能力培养为载体，方便相关课程老师以工作任务为中心组织课程内容和课程教学，让学生在完成具体项目的过程中来构建相关理论知识，并发展职业能力。

全书主要分为三个主要模块：旅游文学欣赏理论知识、旅游文学名篇导读、江苏旅游景点文学知识。第一模块是旅游文学欣赏的基本知识和基本技能准备，着重使学生掌握各类旅游文学欣赏的基本理论知识；第二模块是结合旅游文学的体裁分类而设计的，着重训练学生掌握鉴赏各类旅游文学作品的基本能力；第三模块结合地方旅游文化背景，着重培养学生应用知识的能力。

本书既可作为高等学校应用型本科或高职高专旅游管理类、酒店管理类专业及相关专业的教材，也可作为旅游行业的培训用书，还可作为旅游管理人员、高校教师的参考书。

本书封面贴有清华大学出版社防伪标签，无标签者不得销售。

版权所有，侵权必究。举报：010-62782989，beiqinquan@tup.tsinghua.edu.cn。

图书在版编目(CIP)数据

旅游文学欣赏/王惠主编. —北京：清华大学出版社，2018（2022.2重印）

(21世纪应用型精品规划教材·旅游管理专业)

ISBN 978-7-302-51076-5

Ⅰ. ①旅⋯ Ⅱ. ①王⋯ Ⅲ. ①旅游—文学欣赏—高等职业教育—教材 Ⅳ. ①I06

中国版本图书馆 CIP 数据核字(2018)第 195646 号

责任编辑：孟　攀
装帧设计：杨玉兰
责任校对：吴春华
责任印制：刘海龙
出版发行：清华大学出版社
　　　　　网　　　址：http://www.tup.com.cn, http://www.wqbook.com
　　　　　地　　　址：北京清华大学学研大厦 A 座　　　邮　　编：100084
　　　　　社 总 机：010-62770175　　　　　　　　　邮　　购：010-62786544
　　　　　投稿与读者服务：010-62776969, c-service@tup.tsinghua.edu.cn
　　　　　质量反馈：010-62772015, zhiliang@tup.tsinghua.edu.cn
　　　　　课件下载：http://www.tup.com.cn, 010-62791865
印 装 者：涿州市京南印刷厂
经　　销：全国新华书店
开　　本：185mm×230mm　　　印　张：15.25　　　字　数：333 千字
版　　次：2018 年 9 月第 1 版　　　　　　印　次：2022 年 2 月第 4 次印刷
定　　价：45.00 元

产品编号：070559-01

前　言

旅游是当今世界上最大的产业之一，并且已成为我国的重要产业，旅游文学作为文学与旅游的交叉学科，在旅游业的发展中扮演着重要的角色。旅游文学对于旅游业起到很大的促进作用，无论在经济效益上还是在文化发展中都发挥了不可替代的作用。21世纪将是旅游业发展的"黄金世纪"，旅游文学包罗万象，其广泛的内容全方位地反映了社会生活，对人们认识社会有极大的帮助。通过旅游文学不但可以了解我国各地的现实情况，还可以从某一个侧面了解到该地区的历史。这是因为旅游文学作家在记游的同时，为了使作品更有深度，很自然地要抚今追昔，由眼前的景物写到历史事件、历史人物，所以读记游作品，常常可以同时收获历史知识。例如李白的记游诗歌："凤凰台上凤凰游，凤去台空江自流。吴宫花草埋幽径，晋代衣冠成古丘。三山半落青天外，二水中分白鹭洲。总为浮云能蔽日，长安不见使人愁。"

本书紧紧围绕旅游文学欣赏的实际能力培养，让学生在完成具体项目的过程中构建相关的理论知识，并发展职业能力。在设计本书时，我们牢牢把握旅游市场转型升级的趋势，着眼于将人才培养与企业需求结合起来，以旅游文学欣赏理论知识介绍和旅游文学欣赏能力培养为载体，确定了以下三个主要章节：旅游文学鉴赏理论知识；旅游文学名篇导读；江苏旅游景点文学知识等。第一个章节是旅游文学欣赏的基本知识和基本技能准备，着重使学生掌握各类旅游文学欣赏的基本理论知识；第二个章节是结合旅游文学的体裁分类而设计的，着重训练学生掌握鉴赏各类旅游文学作品的基本能力；第三个章节结合地方旅游文化背景，着重培养学生应用知识的能力。本书内容突出对学生职业能力的训练，理论知识的教育紧紧围绕实际工作的需要而设计，同时又充分考虑了高等职业教育对理论知识学习的需要。

本书立足于高职旅游管理专业和酒店管理专业人才需求，由长期从事教学工作的教师参与编写，围绕职业教育，着重强调职业岗位的针对性，按照适应职业岗位所需的知识和能力结构来确定内容，以培养学生职业素质和职业能力为目标，体例与内容贴近教学实际，便于操作，符合高职高专师生的实际教学要求，力争适应高职高专教育发展的潮流。

参加本书编写的有无锡商业职业技术学院旅游管理学院的王惠老师、匡健老师、张德平老师、蔡海燕老师和无锡科技职业技术学院文化创意学院的丁婧老师。全书由王惠任主编，撰写大纲并负责统稿，匡健、张德平、蔡海燕、丁婧任副主编。

在本书的编写过程中，参考了大量的文献、专著和教材，在此对相关作者表示由衷的感谢！由于作者水平所限，本书在内容和体例编排方面尚有不足之处，敬请读者批评指正。

编　者

目　　录

第一篇　旅游文学欣赏基础知识

第二篇　旅游文学名篇导读

第三篇　江苏旅游景点文学知识

第一篇

旅游文学欣赏基础知识

【学习目标】

通过本篇的学习，读者应了解我国旅游文学的发展脉络，熟悉各时代背景下中国旅游文学的发展进程，熟悉各时代背景下中国旅游文学的不同特点，并了解旅游文学与旅游的关系以及旅游文学对旅游业的促进作用。

【关键词】

旅游文学　旅游文学的特点　旅游文学的功能　旅游文学的发展

引导案例

琅琊山与《醉翁亭记》

如果没有欧阳修的《醉翁亭记》，很难想象今天会有这么多人去安徽琅琊山旅游。琅琊山景色淡雅俊秀，文化渊源久远。自唐宋以来李幼卿、韦应物、欧阳修、辛弃疾、王安石、梅尧臣、宋濂、文征明、曾巩、薛时雨等历代无数文豪墨客，达官显贵为之开发山川、建寺造亭、赋诗题咏，留下大量卓越的文化遗产，拥有"名山、名寺、名亭、名泉、名文、名士"六名胜境。其中唐建琅琊寺为皖东著名佛寺，也是全国重点保护寺观之一，宋建醉翁亭因北宋大文豪欧阳修为之作记而闻名遐迩。琅琊山特有的自然景观、人文景观相互交融，相映生辉，令中外游客叹为观止。南天门上为纪念碧霞元君而修建的古碧霞宫是著名的道教场所，琅琊山流传千百年的"琅琊山初九庙会"一直沿袭至今。

（资料来源：新浪网 travel.sina.com.cn/spot/langyashan.html）

中国旅游文化是中国古代文学艺术的一个重要组成部分，也是中华民族传统文化的精髓。它们从不同的角度、以不同的题材赞颂我国的大好河山与各地的风土人情，是我国旅游资源的重要组成部分，也是体现旅游景观文化内涵的重要因素。

第一章　旅游文学概述

第一节　旅游与旅游文学的关系

人类的旅游活动从其肇始就和文学结下了不解之缘。一方面，在漫长岁月里，旅游活动催生了旅游文学；另一方面，旅游文学对于推动旅游活动的发展也是"功莫大焉"。这种推动作用主要表现在两个方面：一是旅游文学作品对旅游客体即旅游景点具有文化渲染和"包装开发"的作用；二是旅游文学作品对旅游主体即游客的旅游动机具有强大的影响力。

一、旅游文学作品是旅游风景促销的重要载体

在推动旅游发展的过程中，旅游文学的作用是不可替代的。这种不可替代性在于旅游文学作品所描述的旅游景观对于旅游客源市场的神秘感召力。"中国文化向有尚古重文的传统，无论是历史名城，还是名山、名水、名园、名陵，乃至名寺、名观、名花、名石，都积累了或多或少的歌咏它们的文学作品。"从这个意义上说，旅游文学作品就成了旅游景观的免费广告，它以其独特的方式影响着它的受众(即潜在的旅游者)，而且这种影响是深远的。因为旅游文学作品已经成为风景促销的重要载体，可以认为，旅游文学的创作和传播本身就是对旅游资源的抽象开发，只不过这种开发并非有意识的商业行为，尽管如此，也已经使旅游业大受裨益。

二、旅游文学作品大大增强了旅游景点的吸引力

在中国这样一个人文旅游资源空前丰富的旅游大国，旅游文学作品在增强旅游景点的吸引力方面，其作用是显而易见的，尤其是对于那类本身具有一定魅力，但尚不大为人所知的潜在旅游资源的开发。三峡今日驰名中外，应归功于北魏郦道元。郦道元在其所著《水经注》中极力描摹三峡的秀丽："春冬之时，则素湍绿潭，回清倒影，绝巘多生怪柏，悬泉瀑布，飞漱其间。清荣峻茂，良多趣味。每至晴初霜旦，林寒涧肃，常有高猿长啸，属引凄异，空谷传响，哀转久绝。"后人慕名游览者，络绎不绝。类似的风景因文学包装而

增色的例子比比皆是。有的风景本身倒无十分显著的特色，只因有了名人的名作抬举立即身价倍增。对此，元人王恽也有名言："山以贤称，境缘人胜。"如小石潭本是永州山野一无名小潭，因柳宗元光顾作《小石潭记》后声名鹊起。

三、旅游文学作品能促进旅游景点的进一步开发

旅游文学作品的开发效应，还在于对那些有一定名气、已有条件吸引和接待游客的景点的进一步开发。几乎每一个有一点名气的风景都沾了文学宣传与包装的光。在古今文人中，孔子应该是捷足先登泰山者，"孔子登东山而小鲁，登泰山而小天下"，千百年来，步其后尘欲"小天下"者不可胜数。其后自秦皇汉武始，天子莫不争往泰山封禅，勒石刻碑以传功德于后世。至于文人骚客登览之作，更不复穷尽。所以有人说，泰山是一座自然资源宝库，更是一座活的文物宝库。正是历代文人名士的名篇佳作，使泰山在人们心目中树起了比其自身更高大的形象。

第二节　旅游文学的概念与构成

一、旅游文学的概念

文学与旅游诸要素的结合催生了旅游文学的诞生。从形式上看，旅游文学是属文艺性质的范畴，具有独立的文学体系。但是从内容上看，它又具有特定的内涵和外延，属于旅游文化系列，也是人文旅游资源中的一项特殊类型，与旅游有着密切的关系。旅游文学的内涵，也就是它反映的对象、题材是旅游生活和旅游行业。"旅游文学"虽然是在旅游事业蓬勃发展之际出现的新概念、新名词，但是就其内容来说，早在我国古典文学史发展的各个阶段出现过，如"山水文学""旅游文学"作品以及历史传说故事、碑记、楹联等，很早就已存在，而且数量极多。特别是描写自然风光、名胜古迹、风土人情的诗歌、散文更是不绝于书。这说明旅游文学在我国是源远流长的。其前身可以说就是"山水文学""游记文学"之类，只是还没有称为"旅游文学"罢了。从时间上讲，中国旅游文学可分为古代旅游文学和现当代旅游文学。古代旅游文学包括描写山川景物、记录旅游活动的诗词曲赋、游记、楹联、碑铭、摩崖石刻、神话传说、民间故事等；现当代旅游文学除了游记、诗词等以外，还有旅游小说、旅游影视作品、导游词、旅游景点介绍等。

有人提出，凡是因旅游而产生或在旅游生活中能引起游客兴趣的文学作品，均可统称为旅游文学。也有人说，游客到某一地区，看到清山秀水、名胜古迹而触景生情；或导游人员向游客介绍山水胜景、风土人情而引发游客的无限遐想，这种通过各种形式的表达，包括写、讲、歌、颂、刻等，向社会传递的信息和宣传，都叫旅游文学。还有人认为，旅游文学可分为广义和狭义两种：广义的即有关旅游的文字记载，都可以笼统地归为旅游文学的范畴；狭义的即从艺术观点说的旅游文学如游记文学，它属于纪实性文学，也属于报告文学的一种，而不过是关于旅游的文学报告。冯乃康对旅游文学的定义为：旅游文学是反映旅游生活的文学。它主要通过对山川风物等自然景观以及文物、古迹、风俗民情等人文景观的描述，抒写旅游者及旅游工作者的思想、情感和审美情趣。中国的旅游文学主要是以诗歌、词曲、散文等形式出现的，它们从不同角度和方面揭示和歌颂了我国自然风光和风土人情，在中国旅游文化中占有极其重要的地位。

当然，上述种种表达形式，不外乎叙述、抒情、议论等几类，所以我们在给旅游文学下定义时，是否可这样表述：旅游文学是以旅游生活为对象，以抒情、叙述、议论等多种形式，反映旅游者及旅游工作者在整个旅游过程中的思想、情感和审美情趣的文学。这一定义有三个出发点。

1. 旅游角度

从旅游角度考虑，认为旅游性是旅游文学的最基本特征，不能离开旅游者的旅游生活和活动。世界著名的丹麦作家安徒生说过一句名言："旅游就是生活。"这种生活，对个人来说，是短期的特殊生活过程；对总体而言，是长存的特殊生活方式。旅游文学就是要反映这种具有流动性、变异性和享受性的特殊生活方式。

2. 旅游从业者

旅游从业者也是旅游文学的描写对象。他们包括旅游开发者、管理者、服务者以及导游、翻译等，因为没有他们的辛勤劳动，现代大规模的旅游业及旅游生活就不复形成和存在。

3. 涉及的题材

旅游文学涉及的题材类别和形式很广泛，不应局限于山水诗和游记散文，还应包括传说故事、对联、碑文等。从广义上说，凡是描写景物或借景抒情、触情入景的文学作品，都应归于"旅游文学"的范畴。也就是说,它包括了旅游过程中所有与之有直接关系的生活内容。

二、旅游文学的构成

从旅游诸要素与文学艺术的结合出发,旅游文学主要由以下几个部分构成。

1. 直接构成旅游吸引物的文学作品

此类文学作品其自身能够成为一种人文景观或景观的一部分,比如一些文学名篇、对联、神话和传说故事等。其特点主要为文学与旅游资源嫁接,使文学成为旅游资源无形或有形的组成部分,构成其中一方面的文化因素。对于比较熟悉旅游资源文化因素的人来说,文学作品是形成吸引力的重要原因。即使不熟悉旅游资源的文化因素,在旅游中通过旅游指南和介绍,通过观赏,也能从中领略到吸引物的人文之美。

因文而成景和景因文而名的文学名篇,能增加景观的文化积淀和人文内涵,激发人们的旅游动机。如湖北黄冈赤壁因苏轼谪居黄州时,写下了被誉为古今绝唱的《念奴娇·赤壁怀古》和前后《赤壁赋》之后而名声大噪。与此相类似的还有苏州寒山寺与张继的《枫桥夜泊》、长沙岳麓山爱晚亭与杜牧的《山行》、四川绵阳子云亭与刘禹锡的《陋室铭》、山西永济鹳雀楼与王之涣的《登鹳雀楼》、浙江绍兴沈园与陆游的《钗头凤》等,假如没有那些古今传诵的诗文,景也难以蜚声世界。

对联体现了中华民族深厚的文化底蕴和东方文化的神韵,也是景观不可分割的构成部分。对联可使旅游者获得更高境界的审美愉悦。如许多古建筑及园林旅游资源,甚至到了无联不成景的地步。

大凡名山胜水都有着丰富美丽的民间传说。传说产生以后,又给山水抹上了一层瑰丽迷人的色彩,人们往往还依托这些传说,营建出新的人文景观来。如雷峰塔本是一座普通的砖塔,但因那位坚贞美丽、追求爱情的白娘子的故事而得到世人青睐,哪怕如今雷峰塔已倒塌多年,但重建后的"雷峰夕照"仍在西湖十景中最负盛名。此外,陕西黄陵县等地建立的黄帝陵、南岳衡山的火神祝融殿、甘肃天水的伏羲庙、山西洪洞的女娲庙、绍兴大禹庙、秦皇岛孟姜女庙等都是根据神话传说题材建立起来的。

2. 以旅游为审美对象的文学艺术作品

此类文学作品是文学与旅游主体的结合，作品本身具有较强的审美性。这其中许多作品并不是自觉地为文学而作，但是由于其记述名胜古迹的精彩，历来被看作优秀的文学作品，主要包括以写景抒情为主的山水诗和风景散文、游记等。这一类是中国旅游文学中历史悠久、成就最高、作品最丰富的一部分。如郦道元的《水经注》、徐霞客的《徐霞客游记》、翦伯赞的《内蒙访古》等，其中有许多记叙名胜风物的优美篇章。

3. 旅游业务、旅游服务类文学作品

此类文学作品是文学与旅游产业的结合，其特点是目的性、应用性都很强，并具有较强的认识作用、宣传作用。通过把旅游资源介绍给旅游者或潜在的旅游者来向他们提供直接、具体的帮助，主要包括旅游指南、风物志、导游词、影视风光片解说词等。

习　　题

(一) 填空题

1. 旅游文学的最基本特征是 _____。

2. 因文而成景和景因文而名的文学名篇，能增加景观的文化积淀和人文内涵，激发人们的旅游动机，如_____、_____、_____。(作品对应景点名)

3. 大凡名山胜水都有着丰富美丽的民间传说。传说产生以后，又给山水抹上了一层瑰奇迷人的色彩，人们往往还依托这些传说，营建出新的人文景观来，如_____、_____、_____。(景点名)

4. 旅游业务、旅游服务类文学作品主要包括_____、_____、_____等。

(二) 单项选择题

1. "登东山而小鲁，登泰山而小天下"的是(　　)。

    A. 孔子   B. 孟子   C. 庄子   D. 司马迁

2. 小石潭本是永州山野一无名小潭，因(　　)名作《小石潭记》而声名鹊起。

    A. 韩愈   B. 柳宗元   C. 李白   D. 苏轼

3. 《内蒙访古》的作者是(   )。

    A.郭沫若   B. 徐霞客   C. 翦伯赞   D. 余秋雨

4. "春冬之时，则素湍绿潭，回清倒影，绝巘多生怪柏，悬泉瀑布，飞漱其间。清荣峻茂，良多趣味。"描述的是(   )风光。

    A. 庐山   B. 黄山   C. 泰山   D. 三峡

(三) 简答题

1. 简述旅游文学的概念。

2. 简述旅游文学对旅游活动的推动作用。

3. 简述旅游文学的构成。

第二章　旅游文学的特点与功能

第一节　旅游文学的特点

一、多样性

1. 表现形式的多样性

旅游文学的表现形式包括诗歌、游记、对联、神话、传说故事以及近现代的旅游指南、风物志、导游词等众多形式。这些丰富多彩的表现形式更加丰富了旅游文学的内容，使其出现五彩缤纷的景象。例如，《诗经·郑风·溱洧》就是一首较为完整的旅游诗。该诗以一对青年男女恋人游赏的经历展示了当时的旅游风俗和欢快的游乐场景。郦道元的《水经注》和杨衒之的《洛阳伽蓝记》等旅游散文也在旅游文学中占有重要的地位。苏轼的《念奴娇·赤壁怀古》等宋词及马致远的《天净沙·秋思》、张养浩的《山坡羊·潼关怀古》等元曲也分别在文坛产生过重要影响。在现当代旅游文学中，新的表现形式更是不断涌现，如小说、报告文学、电影剧本、电影及电视风光片及解说词等，如《话说长江》《新丝绸之路》等。

如今，经常有记游的文篇见诸报端和书籍。这类文篇笔调清新，语言优美，反映了作者在国内外的丰富旅游经历和复杂的思想感情，人们阅读后不仅能够增长许多见识，而且还会获得美的享受。如余秋雨先生的《文化苦旅》《行者无疆》《千年一叹》等，便是这方面的名篇。

2. 题材内容的多样性

我国那些雄伟的高山、奔腾的大河、浩渺的海洋、各种奇特的地貌、缤纷的植物、珍奇的动物、各地区各民族的生活方式及风俗习惯等内容，恰好为旅游文学作品提供了取之不尽、用之不竭的极其丰富的题材。如《史记》记录了大量旅游中的所见所闻，《徐霞客游记》是著名的地理游记，《洛阳伽蓝记》则是魏都洛阳寺庙建筑的参观记。

众多文人更是写下无数篇脍炙人口的游记小品。如柳宗元的《永州八记》、洪亮吉的《游天台山记》、郦道元的《水经注·三峡》等，这些文篇或简笔勾勒了江南秀丽的山水景致，或描绘雄伟奇绝的名山大川，在中国文学史上都享有盛誉，广为流传。至于表现名胜古迹、城市风貌以及园林建筑的诗词、曲联作品更是如天上的星斗，难以计数，它们受到了人民的广泛喜爱，影响极为深远。

二、抒情性

旅游是一种物质及精神的双重享受。旅游者原本就有求乐、求新的情趣，极易为山川美景、奇闻异趣所打动。"登山则情满于山，观海则情溢于海。"观览者受到山水景物的荡涤与净化，开阔了胸襟，陶冶了情操，有时会情不自禁地进行抒发。此类旅游文学作品大多充满强烈的感情色彩，洋溢着浓郁的抒情气氛。旅游文学作品的抒情性大多直接起因于旅游主体，触景生情，寓情于景，情景交融。

抒情的直接性和丰富性是旅游文学不同于其他题材文学的重要特征。如《敕勒歌》，为我们展现了北方草原的壮阔之景。整首诗歌没有一句是带有诗人主观感情的，但我们可以真真切切地从诗中感受到豪迈之情。整首诗歌，虽句句写景，但句句见情。全篇不见一字写情，却字字皆情。这首写景抒情诗，诗人并不直接说话，而是通过笔下的景物来传情达意。诗所描写的景，成为诗人情感的载体，情在景中，景就是情。这种写景抒情诗，其特点就是以景载情，正所谓一切景语皆情语。

三、审美性

任何文学作品都给人以美感，旅游文学作品更是如此。因为旅游本身就是一种审美活动，整个旅游过程就是一种追求美、欣赏美的过程。又由于旅游活动的多种多样，故旅游文学的审美内容也丰富多彩，自然美、社会美、艺术美等在旅游文学中都能得到充分的反映。如苏轼的《念奴娇·赤壁怀古》，上篇咏赤壁，下篇怀周瑜，最后以自身感慨作结。起笔高唱入云，江山、历史、人物一齐涌出，以博大心胸引出怀古思绪。接着借"人道是"进行转折。对于周瑜，苏轼特别欣赏他的少年功名，英气勃勃，故特意插入"小乔初嫁"句，意在突出其风采与才能。苏轼这一年 47 岁，不但功业未成，反而待罪黄州，同 30 岁左右即功成名就的周瑜相比，不禁深感自愧，故由怀古归到伤己。词中写江山形胜和英雄伟业，兼有感奋和感伤双重色彩，但篇末的感伤色彩掩盖不了全词的豪迈气派，词的气象境界凌厉空前，其豪放壮美一览无余。

第二节　旅游文学的功能

一、宣传功能

旅游文学是具有人景交融、动静结合特点的一种文学。人，指有情可抒的旅游者、旅游从业者；景，指多种多样自然与人文景观。动有两层含义，一是景物中的动态美，如在流水、风力、日光等作用下各种景物的变幻和演化；一是旅游者、旅游从业者的观览、欣赏、抒情、管理等活动。静指相对稳定的静态美，如山、石、洞景等。旅游文学的这种特性，使它在旅游方面的价值和功能更加突出。

旅游文学具有重要的宣传作用，山水文物、民俗风情、奇闻逸事因借助于文学艺术，其美学内涵、传奇色彩、历史价值才广为人知。旅游活动是捕捉美感的高级精神活动，而"美"是一种气象万千的诗意、画意和理想交融的境界。美感的捕获主要靠山水名胜的优美度，同时也要靠旅游文学对这些山水名胜的诗情画意描写。一般的介绍固然也能领略部分美，但是在运用旅游文学的艺术手法后，能使人得到的美更趋本体性、原始性，使美能够升华，能够回味无穷。这个审美过程实质上就是宣传的过程。

许多地方也许没有什么优美的景色可以吸引游人，甚至曾是枯山瘦水，但因某文学家写了一篇旅游诗文，它便开始有了名气，人们也会慕名而至。如唐诗人岑参写的边塞诗句："平沙莽莽黄入天""一川碎石大如斗，随风满地石乱走"，描写了我国西北沙漠飞沙走石的情状，读后容易使人想起闻名于世的"魔鬼城"，成为一些游人到此探奇索险的游兴诱因。

还有些旅游文学作品，只描写了日月星辰、风云雨雪、花草树木、鸟兽虫鱼、佳肴美味、土特产品，但是由于出色地运用了文学艺术语言，常常也能获得引起游兴的效果。因为这里所描绘的均是旅游资源，如王翰《凉州词》中写的"葡萄美酒夜光杯"，杜牧《清明》中写的"牧童遥指杏花村"等名句，都有一种引人向往的艺术魅力。

二、审美功能

旅游活动是捕捉美感的高级精神活动，而"美"是一种气象万千的诗意、画意和理想交融的境界。美感的捕获又主要靠山水名胜的优美度，同时也要靠旅游文学对这些山水名胜的描写。干巴巴的介绍固然也能领略部分美，但是在运用文学的艺术手法后，使美瞬间得到升华，因充满诗情画意而回味无穷。这个审美过程实质上就是导游、兴游的过程。例如一位名叫江庸的作者，在《旅行杂志》上写了一篇游记《台湾半月记》，其中一段写道："备汽艇驶至对岸化蕃村落，听蕃女杵歌。生蕃为台湾最古之居民……闻其相传之神话，昔有清罗大埔之生蕃四十余人，偶入猎林中，追一白鹿，西至水社大山，而鹿失踪。彷徨山中者三日，发见此潭(日月潭)狂喜。详志其地形，归报酋长，以为天赐之乐园。剡木为舟，得登彼岸，遂麋居于麓焉。杵歌乃以杵击石，和以曼声，石音清越，歌尤哀艳。"此篇短文不仅运用神话给作者游历的日月潭风光作了绝妙注释，同时又与蕃女杵歌相融合，产生了一种感人的原始美、本体美。他人看后，自有一种神韵、清新、奇妙之感，那种游历台湾日月潭风光的意念也会油然而生。

文学的一个显著功能在于增强人对美的感知能力，陶冶人的情操，培养人高尚的艺术趣味和健康的审美观念，旅游文学当然也有这个功能。旅游的过程也是审美的过程，在实际的旅游观赏过程中，人们在观赏景物的同时，潜心品味相关的诗词歌赋等，不仅能够助兴或提高"游兴"，而且能够丰富景观对象的审美价值，有益于引导旅游者深化其审美体验，提高观赏者的审美水平。

在文学艺术中，其本身的创作，大都艺术化了或典型化了，为现代旅游者提供了旅游文化资源或审美催化剂。因此，旅游者从中所感悟和想象出的景观形象，是艺术化了的典型形象。在现代旅游活动中，人们亲临特定的景观，品味相关的文艺作品，会情不自禁地带入自己的美学感受。如北宋苏轼的《饮湖上初晴后雨》："水光潋滟晴方好，山色空蒙雨亦奇。欲把西湖比西子，淡妆浓抹总相宜。"这是一首赞美杭州西湖的名诗，描写西湖雨过天晴时动人的美景。这首诗的流传，为西湖的景色增添了无限光彩，多少文人墨客，都是看到这首诗以后，对西湖心生向往。

旅游景观不仅是人们借由欣赏的对象，同时也是人们抒情感怀的凭借。事实上，中国文人历来有"触景生情"的文化心理习惯与"托物寄情"的艺术创作传统。许多文艺作品如山水诗等，便基于客观的景物、作者的情感和音乐般的节奏，采用特殊的艺术描写手法彰显了相关景物的诗情画意美，从而也为当今的旅游者创造了观赏"景外之景"的可能性，并进一步丰富和美化了景观的审美价值。

旅游文学作品不仅描绘旅游景观的美，还寓理于景，蕴含着丰富的哲理内涵。也就是说，作者以写景状物为凭借或手段，表现自己的意趣、志向、抱负以及政治和生活态度，道出了深刻哲理，用以提醒和激励自己与他人。作为旅游文化或旅游审美文化的丰富资源，这些具有哲理内涵美的文艺作品有益于提高旅游景观的审美文化价值和深化旅游活动的审美教育意义。

三、传播功能

1. 旅游文学所反映的内容，本身就带有旅游资源的属性，而且是一种活生生的、极富感召力的旅游资源

这种资源亦可称为旅游文学资源。众所周知，旅游资源包括自然景观和人文景观两大类，而每一大类又包罗了许多子资源类别。这些资源都是以其客观存在的景物特色来吸引游人的，而游人通过户外观赏、浏览及旅游指南、导游介绍来了解景观的艺术、特色和历史文化、科学研究价值。旅游活动是高质量生活的重要内容和衡量标准，人们为使物质文明和精神文明的综合体与结合点具有更深的层次和内涵，就要借助文学的作用和艺术感召力，把作为资源的"景"和作为旅游者的"情"，以及客观现实和丰富的想象结合起来，实现旅游与文学的统一，从而形成一种经人类"加工"的文学旅游资源，以提高观赏对象对游人的吸引功能。

这种例子很多。如在我国古代山水诗文中，虽然有不少是纯写景之作，但更多的作品是融合了作者的思想感情。相当一部分作者是离家客居，羁旅行役是由于遭贬谪而被流放，或迫于战乱而颠沛流离；有的隐居田园、遁迹山林，有的浪迹江湖，登临凭吊，寻幽探胜，寄情于山水之间。在这样的生活中，他们抒发了乡关之思、乱离之感以及脱离世俗官场、渴望建功立业、憧憬美好未来等高尚情怀、政治抱负和思想感情。这种抒情，往往是触景而生，融情于景，纪实和抒情紧密结合。实感包括时序、方位、名称、色彩、气候、环境、山川、景物、历史、现状、游踪、旅趣、宏观、微观等；抒情有自我感受、想象和幻想等，二者缺一就不能称其为旅游文学。前者富有旅游色彩，具有导游、神游和介绍欣赏的作用；后者富有文学色彩，可使你浮想遐思，情绪奔放，获得优美的艺术感受。如读豪迈的诗文，会使人热血沸腾，豪情壮志油然而生；读清新的诗文，会使人心驰神往，陶醉于美的意境之中；读悲壮的诗文，会使人感慨万端，禁不住潸然泪下；读平朴的诗文，会使人心境平和，抛却一切私念杂想。总之，旅游文学中的抒情和议论，往往能使山水花木等旅游资源，具有更深一层的意义。所以旅游文学作品本身就是具有诱因的一种独特旅游资源。

21世纪应用型精品规划教材·旅游管理专业

2. 旅游文学有助于人们陶冶情操、提高素养、激发爱国热情、传播精神文明

我国是有着 5000 年历史的文明古国，旅游资源非常丰富。长城、古运河、敦煌石窟、曲阜孔林、北京故宫等，无与匹敌；桂林山水、黄山奇景、三峡风光等天然景致，稀世胜境。这些奇山丽水、名胜古迹，通过旅游文学作品的描写、介绍，其一景一物、一山一水，无不熔铸于作品的咫幅寸土之中。我国有许多旅游文学作品，都采用了移步换形的写法。作者边走边看，边看边写。一篇作品即可把人带到大自然中去，指示美景，教人去欣赏、去领略、去体验。人们通过品鉴这些作品，可以了解祖国壮丽山河、悠久历史，从而激起人们爱祖国、爱乡土的感情，对陶冶理想情操、培育高尚品德有巨大的作用。特别是那些身居国外的华人，读了这些作品，更会思潮起伏，浮想联翩，感到身为炎黄子孙的骄傲，对祖国产生眷恋之情，更欲亲临其境，一饱眼福。

3. 旅游文学还是传播文化知识的重要途径

旅游活动从本质上来说，从旅游者的角度看，就是文化性活动。食、住、行、游、购、娱六个环节是物质的消费，但本质还是文化消费。人们通过旅游这种特殊的生活方式，满足自己求新、求知、求乐、求美的欲望，由此而形成了综合性现代文化现象和大规模的文化交流活动。可见文化，不论是古典文化还是现代文化，对旅游业的发展均起着重要的作用。游客不仅吸收游览地的文化，同时把所在国、所在地的文化带来，形成了文化的相互交流和渗透。

旅游资源的文学作品更有其独特的作用。比如有些人没有去过北京，但从旅游作品中知道北京长城、故宫，有回音壁，还知道回音壁为什么会一呼三应的科学道理。有些游客在西安看了"无字碑"，但他们并不知道无字碑的来历。可是在他看了介绍"无字碑"的文章后，就可以知道是一代女皇武则天为了让后人评论她的一生功过而立。因此，一篇好的旅游文学作品，不仅会激发游兴，也会给予人许多知识，使人读后受益无穷。

习　题

(一) 填空题

1. 《诗经·郑风·_____》是一首较为完整的旅游诗。该诗以一对青年男女恋人游

赏的经历展示了当时的旅游风俗和欢快的游乐场景。

2. 《_____》是魏都洛阳寺庙建筑的参观记。

3. 旅游文学的特点包括_____、_____、_____。

4. 《_____》为我们展现了北方草原的壮阔之景。整首诗歌没有一句是带有诗人主观感情的，但我们可以真真切切地从诗中感受到豪迈之情。

(二) 单项选择题

1. 《永州八记》的作者是(　　)。

    A. 韩愈　　　　　B. 柳宗元　　　　　C. 李白　　　　　D. 苏轼

2. "牧童遥指杏花村"出自(　　)的诗句。

    A. 李白　　　　　B. 杜甫　　　　　C. 李商隐　　　　　D. 杜牧

3. "水光潋滟晴方好，山色空蒙雨亦奇。"描绘的是(　　)的风光。

    A. 三峡　　　　　B. 鄱阳湖　　　　　C. 西湖　　　　　D. 桂林山水

4. 《水经注》的作者是(　　)。

    A. 郦道元　　　　　B. 杨衒之　　　　　C. 谢灵运　　　　　D. 徐霞客

(三) 简答题

1. 如何理解旅游文学的多样性？

2. 简述影视文学与旅游的关系。

3. 简述旅游文学的功能。

4. 简述旅游文学的特点。

21世纪应用型精品规划教材·旅游管理专业

第三章　中国旅游文学发展简史

第一节　旅游文学的奠基：先秦两汉

在先秦两汉时期的文学作品中，就出现了文人墨客对山水人文进行描述的篇章，具体体现在《诗经》《楚辞》等作品中，则是出现了大量描写山水等自然风光的句子、段落，作者将个人情感融入所游历的景物中，借景写情，融情入景，对旅游文学的形成产生了重要影响。《诗经·溱洧》是第一首完整的旅游诗，描写了一对青年男女踏青郊游的风俗场景。《封禅仪记》是第一篇游记散文，被文学界称作"单篇登山游记的开山之作"。

一、先秦旅游文学

先秦两汉时期旅游文学主要包括诗歌和散文。

1. 先秦旅游诗歌

先秦旅游诗歌主要见于《诗经》与《楚辞》。《诗经》中有许多诗篇反映了先秦时期多种多样的旅游生活，比较突出的有以下三类：一类是反映郊野嬉游的，代表作如《郑风·溱洧》；一类是反映军旅行役、宦游之旅的，如记叙周宣王巡猎的《车攻》；一类是反映送别相思之情的，如《燕燕》抒写卫君送别女弟远嫁的情景。《楚辞》中有多篇涉及旅游，如《涉江》《哀郢》《悲回风》《远游》等，以大量笔墨描写自然景观，并表达作者的高尚情怀。

2. 先秦旅游散文

先秦旅游散文比较简略，一般未独立成篇，主要出现在三类著作中：历史散文，在记人记事中描写"旅游"情节；诸子散文，多为精心构撰的寓言故事，如《庄子·秋水》中"望洋兴叹"；杂著，代表作为《穆天子传》，全书六卷，前五卷记录周穆王驾八骏西巡故事。

二、秦汉旅游文学

1. 旅游碑文

秦代旅游文学以旅游碑文为主，丞相李斯随秦始皇巡行天下，为歌颂秦始皇功德而在泰山、琅琊、芝罘、会稽等地刻石为文，对后世碑文尤其是碑刻记游诗文产生了一定的影响。

2. 旅游赋

两汉旅游文学最突出的是旅游赋。汉代赋作繁盛，其中有很多旅游之作。如西汉司马相如的《上林赋》描写汉天子狩猎上林苑，摆宴听乐，大肆铺陈上林苑的宏丽及天子射猎的盛举；而东汉张衡的《归田赋》用清新的语言，描写了仲春气清、草荣、鸟欢的美景，烘托了归隐后怡然自得的心情，情景相洽。其他著名旅游赋还有蔡邕的《述行赋》、王粲的《登楼赋》等。

3. 旅游散文

两汉旅游散文传世不多，其中马第伯的《封禅仪记》被誉为中国旅游文学史上单篇登山游记的开山之作。此文翔实地记载了建武三十二年(56 年)随从光武帝刘秀登泰山封禅的经历和感受，文辞精练，写景状物抒怀兼具，首创日记体游记格式，一直为后代所沿用。

4. 旅游诗

汉代旅游诗规模渐大，多与帝王游宴风气及吟诗传统相关。如汉武帝行幸河东，祀后土，环视帝京，于舟中与群臣宴饮之际，欣然而作《秋风辞》。汉代还出现了两种新诗体，一是乐府民歌，来自社会底层，形式以五言为主，内容涉及旅游的作品如《江南》《艳歌行》等；二是五言诗，东汉《古诗十九首》为代表作，其中《涉江采芙蓉》等描写旅人心态，真挚动人，朴素自然。此外，四言诗数量仍相当众多，其中曹操的《观沧海》是中国文学史上第一首规范、标准的山水诗。

第二节　旅游文学的兴盛：魏晋南北朝

魏晋南北朝是中国旅游文学的兴盛期，其兴盛标志包括：第一，以山水游览为主体，自觉而积极地进行各种旅游活动并行诸文学作品，已经成为知识分子阶层的普遍风气；第二，涌现出一批以旅游文学著称的名家名篇。

魏晋南北朝是"风流才子"成群的特殊时期，及时行乐思潮使旅游成为一种风气、一种时尚，旅游诗、赋、散文大量涌现，古代旅游文学兴起。王粲的《登楼赋》开旅游赋之先河。曹操的《观沧海》情景交融，表现了登山观海的主题，标志着中国旅游诗的成熟。东晋谢灵运专写山水游览诗，成为中国山水旅游诗的鼻祖。旅游骈文代表作品有南朝鲍照的《登大雷岸与妹书》、吴均的《与宋元思书》等。旅游散文有东晋王羲之的《兰亭集序》、南北朝郦道元的《水经注》和杨衒之的《洛阳伽蓝记》，后两本专著将文学描述与科学考察有机结合，其写作方法深刻影响了明代的《徐霞客游记》。

一、魏晋旅游文学

魏晋社会盛行游山玩水，宴乐聚会，产生了以走向山水大自然为乐的人生取向，促进了旅游文学的兴盛。

1. 建安七子

汉末魏初的"建安文学"时期，诗歌创作出现了高潮，五言诗占据主体地位。其中有大量作品涉及旅游内容，如曹植的《赠白马王彪》、陈琳的《饮马长城窟行》、曹丕的《至广陵于马上作》《于玄武陂作》等，或写旅途跋涉、别离，或写乱世旅途所见惨象，或写郊野游宴赏景之乐，皆被广为传诵。

2. 竹林七贤

西晋旅游文学主要是旅游诗，多表现人生闲适游赏情趣，反映失意文人怡然自得的心态。此时成就最为突出的是竹林七贤的作品，如嵇康在《酒会诗》中写道："淡淡流水，沦胥而逝。沉沉柏舟，载浮载滞。微啸清风，鼓械容裔。放棹投竿，优游卒岁。"

3. 陶渊明

东晋旅游文学成就最高者当属陶渊明，其《桃花源记》用诗描绘出一幅没有压迫剥削、生活无忧、安居乐业、理想的社会生活画卷。陶渊明旅游诗描写游历、山水风光，抒发游娱之乐，文辞淡泊，风格自然，将丰富的人生情感寄托于叙事、写景、议论之中。东晋旅游赋数量与质量都很可观，在景物的描绘上也有新的突破，比较著名的如孙绰的《游天台山赋》。

21世纪应用型精品规划教材·旅游管理专业

二、南北朝旅游文学

南北朝是中国旅游文学史上一个承前启后的重要时期，产生了很多以大自然为描摹对象的山水诗文，标志着我国旅游文学的"破土出苗"。在当时流传下来的屈指可数的游记作品中，谢灵运的《游名山志》最为著名，而谢灵运的山水诗更是当时文坛的奇葩。因此，在中国文学发展史上，谢灵运被公认为是旅游文学的鼻祖。与谢灵运同时代的著名文人鲍照、陶弘景、郦道元等也写出了多篇记述山水的佳作，其中郦道元的《水经注》较为著名，虽然这部作品是为《水经》一书作注的古代地理科学著作，严格来说不能称其为游记文学，但是由于它是以文学的语言、形象地表现自然风貌，因此在文学史上占有一定位置，并对以后旅游文学的产生起了推动、促进的作用。其成就主要表现在五个方面。

(1) 刘宋年间山水诗勃兴，将山水作为独立的审美对象，逐渐形成一个独立的门类，既开拓了旅游诗的表现领域，更提高了旅游诗的艺术品位。谢灵运是文学史上第一个大量创作山水诗的著名作家。

(2) 齐武帝永明年间(483—493)出现了讲究平仄对应、音韵协调、对仗工整为特征的"永明体"，成为南朝中后期旅游诗的主要表现形式。成就最高的是谢朓，世人将其与谢灵运合称为"大小谢"，代表名篇为《游东田》。

(3) 南北朝骈文创作盛极一时，形成文学史上空前绝后的骈文高潮，其中也产生了一批旅游骈文，辞藻华丽，对偶工整，句式匀称，又具备平仄规范、抑扬顿挫的音乐美。如祖鸿勋《与阳休之书》向友人描述游憩故乡雕山之乐。

(4) 北魏出现了《水经注》。北魏郦道元在历年实地勘察的基础上，广泛搜集各种资料，撰写出《水经注》，其中有大量山川景色的描写，具有非常高的地理文献和旅游文献价值及文学艺术价值。

(5) 南北朝赋衍生出俳赋、律赋，将赋的形式美和音律美推向极致。此时旅游赋名篇如鲍照的《芜城赋》、江淹的《别赋》、庾信的《春赋》等。《春赋》描述春游之乐："新年鸟声千种啭，二月杨花满路飞，河阳一县并是花，金谷从来满园树。一丛香草足碍人，数尺游丝即横路。开上林而竞入，拥河桥而争渡。"

第三节　旅游文学的繁荣：唐宋

唐宋是中国文化发展的昌盛期，也是中国旅游文学创作的繁荣期。唐代旅游文学取得很高的艺术成就，尤以旅游诗和旅游散文两个方面最突出。唐代的旅游诗反映了唐代文人奋进昂扬、积极进取的精神风貌。诗人把握观览景物个性，将主观之情融入，使景物和情思成为不可分割的整体，其中优秀的作品，无论是诗歌，还是散文，均情景交融，读后令人回味无穷。七言诗日臻成熟，律诗不断完善，且因众体兼备，流派众多，所以唐代旅游诗风格多样，名家名篇迭出。

随着人们交往范围的扩大，宋代旅游文学较唐代有了进一步发展。宋代旅游作品还能融入个人、国家和民族的遭际、命运和人生哲理，从而丰富了旅游文学的内涵。

一、隋唐五代旅游文学

隋唐是中国文学鼎盛的时期之一，诗歌、散文创作空前繁荣，其中游记散文也在汲取前代经验的基础上，进入了一个创新的时期，出现了众多文学巨擘，创作了多篇出色的游记珍品。他们扬弃了谢灵运等单纯勾勒山水景色的模式，开创了游记中以景带情、托景抒情、情景交融，敢于表露作者思想、个性的创作方法，使自然景物同思想感情契合无间，其艺术手法达到炉火纯青的地步。唐代在全盛的诗坛中，也涌现了一批徜徉山水、描摹自然、恣情风物的山水诗篇，李白、杜甫、王维、孟浩然、高适、岑参等，都创作了许多这样的佳作，成为唐代旅游文学的重要组成部分。这一时期，尤其是盛唐时期，国力强盛，版图辽阔，政治开明，交通发达，中外文化交流频繁，各种旅游活动空前活跃，从而推动了旅游文学向更高更广的领域发展。盛唐是中国诗歌的巅峰期，出现了山水田园诗派和边塞诗派，山水田园诗派代表作家是孟浩然和王维，边塞诗派代表作家有高适和岑参等，出现了众多伟大的诗人如李白、杜甫等，旅游佳作不断。中唐诗坛名家辈出，韦应物、白居易、韩愈、柳宗元、刘禹锡、李贺、孟郊、贾岛等诗人的旅游诗题材广泛，风格多样。

1. 初唐时期

初唐旅游诗个性鲜明，体例主要是五言、七言律诗，代表作有杜审言的《登襄阳城》、王绩的《野望》、王勃的《送杜少府之任蜀州》等。张若虚的《春江花月夜》几乎把所有

21世纪应用型精品规划教材·旅游管理专业

的春、江、花、月、夜都收入自己的篇内，文辞清丽，韵调流畅，既描绘出一幅优美动人的画卷，又寓入对人生、宇宙的深沉思考，景、情、理交相辉映，和谐幽深，把旅游诗的意境升华到一个新的高度。沈佺期和宋之问在流贬中的旅游诗作多写南方景物，风土气息浓郁；陈子昂的登临之作，抒发激昂悲壮之情；张九龄游览庐山的《湖口望庐山瀑布水》《入庐山仰望瀑布水》等诗作，清淡高雅兼具昂扬的感悟。

2. 盛唐时期

盛唐的孟浩然、王维都创作了大量的山水旅游诗。孟浩然在漫游吴越等地所写的旅游诗开盛唐旅游诗风气之先；王维的大量旅游诗，既富音乐美，又富画意，被苏轼誉为"诗中有画，画中有诗"。高适、岑参更是把盛唐旅游诗题材拓展到边陲。李白的"五岳寻仙不辞远，一生好入名山游"，以奇特的想象和大胆的夸张给自然山水染上了强烈的感情色彩。杜甫的旅游诗饱含对国家和人民命运的关心，有着深沉的忧患意识和爱国情操。

3. 中唐时期

中唐以白居易、元稹为首的元白诗派以通俗的语言写山描水，具有纯洁、真切的美感；以韩愈、孟郊为代表的韩孟诗派，以散文入诗，描绘山水的险怪、幽涩，在艺术上独辟蹊径；刘禹锡的旅游诗作汲取巴山民谣的优点，清新刚健；柳宗元诗则含有许多感慨不平之气，寓孤独高傲之情于山水之景。

4. 晚唐时期

晚唐杜牧诗竣爽峭健，寓情于景，用意深邃；李商隐诗瑰丽动人，在朦胧中有含蓄缥缈的美感。旅游诗在这一时期达到了创作的黄金时代。

此外，唐代旅游文赋数量激增，佳作迭出，王勃的《滕王阁诗序》、王维的《山中与裴秀才迪书》、李白的《春夜宴从弟桃花园序》、元结的《右溪记》、白居易的《庐山草堂记》等皆为古代游记中的佳作。柳宗元的《永州八记》构思新巧，抒情言志，写景状物尤为传神，更为经典佳作。

旅游词是唐代新兴的文学体裁，白居易、刘禹锡、温庭筠、韦庄、李煜等唐五代词人旅游词作广为传诵。五代后蜀赵崇祚所选词集《花间集》对后世影响极大，为后代词作之先导。

二、宋代旅游文学

宋代写作游记和以诗词纪游之风趋盛，著名文学家中多有游记作品问世。由于受到宋代官宦文人崇尚理学思想的影响，不少游记作品出现了议论化的倾向，在写景抒情中掺杂了作者对社会对人生的议论。游记样式也有所创新，像日记体的游记就是由南宋爱国诗人陆游以其著名专著《入蜀记》首开先河的。《入蜀记》将由故乡山阴前往巴蜀赴任途中的所见所闻所想，以日记形式记录下来，文中描绘山水胜迹，记述民族风俗；作考证，抒胸臆，评世事，内容丰富，笔法自如，是宋代游记文学的扛鼎之作。这部名著为后世的日记体游记、特别是对明代的《徐霞客游记》的写作产生了深刻影响。

1. 旅游词

宋代旅游词就内容而言，大体上可以分为：抒发旅游情绪类，如柳永的《安公子•远岸收残雨》、秦观的《踏莎行•郴州旅舍》等；描绘自然景物类，如李清照的《怨王孙•湖上风来波浩渺》、吴潜的《水调歌头•焦山》、苏轼的《念奴娇•赤壁怀古》、吴文英的《望江南•三月幕》等；凭吊、咏叹历史古迹类，如辛弃疾的《水龙吟•登建康赏心亭》、孙浩然的《离亭燕•一带江山如画》、张孝祥的《水调歌头•过岳阳楼》、吴潜的《满江红•豫篇滕王阁》等。

2. 旅游诗

宋代的旅游诗以"议论为诗"、以"才学为诗"。宋代旅游诗数量也特别多，全面反映了当时的社会生活和山川风物，如欧阳修的《丰乐亭游春三首》、苏轼的《游金山寺》、黄庭坚的《雨中登岳阳楼望君山》、杨万里的《晓出净慈寺送林子方》、陆游的《醉中下瞿塘峡中流观石壁飞泉》、文天祥的《扬子江》等流传一时，是公认的优秀旅游诗作。苏轼的旅游诗，描写壮丽的巴山蜀水，秀丽的西湖景色，奇异的海南风光，气势磅礴，想象丰富，自由奔放，富含哲理，代表着宋代旅游诗的最高成就。

3. 旅游文赋

宋代旅游文、赋较唐代发展更为突出，游记文学十分普及，篇数猛增，名家名作荟萃，苏轼、苏舜钦、欧阳修、范成大、陆游、朱熹、陆九渊、范仲淹、王安石等佳作不断，如《赤壁赋》《石钟山记》《沧浪亭记》《醉翁亭记》《峨眉山行记》《入蜀记》《游褒禅山记》等，而且还出现了日记体游记，如范成大的《吴船录》。

第四节　旅游文学的持续发展：元明清

旅游文学发展到元明清时期，风格更臻成熟，艺术成就也愈发突出。明末兴起的山水小品异军突起，在当时文坛中独领风骚。它是唐宋游记的发展，也是汉魏小品文的继承。写景抒情流畅自然，行笔洗练，言简意赅。这种创作手法和风格对后来的清代山水小品也有很大影响。明代还产生了我国第一部以地理考察为主要内容的长篇日记体游记——《徐霞客游记》。作者徐宏祖经过34年旅行，写有天台山、雁荡山、黄山、庐山等名山游记17篇和《浙游日记》《楚游日记》《粤西游日记》《黔游日记》《滇游日记》等著作，内容丰富，文笔生动，艺术感染力强烈，具有很高的文学价值和科学价值。《徐霞客游记》亦被后人誉为"古今纪游第一"。

明末清初，文学家们多因回避政治，而寄情于山水之间，其游记之作多专注于自然美景的描绘，风格洗尘脱俗、清新流畅。乾嘉之后，清王朝的统治已趋巩固，思想控制愈发加强，文学作品中出现了大量重义理、偏考据的内容，在游记作品中也有所反映。整体看来，清代朝野显贵、士大夫阶层崇尚出行游乐，纪游文篇之多胜于前代，出现了很多像钱谦益《游黄山记》、袁枚《游黄龙山记》、朱彝尊《游晋祠记》那样的风格俊逸的佳作。此外，因为清朝重视边疆问题，不少被派遣到西北、西南边疆省区的博学之才，在探究边疆史地的过程中，也写出不少优秀的长篇纪游作品。其中如祁韵士的《万里行程记》、朱占科的《滇游记程》、陈鼎的《滇黔纪游》等，都具有很高的文学价值和史料价值。

一、元代旅游文学

1. 元曲

元代的代表文学是元曲，元曲包括元代的散曲与杂剧两部分。旅游散曲借记事写景以抒情言志，语言清新通俗，句型长短参差，佳作如关汉卿的《一枝花·杭州景》、白朴的《天净沙·秋》、马致远的《天净沙·秋思》、张养浩的《山坡羊·潼关怀古》等。杂剧中有一些以旅游情章为"关目"的名作，如关汉卿的《关大王单刀会》《望江亭中秋切脍》和尚仲贤的《柳毅传书》、李好古的《张生煮海》等。

2. 旅游词

旅游词不乏佳作，如元好问的《游黄华山》气势磅礴，意境壮阔，萨都剌的《百字令·登石头城》借景怀古，风格豪迈，气势宏大。

此外，元代出现了我国历史上第一部由外国人写作的记述中国的长篇游记，它就是驰名中外、流传古今的《马可·波罗游记》。这是中西文化交流史上的一大奇书，它对我国旅游文学的发展也产生了不可低估的影响。

二、明代旅游文学

1. 旅游小品文

明代政治险恶，社会动荡，文人对仕途失去信心，寄情山水，自我解脱；或摒弃空谈，走出书斋，进行实际科学考察。袁宏道主张独抒"性灵"，把游览山水名胜视为个人审美活动，表达个人审美情趣，以轻松诙谐语言描写游览的快感，少政治兴寄，体现出旅游化倾向。张岱的旅游小品文，语言明净，描写细腻，反叛文学载道的传统，充分展示个性，成为有志之士聊慰心灵的一块芳草地。

2. 游记

明代旅游文学创作十分繁荣，而且出现了一批旅游作家，产生了大量作品。明代地理学家、旅行家徐宏祖游历了 30 多年，考察了几乎大半个中国的土地，《徐霞客游记》就是据他亲身经历用日记体裁撰写而成，共六十余万字，被称为"千古奇书""古今一大奇著"。《徐霞客游记》反映了严谨的治学态度和追求真知的献身精神，在纪实性中带有独特的科学性，文字优美、描写细致。还有王士性的《五岳游草》《广志绎》，袁中道的《游居柿录》。文学流派、创作群体迭起，并且流派纷呈、各具特色。

3. 小说

明代小说创作繁盛，以旅游为主要或相关情节的小说数量激增，且由笔记小说、短篇小说发展为长篇小说，如余象斗的《南游记》、罗懋登的《三宝太监下西洋》等，还出现了白话小说，如"三言二拍"中《转运汉巧遇洞庭红》《施润泽滩阙遇友》《程元玉店四代偿钱》等作品。这些作品大都语言流畅，通俗易懂。

三、清代旅游文学

清代旅游文学中诗词文赋等继续发展，小说、戏曲与楹联大量出现。这一时期旅游文学具有几个典型特色：一是明末清初，涌现出一批爱国作家，如顾炎武、王夫之、黄宗羲等，创作了许多慷慨悲壮的爱国旅游诗文；二是清代文学流派意识更为浓厚，争奇斗胜，繁荣了旅游文学的创作；三是旅游作品更加贴近生活，内容丰富。

鸦片战争后，帝国主义侵略加剧，旅游文学随时代的变化也发生了一些转变：忧患意识强烈，充满爱国主义精神，如林则徐的《出嘉峪关感赋四首》抒发了忧国忧民的情感；反映海外旅游的文学作品数量大增，影响日广，这些作品广泛介绍了西方文明，传播了新知识、新思想，如黄遵宪的《日本国志》、张德彝的《航海述奇》、斌椿的《乘槎笔记》、康有为的《欧洲十一国游记》、梁启超的《新大陆游记》、王韬的《扶桑游记》等。

第五节　旅游文学的突变：现当代

晚清及五四运动以后，一批奉命出使的外交人员，或走出国门寻求救国真理的仁人志士，由于受欧美文学的影响，写出了不少反映异国山水风情的新式游记，代表人物有黄遵宪、薛福成、瞿秋白、徐志摩、朱自清。还有一些文人如周作人、梁实秋、林语堂等深受晚明旅行小品文的影响，文篇或枯淡，或雅致，或幽默，走向淡雅自适休闲一路。从总体而言，随着"新文化"的滥觞，旅游文学也遭遇了与传统文化相同的曲折命运。艺术本来与自然天生和谐，但旅游文学的兴盛随着近代"士"阶层的自然消失，而逐步走向衰落。

辛亥革命、五四运动、新民主主义革命、社会主义革命和建设，百年中国风云变幻，旅游文学也深刻地反映出中国社会的巨大变化与古老文明的推陈出新，相对于古代旅游文学发生了根本性的转变，其主要表现如下所述。

(1) 在文学宗旨上，提倡以世界先进文化为借鉴，中国人不断走出国门，从事外交、留学、考察、商贸、观光等活动，写下了不计其数的旅游作品，或传播西方文明，如朱自清的《莱茵河》、徐志摩的《我所知道的康桥》，或颂扬东方名胜古迹，如季羡林的《琼楼玉宇，高处不胜寒》，或凭吊胜地、名人故居，如瞿秋白的《到达莫斯科》、胡君亶《访马克思故居》，或歌颂祖国河山，如刘白羽的《长江三日》等。

(2) 旅游文学在题材上，除了表达传统的山水风光、名胜古迹、闲情逸致内容外，还着重以普通大众的旅游活动为对象，反映了海内外生活美、社会美、自然美的多层次性，大大拓展了旅游文学的多元性和表现领域。

(3) 旅游文学语言逐步通俗化、普及化，由文言文、半文言文发展到白话，并逐步取代传统诗词曲的主流地位，口语化，通俗化，贴近大众生活，扩大了旅游文学的读者群和创作群，扩大了旅游文学的阅读面和创作面。

(4) 旅游文学在形式上由于科技发展的影响而呈现出多样性，出现了电影、电视剧、文学剧本，产生了以互联网为平台的网络旅游文学，传播范围和影响力更大。

习　题

(一) 填空题

1. 先秦诗歌以《诗经》《_____》为代表。

2. 《送杜少府之任蜀州》的作者是_____。

3. 建安文学的代表人物"三曹"是指_____、_____、和_____。

4. "元曲四大家"是指_____、_____、白朴和郑光祖。

5. 马第伯《_____》被誉为中国旅游文学史上单篇登山游记的开山之作。

6. 日记体的游记由南宋诗人_____以其著名专著《入蜀记》首开先河。

7. 被后人誉为"古今纪游第一"的大书是《_____》。

(二) 单项选择题

1. 《天净沙·秋思》的作者是(　　)。
   A. 白朴　　　　　B. 马致远　　　　C. 元好问　　　　D. 关汉卿

2. 被公认为我国"最早的游记"的是(　　)。
   A. 越人歌　　　　B. 穆天子传　　　C. 徐霞客游记　　D. 永州八记

3. "气魄雄伟，慷慨悲凉"是(　　)的艺术特征。
   A. 先秦文学　　　B. 建安文学　　　C. 唐宋文学　　　D. 明清文学

4. 被称为中国山水旅游诗的鼻祖的是(　　)。
   A. 陶渊明　　　　B. 谢灵运　　　　C. 李白　　　　　D. 苏轼

21世纪应用型精品规划教材·旅游管理专业

5. 《洛阳伽蓝记》的作者是（　　　）。

   A. 郦道元　　　　B. 杨衒之　　　　C. 谢灵运　　　　D. 宋应星

（三）简答题

1. 简述唐代旅游文学兴盛的原因。

2. 简述明代旅游小品文创作的时代背景及特点。

3. 简介《徐霞客游记》。

4. 简述清代旅游文学的典型特色。

第二篇

旅游文学名篇导读

【学习目标】

通过本篇的学习，应掌握中国旅游诗词的发展轨迹及审美特征，掌握楹联的起源、发展及特点，了解旅游游记的发展过程及审美特征，了解中国戏曲发展简史及审美特征，了解中国书法、中国画、中国雕塑的发展轨迹及审美特征，重点理解文学艺术与传统艺术的旅游功能，会用相关基础知识鉴赏文学艺术资源。

【关键词】

旅游文学 旅游诗词 楹联 旅游游记

案例导入

武大教授首推唐诗排行榜 《黄鹤楼》夺冠引争议

2014 年 4 月，由武汉大学文学院教授王兆鹏等人编著、中华书局出版的《唐诗排行榜》在黄鹤楼举行首发仪式和研讨会。之所以将地点选择在黄鹤楼，源于崔颢的《黄鹤楼》一诗在排行榜上位列第一。但对于这一排名，与会专家各执己见，意见并不一致。

《唐诗排行榜》的主要作者王兆鹏教授自陈："我是很认真地用科学的态度做一本'好玩的书'。我的排名不是比拼艺术价值，比的是唐诗的人气。"王兆鹏表示，这本书引入了统计学、社会学和传播学等观点，通过采集四种数据而得：历代选本入选唐诗的数据、历代评点唐诗的数据、20 世纪研究唐诗的论文数据和文学史著作选介唐诗的数据。"用排行榜的形式来研究唐诗，是一项开创性的工作。"诗人白雉山力挺作者，"《黄鹤楼》夺冠跟当年李白的一句感叹有关：眼前有景道不得，崔颢题诗在上头。连诗仙都这么说，《黄鹤楼》能排第一也就可以理解了"。文学评论家王先霈也认为该书"新鲜、好玩"，把严肃的学术研究与大众需求结合起来，对推动古典诗词的普及有推动作用。

与此相反，中国社会科学院文学研究所研究员、《文学评论》常务副主编胡明却提出，数据毕竟不能代替个人的审美。用统计分析的方式来研究唐诗，肯定会遭到质疑。对此，中南民族大学文学与传播学院院长罗漫说，《静夜思》这种现在对孩子进行诗歌启蒙的作品排在第 31 名，而平时很少见的杜甫的《北征》又进入排行榜，"虽然有非常复杂的计算公式，显示数据来源的科学性，但人们仍会对这个排行榜产生疑问"。

(资料来源：郭业飞，腾讯网，http://www.whhnsx.com/2014/0419/4377.shtml)

武汉大学教授王兆鹏为唐诗进行排名后，在网上引起热议，据中华书局统计，在谷歌上关于排行榜的帖子就达上万条，有不少人认为给文学作品排行很"搞笑"。网友们争议最大的就是，崔颢的《黄鹤楼》凭什么在 5 万多首唐诗中独占鳌头，是不是因为武汉大学在武汉就把《黄鹤楼》人为地排在第一？"眼前有景道不得，崔颢题诗在上头。"崔颢的《黄鹤楼》之所以排第一，自然与李白的推崇和宣传离不开，也为推动经典文学的普及新增了一个方法。中国的文学艺术博大精深，源远流长，自古代起就与旅游结下了不解之缘，中国很多的风景名胜区，其楹联、碑刻、摩崖石刻都是诗词、游记与书法艺术的完美结合。

第四章 旅游诗词曲赋名篇导读

第一节 旅 游 诗 词

一、旅游诗词的概念

诗词是中国古代最瑰丽的文学艺术形式，它产生最早，发展最充分，样式最多，成就最高，对旅游资源的促进作用也很大。按产生的时间划分，诗歌可分为古代诗歌、现代诗歌、当代诗歌，或分为上古诗歌、秦汉魏晋南北朝诗歌、唐诗、宋诗、元明清诗等；按写作方式的不同，诗歌可分为抒情诗、叙事诗、哲理诗等；按内容的不同，诗歌可分为山水诗、田园诗、咏物诗、边塞诗等；按形式的不同，诗歌可分为古体诗(又称古风)、近体诗(格律诗)、自由诗(新诗)、民歌、散文诗等。

古体诗不注重平仄规则，但能自然成韵，朗朗上口。唐以前的诗歌基本上属于古体诗，著名的有《古诗十九首》及曹氏父子和建安七子等人的作品；唐以后诗人写的"古风"用的是古体诗的体裁，李白、杜甫、陆游、高启、龚自珍都写了很多脍炙人口的古体诗。例如李白的《梦游天姥吟留别》《蜀道难》，杜甫的《兵车行》等。

格律诗形成于初唐，是唐以后、五四运动以前的主要诗歌样式。格律诗在初唐形成时，时人就把唐以前的诗称为"古体"，把当时创造的格律诗称为"近体"或"今体"。"格律诗"又分为五言绝句、七言绝句；五言律诗、七言律诗；五言排律、七言排律(五言律诗、七言律诗的延长)等。

词，原是配合隋唐以来的燕乐而创作的歌辞，以后逐渐脱离音乐，成为一种句子长短不一的诗体，起初被称作"曲子词"，后来又被称为"乐府""长短句"和"诗余"。"词曲本不相离，惟词以文言，曲以声言耳。"所以，"曲子"和"词"都是它的简称。后来"词"终于占据了优势，成为通用名称，与诗并列为韵文中的一体。每首词都有一个曲牌，叫词牌。词牌规定着词的字数、句数和声韵。词牌和词的内容并无必然联系，所以词牌下面往往另立标题。词根据篇幅长短分为小令、中调和长调，最短的小令仅十几个字，长调在 91 字以上，最长的有 240 字。词创作的鼎盛期在宋代。

何谓旅游诗词？以风景名胜为主要题材、歌颂祖国大好河山的诗词作品即旅游诗词，它是中华诗词创作的一个重要组成部分。自古至今，每一个有成就的格律诗词作者，也多少有过旅游诗词创作。历代诗词名家无不情系山水名胜，并将情感融入山河美景、名胜古迹之中，这些意象美和情韵美被诗人一起表现在旅游诗词之中。古代旅游诗词，主要有四种形式：山水诗词、田园诗词、边塞诗词以及咏史怀古诗词。

二、中国旅游诗词的发展轨迹

1. 旅游诗词的萌芽——先秦至两汉

在我国第一部诗歌总集《诗经》中，就有不少描述山岳河流等自然景观的诗句。如"山有扶苏，隰有荷华""泰山岩岩，鲁邦所瞻""嵩高维岳，峻极于天"等类似的诗句随处可见，并开始加入了作者的主观评判，如形容泰山，用"岩岩"，形容嵩山，谓"骏极于天"，这种比喻和夸张的描写手法，赋予了这些诗句相当浓厚的文学审美意味。

《楚辞》中也有许多诗篇反映了先秦时期多种多样的旅游生活，如《涉江》《哀郢》《悲回风》《远游》等，以大量笔墨描写自然景观，并表达作者的高尚情操。

汉代旅游诗的数量渐多，这主要与当时的社会环境有关。一方面，随着汉朝国力强盛，统治阶层的游宴风气渐盛；另一方面，汉朝文化非常繁荣，文人士大夫阶层的创作热情高涨，如汉武帝巡游帝京的时候欣然而作《秋风辞》。另外随着文化的发展，乐府民歌和五言诗开始出现。乐府民歌来自社会底层，形式以五言为主，内容涉及旅游的作品有《江南》《燕歌行》等；五言诗中的《涉江采芙蓉》《回车驾言迈》等描写旅人心态，真挚动人，朴素自然。此外，四言诗数量仍相当众多，其中曹操的《观沧海》是中国文学史上第一首规范、标准的山水诗。

2. 旅游诗词的发展——魏晋南北朝

魏晋南北朝时期，由于社会和政治原因，文人士大夫寄情山水田园成为一种普遍现象，这在很大程度上推动了中国旅游诗词的发展，使中国山水田园诗开始以完整的形式和独立的意义出现在文学史上，涌现出一批脍炙人口的名家名篇。其中成就最高者当属东晋的陶渊明和南朝的谢灵运与谢朓。

陶渊明是我国第一位田园诗人，他的旅游诗描述旅游游历、山水风光，抒发优游之乐，文辞淡泊，文笔自然，将丰富的人生情感寄托于叙事、写景、议论之中。如在其名作《归去来兮辞》中，陶渊明以诗心慧眼来透视生活，用生花妙笔来点化景物，通过无拘无束的乡间生活的再现和对云淡风轻、明净如洗的自然景物的描写，展示了诗人崇尚自然、追求自由的浪漫情怀。

谢灵运是文学史上第一个大量创作山水诗的著名诗人。其山水诗以"富丽精工"的语言，生动细致地描绘了永嘉、会稽、彭蠡湖等地的自然景色，有很多脍炙人口的名句流传至今，如"池塘生春草，园柳变鸣禽""野旷沙岸静，天高秋月明""春晚绿野秀，岩高白云屯"，等等。谢灵运的山水诗往往先叙述游览过程或游览缘起，接以景色描写，最后感慨或议论。大处落笔，写法流动，记行程、时间、空间变换，局部景物描写细腻生动，穷形极貌，形成初期山水诗的基本结构模式。

谢朓是南朝山水诗的另一位重要代表人物，世人将谢灵运与谢朓合称为"大小谢"，他的诗意境优美，情景交融，风格清新明丽，语言注意声律对称，代表作有《游东田》《游敬亭山》《晚登三山还望京邑》等。

3. 旅游诗词的繁荣——唐宋

唐宋时期是中国古代文化发展的巅峰时期，也是中国旅游文学尤其是旅游诗词创作的繁荣时期。

在唐朝时期，经济繁荣、社会安定，文人士大夫隐逸、漫游成为时代风气，从而形成了山水旅游诗名人佳作迭出、群星璀璨的繁荣局面。

初唐的山水诗主要以五言、七言律诗为主，代表人物有杜审言(《登襄阳城》)、王绩(《野望》)、张若虚(《春江花月夜》)以及初唐四杰(王勃《送杜少府之任蜀州》)等。初唐四杰把山水诗的表现范围从宫廷市井移至江山塞漠，杜审言则将岭南风光带进了山水诗的描写领域。

盛唐是中国诗歌的巅峰期，形成了以孟浩然、王维为代表的山水田园诗派和以高适、岑参为代表的边塞诗派，另外还有诸如李白、杜甫等伟大的诗人，旅游山水诗佳作比比皆是。

王维被后世誉为盛唐山水诗派最杰出的代表，他直接继承了陶渊明淡泊而深远的艺术风格。他创作的大量山水诗，基本上是一种雅致的情韵，既富于音乐美，又富于画意。他把大自然当作纯洁的理想王国，多是描绘幽静的山石、清澈的溪流和农村的田园风光，表现出流连风景的愉悦和高蹈出尘的满足，用生花妙笔把我们带入一个清新优美的山水胜景。苏轼高度称赞他的诗是"诗中有画，画中有诗"。

21世纪应用型精品规划教材·旅游管理专业

李白在山水诗方面也很有造诣，他一生漫游无数名山大川，写下了许多描绘祖国壮丽山河的诗篇。他的山水诗着重描写了山河的阔大雄伟、奇险壮丽，意境壮阔，气势雄浑。如"连天向天横"的天姥山，"峥嵘何壮哉"的华山，"修缮南斗傍"的庐山，"连峰去天不盈尺"的蜀山，"咆哮万里触龙门"的黄河，"白波九道流雪山"的长江，"飞流直下三千尺"的庐山瀑布等，景象雄壮神奇，气势非凡。

中、晚唐诗坛名家辈出，韦应物、白居易、韩愈、柳宗元、刘禹锡、贾岛、杜牧等人也创作了大量优秀的旅游佳作，许多名篇秀句广为传诵，总之旅游诗在唐代达到了高度成熟的阶段。

宋代也留下了大量的优秀旅游诗篇。王安石的《泊船瓜洲》《出郊》等，他用七言绝句的形式写山水景物，精工清丽，修辞巧妙，新颖别致。苏轼的诗自由潇洒，生动形象，留下了诸如《饮湖上初晴后雨》《惠崇春江晚景》《游金山寺》《题西林壁》等旅游佳作。南宋的杨万里、范成大等诗人也留下了如《晓出净慈寺送林子方》《四时田园杂兴》等优秀诗作。

宋词是中国文学的一大特色，在众多的优秀词篇中，很多都和旅游有关，构成了旅游文学的重要组成部分。这些词或描绘自然景物，或凭吊历史古迹，或抒发作者审美情趣。如柳永的《望海潮》、张孝祥的《念奴娇·过洞庭》、欧阳修的《采桑子》、辛弃疾的《西江月·夜行黄沙道中》等。

4. 旅游诗词的延续——元明清

元代旅游词也不乏佳作，如元好问的《游黄华山》，写黄华山瀑布气势磅礴、意境壮阔，使人读之如同身临其境。萨都剌的《百字令·登石头城》，借景怀古，风格豪迈，气势宏大。

明代旅游诗尤其是山水诗内容相当丰富。在明初的时候，其山水诗按地域就被划分为了吴派、越派、闽派、岭南派、江右派五个创作群体。越派与吴派成就较高，其代表人物为高启和刘基，主要作品有刘基的《晚泊海宁州舟中作》《过苏州九首》等和高启的《登竹竿岭》《游太平山记》等。明兴盛时期又形成了山水诗创作的"台阁体"，其山水诗以闲雅为宗。杨士奇的《三十六湾》《同蔡尚远等游东山》，杨荣的《蓟门烟树》，陈敬宗的《南溪草堂》，王直的《游万岁山》等皆为有代表性的作品。明中叶复古风气渐盛，李东阳、李梦阳、何景明等都有优秀之作。李梦阳的《秋望》描写边塞景象，风格雄浑苍凉；何景明的《秋江词》描写江左秋江，意境杳渺，明晚期的袁宏道代表作有《游惠山记》《千尺幢至百人峡》等。

清代也创作了大量的旅游诗词佳作。王士禛的《江上》，意境澹远，语言典丽流畅；纳兰性德的《浣溪沙》写梅雨江南，山水如画，自然清婉；袁枚的《同金十一沛恩游栖霞寺望桂林诸山》，想象丰富、美丽，具有神异的浪漫色彩；魏源的《天台山梁雨后观瀑歌》，极力表现大自然的雄伟、气概豪迈；康有为的《将至桂林望诸石峰》，想象丰富奇特，用语瑰丽雄奇。另外写大型组诗，是清代诗人的新尝试。如钱谦益的黄山游诗，姚燮的四明、普陀游诗，刘光第的峨眉游诗，都是数十首为一组描绘祖国美好河山的杰作。

三、中国旅游诗词的审美特征

1. 穿越时空界限

诗词是时间艺术，体现的是时间上的流动感；旅行则是一种空间逾越形式，体现的是空间上的直观感。作者在跋山涉水时，把亲身经历所获得的美感经验，用诗词的形式表现出来，使其思绪不仅能超越狭小的"现时"领域，上下无碍，古今无阻，又能超越"现地"的有限视野，用心洞察八方，将所见与所想用诗在一刹那间全部融会贯通地描绘下来，实现了时空的有机结合。

2. 抒胸怀、创意境

突破时空界限的诗词能更无拘无束地寄托作者的情怀，写出人生境界。中国人的终极关怀始终是现实的或者说是人生哲学，其中抒胸怀和创意境是关键。这样的思维特质决定了中国诗词作者的体物方式和艺术表现方式。突破现时现地的时空限制，穿越时空隧道，上下往复，吐纳万物，是中国旅游诗词艺术表现的出发点，并以此达到更高的人生境界。抒胸怀、创意境，就是旅游诗词在突破时空界限基础上体现出来的中国艺术精髓。

文化宝库知识

景语、情语

"景语、情语"是清代诗论家王夫之提出的诗歌理论用语。所谓景语，就是指诗歌中单纯描摹景色的诗句。情语，是指以写景方式言情的诗句，亦是"情""景"交融的句子。可见，"景语"是浅层次的，"情语"才是内外交融，饱含情感的诗句，在此基础上方能构成名篇佳作。

21世纪应用型精品规划教材·旅游管理专业

四、旅游诗词的种类

1. 山水诗词

山水诗词主要是描写山水之美、抒发个人情感的诗词，通常被称为山水诗词。山水诗词既为旅游活动的一部分，又是为旅游活动增添文化色彩和艺术魅力，促进旅游资源内涵扩大和深化的艺术创作活动，其与旅游的联系最为紧密，对旅游资源的开发作用最大。因旅游山水诗词的产生有一定的条件，大多是物质条件富裕，漫游或旅游成为一种风尚，又有独特优美的审美的对象，即名山胜水。所以可以说是旅游活动促进了山水诗词的产生，而山水诗词又对旅游活动的发展起到了推动作用。

山水诗词以山水诗居多，一般把山水诗词分成古体山水诗、近体山水诗、新诗体山水诗、山水词等。

1) 古体山水诗

早在《诗经》和《楚辞》的时代，诗中就出现了山水景物，但那往往只是作为生活的衬景或比兴的媒介，而不是作为一种独立的审美对象。到了汉末建安时期，曹操的《观沧海》才算是中国诗歌史上第一首完整的山水诗：

> 东临碣石，以观沧海。
>
> 水何澹澹，山岛竦峙。
>
> 树木丛生，百草丰茂。
>
> 秋风萧瑟，洪波涌起。
>
> 日月之行，若出其中。
>
> 星汉灿烂，若出其里。
>
> 幸甚至哉，歌以咏志。

曹操在诗中描写了观沧海所见的壮丽景色，抒发了个人的雄心壮志，表现了叱咤风云的英雄气概。

南北朝时，东晋大诗人陶渊明(365—427)，长期隐居田园，歌唱田园风光和村居生活，写下了不少杰出的山水田园诗，如《饮酒》第五首。

> 结庐在人境，而无车马喧。
>
> 问君何能尔？心远地自偏。

采菊东篱下，悠然见南山。

山气日夕佳，飞鸟相与还。

此中有真意，欲辨已忘言。

"采菊东篱下，悠然见南山"以自然之笔摹写自然之景，已成为隐居生活的代名词。

着力创作山水诗并取得巨大成就的是南朝晋、宋之际的谢灵运(385—433)和谢朓(464—499)。他们是同族人，又都以写山水诗著名，所以文学史上把他们合称为"二谢"或"大谢""小谢"。他们游览的山水很多，观察自然景物仔细，加上他们有高度的艺术修养，因而他们的诗歌真实地反映了山水的自然美。如谢灵运的"野旷沙岸净，天高秋月明"(《初去郡》)、"春晚绿野秀，岩高白云屯"(《入彭蠡湖口》)等都是历代传诵的写景名句，以疏朗的文字逼真细致地描写自然景物，给人以清新之感。谢灵运的山水名篇有《登池上楼》《等江中孤屿》《游南亭》《夜宿石门岩》等。谢朓的山水诗秀丽清新，名作有《游敬亭山》《游东田》《晚登三山还望京邑》等。其中，《晚登三山还望京邑》突出地表现了其诗歌的特色，在写景的同时抒发了诗人的主观感受。

山水诗的出现，不仅使山水成为独立的审美对象，为中国诗歌增加了一种题材，而且开启了南朝一代新的诗歌风貌。继陶渊明以写意为主的田园诗之后，山水诗以摹象为主，标志着人与自然进一步的沟通与和谐，标志着一种新的自然审美观念和审美趣味的产生。

2) 近体山水诗

唐代的山水诗创作尤其繁荣，王维、孟浩然为首的"山水诗派"以吟诵山水的诗篇闻名于世；"诗仙"李白写下了不少著名的山水诗，《望庐山瀑布》情调豪迈，境界阔大；"诗圣"杜甫用同一诗题《望岳》写了中国五岳中的泰山、华山、衡山。近体山水诗自唐盛行，历宋、元、明、清，千百年间涌现出无数诗人，创作了万余首五言律诗、七言律诗和绝句山水诗，反映了我国数百个旅游名胜的风光，是我国文学宝库中的瑰宝，也是发展旅游事业的一笔巨大财富。在这些诗人中，唐代的李白、杜甫、王维、孟浩然、白居易、杜牧、刘禹锡、王昌龄、贾岛、岑参；宋代的苏轼、王安石、欧阳修、黄庭坚、朱熹；元代的赵孟頫、萨都剌；明代的李梦阳、归庄、王世贞，清朝的顾炎武、袁枚、屈大均、朱彝尊、康有为、康熙、乾隆等都是名气很大、作品很多的诗人。

以杜甫的《登岳阳楼》为例：

昔闻洞庭水，今上岳阳楼。

吴楚东南坼，乾坤日夜浮。

21世纪应用型精品规划教材·旅游管理专业

亲朋无一字，老病有孤舟。

戎马关山北，凭轩涕泗流。

诗中的"吴楚"指现今江苏、浙江、湖南、湖北等一带。大历三年(768年)春，杜甫由夔州出三峡，因兵乱漂流在江陵、公安等地。这年冬天，杜甫从公安到了岳阳，这首诗就是登岳阳楼后所作。诗人写出了洞庭湖浩瀚汪洋的不凡气势，亦触景生情，写自己身世的凄凉孤寂，反映出诗人对时局的忧虑和关心。全诗对仗工整、用韵严谨，前后映衬，浑然一体。其中"吴楚东南坼，乾坤日夜浮"是为人熟知的名句。

近现代诗人和革命家中，不少人也擅长写近体山水诗，其中不乏佳作名句。如毛泽东、朱德、叶剑英、陈毅、董必武、谢觉哉等人的记游诗不仅表现了无产阶级革命家的高尚情操，而且记录了伟大祖国的壮丽山河，是我国山水旅游诗中的奇葩。另外，柳亚子、赵朴初等人也写了不少有很高艺术成就的近体山水诗。

3) 新诗体山水诗

五四运动以来，郭沫若、胡适、徐志摩等人创作的新诗，首开一代诗风。新诗人和新诗作多若繁星，其中亦有不少山水风景记游诗的佳作。中华人民共和国成立后，著名诗人何其芳、贺敬之、郭小川、李季、阮章竞、徐迟、艾青、严阵、白桦、流沙河、公刘、舒婷等也都创作了一些山水诗。下面是晏明的《黄山印象》。

山的腾飞

峰的飘荡

松的遐思

瀑的狂想

泉的和弦

花的意象

蜜蜂的憧憬

彩蝶的翅膀

太阳失踪了

风，在寻觅太阳

雨，追逐着瀑布

满山满谷冲撞

海的诉说

> 云还在远航
>
> 神奇的世界
>
> 童话里的梦想……

这首诗用清新简洁的文字描写了黄山奇景，语言凝练，内涵丰富，很好地体现了新诗的特色。

4) 山水词

词是唐代文学的一种新形式，也是唐代旅游文学中的一朵奇葩。张志和的《渔歌子》和白居易的《忆江南》都是唐代山水词中的名篇。词这种文学样式到宋代发展到了顶峰，出现了很多大词人，主要形成了婉约派和豪放派两大流派，这两大流派都有很多有名的山水词。如范仲淹的《渔家傲·塞下秋来风景异》、柳永的《望海潮·东南形胜》、欧阳修的《采桑子·轻舟短棹西湖好》、苏轼的《念奴娇·大江东去》、辛弃疾的《永遇乐·千古江山》、姜夔的《扬州慢·淮左名都》、汪莘的《沁园春·三十六峰》、吴潜的《满江红·万里西风》等。举例略作赏析：

望海潮

柳永

> 东南形胜，三吴都会，钱塘自古繁华，
>
> 烟柳画桥，风帘翠幕，参差十万人家。
>
> 云树绕堤沙，怒涛卷霜雪，天堑无涯。
>
> 市列珠玑，户盈罗绮，竞豪奢。
>
> 重湖叠巘清嘉。有三秋桂子，十里荷花。
>
> 羌管弄晴，菱歌泛夜，嬉嬉钓叟莲娃。
>
> 千骑拥高牙。乘醉听箫鼓，吟赏烟霞。
>
> 异日图将好景，归去凤池夸。

《望海潮》写杭州的形胜和都市之繁盛，咏西湖之佳丽、游人之鼎沸，以铺叙的手法描写都市的生活和自然的景物，有总有分，虚实结合，详略得当，极尽铺陈之能事。

上阕总写杭州盛况，开始三句突出了杭州的"形胜"与"繁华"两个特点，以描绘城市的繁华，生动地再现杭州一派富丽堂皇的景象。

下阕笔墨集中到西湖方面来，"有三秋桂子，十里荷花"巧妙地抓住了西湖景色的灵魂(这两种花是代表杭州的不同季节的两种典型事物),把西湖乃至整个杭州最美的特征概括出来,成了传诵千古的名句;接着表现了市民游赏的快乐;最后作者将笔墨落到地方郡守的身上,写他出游的排场,希望他将杭州胜景绘成图画,上报朝廷。

这首词大量使用偶句,铺叙排比,获得了一种淋漓尽致的艺术效果,这是婉约派词人柳永最擅长的手法。语言以白描见长,很少用典,将眼前景色写得天然绝妙。《钱塘遗事》载:"此词流播,金主亮闻歌欣然,有慕于'三秋桂子,十里荷花',遂起投鞭渡江之志。"虽为夸大之词,也可见这首词在当时影响之大。

念奴娇·赤壁怀古

苏轼

大江东去,浪淘尽,千古风流人物。故垒西边,人道是,三国周郎赤壁。乱石穿空,惊涛拍岸,卷起千堆雪。江山如画,一时多少豪杰。

遥想公瑾当年,小乔初嫁了,雄姿英发。羽扇纶巾,谈笑间,樯橹灰飞烟灭。故国神游,多情应笑我,早生华发。人生如梦,一尊还酹江月。

这首词借怀古以抒怀抱,通过对祖国壮丽山川的描绘,表达出对古代英雄人物的无限倾慕与向往;联想到自己的政治处境,吊古伤今,又流露出一种远大的抱负不得实现的深沉苦闷。全词意境宏大、气势豪迈、格调雄壮,是苏轼豪放词的代表作。

2. 田园诗词

田园诗是诗歌的一种,歌咏农村景物或农民、牧人、渔夫的生活,格调恬静悠然。

原本田园生活与古代文人的价值观念并无关系,而且田园诗词也并不是传统旅游的产物,甚至可以说田园生活与文人的求学、漫游等人生观是背道而驰的。因此,在传统的旅游文学中并不应该包含田园诗词。在现代文学高度发达、城市生活的节奏加快,钢筋水泥的空间结构造成极大的人际阻隔,多种都市文明并发症困扰人类的今天,田园再也不是传统意义上贫困、落后(既指经济也指出路)的生存状态,而成为享受大自然悠然惬意、呼吸纯净空气的代名词了,人类的回归情结造就了今天"农家乐""田园行"等旅游资源项目的开发,使我们不得不重视田园诗词对旅游文化的建设和贡献。

如上所述,由于古代文人的价值观念与田园生活是那样的格格不入,导致在浩瀚的古代文学史上真正的田园诗人唯有陶渊明一人。东晋陶渊明的一些诗被称为"田园诗"的代表作。陶渊明早年就有爱慕自然、企羡隐逸的思想，而因出身寒微，在等级门第观念极重的东晋时代，几次出仕做官都抑郁不得志，他不满现实而又无力抗争，从而退居乡野。值得一提的是，他亲自参加了劳动，这对当时文人来说是一件了不起的大事，使他同统治阶级上层社会完全决裂，回到田园中来，写下了大量的田园诗。他的田园诗充满了对污浊社会的憎恶和对纯洁田园的热爱，着重细致地描写了纯洁、优美的田园风光，字里行间流露了作者由衷的喜爱。在这里，淳朴、宁静的田园生活与虚伪、欺诈、互相倾轧的上层社会形成了鲜明的对比，具有格外吸引人的力量。当陶渊明远离了污浊的现实，回到田园中来，感到获得了归宿。这种自由而恬静的心境在《饮酒》中酣畅鲜明地表现出来："结庐在人境，而无车马喧。问君何能尔？心远地自偏。采菊东篱下，悠然见南山。山气日夕佳，飞鸟相与还。此中有真意，欲辨已忘言。"

有关田园生活的诗歌在唐代也散见于其他作家笔下，这往往表现为田园与山水彼此不分，古又称为"山水田园诗"，以孟浩然、王维为代表。孟浩然虽未必亲身参加过劳动，但他毕竟是半生住在农村的，他的田园诗数量虽不多，生活气息却相当浓厚，如《过故人庄》："故人具鸡黍，邀我至田家。绿树村边合，青山郭外斜。开轩面场圃，把酒话桑麻。待到重阳日，还来就菊花。"《游精思观回王白云在后》："出谷未亭午，至家已夕曛。回瞻下山路，但见牛羊群。樵子暗相失，草虫寒不闻。衡门犹未掩，伫立待夫君。"这些诗虽然缺乏陶诗的那种理想境界，也缺乏劳动生活的体验，但前一首写农家生活，简朴而亲切；写故人情谊，淳淡而深厚，能给人历久难忘的印象。后一首更是"淡到看不见诗"的家常话，但是，乡村黄昏的景色气氛，写得非常真实。王维是一个多才多艺的艺术家，不仅能写诗，而且精通书画和音乐。王维的山水诗主要是在40岁以后隐居终南山，尤在蓝田辋川得到宋之问的别墅，生活更为悠闲所作。例如《渭川田家》："斜光照墟落，穷巷牛羊归。野老念牧童，倚杖候荆扉。雉雊麦苗秀，蚕眠桑叶稀。田夫荷锄立，相见语依依。即此羡闲逸，怅然吟式微。"描绘了薄暮时分农村的景色气氛。

辛弃疾也有不少农村词、闲适词，描写农村景色，格调清新优美，充满诗情画意。如《清平乐·村居》："茅檐低小，溪上青青草。醉里吴音相媚好，白发谁家翁媪？大儿锄豆溪东，中儿正织鸡笼。最喜小儿亡赖，溪头卧剥莲蓬。"《西江月》："明月别枝惊鹊，清风半夜鸣蝉。稻花香里说丰年，听取蛙声一片。七八个星天外，两三点雨山前。旧时茅店社林边，路转溪桥忽见。"描写了他在农村闲居的生活，能从惯见的平凡事物中发掘出引人入胜的一个侧面。写其所见所感，诙谐中带有一点悲辛。

21世纪应用型精品规划教材·旅游管理专业

3. 边塞诗词

边塞即边疆设防之处，自古以来，各个时代的边塞概念是有所不同的，但总体看来集中在中国的西部，尤以西北为主。今天大西北的沙漠、戈壁之地成了旅游热门之地，是古代写边塞诗的文人所想象不到的。边塞诗的写作主要集中在唐代。

初唐四杰中的杨炯写边塞的五律诗较有特色，《从军行》是他的名作："烽火照西京，心中自不平。牙璋辞凤阙，铁骑绕龙城。雪暗雕旗画，风多杂鼓声。宁为百夫长，胜做一书生。"这首诗反映了许多士人向往边塞生活的慷慨心情。骆宾王在初唐四杰中诗作最多，他曾久戍边城，写了不少边塞诗。如《夕次蒲类津》："二庭归望断，万里客心愁。山路犹南属，河源自北流。晚风连朔气，新月照边秋。灶火通军壁，烽烟上戍楼。龙庭但苦战，燕颔会封侯。莫作兰山下，空令汉国羞。"这里不仅有立功边塞的豪情壮志，而且有边塞生活的真切见闻。

盛唐时期，以描写边塞风光、军旅生活为主要内容的边塞诗，其创作蔚为风气，形成流派，代表诗人有高适、岑参。此外，王之涣、王昌龄、李颀、崔颢、王瀚等也都留下了许多脍炙人口的名句名篇。

高适曾两次出塞，写下了许多边塞诗。他最为有名的边塞诗代表作是开元二十六年在梁州创作的《燕歌行》。诗的内容极为复杂，用错综交织的诗笔，把荒凉绝漠的自然环境、如火如荼的战争气氛、士兵在战斗中复杂变化的内心活动融合在一起，形成了全诗雄厚深广、悲壮淋漓的艺术风格。他的另一名篇《别董大》应算赠别之作："千里黄云白日曛，北风吹雁雪纷纷。莫愁前路无知己，天下谁人不识君！"前两句的写景，也描绘出了大野苍茫、落日黄云的边塞独特的奇观。

岑参曾两次出塞，在鞍马风尘的战斗生活里，他的诗境界空前开阔，爱好新奇事物的特点使他的创作充满雄奇瑰丽的浪漫色彩，成为他边塞诗的主要风格。《走马川行奉送出师西征》《轮台歌奉送封大夫出师西征》《白雪歌送武判官归京》可以说是其代表杰作。

韦应物和戴叔伦的两首《调笑令》是最早描写边塞景象的文人词。韦应物所作的是："胡马，胡马，远放燕支山下；跑沙跑雪独嘶，东望西望路迷。迷路，迷路，边草无穷日暮。"词中所写胡马实际是一个远戍边塞、无家可归的战士的象征。戴叔伦所作的是："边草，边草，边草尽来兵老。山南山北雪晴。千里万里月明。明月，明月，胡笳一声愁绝。"此词更通过雪月交加的场景，衬托出久戍边疆的兵士的愁恨。这些作品又使我们联想起盛唐边塞诗人的作品，不过情调上已经没有那么悲壮。

4. 咏史怀古诗词

咏史怀古诗就是以史事为题，追念古昔，抒写抱负的诗。这类诗词的写作与山水景物有关联，但作者虽立足于山水景物，却能放眼宇宙，纵横古今，或感怀身世不遇，或抨击时世之弊。所以咏史怀古诗词依附于山水风物，用它们起势，但通过咏史怀古激活了山水风物，与此同时为那些普通的建筑或古迹平添了许多历史的厚重感。咏史怀古诗历代都有，唐代是大量创作的时期。

初唐的陈子昂纵横任侠，洞察国家安危，关怀人民疾苦，具有极高的政治热情。"因登蓟北楼，感昔乐生、燕昭之事，赋诗数首。乃泫然流涕而歌曰：'前不见古人，后不见来者。念天地之悠悠，独怆然而涕下。'"这就是他的咏史怀古的杰作《登幽州台歌》。

中唐诗人刘禹锡写下了不少咏史怀古诗，抒发自己身世遭遇的愤懑和痛苦，如《戏赠看花诸君子》："紫陌红尘拂面来，无人不道看花回；玄都观里桃千树，尽是刘郎去后栽。"《再游玄都观》："百亩庭中半是苔，桃花净尽菜花开。种桃道士归何处，前度刘郎今又来。"其比较著名的怀古作品有《西塞山怀古》："王濬楼船下益州，金陵王气黯然收。千寻铁锁沉江底，一片降幡出石头。人世几回伤往事，山形依旧枕寒流。从今四海为家日，故垒萧萧芦荻秋。"写孙皓的千寻铁锁，并没有挽回东吴被灭亡的命运，诗人在感叹中深寓着历史的教训。他的《金陵五题》，也一向被视为怀古的名作。《乌衣巷》写煊赫了二百年的王谢世族的没落，《台城》写梁陈的荒淫亡国，都是关系六朝历史的大事。《石头城》："山围故国周遭在，潮打空城寂寞回。淮水东边旧时月，夜深还过女墙来。"更是在低回感慨中充满了对兴亡变化的无限沉思。

诗人李贺才能出众，以远大自期，但由于封建礼教的限制，不能应进士试，写了一系列诗篇，发泄自己怀才不遇的愤懑与牢骚。他这种悲愤感情，也往往用托古讽今的手法表现出来。如《咏怀》："茂陵刘郎秋风客，夜闻马嘶晓无迹。画栏桂树悬秋香，三十六宫土花碧。魏官牵车指千里，东关酸风射眸子。空将汉月出宫门，忆君清泪如铅水。衰兰送客咸阳道，天若有情天亦老。携盘独出月荒凉，渭城已远波声小。"诗歌通过金铜仙人迁离故土的悲哀，寄托自己的"去国之思"。铜人的下泪，衰兰的惆怅，都像人一样具有感情。

晚唐诗人杜牧的咏史怀古诗，风格多样，有的议论精辟，不落窠臼，有的寓意精深，含蓄隽永。《过华清宫三绝句》中的二首："长安回望绣成堆，山顶千门次第开。一骑红尘妃子笑，无人知是荔枝来。""新丰绿树起黄埃，数骑渔阳探使回。霓裳一曲千峰上，舞破中原始下来。"通过人们所熟知的唐明皇杨贵妃的故事，含蓄而有力地讽刺了晚唐帝王的荒淫享乐。他的一些咏史作品，则带有较为明显的史论特色。如《赤壁》："东风不与周郎便，铜雀春深锁二乔。"《乌江亭》："江东子弟多才俊，卷土重来未可知。"都是对历史上兴亡成败发表独创的议论。

宋代是词的时代，在众多的宋词中，又有相当一部分是与旅游有关的旅游词。这些旅游词或抒发旅途情绪，或描绘自然景物，或凭吊历史古迹等，有独到的欣赏价值。宋词以苏轼的成就为最高。苏轼的词极富开拓性，其题材的广泛、风格的多样，为词的发展做出了巨大贡献。他的旅游词主要以咏史、咏物、登临怀古以及描写农村生活田园风光为主，如《念奴娇·赤壁怀古》《永遇乐·明月如霜》《浣溪沙·簌簌衣巾落枣花》等都是名篇，写景抒怀，或大气磅礴，或清新飘逸，均能独树一帜，自成一家。

登临怀古词，在宋词中以辛弃疾的创作最为突出。辛弃疾是著名的爱国词人，他善于借助登临来抒发他的爱国情怀。如《永遇乐·京口北固亭怀古》："千古江山，英雄无觅，孙仲谋处。舞榭歌台，风流总被、雨打风吹去。斜阳草树，寻常巷陌，人道寄奴曾住。想当年，金戈铁马，气吞万里如虎。元嘉草草，封狼居胥，赢得仓皇北顾。四十三年，望中犹记、烽火扬州路。可堪回首，佛狸祠下，一片神鸦社鼓！凭谁问，廉颇老矣，尚能饭否？"《南乡子·登京口北固亭有怀》："何处望神州？满眼风光北固楼。千古兴亡多少事？悠悠。不尽长江滚滚流。年少万兜鍪，坐断东南战未休。天下英雄谁敌手？曹刘。生子当如孙仲谋。"等等，这些词往往气魄宏大，悲壮苍凉，情景交融。

元代是曲的时代，其中旅游散曲也颇多佳作，如马致远的《双调·落梅风·潇湘八景》、卢挚的《双调·折桂令·钱塘怀古》、张养浩的《中吕·山坡羊·潼关怀古》等，写景抒情都有独到之处。

第二节 旅游散曲

一、旅游散曲的内涵

说到曲，一般想到的就是元曲，实际上，曲是一种韵文形式，出现于南宋和金代，盛行于元代，是受民间歌曲的影响而形成的，句法较词更为灵活，多用口语，用韵也更接近于口语。这种盛行于元代的文艺形式，包括杂剧和散曲，有时专指杂剧。杂剧，宋代以滑稽搞笑为特点的一种表演形式，元代发展成戏曲形式，每本以四折为主，在开头或折间另加楔子，每折用同宫调同韵的北曲套曲和宾白组成，如关汉卿的《窦娥冤》等，流行于大都(今北京)一带。来到大都，人们必会去两个地方观看元杂剧：一个是大都西城砖塔胡同，另一个是积水潭大码头的斜街。那时的积水潭，又名"海子"，它不仅囊括如今的前海、后海、西海三个湖泊，还比这三个湖泊的总面积大。"海子"四周，钟楼鼓楼一带，各种商业店铺前人声鼎沸，车如流水马如龙。官人、商贩络绎往来，觥筹交错间，艺人献唱助兴必不可少。明清两代也有杂剧，但每本不限四折。散曲，又被称为"清曲""乐府"，由诗词演变而来，可以配乐演唱，盛行于元、明、清三代的没有宾白的曲子形式，内容以抒情为主，有小令和散套两种。小令又被称为"叶儿"，是散曲中最早产生的体制。一般来说，小令是单支曲子，但还包括"带过曲"与"重头小令"。"带过曲"是三个以下的单支曲子的联合，但必须同一宫调，并且音乐衔接，同押一韵。"重头小令"是由同题同调，内容相连，首尾句法相同的数支小令联合而成，支数不限，每首可各押一韵，而且各首可以单独成立。套曲的体制有三个主要特征：①由同宫调的两个以上的支曲组成，宫调不同而管色相同者，也可"借宫"。②一般来说应有尾声。③全套必须同押一韵。套曲由于篇幅较长，可以包容比较复杂的内容，因此既可用来抒情，也可以叙事。

散曲与诗、词相比，在诗歌形式上有以下特点：①它与词一样，是长、短句形式，但是能在正字之外加衬字，因而更灵活，更适合使用口语，衬字一般加在句首或句中，不能加在句尾。②曲韵与诗韵、词韵不同，用的是当时北方话音韵，协韵方法为通押一韵，不换韵，但是，四声通协，韵字可以复用。③对仗形式比较丰富，除了诗、词的偶句作对外，三句，四句，皆可对，还有隔句对、联珠对等名目，使散曲在字句参差变化中，具有端饬严谨的气度。此外，散曲还有"务头""俳体"等形式特点。总之，散曲是有严格格律的倚声填词的诗歌形式，比起诗、词来，它比较自由，但有些方面也更为复杂。

二、旅游散曲名篇选读

1. 马致远《越调·天净沙·秋思》

枯藤老树昏鸦，小桥流水人家，古道西风瘦马。夕阳西下，断肠人在天涯。

马致远(1250—1324)，字千里，号东篱，大都(今北京)人。他是一位"姓名香贯满梨园"

的著名作家，又是"元贞书会"的重要人物，与关汉卿、郑光祖、白朴并称为"元曲四大家"，并被尊称为"曲状元"，在元代的文学史上具有极高的地位。

这首小令是元人描写自然景物的名作，曾被称为"秋思之祖"(见周德清的《中原音韵·小令定格》)。作者把秋天傍晚几种特有的景物集中在一起，九个名词九种景物创造出一个萧瑟苍凉的意境，很好地表达出旅人彷徨悲苦的心情。王国维在《人间词话》曰："文篇之妙，亦一言蔽之，有境界而已。精品，不可不读；美文，不可不品。一曲《秋思》，心中隐隐作痛，悲泪欲出。"

2. 张养浩《双调·水仙子·咏江南》

一江烟水照晴岚，两岸人家接画檐，芰荷丛一段秋光淡，看沙鸥舞再三，卷香风十里珠帘。画船儿天边至，酒旗儿风外飐，爱杀江南。

张养浩(1269—1329)，汉族，字希孟，号云庄，山东济南人。其诗、文兼擅，而以散曲著称，是元代散曲的代表作家之一，散曲创作奠定了他在中国文学史上的不朽地位。他的散曲结集为《云庄闲居自适小乐府》，简称《云庄乐府》，共收录他的散曲作品一百五十多首。

该曲中运用了"一""两""再三""十"等数词，集中表现了江南风物明丽隽美的特点。五句写景由远而近、从大到小，写家人、荷塘、水禽，第六句写远方的船，第七句又写村落酒店酒旗，极富条理性和层次感，表达了欢快的格调。

3. 张养浩[中吕]《山坡羊·潼关怀古》

峰峦如聚，波涛如怒，山河表里潼关路。望西都，意踌躇。伤心秦汉经行处，宫阙万间都做了土。兴，百姓苦；亡，百姓苦。

此曲是张养浩晚年的代表作，也是元散曲中思想性、艺术性完美结合的名作。在他的散曲集《云庄乐府》中，以[山坡羊]曲牌写下的怀古之作有七题九首，其中尤以《潼关怀古》韵味最为沉郁、色彩最为浓重。作者写此曲时正行进在潼关(关名，在今陕西省潼关县)的路上，峰峦、波涛都是亲眼见到，"如聚""如怒"都染上了作者的感情色彩。作者把潼关的地形与历史巧妙地结合在一起，寓情于景，触景生情，以潼关作为历史的见证者，发出一声沉甸甸的"兴，百姓苦；亡，百姓苦"的千古奇叹，这也是作者心情不愉快(意踌躇)的原因。

4. 周德清[正宫]《塞鸿秋·浔阳即景》

长江万里白如练，淮山数点青如淀；江帆几片疾如箭，山泉千尺飞如电。晚云都变露，新月初学扇，塞鸿一字来如线。

周德清(1277—1365)，年代元，字日湛，号挺斋，高安暇堂(今属江西)人，所著《中原音韵》一书，对语音学和曲律的研究贡献甚著。《录鬼簿续篇》称其"又自制为乐府甚多，长篇短篇，悉可为人作词之定格"。又云："故人皆冒德清之韵，不但中原，乃天下之正音也；德清之词，不惟江南，实天下之独步也。"

这首元散曲写浔阳的景色。浔阳，即今九江市。长江流经此地这一段又名浔阳江。一上来就连用四个属对工整的排句，铺叙江天的景色，犹如贴锦、刺绣一样，使江山秀色更加集中、更加动人。万里长江止息了它卷起的惊涛，静静地向东流去。在月光的映照下，反射出银色的光泽，宛如平铺着一条白色的绸带。远处的青山肃穆地矗立在江边，苍茫的夜色把它映衬得更加翠绿。动静相映，增加其层次和变化的美感。"晚云"两句转写天际的秋色，同样充满了诗情画意。晚霞收尽，天气变凉，水气凝成了白色的露珠。初升的新月，虽未团栾，却也有欲圆之势。因为团扇是圆的，用它来形容待圆之月，故曰"初学扇"。写了如珠的秋露和如珪的秋月，接下去就轮到秋天的宠禽——鸿雁了。作者在徜徉水际、目送征帆的空当，回首北顾，只见一行塞雁隐现天际，它是那样高、那样远，看上去宛如悬在云端的一缕细线。当诗人把我们的目光引向无尽的碧天时，曲子也就戛然而止了。从艺术手法上讲，本曲采取大排偶法，将一些典型的景物整齐地组织在一起，用所谓意象叠加的技法，直叙景物，不加评议，纯用形象来感动读者，征服读者，在这一点上运用上是很成功的。

5. 乔吉[双调]《水仙子·重观瀑布》

天机织罢月梭闲，石壁高垂雪练寒。冰丝带雨悬霄汉，几千年晒未干。露华凉人怯衣单。似白虹饮涧，玉龙下山，晴雪飞滩。

乔吉(1280—1345)，元代杂剧家、散曲作家，一称乔吉甫，字梦符，号笙鹤翁，又号惺惺道人，太原人，寓居杭州。其散曲创作，以婉丽见长，精于音律，工于锤炼，喜欢引用或融化前人诗句，成就高于杂剧，明、清人都把他与张可久相提并论。不同的是，乔吉的风格更为奇巧隽丽，还不避俗言俚语，具有雅俗兼备的特色。明李开先评他："蕴藉包含，风流调笑，种种出奇而不失之怪；多多益善而不失之繁；句句用俗而不失其为文。"他自己则说："作乐府亦有法，曰'凤头，猪肚，豹尾'六字是也。大概起要美丽，中要浩荡，

结要响亮；尤贵在首尾贯穿，意思清新。苟能若是，斯可以言乐府矣。"(陶宗仪《南村辍耕录》卷八)这是他创作经验之谈，颇有见地。

这首小令描写瀑布，想象大胆，词句诡丽，出奇制胜，把那瀑布的雄伟壮丽与人的博大精神、坚定意志二者表现得相得益彰，读之令人心旷神怡，如入其境，亲身感受到那份力的壮美。"雪练""冰丝""带雨""露华"是借喻，"白虹""玉龙""晴雪"是明喻。多角度、多层面的比喻，既描绘出瀑布的动态，也写出它的静态，还写出它的色相，更为难得的是写出它流走飞动的神韵。由于多种比喻效果的产生，虽然曲中不见"瀑布"二字，但瀑布的奇观韵味极为生动地表现出来了。有人称乔吉是曲家之李白，如果从雄奇豪迈的浪漫主义风格来看确实相类。朱权的《太和正音谱》称之为："乔梦符(乔吉)之词，如神鳌鼓浪。"

6. 张可久[中吕]《红绣鞋·天台瀑布寺》

绝顶峰攒雪剑，悬崖水挂冰帘。倚树哀猿弄云尖。血华啼杜宇，阴洞吼飞廉。比人心，山未险。

张可久(约1270—1350)，名小山，一云名伯远，字可久，庆元(今浙江宁波鄞县)人。元朝著名散曲家，剧作家，与乔吉并称"双璧"，与张养浩合为"二张"。李开先称"乐府之有乔、张，犹诗家之有李、杜"(《乔梦符小令》)。朱权称其曲"如瑶天笙鹤，清而且丽，华而不艳"，誉为"不羁之才""词林之宗匠"(《太和正音谱》)。《录鬼簿》言其曾"以路史转道领官"，又曾任桐庐典史。至元初，年七十余，还作过昆山幕僚。张可久一生不得志，浪迹江湖，足迹遍及湘、赣、闽、皖、苏、浙等地，晚年居杭州。现存小令800余首，占现存全元散曲的五分之一，为元曲作家最多者，数量之冠。其个人作品占朝代作品总量的比例之高，在中国文学史上也是绝无仅有的。

此曲写天台(山名，在今浙江天台县北)瀑布的壮观，突出天台的高险，并连类取譬，针砭世情，将写景和讽世巧妙而自然地结合在一起，别具一格，笔势峭拔雄健，针砭有力，末句画龙点睛，振起全篇，近乎词中豪放一派。

文化宝库知识

越调、双调、中吕、正宫、仙吕、南吕

越调、双调、中吕、正宫、仙吕、南吕是宋、元以来，从燕乐宫调基础上发展起来的

南北曲声腔系统的宫调。南宋词曲音乐的"七宫十二调"，金、元的"六宫十一调"，元代北曲"十二宫调"，元末南曲"十三宫调"，清代南、北曲常用的"九宫"(即"五宫四调")都属这一宫调系统。北曲共十二宫调 335 个曲调。十二个宫调是：①黄钟；②正宫；③大石调；④小石调；⑤仙吕；⑥中吕；⑦南吕；⑧双调；⑨越调；⑩商调；⑪商角调；⑫般涉调。

元曲最常用的是正宫、仙吕、中吕、南吕和双调；其次是越调和商调，再次是大石和黄钟。小石、商角和般涉三调最罕见。七种常用宫调的曲牌如下。

(1) 正宫：端正好、滚绣球、叨叨令、塞鸿秋、倘秀才、脱布衫、小梁州、醉太平、芙蓉花、菩萨蛮、月照庭、六么遍(柳梢青)、甘草子、三煞、煞尾；

(2) 仙吕：端正好、赏花时、八声甘州、点绛唇、混江龙、油葫芦、天下乐、后庭花、寄生草、那吒令、鹊踏枝、醉中天、忆王孙、一半儿、瑞鹤仙、六么令、四季花、双雁子、太常引、柳外楼、赚煞尾；

(3) 中吕：粉蝶儿、醉春风、石榴花、斗鹌鹑、上小楼、迎仙客、普天乐、喜春来(阳春曲)、满庭芳、快活三、尧民歌、朝天子(谒金门)、四边静、齐天乐、苏武持节(山坡羊)、卖花声(升平乐)、摊破喜春来、煞尾；

(4) 南吕：一枝花、梁州第七、牧羊关、玄鹤鸣(哭皇天)、乌夜啼、骂玉郎、感皇恩、采茶歌(楚江秋)、贺新郎、梧桐树、红芍药、四块玉、草池春、鹌鹑儿、玉交枝、黄钟尾；

(5) 双调：新水令、驻马听、沉醉东风、夜行船、银汉浮槎(乔木查)、庆宣和、庆东原、风入松、雁儿落(平沙落雁)、得胜令(阵阵赢、凯歌回)、水仙子(凌波仙、湘妃怨)、滴滴金(甜水令)、折桂令(秋风第一枝、天香引、蟾宫引、步蟾宫)、乔牌儿、步步娇、沽美酒、梅花酒、收江南、清江引、牡丹春、汉江秋、庆丰年、小阳关、捣练子(胡捣练)、太平令、快活年、行香子、锦上花、碧玉箫、楚天遥、天仙令、大喜人心、醉东风、减字木兰花、青玉案、鱼游春水、离亭燕带歇指煞、离亭燕煞；

(6) 越调：斗鹌鹑、紫花儿序、金蕉叶、小桃红、天净沙、调笑令(含笑花)、秃厮儿(小沙门)、圣药王、麻郎儿、络丝娘、东原乐、绵搭絮、拙鲁速、雪里梅、古竹马、寨儿令(柳营曲)、三台印(鬼三台)、梅花引、南乡子、唐多令、雪中梅、煞、尾声；

(7) 商调：集贤宾、逍遥乐、挂金索、上京马、梧叶儿(知秋令)、醋葫芦、浪里来、金菊香、双雁儿、望远行、玉抱肚、秦楼月、高平煞、尾声。

21世纪应用型精品规划教材·旅游管理专业

第三节　旅　游　赋　体

赋，是我国古代的一种文体，它讲究文采，韵律，兼具诗歌和散文性质，是以"铺采摛文，体物写志"为手段，侧重于写景，借景抒情。以"颂美"和"讽喻"为目的的一种有韵文体。它多用铺陈叙事的手法，赋必须押韵，这是赋区别于其他文体的一个主要特征。赋起于战国，盛于两汉。赋最早出现于诸子散文中，叫"短赋"；以屈原为代表的"骚体"是诗向赋的过渡，叫"骚赋"；汉代正式确立了赋的体例，称为"辞赋"；魏晋以后，赋日益向骈文方向发展，叫作"骈赋"；唐代又由骈体转为律体，叫"律赋"；宋代用散文的形式写赋，称"文赋"。著名的赋体文篇有司马相如的《子虚赋》、杜牧的《阿房宫赋》、欧阳修的《秋声赋》、苏轼的《赤壁赋》等。

赋、比(比喻)、兴(起兴)(以上三个为表现手法)、风(民风民俗)、雅(歌功颂德)、颂(祭祀)(以上三个为内容)，这六者被称为"六义"。

1. 曹丕《登城赋》

孟春之月[1]，唯岁权舆[2]。和风初畅，有穆其舒。驾言东道，陟彼城楼，逍遥远望，乃欣以娱。平原博敞，中田辟除。嘉麦被垄，缘路带衢。流茎散叶，列绮相扶。水幡幡其长流，鱼裔裔而东驰。风飘飖而既臻，日掩蔼而卤移。望旧馆而言旋，永优游而无为。

【注释】

(1) 孟春之月：就是正月。古人把每一个季节的第一个月称为孟：孟春为一月，孟夏为四月，孟秋为七月，孟冬为十月。

(2) 唯：文言助词，常用于句首。岁，年。权舆，起始。(是)一年的开始。

【赏析】

此赋为春日登城之作，不详作于何时。赋中描述了一幅"平原博敞，中田辟除，嘉麦被垄，缘路带衢"的田畴繁荣景象，流露了"乃欣以娱"的欢快情绪。这显然不是一般写景，而是对曹操采纳枣祗建议，在许下实行屯田，以复兴农业的歌颂。据史载，建安元年(196年)，曹操因采纳枣祗建议屯田垦荒，许下及其所控制的兖、豫两州，数年间"所在积谷，仓廪皆满"。依此，赋中所登之城当为"许下"，即今河南许昌。赋末所望"旧馆"，疑为枣祗之故居，颂扬枣祗创立了"兴立屯田"的"不朽之事"，使曹魏享有"永优游而无为"之福泽。文辞清新淡逸，描摹简洁自然，结构首尾完整，但疑有阙文。

2. 郦道元《三峡》

自三峡七百里中[(1)]，两岸连山，略无阙处。重岩叠嶂，隐天蔽日。自非亭午夜分[(2)]，不见曦月。

至于夏水襄陵，沿溯阻绝。或王命急宣，有时朝发白帝，暮到江陵，其间千二百里，虽乘奔御风，不以疾也。(溯　同：泝)

春冬之时，则素湍绿潭，回清倒影。绝𪩘多生怪柏[(3)]，悬泉瀑布，飞漱其间，清荣峻茂，良多趣味。(𪩘　写作：山献)

每至晴初霜旦，林寒涧肃，常有高猿长啸，属引凄异，空谷传响，哀转久绝。故渔者歌曰："巴东三峡巫峡长，猿鸣三声泪沾裳。"

【注释】

(1) 自：在，从。

(2) 亭午：正午。夜分：半夜。

(3) 绝𪩘(yǎn)：极高的山峰。绝：极。𪩘：高峰。

【赏析】

郦道元的《三峡》(选自《水经注》)，是一篇著名的山水之作，只用不到区区 200 字的篇幅，作者描写了三峡错落有致的自然风貌。全文描写随物赋形，动静相生，情景交融，情随景迁，简洁精练，生动传神。作者抓住景物的特点进行描写。写山，突出连绵不断、遮天蔽日的特点。写水，则描绘不同季节的不同景象。夏天，江水漫上丘陵，来往的船只都被阻绝了。"春冬之时，则素湍绿潭，回清倒影。绝𪩘多生怪柏，悬泉瀑布，飞漱其间。"雪白的激流，碧绿的潭水，回旋的清波，美丽的倒影，使作者禁不住赞叹"良多趣味"。到了秋天，则"林寒涧肃，常有高猿长啸"，那凄厉的叫声持续不断，在空旷的山谷里"哀转久绝"。三峡的奇异景象，被描绘得淋漓尽致。作者写景，采用的是大笔点染的手法，寥寥一百五十余字，就把七百里三峡万千气象尽收笔底。写春冬之景，着"素""绿""清""影"数字；写秋季的景色，着"寒""肃""凄""哀"数字，便将景物的神韵生动地表现了出来。文篇先写山，后写水，布局自然，思路清晰。写水则分不同季节分别着墨。

21世纪应用型精品规划教材·旅游管理专业

在文篇的节奏上，也是动静相生，摇曳多姿。高峻的山峰，汹涌的江流，清澈的碧水，飞悬的瀑布，哀转的猿鸣，悲凉的渔歌，构成了一幅幅风格迥异而又自然和谐的画面，给读者以深刻的印象。引用的诗句突出表现了山高水长的特点，同时渲染了三峡秋色悲寂凄凉的气氛。

3. 鲍照《芜城赋》

泳迤平原[1]，南驰苍梧涨海[2]，北走紫塞雁门[3]。柂以漕渠[4]，轴以昆岗[5]，重关复江之陾[6]，四会五达之庄[7]。当昔全盛之时，车挂辖[8]，人驾肩[9]。廛闬扑地[10]，歌吹沸天[11]。孳货盐田[12]，铲利铜山[13]，才力雄富，士马精妍[14]。故能侈秦法[15]，佚周令[16]，划崇墉[17]，刳濬洫[18]，图修世以休命[19]。是以板筑雉堞之殷[20]，井干烽橹之勤[21]，格高五岳[22]，袤广三坟[23]，崒若断岸[24]，矗似长云[25]。制磁石以御冲[26]，糊赪壤以飞文[27]。观基局之固护[28]，将万祀而一君[29]。出入三代[30]，五百余载，竟瓜剖而豆分[31]。泽葵依井[32]，荒葛罥涂[33]。坛罗虺蜮[34]，阶斗鼺鼯[35]。木魅山鬼[36]，野鼠城狐，风嗥雨啸，昏见晨趋。饥鹰厉吻[37]，寒鸱吓雏[38]，伏暴藏虎[39]，乳血飧肤[40]。崩榛塞路，峥嵘古馗[41]。白杨早落，寒草前衰。棱棱霜气[42]，簌簌风威[43]。孤蓬自振[44]，惊沙坐飞。灌莽杳而无际[45]，丛薄纷其相依[46]。通池既已夷[47]，峻隅又以颓[48]。直视千里外，唯见起黄埃。凝思寂听，心伤已摧。若夫藻扃黼帐[49]，歌堂舞阁之基；璇渊碧树[50]，弋林钓渚之馆[51]；吴蔡齐秦之声[52]，鱼龙爵马之玩[53]；皆薰歇烬灭，光沉响绝[54]。东都妙姬，南国佳人，蕙心纨质，玉貌绛唇[55]，莫不埋魂幽石，委骨穷尘[56]。岂忆同辇之愉乐，离宫之苦辛哉[57]？天道如何，吞恨者多。抽琴命操[58]，为芜城之歌。歌曰："边风急兮城上寒，井径灭兮丘陇残[59]。千龄兮万代[60]，共尽兮何言。"

【注释】

(1) 泳(mí)迤(yǐ)：地势相连渐平的样子。

(2) 苍梧：汉置郡名。治所即今广西梧州市。涨海：即南海。

(3) 紫塞：指长城。《文选》李善注："崔豹《古今注》曰：秦所筑长城，土皆色紫。汉塞亦然，故称紫塞。"雁门：秦置郡名。在今山西西北。以上两句谓广陵南北通极远之地。

(4) 柂(duò)：拖引。漕渠：古时运粮的河道。这里指古邗沟，即春秋时吴王夫差所开，自今江都西北至淮安三百七十里的运河。

(5) 轴：车轴。昆岗：亦名阜岗、昆仑岗、广陵岗。广陵城在其上(见《太平御览》卷一六九引《郡国志》)。句谓昆岗横贯广陵城下。如车轮轴心。

(6) "重关"句：谓广陵城为重重叠叠的江河关口所遮蔽。陬：隐蔽深邃之地，通"奥"。

(7) "四会"句：谓广陵有四通八达的大道。《尔雅·释宫》："五达谓之康。六达谓之庄。"

(8) 轊(wèi)：车轴的顶端。挂轊，即车轴头互相碰撞。

(9) 驾：陵；相迫。以上两句写广陵繁华人马拥挤的情况。

(10) 廛(chán)闬(hàn)扑地：遍地是密匝匝的住宅。廛：市民居住的区域。闬：闾；里门。扑地：即遍地。

(11) 歌吹：歌唱及吹奏。

(12) 挈：繁殖。货：财货。盐田：《史记》记西汉初年。广陵为吴王刘濞所都。刘曾命人煮海水为盐。

(13) 铲利：开采取利。铜山：产铜的山。刘濞曾命人开采郡内的铜山铸钱。以上两句谓广陵有盐田铜山之利。

(14) 精妍：指士卒训练有素而装备精良。

(15) 侈：轶；超过。

(16) 佚：超越。此两句谓刘濞据广陵。一切规模制度都超过秦、周。

(17) 划崇墉(yōng)：谓建造高峻的城墙。划：剖开。

(18) 刳(kū)濬(jùn)洫(xù)：凿挖深沟。刳：凿。濬：深。洫：沟渠。

(19) "图修"句：谓图谋长世和美好的天命。休：美好。

(20) 板筑：以两板相夹，中间填土，然后夯实的筑墙方法。这里指修建城墙。雉堞：女墙。城墙长三丈高一丈称一雉；城上凹凸的墙垛称堞。殷：大；盛。

(21) 井干(hán)：原指井上的栏圈。此谓筑楼时木柱木架交叉的样子。烽：烽火。古时筑城，以烽火报警。橹：望楼。此谓大规模地修筑城墙。营建烽火望楼。

(22) 格：格局。这里指高度。五岳：指东岳泰山、西岳华山、南岳衡山、北岳恒山、中岳嵩山。

(23) 袤(mào)广：南北间的宽度称袤。东西的广度称广。三坟：说法不一，此似指《尚书·禹贡》所说兖州土黑坟。青州土白坟。徐州土赤埴坟。坟为"隆起"之意。土黏曰"埴"。以上三州与广陵相接。

21世纪应用型精品规划教材·旅游管理专业

(24) 崒(zú)：危险而高峻。断岸：陡峭的河岸。

(25) 矗(chù)：耸立。此两句形容广陵城的高峻和平齐。

(26) 御冲：防御持兵器冲进来的歹徒。《御览》卷一八三引《西京记》："秦阿房宫以磁石为门。怀刃入者辄止之。"

(27) 赪(chēng)：红色。飞文：光彩相照。此谓墙上用红泥糊满光彩焕发。

(28) 基扃(jiǒng)：即城阙。扃：门上的关键。固护：牢固。

(29) 万祀：万年。

(30) 出入：犹言经历。三代：指汉、魏、晋。

(31) 瓜剖、豆分：以瓜之剖、豆之分喻广陵城崩裂毁坏。

(32) 泽葵：莓苔一类植物。

(33) 葛：蔓草。善缠绕在其他植物上。罥(juàn)：挂绕。涂：即"途"。

(34) 坛：堂中。罗：罗列；布满。虺(huǐ)：毒蛇。蜮(yù)：相传能在水中含沙射人的动物，形似鳖，一名短狐。

(35) 麕(jūn)：獐。似鹿而体形较小。鼯(wú)：鼯鼠。长尾，前后肢间有薄膜，能飞，昼伏夜出。

(36) 木魅：木石所幻化的精怪。

(37) 砺：磨。吻：嘴。

(38) 鸱(chī)：鹞鹰。吓：怒叫声；恐吓声。

(39) 暴：猛兽。

(40) 乳血：饮血。飧肤：食肉。

(41) 馗(kuí)：同"逵"，大路。

(42) 稜稜：严寒的样子。

(43) 簌(sù)簌：风声劲急貌。

(44) 振：拔；飞。

(45) 灌莽：草木丛生之地。杳(yǎo)：幽远。

(46) 丛薄：草木杂处。

(47) 通池：城濠；护城河。夷：填平。

(48) 峻隅：城上的角楼。

(49) 藻扃：彩绘的门户。黼(fú)帐：绣花帐。

(50) 璇渊：玉池。璇：美玉。

(51) 弋(yì)：用系着绳子的箭射鸟。

(52) 吴、蔡、齐、秦之声：谓各地聚集于此的音乐歌舞。

(53) 鱼龙爵马：古代杂技的名称。爵：通"雀"。

(54) "皆薰"两句：谓玉树池馆以及各种歌舞技艺，都毁损殆尽。薰：花草香气。

(55) 蕙：兰蕙。开淡黄绿色花，香气馥郁。蕙心：芳心。纨：丝织的细绢。纨质，丽质。

(56) 委：弃置。穷：尽。

(57) 同辇(niǎn)：古时帝王命后妃与之同车，以示宠爱。离宫：即长门宫，为失宠者所居。两句紧接上文，谓美人既无得宠之欢乐，亦无失宠之忧愁。

(58) 抽：取。命操：谱曲。命：名。操：琴曲名。作曲当命名。

(59) 井径：田间的小路。丘陇：坟墓。

(60) 千龄：千年。

【赏析】

《芜城赋》是鲍照赋作中的名篇。芜城，即荒芜的城，指广陵(今江苏扬州市)。作者着力描绘的是战乱之后，古城的芜败、荒凉，是一篇感叹兴衰变化的吊古之作，然而起笔从当年的繁荣兴盛写起，极力表现它的市场喧嚣，人丁兴旺，交通方便，四通八达，气势非凡，而后笔锋一转，才写到古城的芜废、衰败。从表面上看，整篇以写景为主，用两幅景物，色彩、气氛完全对立的画面，构成今昔不同的对比，似乎写的全是景，其实，却处处表达的是作者对无限兴亡的感慨，全是情，即所谓情寓景中。

4. 吴均《与宋元思书》

风烟俱净，天山共色，从流飘荡，任意东西。自富阳至桐庐，一百许里，奇山异水，天下独绝。水皆缥碧(2)，千丈见底；游鱼细石，直视无碍。急湍甚箭，猛浪若奔。夹岸高山，皆生寒树，负势竞上，互相轩邈(3)，争高直指，千百成峰。泉水激石，泠(音：伶)泠作响；好鸟相鸣，嘤嘤成韵。蝉则千转不穷，猿则百叫无绝。鸢(音：渊)飞戾天者(4)，望峰息心；经纶世务者，窥谷忘返。横柯上蔽，在昼犹昏；疏条交映，有时见日。

21世纪应用型精品规划教材·旅游管理专业

【注释】

(1) 书：是古代的一种文体。

(2) 缥(piǎo)碧：原作"漂碧"，据其他版本改为此，青白色。

(3) 轩邈(miǎo)：意思是这些高山仿佛都在争着往高处和远处伸展。轩，向高处伸展。邈，向远处伸展。这两个词在这里形容词活用为动词用。

(4) 鸢(yuān)飞戾(lì)天：出自《诗经·大雅·旱麓》。老鹰高飞入天，这里比喻追求名利极力攀高的人。鸢，俗称老鹰，善高飞，是一种凶猛的鸟。戾，至。

【赏析】

吴均(469—520)字叔庠，梁朝吴兴故鄣(今浙江安吉)人。他在当时的文坛上颇有影响，有人仿效他的文体，称"吴均体"。其诗文多描绘山水景物，文辞清拔，格调隽永。本篇以书信短札的形式，描写了富阳至桐庐一百里许秀丽的山水景物。文体骈散相间，笔致清新隽永，历历如绘，是六朝山水小品中的佳作。作者观察细腻，描写精微，善于抓住自然景物的特点，选取精彩画面，绘就出一幅形、声、色、势俱佳的山水画。作者写得从容、空灵、唯美，堪与陶弘景的《答谢中书书》媲美。不仅如此，作者在文中还提出了一个观点，即自然山水对人的灵魂有净化和洗涤作用。"鸢飞戾天者，望峰息心；经纶世务者，窥谷忘反。"在《与施从事书》一文里，他也认为大自然"信足荡累颐物，悟衷散赏"，可以陶冶性情，舒展心胸。是啊，天下熙熙攘攘，皆为名利二字。但美丽、清幽的大自然，却能让人将尘世看淡，将功名放下，进入忘我之境，回归人的本真。正如清代许梿在《六朝文絜笺注》中评价本篇所说："扫除浮艳，淡然五尘。"

5. 王勃《滕王阁序》

豫章故郡[(1)]，洪都新府。星分翼轸[(2)]，地接衡庐。襟三江而带五湖[(3)]，控蛮荆而引瓯越。物华天宝，龙光射牛斗之墟[(4)]；人杰地灵，徐孺下陈蕃之榻[(5)]。雄州雾列，俊采星驰[(6)]。台隍枕夷夏之交，宾主尽东南之美[(7)]。都督阎公之雅望，棨戟遥临[(8)]；宇文新州之懿范，襜帷暂驻[(9)]。十旬休假，胜友如云；千里逢迎，高朋满座。腾蛟起凤，孟学士之词宗；紫电青霜，王将军之武库。家君作宰，路出名区；童子何知，躬逢胜饯。(豫章故郡 一作：南昌故郡)

时维九月，序属三秋。潦水尽而寒潭清[(10)]，烟光凝而暮山紫。俨骖騑于上路[(11)]，访风景于崇阿。临帝子之长洲，得天人之旧馆。层峦耸翠，上出重霄；飞阁流丹，下临无地。

鹤汀凫渚，穷岛屿之萦回；桂殿兰宫，即冈峦之体势。(层峦　一作：层台；即冈　一作：列冈；天人　一作：仙人；飞阁流丹　一作：飞阁翔丹)

披绣闼，俯雕甍⁽¹²⁾，山原旷其盈视，川泽纡其骇瞩。闾阎扑地⁽¹³⁾，钟鸣鼎食之家；舸舰迷津，青雀黄龙之舳⁽¹⁴⁾。云销雨霁，彩彻区明。落霞与孤鹜齐飞，秋水共长天一色。渔舟唱晚，响穷彭蠡之滨⁽¹⁵⁾，雁阵惊寒，声断衡阳之浦。(轴　通：舳；迷津　一作：弥津；云销雨霁，彩彻区明　一作：虹销雨霁，彩彻云衢)

遥襟甫畅，逸兴遄飞。爽籁发而清风生⁽¹⁶⁾，纤歌凝而白云遏⁽¹⁷⁾。睢园绿竹⁽¹⁸⁾，气凌彭泽之樽；邺水朱华⁽¹⁹⁾，光照临川之笔。四美具⁽²⁰⁾，二难并⁽²¹⁾。穷睇眄于中天，极娱游于暇日。天高地迥，觉宇宙之无穷；兴尽悲来，识盈虚之有数。望长安于日下，目吴会于云间⁽²²⁾。地势极而南溟深⁽²³⁾，天柱高而北辰远。关山难越，谁悲失路之人⁽²⁴⁾；萍水相逢，尽是他乡之客。怀帝阍而不见⁽²⁵⁾，奉宣室以何年？(遥襟甫畅　一作：遥吟俯畅)

嗟乎！时运不齐，命途多舛。冯唐易老，李广难封。屈贾谊于长沙，非无圣主；窜梁鸿于海曲⁽²⁶⁾，岂乏明时？所赖君子见机⁽²⁷⁾，达人知命。老当益壮，宁移白首之心？穷且益坚，不坠青云之志。酌贪泉而觉爽，处涸辙以犹欢。北海虽赊，扶摇可接；东隅已逝，桑榆非晚。孟尝高洁⁽²⁸⁾，空余报国之情；阮籍猖狂⁽²⁹⁾，岂效穷途之哭！(见机　一作：安贫)

勃，三尺⁽³⁰⁾微命⁽³¹⁾，一介书生。无路请缨，等终军之弱冠；有怀投笔，慕宗悫之长风。舍簪笏于百龄，奉晨昏于万里⁽³²⁾。非谢家之宝树，接孟氏之芳邻。他日趋庭，叨陪鲤对；今兹捧袂，喜托龙门。杨意不逢，抚凌云而自惜；钟期既遇，奏流水以何惭？

呜呼！胜地不常，盛筵难再；兰亭已矣，梓泽丘墟。临别赠言，幸承恩于伟饯；登高作赋，是所望于群公。敢竭鄙怀，恭疏短引；一言均赋，四韵俱成。请洒潘江，各倾陆海云尔：

滕王高阁临江渚，佩玉鸣鸾罢歌舞。

画栋朝飞南浦云，珠帘暮卷西山雨。

闲云潭影日悠悠，物换星移几度秋。

阁中帝子今何在？槛外长江空自流。

【注释】

(1) 豫章：滕王阁在今江西省南昌市。南昌，为汉豫章郡治。唐代宗当政之后，为了避讳唐代宗的名(李豫)，"豫章故郡"被替换为"南昌故郡"。所以现在滕王阁内的石碑以及

21世纪应用型精品规划教材·旅游管理专业

苏轼的手书都作"南昌故郡"。

(2) 星分翼轸：古人习惯以天上星宿与地上区域对应，称为"某地在某星之分野"。据《晋书·天文志》，豫章属吴地，吴越扬州当牛斗二星的分野，与翼轸二星相邻。翼、轸，星宿名，属二十八宿。

(3) 五湖：一说指太湖、鄱阳湖、青草湖、丹阳湖、洞庭湖，又一说指菱湖、游湖、莫湖、贡湖、胥湖，皆在鄱阳湖周围，与鄱阳湖相连。以此借为南方大湖的总称。

(4) 龙光射牛斗之墟：龙光，指宝剑的光辉。牛、斗，星宿名。墟、域，所在之处。据《晋书·张华传》，晋初，牛、斗二星之间常有紫气照射。张华请教精通天象的雷焕，雷焕称这是宝剑之精，上彻于天。张华命雷焕为丰城令寻剑，果然在丰城(今江西省丰城市，古属豫章郡)牢狱的地下，掘地四丈，得一石匣，内有龙泉、太阿二剑。后这对宝剑入水化为双龙。

(5) 徐孺：徐孺子的省称。徐孺子名稚，东汉豫章南昌人，当时是名隐士。据《后汉书·徐稚传》，东汉名士陈蕃为豫章太守，不接宾客，惟徐稚来访时，才设一睡榻，徐稚去后又悬置起来。

(6) 采：同"寀"，官员，这里指人才。

(7) 东南之美：泛指各地的英雄才俊。《诗经·尔雅·释地》："东南之美，有会稽之竹箭；西南之美，有华山之金石。"会稽就是今天的绍兴，后用"东箭南金"泛指各地的英雄才俊。

(8) 棨戟：外有赤黑色缯作套的木戟，古代大官出行时用。这里代指仪仗。

(9) 襜帷：车上的帷幕，这里代指车马。

(10) 潦水：雨后的积水。

(11) 骖騑：驾车的马匹。

(12) 雕甍：雕饰华美的屋脊。

(13) 闾阎：里门，这里代指房屋。

(14) 青雀黄龙：船的装饰形状，船头作鸟头型，龙头型。

(15) 彭蠡：古代大泽，即今鄱阳湖。

(16) 爽籁：清脆的排箫音乐。籁，管子参差不齐的排箫。

(17) 白云遏：形容音响优美，能驻行云。《列子·汤问》："薛谭学讴于秦青，未穷青之技，自谓尽之，遂辞归。秦青弗止，饯于郊衢。抚节悲歌，声振林木，响遏行云。"

(18) 睢园绿竹：睢园，即汉梁孝王菟园，梁孝王曾在园中聚集文人饮酒赋诗。《水经注》："睢水又东南流，历于竹圃……世人言梁王竹园也。"

(19) 朱华：荷花。曹植《公宴诗》："秋兰被长坂，朱华冒绿池。"

(20) 四美：指良辰、美景、赏心、乐事。另一说，四美：音乐、饮食、文章、言语之美。刘琨《答卢谌诗》："音以赏奏，味以殊珍，文以明言，言以畅神。之子之往，四美不臻。"

(21) 二难：指贤主、嘉宾难得。谢灵运《拟魏太子邺中集诗序》："天下良辰、美景、赏心、乐事，四者难并。"王勃说"二难并"活用谢文，良辰、美景为时地方面的条件，归为一类；赏心、悦目为人事方面的条件，归为一类。

(22) 吴会(kuài)：古代绍兴的别称，绍兴古称吴会、会稽，是三吴之首(吴会、吴郡、吴兴)，唐代绍兴是国际大都市，与长安齐名。同时期的诗人宋之问也有意思相近的一首诗："薄游京都日，遥羡稽山名。"

(23) 南溟：南方的大海。见《庄子·逍遥游》。

(24) 失路：仕途不遇。

(25) 帝阍：天帝的守门人。屈原《离骚》："吾令帝阍开关兮，倚阊阖而望予。"此处借指皇帝的宫门奉宣室，代指入朝做官。贾谊迁谪长沙四年后，汉文帝复召他回长安，于宣室中问鬼神之事。宣室，汉未央宫正殿，为皇帝召见大臣议事之处。

(26) 梁鸿：东汉人，作《五噫歌》讽刺朝廷，因此得罪汉章帝，避居齐鲁、吴中。

(27) 机："机"通"几"，预兆，细微的征兆。《易·系辞下》："君子见几(机)而作。"

(28) 孟尝：据《后汉书·孟尝传》，孟尝字伯周，东汉会稽上虞人。曾任合浦太守，以廉洁奉公著称，后因病隐居。桓帝时，虽有人屡次荐举，终不见用。

(29) 阮籍：字嗣宗，晋代名士，不满世事，佯装狂放，常驾车出游，路不通时就痛哭而返。《晋书·阮籍传》：籍"时率意独驾，不由径路。车迹所穷，辄恸哭而反"。

(30) 三尺：衣带下垂的长度，指幼小。古时服饰制度规定束在腰间的绅的长度，因地位不同而有所区别，士规定为三尺。古人称成人为"七尺之躯"，称不大懂事的小孩儿为"三尺童儿"。

(31) 微命：即"一命"，周朝官阶制度是从一命到九命，一命是最低级的官职。

(32) 奉晨昏：侍奉父母。《礼记·曲礼上》："凡为人子之礼……昏定而晨省。"

21世纪应用型精品规划教材·旅游管理专业

【赏析】

本文因饯别而作，但对宴会之盛仅略叙，数笔带过，而倾全力写登阁所见之景，因景而生之情，不落窠臼，独辟蹊径。本文原题为《秋日登洪府滕王阁饯别序》，全文运思谋篇，都紧扣这个题目。全文共分四段，第一段历叙洪都雄伟的地势、游玩的时间、珍异的物产、杰出的人才以及尊贵的宾客，紧扣题中"洪府"二字来写；第二段展示的是一幅流光溢彩的滕王阁秋景图，近观远眺，都是浓墨重彩，写出了滕王阁壮美而又秀丽的景色，紧扣题目"秋日""登滕王阁"六字来写；第三段由对宴会的描写转而引出人生的感慨，紧扣题目中"饯"字来写；最后一段自叙遭际，表示当此临别之际，既遇知音，自当赋诗作文，以此留念，这是紧扣题中"别""序"二字来写。由此看来，全文层次井然，脉络清晰；由地及人，由人及景，由景及情，可谓丝丝入扣，层层扣题。《滕王阁序》的写景颇有特色，作者精心勾画，苦苦经营，运用灵活多变的手法描写山水，体现了一定的美学特征：①色彩变化。文篇极写景物的色彩变化。如"紫电青霜"中的"紫电"，"飞阁流丹"中的"流丹"，"层峦耸翠"中的"耸翠"，"青雀黄龙之轴"中的"青雀""黄龙"，无不色彩缤纷，摇曳生辉。尤其"潦水尽而寒潭清，烟光凝而暮山紫"一句，不囿于静止画面色彩，着力表现水光山色之变化，上句朴素淡雅，下句设色凝重，被前人誉为"写尽九月之景"之句。②远近变化。作者采用恰当的方法，犹如电影的拍摄技术，由近及远，构成一幅富有层次感和纵深感的全景图。"鹤汀凫渚"四句写阁四周景物，是近景；"山原旷其盈视"二句写山峦、平原和河流、湖泽，是中景；"云销雨霁"以下则是水田浩渺的远景。这种写法，是《滕王阁序》写景最突出的特点，体现了作者立体化的审美观，把读者带进了如诗如画的江南胜境，读者和景物融为一体，人在景中，景中有人。③上下浑成。"层峦耸翠"四句，借视角变化，使上下相映成趣，天上地下，城里城外，相与为一，不可分离，体现了作者整齐划一的审美观。而"落霞与孤鹜齐飞，秋水共长天一色"更是写景名句，水天相接，浑然天成，构成一幅色彩明丽的美妙图画。④虚实相衬。"渔舟唱晚"四句，即凭借听觉联想，用虚实手法传达远方的景观，使读者开阔眼界，视通万里。实写虚写，相互谐调，相互映衬，极尽铺叙写景之能事，使人读完后犹如身临江南水乡。难怪韩愈情不自禁地称赞说："江南多临观之类，而滕王阁独为第一。"

6. 苏轼《前赤壁赋》

壬戌之秋⁽¹⁾，七月既望⁽²⁾，苏子与客泛舟游于赤壁之下。清风徐来，水波不兴。举酒属客⁽³⁾，诵明月之诗，歌窈窕之章。少焉，月出于东山之上，徘徊于斗牛之间。白露横江，水光接天。纵一苇之所如，凌万顷之茫然。浩浩乎如冯虚御风⁽⁴⁾，而不知其所止；飘飘乎如遗世独立，羽化而登仙。

于是饮酒乐甚，扣舷而歌之⁽⁵⁾。歌曰："桂棹兮兰桨，击空明兮溯流光。渺渺兮予怀，望美人兮天一方⁽⁶⁾。"客有吹洞箫者，倚歌而和之。其声呜呜然，如怨如慕，如泣如诉；余音袅袅，不绝如缕。舞幽壑之潜蛟，泣孤舟之嫠妇。

苏子愀然⁽⁷⁾，正襟危坐，而问客曰："何为其然也？"客曰："'月明星稀，乌鹊南飞。'此非曹孟德之诗乎？西望夏口，东望武昌，山川相缪⁽⁸⁾，郁乎苍苍，此非孟德之困于周郎者乎？方其破荆州，下江陵，顺流而东也，舳舻千里⁽⁹⁾，旌旗蔽空，酾酒临江⁽¹⁰⁾，横槊赋诗⁽¹¹⁾，固一世之雄也，而今安在哉？况吾与子渔樵于江渚之上，侣鱼虾而友麋鹿，驾一叶之扁舟，举匏樽以相属。寄蜉蝣于天地，渺沧海之一粟。哀吾生之须臾，羡长江之无穷。挟飞仙以遨游，抱明月而长终。知不可乎骤得，托遗响于悲风。"

苏子曰："客亦知夫水与月乎？逝者如斯，而未尝往也；盈虚者如彼，而卒莫消长也。盖将自其变者而观之，则天地曾不能以一瞬；自其不变者而观之，则物与我皆无尽也，而又何羡乎！且夫天地之间，物各有主，苟非吾之所有，虽一毫而莫取。惟江上之清风，与山间之明月，耳得之而为声，目遇之而成色，取之无禁，用之不竭。是造物者之无尽藏也⁽¹²⁾，而吾与子之所共适⁽¹³⁾。"（共适　一作：共食）

客喜而笑，洗盏更酌。肴核既尽，杯盘狼藉。相与枕藉乎舟中，不知东方之既白。

【注释】

(1) 壬戌：宋神宗元丰五年，岁在壬戌。

(2) 既望：既，过了；望，农历十五日。"既望"指农历十六日。

(3) 属：通"嘱"，致意，此处引申为"劝酒"的意思。

(4) 冯虚御风：(像长出羽翼一样)驾风凌空飞行。冯：通"凭"，乘。虚：太空。御：驾御(驭)。

(5) 扣舷：敲打着船边，指打节拍，舷，船的两边。

(6) 美人：此为苏轼借鉴的屈原的文体。用美人代指君主。古诗文多以指自己所怀念向往的人。

(7) 愀(qiǎo 巧)然：容色改变的样子。

(8) 缪：通"缭"，盘绕。

(9) 舳舻(zhú lú 逐卢)：战船前后相接。这里指战船。

(10) 醨(shī)酒：斟酒。

(11) 横槊(shuò)：横执长矛。

(12) 无尽藏(zàng)：佛家语。指无穷无尽的宝藏。

(13) 共食：共享。苏轼手中《赤壁赋》作"共食"，明代以后多"共适"。

【赏析】

清代古文家方苞评论这篇赋说："所见无绝殊者，而文境邈不可攀，良由身闲地旷，胸无杂物，触处流露，斟酌饱满，不知其所以然而然。岂惟他人不能模仿，即使子瞻更为之，亦不能如此适调而畅遂也。"苏轼通过各种艺术手法表现自己坦荡的胸襟，他只有忘怀得失，胸襟坦荡，才能撰写出"文境邈不可攀"的《前赤壁赋》来。

本文写于元丰五年(1082年)七月，这时苏轼谪居黄州已近四年。此赋通过月夜泛舟、饮酒赋诗引出主客对话的描写，既从客之口中说出了吊古伤今之情感，也从苏子所言中听到矢志不移之情怀，全赋情韵深致、理意透辟，实是文赋中之佳作。"情、景、理"融合，全文不论抒情还是议论始终不离江上风光和赤壁故事，形成了情、景、理的融合。通篇以景来贯串，风和月是主景，山和水辅之。作者抓住风和月展开描写与议论。文篇分三层来表现作者复杂矛盾的内心世界：首先写月夜泛舟大江，饮酒赋诗，使人沉浸在美好景色之中而忘怀世俗的快乐心情；再从凭吊历史人物的兴亡，感到人生短促，变动不居，因而跌入现实的苦闷；最后阐发变与不变的哲理，申述人类和万物同样是永久地存在，表现了旷达乐观的人生态度。写景、抒情、说理达到了水乳交融的程度。

"以文为赋"的体裁形式。此文既保留了传统赋体那种诗的特质与情韵，同时又吸取了散文的笔调和手法，打破了赋在句式、声律的对偶等方面的束缚，更多是散文的成分，使文篇兼具诗歌的深致情韵，又有散文的透辟理念。散文的笔势笔调，使全篇文情抑扬顿挫，如"万斛泉涌"喷薄而出。与赋的讲究对偶不同，它相对更自由，如开头的一段"壬戌之秋，七月既望，苏子与客泛舟游于赤壁之下"，全是散句，参差疏落之中又有整饬之致。以下直至篇末，大多押韵，但换韵较快，而且换韵处往往就是文意的一个段落，这就使本文特别宜于诵读，并且极富声韵之美，体现了韵文的长处。

意象连贯，结构严谨。景物的连贯，不仅在结构上使全文俨然一体，精湛缜密，而且还沟通了全篇的感情脉络和起伏变化。起始时写景，是作者旷达、乐观情状的外观；"扣舷而歌之"则是因"空明""流光"之景而生，由"乐甚"向"愀然"的过渡；客人寄悲哀于风月，情绪转入低沉消极；最后仍是从眼前的明月、清风引出对万物变异、人生哲理的议论，从而消释了心中的感伤。景物的反复穿插，丝毫没有给人以重复拖沓的感觉，反而在表现人物悲与喜消长的同时再现了作者矛盾心理的变化过程，最终达到了全文诗情画意与议论理趣的完美统一。

习　题

(一) 填空题

1.　"海日生残夜，春江入旧年"这两句诗蕴含着自然万物不断_____的理趣，句中的"日"与"春"是_____的象征。

2.　"楚塞接三湘，荆门九派通_____，_____。(王维《汉江临眺》)

3.　曲径通幽处，_____，山光悦鸟性，_____。(常建《题破山寺后禅院》)

4.　"移舟泊烟渚，日暮客愁新。_____，_____。(孟浩然《宿建德江》)

5.　黑云翻墨未遮山，_____。卷地风来忽吹散，_____。(苏轼《六月二十七望湖楼醉书》)

6.　西塞山前白鹭飞，_____。青箬笠，绿蓑衣，_____。(张志和《渔天》)

7.　枯藤老树昏鸦，_____，_____。夕阳西下，_____。(马致远《天净沙·秋思》)

(二) 单项选择题

1.　诗经中，被称为"开后世冶游艳诗之祖"的篇目是(　　)。

21世纪应用型精品规划教材·旅游管理专业

A. 《关雎》　　　B. 《硕鼠》　　　C. 《伐檀》　　　D. 《溱洧》

2. "以文为诗"，追求奇险的唐代著名作家是(　　)。

A. 杜甫　　　　B. 孟郊　　　　C. 贾岛　　　　D. 韩愈

3. 杜甫的"江山如有待，花柳自无私"的诗句运用了(　　)手法。

A. 比喻　　　　B. 夸张　　　　C. 拟人　　　　D. 借代

4. 被后人称为"梅妻鹤子"的宋代诗人是(　　)。

A. 温庭筠　　　B. 林逋　　　　C. 范成大　　　D. 梅尧臣

5. 王安石的"日净山如染，风喧草欲薰，梅残数点雪，麦涨一溪云"写的是(　　)。

A. 秋末之景　　B. 初夏之景　　C. 冬日之景　　D. 初春之景

6. 李白的"众鸟高飞尽，孤云独去闲。相看两不厌，只有敬亭山"表达了诗人的(　　)。

A. 对敬亭山的酷爱　　　　　　　B. 闲适好静的心境

C. 厌世归隐之心　　　　　　　　D. 对在人间遭到冷遇的愤怒

(三) 简答题

1. 写出"鸡声茅店月，人迹板桥霜"两句诗所表现出的连续性画面。

2. 试简述朱熹的《水口行舟》中后两句"今朝试卷孤蓬看，依归春山绿树多"所揭示的哲理。

3. 简析苏轼《饮湖上初晴雨后》诗妙喻的特点。

4. 简析李清照的《如梦令》所表现的意境和人物心态。

5. 叶绍翁的"满园春色关不住，一枝红杏出墙来"蕴含着什么深刻的含义?

6. 分析谢灵运名句"池塘生春草，园柳变鸣禽"的意境。

第五章 旅游散文名篇导读

旅游散文指旅游文学中除诗、词、曲以外的写景并在写景基础上抒情、言志的文学作品。旅游散文是旅游文学的重要组成部分，取材极为广泛，文笔轻松，描写生动，给人以丰富的社会知识和美的感受。旅游散文不仅包括游记，还包括那些描写、议论旅游生活或旅游服务的广义的散文，如报告文学(包括文艺性的通讯、速写、特写)、杂文(包括杂谈、杂感、随笔)以及导游词等。游记，从文体上说，以散文为主，也有一部分是骈文。

一、散文游记的特征

散文游记有以下四方面的特征。

1. 借景抒情，具有浓郁的抒情性

散文游记以写景为主，但在写景的过程中，往往寓寄着作者的感情。作者在赏景记游的过程中，将感情寓于具体的写景叙事或形象塑造上，通过景物、情境或人物抒发自己的感受。如唐柳宗元《始得西山宴游记》一文中，通过描写作者登上西山后所见的景色："其高下之势，岈然洼然，若垤若穴，尺寸千里，攒蹙累积，莫得遁隐，萦青缭白，外与天际，四望如一。然后知是山之特立，不与培塿为类。"着重抒发了作者登临西山时那种"心凝形释，与万物冥合"，陶醉于大自然的深切感受，流露出作者对当时处境的不满，也暗寓着他虽身处逆境但仍然执着追求革新的精神。在一幅绚丽多姿、萦青绕白的山水图画里蕴藏着一位失意政治家深厚的情感！

2. 抒怀写意，具有较强的说理性

散文游记就是记叙游览中的所见所闻、所思所感，因此，情、景、理互相交融，浑然一体。作者在写景的过程中，抒怀写意，记游喻理，寓理于景。如王安石《游褒禅山记》就是一篇以抒写感受、发表议论为重点的游记。作者记游喻理，紧密结合，以"深""难""奇"为中心，抒发了许多感慨："夫夷以近，则游者众，险以远，则至者少，而世之奇伟瑰怪非常之观，常在于险远，而人之所罕至焉，故非有志者不能至也。"这既是写游褒禅山，又是写做大事业，使具体的叙事增加了思想深度，又使抽象的说理具有想象性和生

动性，使全文具有很强的说理性。

3. 摹山绘水，具有强烈的美感性

旅游是一种审美活动，整个旅游过程就是一种追求美的过程。所以，游记散文在摹山绘水的记游过程中，也就反映出特定的审美内容，具有强烈的美感性。旅游活动多种多样，游记散文的审美内容也丰富多彩，既可描绘建筑、雕塑、壁画体现出其艺术美，也可描写旖旎多姿的风光、历史悠久的古迹等体现其自然美、社会美，还可通过作者的巧妙构思、准确描绘体现出意境美、语言美。如范仲淹的《岳阳楼记》、郦道元的《三峡》等都体现出强烈的美感。

4. 内容丰富，具有很强的知识性

游记散文通过生动形象的描写，不仅能描绘出山水美、社会美，更能传达出丰富的知识内涵，给读者提供与旅游活动相关的各种知识、信息，包括各种历史文化知识、民情风俗知识、自然科学知识等，能使读者开阔眼界、启迪智慧。如郦道元的《水经注》、杨炫之的《洛阳伽蓝记》、徐宏祖的《徐霞客游记》不仅是优秀的文学作品，同时还为我们提供了大量的水文、地理、佛学、建筑、风俗民情等知识，使读者在赏析作品的同时，获取到丰富的知识。(资料来源：康玉庆主编《中国旅游文化》，中国科学技术出版社，2009)

二、旅游散文的类型及审美功能

1. 以写景为主的散文

以写景为主的散文主要是通过自然风光的描写，使读者开阔视野，增长知识，获得审美的愉悦。作品的功能主要是审美、娱乐和消闲。这类旅游散文所描写的对象，一般是新鲜奇异或者是作者独特发现的自然风光，或从新颖独特的角度所描绘的自然景物。

2. 写景抒情明理的散文

这类散文，在描绘自然风光的同时，抒发作者的人生感悟，揭示某种生活哲理。可以使读者在欣赏自然美的同时，又能获得思想的启迪。我国古代的记游散文中如宋代王安石的《游褒禅山记》、苏轼的《石钟山记》即是这类旅游散文的典范。

3. 时代散文

时代散文在记叙作者的行程游踪、描写自然风物的同时，力图展现出时代风貌，折射出时代精神，反映人民群众的愿望，或者揭示某些社会问题，同时融入作者的生命体验，袒露作者的内心世界，以引起人们的注意。如著名散文作家杨朔的旅游散文，其最大的特征，就是艺术地和诗意地讴歌当时社会新生活和具有美好品德的人物及新事物，讴歌劳动、创造、贡献、和平和祖国，如《荔枝蜜》。

4. 旅游文化散文

旅游文化散文以某处自然景观或人文景观为载体，偏重于对历史知识和文化知识的描述与介绍。如当代散文作家余秋雨的旅游散文就蕴含着深厚而沉重的现实和历史积淀，一处处人文景观便成了历史的浓缩，再由历史显现出文化，作者以独特的视角，独到的表现方式以及深沉思考体现出强烈的人生感、民族感和历史沧桑感。

第一节　古代游记

一、古代游记的产生与发展

古代游记的产生与发展大致经历了以下四个时期。

1. 孕育时期——先秦两汉

在先秦两汉的漫长历史发展中，散文游记经历了长期的孕育过程，我国最早具有游记雏形的作品是《山海经》和《穆天子传》。在《尚书》的"禹言"部分也有一些记载山川地理的段落，类似现在我们所说的游记。《山海经·西山经》"西四十五里，曰松果之山。口水出焉，北流注于渭，其中多铜。有鸟焉，其名曰【虫鸟】渠其状如山鸡，黑身赤足，可以已。又西六十里，曰太华之山，削成而四方，其高五千仞，其广十里，鸟兽莫居。有蛇焉，名曰肥口，六足四翼，见则天下大旱。又西八十里，曰小华之山，其木多荆杞，其兽多【牛乍】牛，其阴多磐石，其阳【王雩】琈之玉。鸟多赤鷩，可以御火。其草有草荔，状如乌韭，而生于石上，赤缘木而生，食之已心痛……"这段文字读起来像一则山水小品，可以看作是散文游记的某种萌芽。

21世纪应用型精品规划教材·旅游管理专业

到春秋战国时期，散文游记长时间孕育，以自然山水或即兴为内容的成分日渐增多，已初步具备了散文游记的雏形。例如《论语•先进》中的一段描写："莫春者，春服既成，冠者五六人，童子六七人，浴乎沂，风乎舞雩，咏而归。"这段精彩的描写是我国古代最早抒写春游的散文文字。

发展到两汉，文学作品中的旅游成分更多了，特别是描写帝王、贵族外出活动的作品，有的可以看成是散文游记作品。例如，东汉马第伯的《封禅仪记》就被一些评论家视为"我国第一篇游记散文""中国山水旅游文学史上单篇登山游记的开山之作"。文中有许多精彩生动的纪游描写，比如对登山活动的描写就较为完整地描写了登山、观览及下山的经过："是朝上山，骑行，往往道峻峭，不骑，步牵马，乍步乍骑。且相半，至中观留马。去平地二十里，南向极望无不睹，仰望天阙，如从谷底仰观抗峰。其为高也，如视浮云，其峻也，石壁窈窱，如无道径通，望其人，端如行朽兀，或为白厂，久之白者移过树乃知是人也。殊不可上，四布僵卧石上，有顷复苏。亦赖斋酒脯。处处有朱水，目辄为之明。复勉强相将行，到天关，自以已至也。问道中人，言尚十余里。其道旁山胁，大者广八九尺，狭者五六尺，仰视岩石松树，郁郁苍苍，若在云中。俯视溪谷，碌碌不可见丈尺。遂至天门之下。仰视天门窔辽，如从穴中视天。直上七里，赖其羊肠透迤，名曰环道，往往有更索，可得而登也。两从者扶牵，后人见前人履底，前人见后人顶，如画重累人矣。所谓磨胸石，扪天之难也。初上此道行十余步一休，稍疲，咽唇焦，五、六步一休，蹀蹀据顿，地不避湿暗，前有燥地，目视而两脚不随。"纪行、写景、感受和议论在文中都有反映。从这个角度来说，《封禅仪记》可以看作一篇广义的散文游记作品。

2. 形成时期——魏晋六朝

从汉末到魏晋南北朝，以山水自然为主要表现对象的作品空前活跃，相对完整的骈文游记应运而生。如东晋僧人慧远的《庐山诸道人游石门诗序》刻画了庐山石门山水的雄伟壮丽，"斯日也，众情奔悦，瞩览无厌。游观未久，而天气屡变：霄雾尘集，则万象隐形；流光回照，则众山倒影。开阖之际，状有灵焉，而不可测也。乃其将登，则翔禽拂翮，鸣猿厉响。归云回驾，想羽人之来仪；哀声相和，若玄音之有寄。虽仿佛犹闻，而神之以畅；虽乐不期欢，而欣以永日。当其冲豫自得，信有味焉，而未易言也。退而寻之，夫崖谷之间，会物无主，应不以情而开兴。引人致深若此，岂不以虚明朗其照，闲邃笃其情耶？并三复斯谈，犹昧然未尽。俄而太阳告夕，所存已往。乃悟幽人之玄览，达恒物之大情，其为神趣，岂山水而已哉！于是徘徊崇岭，流目四瞩；九江如带，丘阜成垤。因此而推，形有巨细，智亦宜然。乃喟然叹：宇宙虽遐，古今一契；灵鹫邈矣，荒途日隔。不有哲人，风迹谁存？应深悟远，慨焉长怀！各欣一遇之同欢，感良辰之难再，情发于中，遂共咏之云尔！"另外，还出现了一些骈散相间，甚至散多骈少的旅游作品，如东晋桓玄的《南游衡山诗序》："岁次降娄，夹钟之初，理楫将游于衡岭。涉湘千里，林阜相属；清川穷澄映之流，涯涘无纤埃之秽。修途逾迈，未见其极；穷日所经，莫非奇趣。姑洗之旬，始暨于衡岳，于是假足轻舆，宵言载驰，轩途三百，出径彻通。或垂柯跨谷，侠献交荫；或曲溪如塞，已绝复开；或步乘长岭，邈眺遥旷；或憩舆素石。映濯水湄。所以欣然奔悦，求路忘疲者，触事而至也。仰瞻翠摽，邈尔天际；身凌太清，独交霞景。周览甫毕，顿策岩阿；管弦并奏，清徵再响。思古永逝，神气未言。"记述作者跋涉千里去南岳衡山游览的经过和见闻，其中以衡山奇特景色和作者欢愉心情的描写，给读者留下深刻印象。全文以散句为主，偶有骈语，描写生动细致。又如陶渊明的《游斜川诗序》："辛酉岁正月五日，天气澄和，风物闲美。与二三邻曲，同游斜川。临长流，望曾城，鲂鲤跃鳞于将夕，水鸥乘和以翻飞。彼南阜者，名实旧矣，不复乃为嗟叹。若夫曾城，傍无依接，独秀中皋。遥想灵山，有爱嘉名。欣对不足，率尔赋诗。悲日月之遂往，悼吾年之不留。各疏年纪乡里，以记其时日。"生动、真切地记叙了作者与邻人同游斜川的所见所感，是一篇清新优美的旅游散文。

魏晋南北朝时期，虽然骈文游记已相对完整成熟，但没有独立完整的散文游记作品，一是当时的旅游散文大都已散失；二是当时不认为散文语言是文学语言，不过，这个时期的两部地理人文专著《水经注》和《洛阳伽蓝记》中的部分篇章历来被看作是散文游记的佳作。

3. 发展时期——唐宋元代

从隋代到唐玄宗开元盛世，文坛上仍旧盛行骈文，初唐王勃的《滕王阁序》，盛唐王维的《山中与秀才裴迪书》，描述山水景象，表现孤寂情怀，都是广为传诵的佳篇。

完整的散文游记的独立出现，是在唐德宗贞元年间到唐宪宗元和年间。韩愈、柳宗元倡导"古文运动"，改变了传统的文学观念，解决了散文的文学语言问题，游记也挣脱了骈文的束缚，使自然山水的形象变得更为充实有力。特别是柳宗元的《永州八记》等的出现，标志着古代散文游记的成熟。他的这些作品已不再是书品小札或解释山河的注文，也不再是附属诗赋韵文，而成为一种独立的文体发展起来。柳宗元的贡献不仅在于他精心写作这些摆脱了骈文束缚的散体作品，还在于这些作品具有巨大的艺术魅力。它们既善于抓住景物的个体特征，加以具体细致地描写，又能融入作者的主观感受，创造出情景交融的优美意境，如《至小丘西小石潭记》："从小丘西行百二十步，隔篁竹，闻水声，如鸣佩环，心乐之。伐竹取道，下见深潭，水尤清冽。全石以为底，近岸卷石底以出……青树翠蔓，蒙络摇缀，参差披拂。潭中鱼可百许头，皆若空游无所依。日光下彻，影布石上，怡然不动，俶尔远逝，往来翕忽。似与游者相乐。潭西南而望，斗折蛇行，明灭可见。其岸势犬牙差互，不可知其源。坐潭上，四面竹树环合，寂寥无人，凄神寒骨，悄怆幽邃。以其境过清，不可久居，乃记之而去。同游者：吴武陵，龚古，余弟宗玄。隶而从者，崔氏二小生：曰恕己，曰奉壹。"全文仅 200 余字，写修竹青树，写小溪水声，写潭中游鱼，全都自在无羁，创造了一个令人舒畅适怀的清幽境界。除柳宗元外，韩愈的《燕喜亭记》《记宜城驿》，白居易的《冷泉亭记》《庐山草堂记》《三游洞序》等，也都各有风致，别具特色。

宋代的散文游记较唐朝有了很大的发展。唐朝虽然完成了旅游散文的转化，使之成为一种独立的文学品种，艺术上也取得了可喜的成就，但作品较少，也不十分丰富，而到宋代却出现了繁荣的局面。作家众多，硕果累累。苏舜钦、欧阳修、王安石、苏轼、晁补之、陆游、范成大、王质、朱襄、邓牧、谢翱等都写有不少名篇佳构。如王安石的《游褒禅山记》："褒禅山亦谓之华山，唐浮图慧褒始舍于其址，而卒葬之；以故其后名之曰'褒禅'。今所谓慧空禅院者，褒之庐冢也。距其院东五里，所谓华山洞者，以其乃华山之阳名之也。距洞百余步，有碑仆道，其文漫灭，独其为文犹可识曰'花山'。今言'华'如'华实'之'华'者，盖音谬也。其下平旷，有泉侧出，而记游者甚众，所谓前洞也。由山以上五六里，有穴窈然，入之甚寒，问其深，则其好游者不能穷也，谓之后洞。余与四人拥火以入，入之愈深，其进愈难，而其见愈奇。有怠而欲出者，曰：'不出，火且尽。'遂与之俱出。盖余所至，比好游者尚不能十一，然视其左右，来而记之者已少。盖其又深，则其至又加少矣。方是时，予之力尚足以入，火尚足以明也。既其出，则或咎其欲出者，而余亦悔其随之而不得极夫游之乐也。于是余有叹焉。古人之观于天地、山川、草木、虫鱼、鸟兽，往往有得，以其求思之深而无不在也。夫夷以近，则游者众；险以远，则至者少。而世之奇伟、瑰怪，非常之观，常在于险远，而人之所罕至焉，故非有志者不能至也。有志矣，不随以止也，然力不足者，亦不能至也。有志与力，而又不随以怠，至于幽暗昏惑而无物以相之，亦不能至也。然力足以至焉，于人为可讥，而在己为有悔；尽吾志也而不能至者，可以无悔矣，其孰能讥之乎？此余之所得也！余于仆碑，又以悲夫古书之不存，后世之谬其传而莫能名者，何可胜道也哉！此所以学者不可以不深思而慎取之也。四人者：庐陵萧君圭君玉，长乐王回深父，余弟安国平父、安上纯父。至和元年七月某日，临川王某记。"写景记游部分简单介绍了"人之愈深，其进愈难，而其见愈奇"的山中溶洞和作者与众人游洞半途而返的过程，然后借游洞的经历说明"世之奇伟、瑰怪、非常之观，常在于险远"。宋代散文游记虽然有一些借景抒情或以景说理的作品，特别是说理的成分很重，造成议论多而景少，但更多的则是以观赏山水作为主要的描写对象。如周密的《观潮》："浙江之潮，天下伟观也。自既望以至十近，则玉城雪岭际天而来，大声如雷霆，震撼激射，吞天沃日，势极雄豪。杨诚斋诗云'海涌银为郭，江横玉系腰'者是也。 每岁京尹出浙江亭教阅水军，艨艟数百，分列两岸；既而尽奔腾分合五阵之势，并有乘骑弄旗标枪舞刀于水面者，如履平地。倏尔黄烟四起，人物略不相睹，水爆轰震，声如崩山。烟消波静，则一舸无迹，仅有'敌船'为火所焚，随波而逝。 吴儿善泅者数百，皆披发文身，手持十幅大彩旗，争先鼓勇，溯迎而上，出没于鲸波万仞中，腾身百变，而旗尾略不沾湿，以此夸能。"文篇围绕"观"字而展开，写出了钱塘江潮声如雷、吞天沃日的气势，也写出了弄潮儿身怀绝技、出没浪潮的姿态，形象极为鲜明。

4. 兴盛时期——明清两代

明清两代是散文游记繁荣昌盛的时期。这一时期，大多数文人学者钟情旅游，流连山水。他们继承唐宋以来的山水游记散文传统，创作了大量风格多样的山水游记作品。宋濂、刘基和高启是明初文坛鼎足三分的台柱，游记作品分别有《游钟山记》《松风阁记》《游天辛山记》等，文中的山水描述、古迹记叙，往往寄托某种感慨、情怀，艺术各臻其妙，风格鲜明独特。

明代中叶以后，出现了以"三袁"为代表的公安派和以钟惺为代表的竟陵派，他们的散文游记也都各具特色。其中成就最高的是袁宏道。袁宏道的山水游记善于抓住景物的特点，运用比喻、拟人、议论等多种艺术手法写出自己的最深感受，不仅能描绘景物的外部特征，而且能传达出景物的内涵神态，不但能写出景物的整体美，而且能写出景物的个性美，极擅表现山水之神韵。他的作品真率自然，不苟流俗，文笔清逸，代表了明代散文游记单篇创作的最高成就。他的作品很多，如《虎丘记》《天目》《游盘山记》《雨后游六桥记》《满井游记》等皆成为中国古代旅游文学中的著名篇目。他的游记很少涉及政治寄托，也很少有历史感慨，全然是对山水景物独具慧眼的欣赏、品评，以山水"自适"，别有一种情趣。袁宏道的弟弟袁中道也是明代有名的游记作家，《西山十记》《游黄山记》等都是明代游记中的佳作。公安派后，以钟惺、谭元春为首的竟陵派也反对因袭，主张自我表现。他们继承和发扬袁宏道的创作思想，同时努力使自己的作品新奇，形成了幽深孤峭的艺术风格。

小品文在晚明旅游散文中占有突出的地位，代表作家有张岱、王思任、祁彪佳等人。他们的作品，语言明净，描写细腻，情感亲切，如张岱的《湖心亭看雪》：崇祯五年十二月，余住西湖。大雪三日，湖中人鸟声俱绝。是日更定矣，余拏一小舟，拥毳衣炉火，独往湖心亭看雪。雾凇沆砀，天与云与山与水，上下一白。湖上影子，惟长堤一痕、湖心亭一点、与余舟一芥、舟中人两三粒而已。(余拏，一作"余挐")到亭上，有两人铺毡对坐，一童子烧酒炉正沸。见余，大喜曰："湖中焉得更有此人！"拉余同饮。余强饮三大白而别。问其姓氏，是金陵人，客此。及下船，舟子喃喃曰："莫说相公痴，更有痴似相公者！"以及《西湖七月半》，或写湖中景色，或写社会风情，在新奇的构思、生动的描写中，寄托着作者清高雅洁的情怀，寓意含蓄，隽永耐读。

明代游记创作最杰出的作家是徐宏祖，他的《徐霞客游记》既是一部地理学专著，又是一部具有高度文学性的游记名著。其中不少片段，描写真实，风格清雅，情景交融，意境高远，都是极为精美的散文游记。

散文游记在清代得到了继续发展，作者众多，风格多样，代表作家有袁枚、姚鼐等人。袁枚是清中叶享有盛誉的性灵派作家，他一生好游，自称"江山无我亦虚生"，39岁即辞官归隐，游山玩水，写下大量旅游作品，如《峡江寺飞泉亭记》《游黄山记》《游桂林诸山记》等，文笔清新流畅，骈、散皆工，堪称其代表作。

姚鼐是桐城派代表作家，桐城派以旅游散文突出。他们虽然宣扬理学，但在散文中寓含着较多的山水情趣，其中以姚鼐的成就最高。其代表作是《登泰山记》："泰山之阳，汶水西流；其阴，济水东流。阳谷皆入汶，阴谷皆入济。当其南北分者，古长城也。最高日观峰，在长城南十五里。余以乾隆三十九年十二月，自京师乘风雪，历齐河、长清，穿泰西北谷，越长城之限至于泰安。是月丁未，与知府朱孝纯子颖由南麓登。四十五里，道皆砌石为磴，其级七千有余。泰山正南面有三谷，中谷绕泰安城下，郦道元所谓环水也。余始循以入，道少半，越中岭，复循西谷，遂至其巅。古时登山，循东谷入，道有天门。东谷者，古谓之天门溪水，余所不至也。今所经中岭及山巅，崖限当道者，世皆谓之天门云。道中迷雾冰滑，磴几不可登。及既上，苍山负雪，明烛天南，望晚日照城郭，汶水、徂徕如画，而半山居雾若带然。戊申晦，五鼓，与子颖坐日观亭，待日出。大风扬积雪击面，亭东自足下皆去漫，稍见云中白若樗 数十立者，山也。极天云一线异色，须臾成五彩。日上，正赤如丹，下有红光，动摇承之，或曰，此东海也。回视日观以西峰，或得日或否，绛皓驳色，而皆若偻。亭西有岱祠，又有碧霞元君祠。皇帝行宫，在碧霞元君祠东。是日，观道中石刻，自唐显庆以来，其远古刻尽漫失。僻不当道，皆不及往。山多石，少土。石苍黑色，多平方，少圆。少杂树，多松，生石罅，皆平顶。冰雪，无瀑水，无鸟兽音迹。至日观数时内无树，而雪与人膝齐"。记叙了从登临到坐观日出的情景。结构简洁，笔调雅淡，记事切实，写景有神，抒情言志，融"义理、考据、辞篇"于一体，耐人寻味。

二、古代游记名篇选读

【例文】　　　　　　《龙井⁽¹⁾题名记》

　　　　　　　　　　　　　　　秦观

元丰二年⁽²⁾，中秋后一日，余自吴兴⁽³⁾来杭，东还会稽⁽⁴⁾。龙井有辨才⁽⁵⁾大师，以书邀余入山。比出郭⁽⁶⁾，日已夕⁽⁷⁾，航⁽⁸⁾湖至普宁，遇道人⁽⁹⁾参寥，问龙井所遣篮舆，则曰："以不时至，去矣。"⁽¹⁰⁾

是夕，天宇开霁⁽¹¹⁾，林间月明，可数毫发。遂弃舟，从参寥策杖⁽¹²⁾并湖而行。出雷峰⁽¹³⁾，度南屏⁽¹⁴⁾，濯足于惠因涧，入灵石坞⁽¹⁵⁾，得支径⁽¹⁶⁾上风篁岭，憩⁽¹⁷⁾于龙井亭，酌泉⁽¹⁸⁾据石而饮之。自普宁凡经佛寺十五，皆寂不闻人声，道旁庐舍⁽¹⁹⁾，灯火隐显，草木深郁，流水激激⁽²⁰⁾悲鸣，殆非人间之境⁽²¹⁾。行二鼓⁽²²⁾，始⁽²³⁾至寿圣院，谒⁽²⁴⁾辨才于朝音堂，明日乃还。

【作者介绍】

秦观(1049—1100)，北宋文学家。龙井在今浙江杭州市西风篁岭上，本名龙泓，原指山泉，龙井是以泉名井。本文犹如一幅月夜郊游图，以入山访友为线索，具体地记述了出郭、渡湖、穿林、登山的行踪，描写了月下西湖山林的景物，以清新简洁的笔墨，为我们勾勒出月朗、夜深、林幽、人静的意境，而灯火的显隐、流水的悲鸣更增添了月夜的静谧气氛。

【注释】

(1) 龙井：在今浙江杭州市西风篁岭上，本名龙泓，原指山泉，龙井是以泉名井，附近

21世纪应用型精品规划教材·旅游管理专业

环山产茶，即著名的西湖龙井茶。题名：题写姓名，以留作纪念。

(2) 元丰二年：即公元 1079 年。

(3) 吴兴：今浙江吴兴县。过杭：经过杭州。

(4) 会稽：今浙江绍兴。

(5) 辨才：法号元静，曾在灵隐山天竺寺讲经，元丰二年(1079 年)住寿圣院。辨才和下文提到的参寥，都是苏轼的朋友。

(6) 比出郭：等到出城的时候。比：及。郭：外城，这里指杭州城。

(7) 日夕：将近黄昏。

(8) 航：渡。普宁：寺庙名。

(9) 道人：即僧人。参寥：法号道潜，自号参寥子，有诗名。

(10) "问龙井"三句：意谓我询问辨才大师派来的轿子在哪里，参寥便说，因我没有按时到达，轿夫已经抬回去了。"篮舆"，竹轿。

(11) 天宇开霁(jì)：天空晴朗。"霁"，雨过天晴。

(12) 杖策：拄着手杖。并湖：沿湖。

(13) 雷峰：峰名，在杭州西湖南岸夕照山，旧有塔，即雷峰塔。

(14) 南屏：山名，在杭州清波门西南九曜山东。

(15) 灵石坞：山名，在杭州小麦岭西南，一名积庆山。

(16) 支径：小路。

(17) 憩(qì)：休息。龙井亭：辨才法师所建。

(18) 酌泉：舀取泉水。据石：靠着石头。

(19) 庐舍：房屋。或：间或，有的。隐显：忽明忽暗。

(20) 激激：形容水流迅疾。

(21) "殆非"句：意谓这一路的情景，恐怕不是人间所有的。

(22) 行二鼓矣：快二更天了。"行"，将要。

(23) 始：才。寿圣院：寺院名，离龙井约一里地。

(24) 谒(yè)：拜见。

【赏析】

本篇选自《淮海集》，写于元丰二年(1079 年)秋。这年春天，秦观要去会稽探望伯父，恰好苏轼自徐州调任湖州，途经高邮，他们便一路同行，到吴兴(湖州州治所在地)分手。秦观到会稽后，听说苏轼被捕下狱，又渡江到吴兴问询，而后再经杭州返回会稽。本篇记述"中秋后一日"夜上风篁岭访辨才法师，当是这次路过杭州时的事。第一年，辨才、参寥派人到黄州慰问已被贬官的苏轼，并捎去了秦观写的这篇《龙井题名记》。苏轼看后写道："览太虚题名，皆予昔时游行处，闭目想之，了然可数。"(《秦太虚题名记》)

《淮海集》中另有一篇《游龙井记》，也是元丰二年所作。文中着重叙述有关龙井的文献记载和传说，解释风篁岭为什么多泉水，对所谓在龙井求雨有灵也发表了看法。比较起来，《龙井题名记》以入山访友为线索，具体地记述了出郭、渡湖、穿林、登山的行踪，描写了月下西湖山林的景物，"游"的味道显然浓一些。

"道旁庐舍，灯火隐显，草木深郁，流水激激悲鸣"这一句是作者"殆非人间之境"的感叹。可想象出，深木树林中，隐隐闪着火光，两三户人家坐落其间，是一种多么惬意的境界。由此也可看出作者对此地美景的喜爱之情，透露出内心的欢愉。

【译文】

元丰二年，中秋节第二天，我从吴兴去杭州，(然后)在向东赶回会稽。龙井(这个地方)有位辨才(注：法号或人名)大师，用书信的方式邀请我到(龙井)山中去。等到出了城，太阳已经西沉，(我)取水道航行到普宁，碰到的道人参寥，问(他)龙井是否有可供遣使、雇佣的竹轿，(参寥)说，"(你)来的不是时候，(轿子)已经离开了"。这天晚上，天空晴朗，树林间月光很明亮，(甚至连)头发都能数清。于是(我)便放弃坐船，跟着参寥拄着拐杖沿着湖边慢走。过了雷峰塔，渡过南屏一带，在惠因涧(注：山沟)洗脚(注：意为赤脚涉过惠因涧)，进入灵石坞，发现一条小路(就沿着它)爬到了风篁岭，在龙井亭休息，斟起泉水，(背)靠着山石便喝了起来。从普宁到龙井亭总共经过了十五座佛寺，都十分寂静，听不到人的声音，路边的屋舍，灯火若隐若现，草木长得葱葱郁郁，水流得很急，发出悲怆的声响，这大概不是人间有的地方。(我们继续)前行(到了)二更天，才到寿圣院，在朝音堂拜谒辨才大师，第二天便回去了。

21世纪应用型精品规划教材·旅游管理专业

第二节 现当代游记

现代，散文游记有了很大发展，在西方文化的巨大冲击下，传统的文化观念发生了相应的变革。在五四运动的推动下，现代游记逐渐走向繁荣，作品形成了两大分支：一是采风访俗、了解社会的旅行记；二是写景抒怀、发现自然的山水游记。到了 20 世纪 30 年代，记游作品不仅比前十年更多产，而且在艺术上也有所进展。

一、现当代游记文学的特点

(1) 出现一批有总体计划的系列性文篇，展开了广阔的艺术珍品画廊和伟大的山水画卷，这是五四时期所无法比拟的。

(2) 游记中对山水自然的多角度多层次描写有了新的成就。由于专注绘画和园林的鉴赏，有些作者还把说明文写法运用到记游文学写作之中，增强了丰富细致的艺术效果。

(3) 作品更充分地表现了作者的高层次知识结构，故多博识与精鉴相互结合的佳篇。20 世纪 30 年代游记散文取得了一定的成就，主要有郁达夫的《屐痕处处》《达夫游记》，朱自清的《欧游杂记》《伦敦杂记》等。

二、现当代游记文学的发展历程

1. 发端期的现代游记文学(五四运动至 1927 年)

五四运动是我国社会结构、政治、文化发生极大变革的时期。在社会的剧烈变动和文化运动浪潮的冲击下，游记文学也完成了自身的历史性蜕变。这种变化最明显的表现就是，文字的表现形式从文言文转变为白话文；思想内涵上出现了极大的忧患意识；游记中开始侧重于表现闲适隐逸的情怀。代表作有徐志摩的《我所知道的康桥》、朱自清的《桨声灯里的秦淮河》、郁达夫的《伤感的行旅》、周作人的《山中杂信》。

2. 发展期的游记文学(1928—1937)

和前一时期相比，这一时期的游记作品表现出更大的主动性，游记创作迎来了一个更加繁荣的阶段。从取材上来看，这一时期的游记文学主要描写的是境外的风光，侧重于表现作者强烈的爱国情怀和对社会现实的密切关注，在描写的内容上主要集中于一些政治色彩较为浓厚的事物上，包括建筑、绘画、雕塑等艺术品。这一时期的系列性游记文学作品开始广泛地出现，采取了一地一记的写作方式，着重表现了当时的社会风貌，可以说是历史的重现。此外，山水游记在这一时期也有了较大的发展，数量明显增加，作家们就自然的山水景物进行了细致的多个角度的描写，凸显了不同作家的个性特点。代表作有冰心的《冰心游记》、郑振铎的《西行书简》、沈从文的《湘行散记》等。

3. 转折期的游记文学(1938—1976)

相较于前两个时期的游记文学，这一时期的游记文学开始向着单一化的方向发展。抗战时期的游记文学是在炮火与硝烟中产生的，许多作家是怀揣着强烈的社会使命感进行文学创作的，强烈的民族意识使游记文学也带上了强烈的主旋律色彩。作家在游历的过程中，深刻地感受到了民族所受的磨难，从而刻画出了一幅人民解放的真实景象。中华人民共和国成立之后的这一段时期，国家刚从一系列战争的阴影中走出，人们的心理还未摆脱战争的影响，爱国主义情怀还保持在一定的高度，对外来文化存在着一定的排斥心理。在这种社会环境和人文心理的影响下，歌颂型和关于阶级斗争的文学作品成为当时游记文学的主流。作家们奔走于祖国的山水之中，用一种歌颂型的手法来描述经历了战争洗礼后的祖国山水，一些形式特殊的游记文学在这一时期获得了发展，最常见的是流亡游记、随军游记和复员游记等。无论是在游记的内容方面还是在视角方面，都带有强烈的战争特点，显现出了强烈的社会意识，在文笔上也显得朴实自然。由于在当时参与文学创作也被看作是一种参与革命的方式，文学沦为为政治所服务的工具，因而游记文学自身所具有的生动活泼也就消失殆尽了。

4. 复苏与开拓期的游记文学(1977—2010)

这一时期的游记文学通常是以景物开篇，再进行氛围的渲染，结尾再进行一定的议论，抒发自己的情感。在取材方面，游记文学作品中回忆、反思、对比等形式运用比较广泛，并采用对比的手法将新旧时代进行了对比。作家们对历史的感悟促使他们无论身处何地，都会在其作品中体现出深刻的历史印记。综观这一阶段的游记文学，可以发现大多游记以舒适、开放的姿态来展现新时代的风貌，并且更加强调个人的主观感受。我国国内游记文学的创作最显著的倾向是凸显游记历史文化。代表作有余秋雨的《文化苦旅》、胡平的《千年沉重》等。这一时期的游记文学开始向主流文学靠拢，并凭借大众媒体在社会上广泛传播。

回顾现当代游记的发展历程可以发展，游记文学的曲折演变与社会、政治、历史、人文等方面的发展息息相关，游记是创作者突破传统文学束缚，抒发内心真实情感的一种方式。在当下新的发展形势下，游记文学也受到了其他艺术形式的冲击和挑战，尤其是现代科技的发展，如新型的 3D、VR 技术等，这些技术对客观世界的呈现更加生动可感，游记文学要想获得更好的发展，还需有效地与社会现实结合起来，更好地抒发创作者自己的内心情感和表现自己的精神世界。

三、现当代游记名篇选读

【例文一】　　　　　　　　　　我所知道的康桥

徐志摩

这河身的两岸都是四季常青最葱翠的草坪。从校友居的楼上望去，对岸草场上，不论早晚，永远有十数匹黄牛与白马，胫蹄没在恣蔓的草丛中，从容的在咬嚼，星星的黄花在风中动荡，应和着它们尾鬃的扫拂。桥的两端有斜倚的垂柳与榆荫护住。水是澈底的清澄，深不足四尺，匀匀的长着长条的水草。这岸边的草坪又是我的爱宠，在清朝，在傍晚，我常去这天然的织锦上坐地，有时读书，有时看水；有时仰卧着看天空的行云，有时反扑着搂抱大地的温软。但河上的风流还不止两岸的秀丽。你得买船去玩。船不止一种：有普通的双桨划船，有轻快的薄皮舟，有最别致的长形撑篙船。最末的一种是别处不常有的：约莫有二丈长，三尺宽，你站直在船梢上用长竿撑着走的。这撑是一种技术。我手脚太蠢，始终不曾学会。你初起手尝试时，容易把船身横住在河中，东颠西撞的狼狈。英国人是不轻易开口笑人的，但是小心他们不出声的皱眉！也不知有多少次河中本来悠闲的秩序叫我这莽撞的外行给搅乱了。我真的始终不曾学会；每回我不服输跑去租船再试的时候，有一个白胡子的船家往往带讥讽的对我说："先生，这撑船费劲，天热累人还是拿个薄皮舟溜溜吧！"我哪里肯听话，长篙子一点就把船撑了开去，结果还是把河身一段段的腰斩了去。你站在桥上去看人家撑，那多不费劲，多美！尤其在礼拜天有几个专家的女郎，穿一身缟素衣服，裙裾在风前悠悠的飘着，戴一顶宽边的薄纱帽，帽影在水草间颤动，你看她们出桥洞时的恣态，捻起一根竟像没有分量的长竿，只轻轻的，不经心的往波心里一点，身子微微的一蹲，这船身便波的转出了桥影，翠条鱼似的向前滑了去。她们那敏捷，那闲暇，那轻盈，真是值得歌咏的。

在初夏阳光渐暖时你去买一只小船，划去桥边荫下躺着念你的书或是做你的梦，槐花香在水面上飘浮，鱼群的唼喋声在你的耳边挑逗。或是在初秋的黄昏，近着新月的寒光，望上流僻静处远去。爱热闹的少年们携着他们的女友，在船沿上支着双双的东洋彩纸灯，带着话匣子，船心里用软垫铺着，也开向无人迹处去享他们的野福——谁不爱听那水底翻的音乐在静定的河上描写梦意与春光！

住惯城市的人不易知道季候的变迁。看见叶子掉知道是秋，看见叶子绿知道是春；天冷了装炉子，天热了拆炉子；脱下棉袍，换上夹袍，脱下夹袍，穿上单袍：不过如此罢了。天上星斗的消息，地下泥土里的消息，空中风吹的消息，都不关我们的事。忙着哪，这样那样事情多着，谁耐烦管星星的移转，花草的消长，风云的变幻？同时我们抱怨我们的生活、苦痛、烦闷、拘束、枯燥，谁肯承认做人是快乐？谁不多少间咒诅人生？但不满意的生活大都是由于自取的。我是一个生命的信仰者，我信生活决不是我们大多数人仅仅从自身经验推得的那样暗惨。我们的病根是在"忘本"。人是自然的产儿，就比枝头的花与鸟是自然的产儿；但我们不幸是文明人，入世深似一天，离自然远似一天。离开了泥土的花草，离开了水的鱼，能快活吗？能生存吗？从大自然，我们取得我们的生命；从大自然，我们应分取得我们继续的资养。哪一株婆娑的大木没有盘错的根柢深入在无尽藏的地里？我们是永远不能独立的。有幸福是永远不离母亲抚育的孩子，有健康是永远接近自然的人们。不必一定与鹿豕游，不必一定回"洞府"去；为医治我们当前生活的枯窘，只要"不完全遗忘自然"一张轻淡的药方我们的病象就有缓和的希望。在青草里打几个滚，到海水里洗几次浴，到高处去看几次朝霞与晚照——你肩背上的负担就会轻松了去的。

这是极肤浅的道理，当然。但我要没有过过康桥的日子，我就不会有这样的自信。我这一辈子就只那一春，说也真可怜，算是不曾虚度。就只那一春，我的生活是自然的，是真愉快的！(虽则碰巧那也是我最感受人生痛苦的时期)。我那时有的是闲暇，有的是自由，有的是绝对单独的机会。说也奇怪，竟像是第一次，我辨认了星月的光明，草的青，花的香，流水的殷勤。我能忘记那初春的睥睨吗？曾经有多少个清晨我独自冒着冷去薄霜铺地的林子里闲步——为听鸟语，为盼朝阳，为寻泥土里渐次苏醒的花草，为体会最微细最神妙的春信。啊，那是新来的画眉在那边调不尽的青枝上试它的新声！啊，这是第一朵小雪球花挣出了半冻的地面！啊，这不是新来的潮润沾上了寂寞的柳条？静极了，这朝来水溶溶的大道，只远处牛奶车的铃声，点缀这周遭的沉默。顺着这大道走去，走到尽头，再转入林子里的小径，往烟雾浓密处走去，头顶是交枝的榆荫，透露着漠楞楞的曙色；再往前走去，走尽这林子，当前是平坦的原野，望见了村舍，初青的麦田，更远三两个馒形的小山掩住了一条通道。天边是雾茫茫的，尖尖的黑影是近村的教寺。听，那晓钟和缓的清音。

这一带是此邦中部的平原，地形像是海里的轻波，默沉沉的起伏；山岭是望不见的，有的是常青的草原与沃腴的田壤。登那土阜上望去，康桥只是一带茂林，拥戴着几处娉婷的尖阁。妩媚的康河也望不见踪迹，你只能循着那锦带似的林木想象那一流清浅。村舍与树林是这地盘上的棋子，有村舍处有佳荫，有佳荫处有村舍。这早起是看炊烟的时辰：朝雾渐渐的升起，揭开了这灰苍苍的天幕(最好是微霜后的光景)，远近的炊烟，成丝的、成缕的、成卷的、轻快的、迟重的、浓灰的、淡青的、惨白的，在静定的朝气里渐渐的上腾，渐渐的不见，仿佛是朝来人们的祈祷……

【例文二】 《湘行散记》片段"鸭窠围的夜"

沈从文

天快黄昏时落了一阵雪子，不久就停了。天气真冷，在寒气中一切都仿佛结了冰。便是空气，也像快要冻结的样子。我包定的那一只小船，在天空大把撒着雪子时已泊了岸，从桃源县沿河而上这已是第五个夜晚。看情形晚上还会有风有雪，故船泊岸边时便从各处挑选好地方。沿岸除了某一处有片沙嘴宜于泊船以外，其余地方全是黛色如屋的大岩石。石头既然那么大，船又那么小，我们都希望寻觅得到一个能作小船风雪屏障，同时要上岸又还方便的处所。凡是可以泊船的地方早已被当地渔船占去了。小船上的水手，把船上下各处撑去，钢钻头敲打着沿岸大石头，发出好听的声音，结果这只小船，还是不能不同许多大小船只一样，在正当泊船处插了篙子，把当作锚头用的石碇抛到沙上去，尽那行将来到的风雪，摊派到这只船上。

这地方是个长潭的转折处，两岸是高大壁立千丈的山，山头上长着小小竹子，长年翠色逼人。这时节两山只剩余一抹深黑，赖天空微明为画出一个轮廓。但在黄昏里看来如一种奇迹的，却是两岸高处去水已三十丈上下的吊脚楼。这些房子莫不俨然悬挂在半空中，借着黄昏的金光，还可以把这些稀奇的楼房形体，看得出个大略。这些房子同沿河一切房子有个共通相似处，便是从结构上说来，处处显出对于木材的浪费。房屋既在半山上，不用那么多木料，便不能成为房子吗？半山上也用吊脚楼形式，这形式是必需的吗？然而这条河水的大宗出口是木料，木材比石块还不值价。因此，即或是河水永远长不到处，吊脚楼房子依然存在，似乎也不应当有何惹眼惊奇。但沿河因为有了这些楼房，长年与流水斗争的水手，寄身船中枯闷成疾的旅行者，以及其他过路人，却有了落脚处了。这些人的疲劳与寂寞是从这些房子中可以一律解除的。地方既好看，也好玩。

河面大小船只泊定后，莫不点了小小的油灯，拉了篷。各个船上皆在后舱烧了火，用铁鼎罐煮红米饭。饭焖熟后，又换锅子熬油，哗的把菜蔬倒进热锅里去。一切齐全了，各人蹲在舱板上三碗五碗把腹中填满后，天已夜了。水手们怕冷怕动的。收拾碗盏后，就莫不在舱板上摊开了被盖，把身体钻进那个预先卷成一筒又冷又湿的硬棉被里去休息。至于那些想喝一杯的，发了烟瘾得靠靠灯，船上烟灰又翻尽了的，或一无所为，只是不甘寂寞，好事好玩想到岸上去烤烤火谈谈天的，便莫不提了桅灯，或燃一段废缆子，摇晃着从船头跳上了岸，从一堆石头间的小路径，爬到半山上吊脚楼房子那边去，找寻自己的熟人，找寻自己的熟地。陌生人自然也有来到这条河中来到这种吊脚楼房子里的时节，但一到地，在火堆旁小板凳上一坐，便是陌生人，即刻也就可以称为熟人乡亲了。

这河边两岸除了停泊有上下行的大小船只三十左右以外，还有无数在日前趁融雪涨水放下形体大小不一的木筏。较小的木筏，上面供给人住宿过夜的棚子也不见，一到了码头，便各自上岸找住处去了。大一些的木筏呢，则有房屋，有船只，有小小菜园与养猪养鸡栅栏，还有女眷和小孩子。

黑夜占领了全个河面时，还可以看到木筏上的火光，吊脚楼窗口的灯光，以及上岸下船在河岸大石间飘忽动人的火炬红光。这时节岸上船上都有人说话，吊脚楼上且有妇人在黯淡灯光下唱小曲的声音，每次唱完一支小曲时，就有人笑嚷。什么人家吊脚楼下有匹小羊叫，固执而且柔和的声音，使人听来觉得忧郁。我心中想着，"这一定是从别一处牵来的，另外一个地方，那小畜生的母亲，一定也那么固执的鸣着吧"。算算日子，再过十一天便过年了。"小畜生明不明白只能在这个世界上活过十天八天？"明白也罢，不明白也罢，这小畜生是为了过年而赶来，应在这个地方死去的。此后固执而又柔和的声音，将在我耳边永远不会消失。我觉得忧郁起来了。我仿佛触着了这世界上一点东西，看明白了这世界上一点东西，心里软和得很。

但我不能这样子打发这个长夜。我把我的想象，追随了一个唱曲时清中夹沙的妇女声音，到她的身边去了。于是仿佛看到了一个床铺，下面是草荐，上面摊了一床用旧帆布或别的旧货做成脏而又硬的棉被，搁在床正中被单上面的是一个长方木托盘，盘中有一把小茶盏，一个小烟盒，一支烟枪，一块小石头，一盏灯。盘边躺着一个人在烧烟。唱曲子的妇人，或是袖了手捏着自己的膀子站在吃烟者的面前，或是靠在男子对面的床头，为客人烧烟。房子分两进，前面临街，地是土地，后面临河，便是所谓吊脚楼了。这些人房子窗口既一面临河，可以凭了窗口呼喊河下船中人，当船上人过了瘾，胡闹已够，下船时，或者尚有些事情嘱托，或有其他原因，一个晃着火炬停顿在大石间，一个便凭立在窗口，"大

21世纪应用型精品规划教材·旅游管理专业

老你记着，船下行时又来"。"好，我来的，我记着的。""你见了顺顺就说：会呢，完了；孩子大牛呢，脚膝骨好了。细粉带三斤，冰糖或片糖带三斤。""记得到，记得到，大娘你放心，我见了顺顺大爷就说：会呢，完了。大牛呢，好了。细粉来三斤，冰糖来三斤。""杨氏，杨氏，一共四吊七，莫错账！""是的，放心呵，你说四吊七就四吊七，年三十夜莫会要你多的！你自己记着就是了！"这样那样的说着，我一一都可听到，而且一面还可以听着在黑暗中某一处咩咩的羊鸣。

我明白这些回船的人是上岸吃过"荤烟"了的。

我还估计得出，这些人不吃"荤烟"，上岸时只去烤烤火的，到了那些屋子里时，便多数只在临街那一面铺子里。这时节天气太冷，大门必已上好了，屋里一隅或点了小小油灯，屋中土地上必就地掘了浅凹火炉膛，烧了些树根柴块。火光煜煜，且时时刻刻爆炸着一种难于形容的声音。火旁矮板凳上坐有船上人，木筏上人，有对河住家的熟人。且有虽为天所厌弃还不自弃年过七十的老妇人，闭着眼睛蜷成一团蹲在火边，悄悄的从大袖筒里取出一片薯干或一枚红枣，塞到嘴里去咀嚼。有穿着肮脏身体瘦弱的孩子，手擦着眼睛傍着火旁的母亲打盹。屋主人有位退伍的老军人，有翻船背运的老水手，有单身寡妇，借着火光灯光，可以看得出这屋中的大略情形，三堵木板壁上，一面必有个供奉祖宗的神龛，神龛下空处或另一面，必贴了一些大小不一的红白名片。这些名片倘若有那些好事者加以注意，用小油灯照着，去仔细检查检查，便可以发现许多动人的名衔，军队上的连附，上士，一等兵，商号中的管事，当地的团总，保正，催租吏，以及照例姓滕的船主，洪江的木筏商人，与其他各行各业人物，无所不有。这是近一二十年来经过此地若干人中一小部分的题名录。这些人各用一种不同的生活，来到这个地方，且同样的来到这些屋子里，坐在火边或靠近床边，逗留过若干时间。这些人离开了此地后，在另一世界里还是继续活下去，但除了同自己的生活圈子中人发生关系以外，与一同在这个世界上其他的人，却仿佛便毫无关系可言了。他们如今也许早已死掉了；水淹死的，枪打死的，被外妻用砒霜谋杀的，然而这些名片却依然将好好的保留下去。也许有些人已成了富人名人，成了当地的小军阀，这些名片却仍然写着催租人，上士等等的衔头……除了这些名片，那屋子里是不是还有比它更引人注意的东西呢？锯子，小捞兜，香烟大画片，装干栗子的口袋……提起这些问题时使人心中得激动。我到船头上去眺望了一阵。河面静静的，木筏上火光小了，船上的灯光已很少了，远近一切只能借着水面微光看出个大略情形。另外一处的吊脚楼上，又有了妇人唱小曲的声音，灯光摇摇不定，且有猜拳声音。我估计那些灯光同声音所在处，不是木筏上的牌头在取乐，就是水手们小商人在喝酒。妇人手指上说不定还戴了水手特别为从常德府捎带来的镀金戒指，一面唱曲一面把那只手理着鬓角，多动人的一幅画图！我认识他们的哀乐，这一切我也有份。看他们在那里把每个日子打发下去，也是眼泪也是笑，离我虽那么远，同时又与我那么相近。这正是同读一篇描写西伯利亚的农人生活动人作品一样，使人掩卷引起无言的哀戚。我如今只用想象去领味这些人生活的表面姿态，却用过去一分经验，接触着了这种人的灵魂。

羊还固执的鸣着。远处不知什么地方有锣鼓声音，那一定是某个人家禳土酬神还愿巫师的锣鼓。声音所在处必有火燎与九品蜡照耀争辉。炫目火光下必有头包红布的老巫师独立作旋风舞，门上架上有黄钱，平地有装满了谷米的平斗。有新宰的猪羊伏在木架上，头上插着小小五色纸旗。有行将为巫师用口把头咬下的活生公鸡，缚了双脚与翼翅，在土坛边无可奈何的躺卧。主人锅灶边则热了满锅猪血稀粥，灶中正火光熊熊。

邻近一只大船上，水手们已静静的睡下了，只剩余一个人吸着烟，且时时刻刻把烟管敲着船舷。也像听着吊脚楼的声音，为那点声音所激动，引起种种联想，忽然按捺自己不住了，只听到他轻轻的骂着野话，擦了支自来火，点上一段废缆，跳上岸往吊脚楼那里去了。他在岸上大石间走动时，火光便从船篷空处漏进我的船中。也是同样的情形吧，在一只装载棉军服向上行驶的船上，泊到同样的岸边，躺在成束成捆的军服上面，夜既太长，水手们爱玩牌的各蹲坐在舱板上小油灯光下玩天九，睡既不成，便胡乱穿了两套棉军服，空手上岸，借着石块间还未融尽残雪返照的微光，一直向高岸上有灯光处走去。到了街上，除了从人家门罅里露出的灯光成一条长线横卧着，此外一无所有。在计算中以为应可见到的小摊上成堆的花生，用哈德门长烟盒装着干瘪瘪的小橘子，切成小方块的片糖，以及在灯光下看守摊子把眉毛扯得极细的妇人（这些妇人无事可做时还会在灯光下做点针线的），如今什么也没有。既不敢冒昧闯进一个人家里面去，便只好又回转河边船上了。但上山时向灯光凝聚处走去，方向不会错误。下河时可糟了。糊糊涂涂在大石小石间走了许久，且大声喊着，才走近自己所坐的一只船。上船时，两脚全是泥，刚攀上船舷还不及脱鞋落舱，就有人在棉被中大喊："伙计哥子们，脱鞋呀！"把鞋脱了还不即睡，便镶到水手身旁去看牌，一直看到半夜，——十五年前自己的事，在这样地方温习起来，使人对于命运感到十分惊异。我懂得那个忽然独自跑上岸去的人，为什么上去的理由！

等了一会，邻船上那人还不回到他自己的船上来，我明白他所得的必比我多了一些。我想听听他回来时，是不是也像别的船上人，有一个妇人在吊脚楼窗口喊叫他。许多人都陆续回到船上了，这人却没有下船。我记起"柏子"。但是，同样是水上人，一个那么快乐的赶到岸上去，一个却是那么寂寞的跟着别人后面走上岸去，到了那些地方，情形不会同柏子一样，也是很显然的事了。

为了我想听听那个人上船时那点推篷声音，我打算着，在一切声音全已安静时，我仍然不能睡觉。我等待那点声音。大约到午夜十二点，水面上却起了另外一种声音。仿佛鼓声，也仿佛汽油船马达转动声，声音慢慢的近了，可是慢慢的又远了。像是一个有魔力的歌唱，单纯到不可比方，也便是那种固执的单调，以及单调的延长，使一个身临其境的人，想用一组文字去捕捉那点声音，以及捕捉在那长潭深夜一个人为那声音所迷惑时节的心情，实近于一种徒劳无功的努力。那点声音使我不得不再从那个业已用被单塞好空罅的舱门，到船头去搜索它的来源。河面一片红光，古怪声音也就从红光一面掠水而来。原来日里隐藏在大岩下的一些小渔船，在半夜前早已静悄悄的下了拦江网。到了半夜，把一个从船头伸在水面的铁兜，盛上燃着熊熊烈火的油柴，一面用木棒槌有节奏的敲着船舷各处漂去。身在水中见了火光而来与受了桥声吃惊四窜的鱼类，便在这种情形中触了网，成为渔人的俘虏。当地人把这种捕鱼方法叫"赶白"。

一切光，一切声音，到这时节已为黑夜所抚慰而安静了，只有水面上那一分红光与那一派声音。那种声音与光明，正为着水中的鱼和水面的渔人生存的搏战，已在这河面上存在了若干年，且将在接连而来的每个夜晚依然继续存在。我弄明白了，回到舱中以后，依然默听着那个单调的声音。我所看到的仿佛是一种原始人与自然战争的情景。那声音，那火光，都近于原始人类的战争，把我带回到四五千年那个"过去"时间里去。

不知在什么时候开始落了很大的雪，听船上人细语着，我心想，第二天我一定可以看到邻船上那个人上船时节，在岸边雪地上留下那一行足迹。那寂寞的足迹，事实上我却不曾见到，因为第二天到我醒来时，小船已离开那个泊船处很远了。

【例文三】　　　　　　　　文化苦旅

余秋雨

莫高窟

比之于埃及的金字塔，印度的山奇大塔，古罗马的斗兽场遗迹，中国的许多文化遗迹常常带有历史的层累性。别国的遗迹一般修建于一时，兴盛于一时，以后就以纯粹遗迹的方式保存着，让人瞻仰。中国的长城就不是如此，总是代代修建、代代拓抻。长城，作为一种空间蜿蜒，竟与时间的蜿蜒紧紧对应。中国历史太长、战乱太多、苦难太深，没有哪一种纯粹的遗迹能够长久保存，除非躲在地下，躲在坟里，躲在不为常人注意的秘处。阿房宫烧了，滕王阁坍了，黄鹤楼则是新近重修。成都的都江堰所以能长久保留，是因为它始终发挥着水利功能。因此，大凡至今轰传的历史胜迹，总有生生不息、吐纳百代的独特禀赋。

我不能不在这暮色压顶的时刻，在山脚前来回徘徊，一点点地找回自己，定一定被震撼了的惊魂。晚风起了，夹着细沙，吹得脸颊发疼。沙漠的月亮，也特别清冷。山脚前有一泓泉流，汩汩有声。抬头看看，侧耳听听，总算，我的思路稍见头绪。

阳关雪

我曾有缘，在黄昏的江船上仰望过白帝城，顶着浓烈的秋霜登临过黄鹤楼，还在一个冬夜摸到了寒山寺。我的周围，人头济济，差不多绝大多数人的心头，都回荡着那几首不必引述的诗。人们来寻景，更来寻诗。这些诗，他们在孩提时代就能背诵。孩子们的想象，诚恳而逼真。因此，这些城，这些楼，这些寺，早在心头自行搭建。待到年长，当他们刚刚意识到有足够脚力的时候，也就给自己负上了一笔沉重的宿债，焦渴地企盼着对诗境实地的踏访。为童年，为历史，为许多无法言传的原因。有时候，这种焦渴，简直就像对失落的故乡的寻找，对离散的亲人的查访。

我在望不到边际的坟堆中茫然前行，心中浮现出艾略特的《荒原》。这里正是中华历史的荒原：如雨的马蹄，如雷的呐喊，如注的热血。中原慈母的白发，江南春闺的遥望，湖湘稚儿的夜哭。故乡柳荫下的诀别，将军圆睁的怒目，猎猎于朔风中的军旗。随着一阵烟尘，又一阵烟尘，都飘散远去。我相信，死者临亡时都是面向朔北敌阵的；我相信，他们又很想在最后一刻回过头来，给熟悉的土地投注一个目光。于是，他们扭曲地倒下了，化作沙堆一座。

这儿应该有几声胡笳和羌笛的，音色极美，与自然浑和，夺人心魄。可惜它们后来都成了兵士们心头的哀音。既然一个民族都不忍听闻，它们也就消失在朔风之中。

沙原隐泉

沙漠中也会有路的，但这儿没有。远远看去，有几行歪歪扭扭的脚印。顺着脚印走罢，但不行，被人踩过了的地方，反而松得难走。只能用自己的脚，去走一条新路。回头一看，为自己长长的脚印高兴。不知这行脚印，能保存多久？

心气平和了，慢慢地爬。沙山的顶越看越高，爬多少它就高多少，简直像儿时追月。已经担心今晚的栖宿。狠一狠心，不宿也罢，爬！再不理会那高远的目标了，何必自己惊

21世纪应用型精品规划教材·旅游管理专业

吓自己。它总在的，不看也在。还是转过头来看看自己已经走过的路吧。我竟然走了那么长，爬了那么高。脚印已像一条长不可及的绸带，平静而飘逸地划下了一条波动的曲线，曲线一端，紧系脚下。完全是大手笔，不禁钦佩起自己来了。不为那山顶，只为这已经划干的曲线，爬。不管能抵达哪儿，只为已耗下的生命，爬。无论怎么说，我始终站在已走过的路的顶端。永久的顶端，不断浮动的顶端，自我的顶端，未曾后退的顶端。沙山的顶端是次要的。爬，只管爬。

夕阳下的绵绵沙山是无与伦比的天下美景。光与影以最畅直的线条流泻着分割，金黄和黛赭都纯净得毫无斑驳，像用一面巨大的筛子筛过了。日夜的风，把山脊、山坡塑成波荡，那是极其款曼平适的波、不含一丝涟纹。于是，满眼皆是畅快，一天一地都被铺排得大大方方、明明净净。色彩单纯到了圣洁，气韵委和到了崇高。为什么历代的僧人、俗民、艺术家要偏偏选中沙漠沙山来倾泻自己的信仰，建造了莫高窟、榆林窟和其他洞窟？站在这儿，我懂了。我把自身的顶端与山的顶端合在一起，心中鸣起了天乐般的梵呗。

茫茫沙漠，滔滔流水，于世无奇。惟有大漠中如此一湾，风沙中如此一静，荒凉中如此一景，高坡后如此一跌，才深得天地之韵律，造化之机巧，让人神醉情驰。以此推衍、人生、世界、历史，莫不如此。给浮嚣以宁静，给躁急以清冽，给高蹈以平实，给粗犷以明丽。惟其这样，人生才见灵动，世界才显精致，历史才有风韵。然而，人们日常见惯了的，都是各色各样的单向夸张。连自然之神也粗粗糙糙，懒得细加调配，让人世间大受其累。

第三节　文　史　散　文

文史散文是以历史人物、历史事件或历史现象为题材而小题大做的散文，意不在古而在今。它篇幅短小，知识性强，融叙事、抒情、议论一体，常带有思辨色彩或批判性，修辞手段丰富，语言流畅优美。文史散文同时具备历史性和文学性的特点，但它并不完整或者相对完整地讲历史，也并不完整或相对完整地评价历史人物，因此它不同于历史散文。文史散文无论有没有叙事，都要有抒情，抒情的方式可以是直接的，但更多的是间接的、含蓄的。文史散文的文学性相对于历史性来说更为重要。

一、文史散文的创作特点

1. 知人论世

文史散文作家是具有高度社会责任感的作家，在撰写过程中会重点处理两个问题：其一是如何对待历史素材，文史散文必须坚持历史真实性的原则；其二是如何处理历史素材，文史散文应该站在人民的立场，使散文呈现出向善向上的力量，知人论世，实行文明批评和社会批评。

2. "开头"的艺术

文史散文是融描叙、议论、抒情于一体的散文，是把文学性放在第一位的，因此开篇即要能吸引读者，主要有以下几种"开头"的手法：一是设问式，如金性尧的《清代的第一起笔祸》以设问开头："清代一共发生多少起笔祸？据邓之诚《中华二千年史》卷五《清代文字狱简表》所列，共八十八起，内顺治朝二起，康熙朝二起，雍正朝四起，余皆为乾隆朝。自并不完备。"这个开头直截了当点明清代笔祸的数量，吸引读者往下读。二是引用式，如《注经如玩火》起笔即引用："孟森《明清史讲义》下册有云：'乾隆间文字之狱，有最难解者三事。'"一个"最"字最能抓住读者，可谓干净利落。三是结论式，如《谁揭开满族史的序幕》就是以提问为标题，作者在开头就说出结论："历代的宫廷政变，主要表现在兄弟父子叔侄的骨肉相残上，其次则为与后妃之间，也即妻妾之间。其中的一个重要原因是多妻制，这恐怕也是我们中国的独得之秘。所以，谈到宫廷政变，必然要涉及宗族关系。古代所谓国家，实际是家庭的扩展，而谈到满清的宗族，又要追溯到她的最早播种者：究竟是谁揭开这家宗族舞台的序幕呢？说来有趣，原来是一位野外的少女。"作者以结论开头，继而叙述，一步一步地引出一段故事，讲完了故事便回到正题。一篇考证的文章，就因为巧妙的开头，化解了刻板和琐碎，增添了文章的情节性和生动性，使其成为饶有兴味的文史散文。四是人物出场式，如《十全老人的文治武功》是这样开头的："清代诸帝中，享国达六十年之久的有两人，一为康熙，一为他的孙子乾隆，乾隆终年八十九岁，比康熙还多活二十岁。"这种写法类似于议论文的开门见山，直奔主题，但要注意的是，这类开头出场的人物应该是知名度和民众关注度都很高的人，否则，不容易吸引读者。五是故事式，如《慈禧纵横谈》一上来就讲起故事："她的一生发动了两次政变，而前一次更是你死我活的斗争，以寡妇孤儿之身，终于将政敌八大臣击败，没有出众的才能，很难取得胜利；没有辛酉之捷，也没有日后戊戌之变。"讲故事的目的就是对人性进行分析。

21世纪应用型精品规划教材·旅游管理专业

3. "文抄"的妙用

文史散文中免不了有文抄,如金性尧在《泉声三百里》的开头抄了王禹偁《中秋月》中的诗句"莫辞终夕看,动是隔年期",意思是说,再要看到中秋的月亮又得再等一年,明年会是怎样谁也不知道,人生有几次机会能够尽情地欣赏中秋的皓月? 王禹偁的经历正好印证了自己的诗意,他一生三次遭到贬谪,坎坷多舛的生活给他的诗歌创作提供了很多素材。因此金性尧提出自己的看法:"诗只是一种暗示,让人去体味人事之无常,命运之变化。"王禹偁的诗歌和人生遭际是相互印证的关系体,金性尧通过文史散文这一载体诗意地解说了这一关系。

4. 合理选择修辞手法

文史散文中修辞手法的运用往往以平淡的语言表达深刻的内涵和感人的魅力。"诗人真要把诗写成诗,只有到那些能使个性归来,灵魂入窍的艺术沃土里,他的诗境才能像暮鸦欲归,张开双翅时那样自然地敞开。"通过这样的比喻,文学创作中的个性呈现和艺术魅力的重要性就得到了形象的说明。"绿是诗的信号。没有绿,就没有群山万壑,没有苍松翠柏。诗人的可贵劳绩,就在于凭借他的观察力和记忆力,将自己积累的美感经验通过形象获得表现,从而让大家得到审美上的满足。诗人把握的对象虽然总是局部的、有限的,但一首发光的小诗,却使人好像走进了大自然的整体中。"三两个比喻就讲出了细节在文学创作中的重要性。

二、文史散文名篇选读

《逍遥游》[1]

庄子

北冥[2]有鱼,其名为鲲[3]。鲲之大,不知其几[4]千里也[5];化而为鸟,其名为鹏[6]。鹏之背,不知其几千里也;怒[7]而飞,其翼若垂天[8]之云。是鸟也,海运[9]则将徙[10]于南冥。南冥者,天池[11]也。

《齐谐》[12]者,志怪[13]者也。《谐》之言曰:"鹏之徙于南冥也,水击[14]三千里,抟[15]扶摇[16]而上者九万里,去以六月息[17]者也。"野马[18]也,尘埃[19]也,生物之以息相吹也[20]。天之苍苍[21],其[22]正色[23]邪? 其远而无所至极邪[24]? 其视下也[25],亦若是则已矣。

且夫[26]水之积也不厚,则其负[27]大舟也无力。覆[28]杯水于坳堂[29]之上,则芥[30]为之舟;

置⁽³¹⁾杯焉⁽³²⁾则胶⁽³³⁾，水浅而舟大也。风之积也不厚，则其负大翼也无力⁽³⁴⁾。故九万里，则风斯在下矣⁽³⁵⁾，而后乃今⁽³⁶⁾培风⁽³⁷⁾；背负青天，而莫之夭⁽³⁸⁾阏⁽³⁹⁾者，而后乃今将图南⁽⁴⁰⁾。

蜩⁽⁴¹⁾与学鸠⁽⁴²⁾笑之曰："我决起⁽⁴³⁾而飞，抢⁽⁴⁴⁾榆枋⁽⁴⁵⁾而止，时则⁽⁴⁶⁾不至，而控⁽⁴⁷⁾于地而已矣，奚以⁽⁴⁸⁾之⁽⁴⁹⁾九万里而南为⁽⁵⁰⁾？"适⁽⁵¹⁾莽苍⁽⁵²⁾者，三餐⁽⁵³⁾而反⁽⁵⁴⁾，腹犹⁽⁵⁵⁾果然⁽⁵⁶⁾；适百里者，宿⁽⁵⁷⁾舂粮⁽⁵⁸⁾；适千里者，三月聚粮⁽⁵⁹⁾。之⁽⁶⁰⁾二虫⁽⁶¹⁾又何知⁽⁶²⁾！

小知⁽⁶³⁾不及大知⁽⁶⁴⁾，小年⁽⁶⁵⁾不及大年⁽⁶⁶⁾。奚以知其然也？朝菌⁽⁶⁷⁾不知晦朔⁽⁶⁸⁾，蟪蛄⁽⁶⁹⁾不知春秋⁽⁷⁰⁾，此小年也。楚之南有冥灵⁽⁷¹⁾者，以五百岁为春，五百岁为秋；上古有大椿⁽⁷²⁾者，以八千岁为春，八千岁为秋。此大年也。而彭祖⁽⁷³⁾乃今⁽⁷⁴⁾以久⁽⁷⁵⁾特闻，众人匹之⁽⁷⁶⁾，不亦悲⁽⁷⁷⁾乎？

汤⁽⁷⁸⁾之问棘⁽⁷⁹⁾也是已⁽⁸⁰⁾。穷发⁽⁸¹⁾之北，有冥海者，天池也。有鱼焉，其广数千里，未有知其修⁽⁸²⁾者，其名为鲲。有鸟焉，其名为鹏，背若泰山，翼若垂天之云；抟扶摇羊角⁽⁸³⁾而上者九万里，绝云气⁽⁸⁴⁾，负青天，然后图南，且适南冥也。斥鷃⁽⁸⁵⁾笑之曰："彼且奚适也？我腾跃而上，不过数仞⁽⁸⁶⁾而下，翱翔蓬蒿之间⁽⁸⁷⁾，此亦飞之至⁽⁸⁸⁾也。而彼且奚适也？"此小大之辩⁽⁸⁹⁾也。

故夫知效⁽⁹⁰⁾一官、行⁽⁹¹⁾比⁽⁹²⁾一乡、德合一君、而⁽⁹³⁾征一国者，其⁽⁹⁴⁾自视⁽⁹⁵⁾也，亦若此⁽⁹⁶⁾矣。而宋荣子⁽⁹⁷⁾犹然⁽⁹⁸⁾笑之。且举⁽⁹⁹⁾世誉⁽¹⁰⁰⁾之而不加劝⁽¹⁰¹⁾，举世非⁽¹⁰²⁾之而不加沮⁽¹⁰³⁾，定乎内⁽¹⁰⁴⁾外⁽¹⁰⁵⁾之分⁽¹⁰⁶⁾，辩⁽¹⁰⁷⁾乎荣辱之境⁽¹⁰⁸⁾，斯⁽¹⁰⁹⁾已⁽¹¹⁰⁾矣。彼其于世，未数数然⁽¹¹¹⁾也。虽然⁽¹¹²⁾，犹有未树⁽¹¹³⁾也。夫列子⁽¹¹⁴⁾御⁽¹¹⁵⁾风而行，泠然⁽¹¹⁶⁾善⁽¹¹⁷⁾也，旬有五日⁽¹¹⁸⁾而后反。彼于致福⁽¹¹⁹⁾者，未数数然也。此虽免乎行，犹有所待⁽¹²⁰⁾者也。若夫⁽¹²¹⁾乘⁽¹²²⁾天地之正⁽¹²³⁾，而御六气⁽¹²⁴⁾之辩⁽¹²⁵⁾，以游无穷⁽¹²⁶⁾者，彼且恶乎待哉⁽¹²⁷⁾？故曰：至人⁽¹²⁸⁾无己⁽¹²⁹⁾，神人无功⁽¹³⁰⁾，圣人无名⁽¹³¹⁾。

尧⁽¹³²⁾让天下于许由⁽¹³³⁾，曰："日月出矣，而爝火⁽¹³⁴⁾不息；其于光也，不亦难乎？时雨降矣，而犹浸灌⁽¹³⁵⁾；其于泽也，不亦劳乎？夫子⁽¹³⁶⁾立而天下治⁽¹³⁷⁾，而我犹尸⁽¹³⁸⁾之；吾自视缺然⁽¹³⁹⁾，请致⁽¹⁴⁰⁾天下。"许由曰："子治天下，天下既已治也；而我犹代子，吾将为名乎？名者，实之宾⁽¹⁴¹⁾也；吾将为宾乎？鹪鹩⁽¹⁴²⁾巢于深林，不过一枝；偃鼠⁽¹⁴³⁾饮河，不过满腹。归休乎君⁽¹⁴⁴⁾，予无所用天下为⁽¹⁴⁵⁾！庖人⁽¹⁴⁶⁾虽不治庖，尸祝⁽¹⁴⁷⁾不越樽⁽¹⁴⁸⁾俎⁽¹⁴⁹⁾而代之矣！"

肩吾问于连叔⁽¹⁵⁰⁾曰："吾闻言于接舆⁽¹⁵¹⁾，大而无当⁽¹⁵²⁾，往而不反⁽¹⁵³⁾。吾惊怖⁽¹⁵⁴⁾其言。犹河汉⁽¹⁵⁵⁾而无极⁽¹⁵⁶⁾也；大有迳庭⁽¹⁵⁷⁾，不近人情焉。"连叔曰："其言谓何哉？"曰：

"藐[158]姑射[159]之山，有神人居焉。肌肤若冰雪，淖约[160]若处子[161]，不食五谷，吸风饮露，乘云气，御飞龙，而游乎四海之外；其神凝[162]，使物不疵疠[163]而年谷[164]熟。吾以是狂[165]而不信也。"连叔曰："然。瞽[166]者无以与乎文章[167]之观[168]，聋者无以与乎钟鼓之声。岂唯[169]形骸[170]有聋盲哉？夫知亦有之！是其言也犹时[171]女[172]也。之[173]人也，之德也，将旁礴万物以为一[174]，世蕲乎乱[175]，孰[176]弊弊[177]焉以天下为事！之人也，物莫之伤：大浸[178]稽[179]天而不溺[180]，大旱金石流，土山焦而不热。是其尘垢秕糠[181]将犹陶铸[182]尧舜者也，孰肯以物[183]为事？"宋人资章甫[184]而适诸越[185]，越人断发[186]文身[187]，无所用之。尧治天下之民，平海内之政，往见四子[188]藐姑射之山，汾水之阳[189]，窅然丧其天下焉[190]。

惠子[191]谓庄子曰："魏王[192]贻[193]我大瓠之种[194]，我树[195]之成，而实[196]五石[197]。以盛水浆，其坚不能自举也。剖之以为瓢，则瓠落[198]无所容[199]。非不呺然[200]大也，吾为其无用而掊[201]之。"庄子曰："夫子固拙于用大矣。宋人有善为[202]不龟手之药[203]者，世世以洴澼[204]絖[205]为事。客闻之，请买其方百金。聚族[206]而谋曰：'我世世为洴澼絖，不过数金，今一朝而鬻技[207]百金，请与之。'客得之，以说[208]吴王。越有难[209]，吴王使之将[210]，冬，与越人水战，大败越人。裂地[211]而封[212]之。能不龟手[213]一也，或以封，或不免于洴澼絖，则所用之异也。今子有五石之瓠，何不虑[214]以为大樽[215]，而浮于江湖，而忧其瓠落无所容？则夫子犹有蓬之心[216]也夫！"

惠子谓庄子曰："吾有大树，人谓之樗[217]。其大本[218]拥肿[219]而不中[220]绳墨[221]，其小枝卷曲而不中规矩[222]，立之涂[223]，匠人不顾。今子之言大而无用，众所同去也。"庄子曰："子独不见狸[224]狌[225]乎？卑身而伏，以候敖[226]者；东西跳梁[227]，不辟高下；中[228]于机辟[229]，死于罔[230]罟[231]。今夫斄牛[232]，其大若垂天之云。此能为大矣，而不能执[233]鼠。今子有大树，患其无用，何不树之于无何有之乡[234]，广莫[235]之野[236]，彷徨[237]乎无为[238]其侧，逍遥乎寝卧其下。不夭[239]斤[240]斧，物无害者，无所可用，安所困苦哉！"

【注释】

(1) 逍遥游：闲适自得、无拘无束的样子。

(2) 北冥：北海，因海水深黑而得名。冥，通"溟"，指广阔幽深的大海。下文的"南冥"和"冥海"都用此意。

(3) 鲲：本义鱼子，小鱼。在此被庄子借用为大鱼之义，这符合庄子的《齐物论》本旨和庄子的独特的奇诡文风。

(4) 几：本义为极微小，引申为"极为接近"。《庄子》中此种用法不少，如《人间世》中"无传其溢言，则几乎全"；又引申为"尽"，《庄子》中此种用法更多，如"适得而几矣"（《齐物论》），"无时无几"（《则阳》）。此处当解释为"尽"。旧说"不知其几千里也"都解释为"不知道它有几千里大"，恐误。因《庄子》一书中表数量的词都用"数"，如"数仞""数金"释为"几仞""很多金子"；若要表达"几千里大"之义，应为"不知其数千里也"（《逍遥游》后文有"其广数千里"）。

(5) 千里也：应有千里之大。

(6) 鹏：传说中的大鸟。

(7) 怒：通"努"，奋力飞举。

(8) 垂天：天边。垂，通"陲"，边际。

(9) 海运：指海啸，形容海动风起之时。

(10) 徙：迁徙。

(11) 天池：天然形成的池子。

(12) 《齐谐》：志怪小说集。《隋书·经籍志》史部杂传类著录，七卷，题宋散骑侍郎东阳无疑撰。《旧唐志》同，《新唐志》入小说家类。作者事迹不详，今人多以为晋末宋初人。成书亦在宋初。该书亡于赵宋，遗文散见于《艺文类聚》《法苑珠林》《初学记》《白孔六帖》等类书中，其中《太平广记》《太平御览》征引最多。常见的辑佚本有马国翰《玉函山房辑佚书》本和鲁迅《古小说钩沉》本，均为十五条。

(13) 志怪：记述怪异的故事。志，记述。

(14) 水击："击水"一词的倒装，形容大鹏起飞时翅膀拍击水面的壮观景象。

(15) 抟(tuán)：盘旋上升。

(16) 扶摇：旋风。

(17) 息：气息，指风。

(18) 野马：云雾之气变化腾涌成野马的样子。

(19) 尘埃：空中游尘。

(20) 以息相吹也：以气息相互吹而飘得。

(21) 苍苍：深蓝色。

(22) 其：或许。

(23) 正色：真正的颜色。

(24) 邪：通"耶"，疑问词。

(25) 其视下也：它(指大鹏)向下俯视。

(26) 且夫：助词，无实义，起提示下文的作用。

(27) 负：承载。

(28) 覆：倒。

(29) 坳堂：屋前地上的洼坑。

(30) 芥：小草。

(31) 置：放。

(32) 焉：兼词，于此，在这里。

(33) 胶：动词，粘住地面动不了。

(34) 则其负大翼也无力：就没有力量托起鹏巨大的翅膀。

(35) 则风斯在下矣：风就在大鹏的下面(说明风有九万里深厚)。

(36) 而后乃今："今而后乃"的倒装，这时……然后才……。

(37) 培风：乘风。培，凭。

(38) 夭：挫折。

(39) 阏：阻碍。

(40) 图南：图谋飞往南方。

(41) 蜩：蝉。

(42) 学鸠：斑鸠一类的小鸟。

(43) 决起：迅速跃起。

(44) 抢：撞到，碰到。

(45) 榆枋：泛指树木。榆，榆树。枋，檀木。

(46) 时则：时或。

(47) 控：投降。

(48) 奚以：何必，哪里用得着。

(49) 之：往。

(50) 为：疑问助词，相当于"呢"。

(51) 适：去往。

(52) 莽苍：草色苍莽的郊野。

(53) 三餐：指一天。

(54) 反：通"返"，返回，下同。

(55) 犹：还是。

(56) 果然：饱足的样子。

(57) 宿：隔夜，头一夜。

(58) 舂粮：把谷物的壳捣掉，指准备粮食。

(59) 三月聚粮：准备三个月的粮食。

(60) 之：指示代词，这。

(61) 二虫：指蜩和学鸠。虫，古代对动物的统称，如大虫指老虎，老虫指老鼠，长虫指蛇。

(62) 又何知：又怎么会知晓呢。

(63) 小知：小聪明。知，通"智"，下同。

(64) 大知：大智慧。

(65) 小年：短命。

(66) 大年：长寿。

(67) 朝菌：一种朝生暮死的菌类植物。

(68) 晦朔：月亮的盈缺。晦，每月的最后一天。朔，每月的第一天。

(69) 蟪蛄：寒蝉，春生夏死或夏生秋死。

(70) 春秋：一整年。

(71) 冥灵：大树名，一说大龟名。

(72) 大椿：树名。

(73) 彭祖：传说中寿达八百岁的人物。

(74) 乃今：而今，现在。

(75) 久：长寿。

(76) 匹之：和他相比。匹，比。

(77) 悲：可悲。

(78) 汤：商朝的建立者。

(79) 棘：人名，相传是商汤时的大夫。

(80) 是已：就是这样，表示肯定。

(81) 穷发：草木不生的地方。发，草木。

(82) 修：长。

(83) 羊角：像羚羊角的旋风。

(84) 绝云气：穿越云气。绝，超越。

(85) 斥鴳：小池泽中的一种小雀。

(86) 仞：古代丈量单位。周代以八尺为一仞，汉代以七尺为一仞。

(87) 翱翔蓬蒿之间：翱翔在蓬木蒿草之间。

(88) 至：极致。

(89) 辩：通"辨"，区别。

(90) 效：功效，此处引申为胜任。

(91) 行：品行。

(92) 比：团结。

(93) 而：通"能"，能力。

(94) 其：指上述四种人。

(95) 自视：看待自己。

(96) 此：指斥鴳。

(97) 宋荣子：战国中期的思想家。

(98) 犹然：讥笑的样子。

(99) 举：全。

(100) 誉：赞美。

(101) 劝：勉励，奋发。

(102) 非：非难，指责。

(103) 沮：沮丧。

(104) 内：主观。

(105) 外：客观。

(106) 分：分际。

(107) 辩：通"辨"，辨明。

(108) 境：界限。

(109) 斯：这样，如此。

(110) 已：而已，指宋荣子的智德仅此而已。

(111) 数数(shuò shuò)然：急切追求的样子。

(112) 虽然：即便如此。虽，即使。

(113) 树：树立、建树。

(114) 列子：郑国人，名御寇，传说能御风而行，战国时代思想家。著有《列子》八篇。今人多异口同声称《列子》一书为后人(尤指晋代张湛)伪托而作。但列子其人其事多次互见于《庄子》，如《应帝王》篇。文段借列子乘风飞行，表明有待的道理。至少可证明：①列子有其人，先于庄子或与庄子同时代；②《列子》一书中内容多为后人所记述，但应存在有原文原句。这一论断还有待于地下考古证实。

(115) 御：驾驭。

(116) 泠然：轻妙的样子。

(117) 善：美妙。

(118) 旬有五日：十五天。旬，十天。有，通"又"。

(119) 致福：得福。

(120) 有所待：有所凭借。待，依靠。庄子的"有待"与"无待"是哲学范畴，指的是事物有否条件性。全句是指列子即使可乘风飞行，也仍然不得不凭借他物。

(121) 若夫：至于。

(122) 乘：顺。

(123) 天地之正：天地万物的本性。正，自然本性。

(124) 六气：指阴、阳、风、雨、晦、明。

(125) 辩：通"变"，变化。与"正"相对。"正"为本根，"辩"为派生。

(126) 以游无穷：行游于绝对自由的境界。无穷，绝对自由的境界。

(127) 恶乎待哉：还用什么凭借呢？恶，什么。反问句式加强了"无所待"的意义。

(128) 至人：极致的人，庄子心目中境界最高的人。至人、神人、圣人，三者名异实同。

(129) 无己：指至人破除自我偏执，扬弃小我，摒绝功名束缚的本我，追求绝对自由、通达，物我相忘的境界。

(130) 无功：顺应大道不示功名。

(131) 无名：不求名望。"至人无己"是庄子体悟的最高人格境界；"神人无功"是庄子无治主义政治观的表达；"圣人无名"是庄子扬弃功名、去除外物束缚的人生追求。

(132) 尧：传说中的帝王。

(133) 许由：古代尧时的隐士。此人还见于《徐无鬼》《外物》等篇，皆记述许由拒位之事。

(134) 爝火：火把、火炬。

(135) 浸灌：浸润灌溉。

(136) 夫子：先生，指许由。

(137) 治：太平。

(138) 尸：掌管，主持。

(139) 缺然：缺乏能力的样子。

(140) 致：送与，送给。

(141) 宾：派生物。

(142) 鹪鹩：一种小鸟。

(143) 偃鼠：即鼹鼠，善于钻洞。

(144) 归休乎君："君归休乎"的倒装，君主您还是回去吧。

(145) 予无所用天下为：天下对我一点用也没有。为，语气助词。

(146) 庖人：厨师。庖，烹饪一类的事。

(147) 尸祝：古代祠庙中掌管祭祀的司仪。

(148) 樽：酒器。

(149) 俎：盛肉的器具。全句为成语"越俎代庖"的出处。本意为厨师即使不下厨了，也不能由掌管祭祀的人将酒器肉器拿来烹饪。这是说"尽管有人不管事了，也不能超越自己的职责范围代行其事"。

(150) 肩吾、连叔：都为庄子笔下的虚构的体道之士。《庄子》一书，此类人物很多，即使是史上确有其人的，也是一副"道家"腔调、"道家"风格，甚至孔子有时也不例外。

(151) 接舆：楚国隐士，姓陆，名通，字接舆，与孔子同时。此处庄子有自喻接舆的意思。

(152) 大而无当：宏达而不适当。无当，不切实际。

(153) 往而不反：一往无前而没有反复可循。

(154) 惊怖：惊恐。

(155) 河汉：天上的银河。

(156) 极：边。

(157) 大有迳庭：成语"大相径庭"的出处。比喻差别极大。径，门外路径。庭，庭院。

(158) 藐：通"邈"，遥远。

(159) 姑射：传说中的仙山名。

(160) 淖约：柔美的姿态。

(161) 处子：处女。

(162) 凝：凝聚专一。

(163) 疵疠：指疾病，灾害。

(164) 年谷：指庄稼。

(165) 狂：借用为"诳"，谎言。

(166) 瞽：盲人。

(167) 文章：纹理色彩。文，通"纹"。全句是指为纹理色彩对盲人毫无意义。

(168) 观：景象。

(169) 岂唯：难道只有。

(170) 形骸：形体。

(171) 时：通"是"，这。

(172) 女：通"汝"，你。

(173) 之：这样。

(174) 旁礴万物以为一：混同天地万物为纯一。旁礴，通"磅礴"，混同，无所不包容。

(175) 世蕲乎乱：世人喜求纷纷扰扰。蕲，祈求。乱，纷扰，倾轧。

(176) 孰：谁，指神人。

(177) 弊弊：劳神苦思的样子。

(178) 大浸：大水，洪水。

(179) 稽：至，到达。

(180) 溺：淹。

(181) 尘垢秕糠：尘土、污垢、秕谷、糠皮，指糟粕。

(182) 陶铸：原指烧制陶器、熔铸金属，这里指造就培育。

(183) 物：事，指世俗事务。

(184) 资章甫：贩卖衣帽。资，买卖。章，冠、帽。甫，衣服。

(185) 适诸越：到越国去。适，往。诸，于。

(186) 断发：剪发。

(187) 文身：往身上刺花纹。

(188) 四子：旧注指王倪、啮缺、被衣、许由四人，实为虚构的人物。

(189) 汾水之阳：汾河北面。古人以山南水北为阳，山北水南为阴。

(190) 窅然丧其天下焉：怅怅然忘却了天下。窅然，怅然自失的样子。

(191) 惠子：即惠施，庄子的朋友，先秦时期的杰出代表人物。

21世纪应用型精品规划教材·旅游管理专业

(192) 魏王：即魏惠王。由于魏国曾定都大梁，所以魏国也称为梁国，因此魏惠王即《孟子》中的梁惠王。

(193) 贻：赠给。

(194) 大瓠之种：大葫芦的种子。瓠，葫芦。

(195) 树：培植。

(196) 实：容纳。

(197) 石：即"禾石"，古代重量单位，相当于一百二十斤(担)。

(198) 落：平浅的样子。

(199) 无所容：无可容之物。

(200) 呺然：空空的样子。

(201) 掊：打破，砸烂。

(202) 为：配制。

(203) 不龟手之药：防止冻伤的药。龟，通"皲"，皮肤冻裂，下同。

(204) 洴澼：漂洗。

(205) 絖：通"纩"，絮衣服的丝绵。

(206) 聚族：召集同族的人。

(207) 鬻技：出卖、转让技术。

(208) 说：游说

(209) 越有难：越国入侵吴国。难，发动军事行动。

(210) 将：率领军队。

(211) 裂地：划拨出一块土地。

(212) 封：封赏。

(213) 龟手：指手足皮肤受冻而开裂。

(214) 何不虑：为什么不系缚。

(215) 樽：腰舟。可以捆在腰间漂浮在水上。

(216) 蓬之心：即蓬心，心有茅塞，比喻不能通达，见识肤浅。蓬，一种茎叶不直的草。

(217) 樗：一种木质低劣的乔木。

(218) 大本：主干。

(219) 拥肿：肥粗不端正。拥，通"臃"。

(220) 中：符合。

(221) 绳墨：木匠画直线的工具。

(222) 规矩：木匠用以画圆、方的工具。

(223) 涂：通"途"，道路上。

(224) 狸：野猫。

(225) 狌：黄鼠狼。

(226) 敖：通"遨"，遨游。

(227) 跳梁：跳跃腾挪。成语"跳梁小丑"的出处。梁，通"踉"，跳跃。

(228) 中：踩中，触到。

(229) 机辟：弩机陷阱，捕猎走兽的工具。

(230) 罔：通"网"，罗网。

(231) 罟：网的总称。

(232) 犛牛：即牦牛。

(233) 执：捉拿。

(234) 无何有之乡：宽旷无人的地方。无何有，什么都没有。

(235) 广莫：广漠。莫，通"漠"。

(236) 野：旷野。

(237) 彷徨：游逸自得。

(238) 无为：随意，悠然。

(239) 夭：折断，砍伐。

(240) 斤：大斧头。

【作者简介】

庄子约(前369—约前286)，名周，战国时期宋国蒙(今河南商丘县东北)人，约与孟子同时或稍晚，是中国历史上有重要影响的哲学家，战国时期道家学派的代表人物。曾为漆园吏。楚威王聘他为相，遭拒绝，"终身不仕"。他否定有天帝造物主的存在，认为万物起源于"道"，而人的生死只不过是"道"在其发展过程中一个短暂的环节，是有很大积极意义的。但由于他只看到事物不断互相转化的相对性，忽视了事物性质的特定性，这就使他的辩证法观点沦为诡辩论。其文章纵横开阖，变化无端，并多用寓言故事，想象丰富而奇特，在散文发展史上具有重要地位。《庄子》一书原书52篇，现存33篇，在中国学术思想史上有着深远的影响，在古代文学史上占有重要地位。其关于"无地有大美而不言""得意忘言""神与物游"及从"庖丁解牛"引发出来的议论在美学史上也有很高地位。

【写作背景】

庄子天才卓绝，聪明勤奋，"其学无所不窥"，并非生来就无用世之心。但是，"而今也以天下惑，子虽有祈向，不可得也"。一方面，"窃钩者诛，窃国者为诸侯"的腐败社会使他不屑与之为伍；另一方面，"王公大人不能器之"的现实处境又使他无法一展抱负。人世间既然如此污秽，"不可与庄语"，他追求自由的心灵只好在幻想的天地里翱翔，在绝对自由的境界里寻求解脱。正是在这种情形下，他写出了苦闷心灵的追求之歌——《逍遥游》。

习　题

(一) 单项选择题

1. 中国文学史上第一首纯然旅游诗是(　　)。
    A. 诗经的《溱洧》   B. 曹操的《观沧海》
    C. 谢灵运的《登池上楼》   D. 王若虚的《春江花月夜》

2. 属于谢灵运的写景名句是(　　)。
    A. "秋风萧瑟，洪波涌起"   B. "池塘生春草，园柳变鸣禽"
    C. "余霞散成绮，澄江静如练"   D. "采菊东篱下，悠然见南山"

3. 多写都市风光，且凡有井水处，都能歌其词的宋代词人是(　　)。
    A. 苏轼   B. 陆游   C. 秦观   D. 柳永

4. 元代散曲作家中被称为"曲状元"的是(　　)。
    A. 关汉卿   B. 马致远   C. 白朴   D. 张可久

5. 张志和的《渔夫》词，是一幅色调鲜明的画面，可称之为(　　)。
    A. 斜风细雨图   B. 桃花流水图   C. 水乡渔歌图   D. 蓑翁垂钓图

6. 散曲《天台瀑布寺》的作者所要表达的是(　　)。
    A. 瀑布的壮观   B. 天台之险   C. 环境之凄冷   D. 人心之险恶

(二) 简答题

1. 分析比较乔吉的散曲《重观瀑布》与李白的《望庐山瀑布》(日照香炉生紫烟，遥看瀑布挂前川。飞流直下三千尺，疑是银河落九天)诗的异同。

2. 《杭州景》与《望海潮》都是写杭州都市风光的，试对二者做比较分析。

3. 简析《越调·天净沙·秋思》在用字上的特点。

(三)分析题

水仙子·咏江南

一江烟水照晴岚_____，两岸人家接画檐，芰荷_____丛一段秋光淡。看沙鸥舞再三，卷香风十里珠帘。画船儿天边至，酒旗儿风外飐_____，爱杀_____江南。

1. 这首_____(体裁)着重描写了_____的景象，表达了_____。

2. "水仙子"是_____，"咏江南"是_____，作者是____朝代的散曲家_____。

3. "一江烟水照晴，两岸人家接画檐"意思是_____，此句采用了_____的写法。

4. "芰荷丛一段秋光淡"意思是_____前三句从大处落笔，先写江水，再写两岸人家，最后又回到江上表现秋色的芰荷。

5. "看沙鸥舞再三，卷香风十里珠帘"这两句描写_____，沙鸥飞翔，家家珠帘里飘出香味。"十里"为____之词，表明了_____。

6. "画船儿天边至，酒旗儿风外飐"美丽的船儿从天边来，酒旗迎风招展，作者的视线跟着画船由远及近，描绘了一幅_____之景。

7. "爱杀江南"采用_____的抒情方式，既凸显主旨，又充分表达_____之情。

8. 充分表现江南水乡情景的句子_____。

9. 下列理解不恰当的一项是(　　)。

　　A. "水仙子"是这首曲的标题，"咏江南"是本曲题旨所在

　　B. "芰荷丛一段秋光淡"一句点出描写的是秋天的景致

21世纪应用型精品规划教材·旅游管理专业

C. "卷香风十里珠帘"一句用夸张的手法表现了江南人家的富庶

D. "画船儿天边至，酒旗儿风外飐"两句描绘出一派祥和之景

10. 下列理解不恰当的一项是（　　）。

A. "一江烟水照晴，两岸人家接画檐"描写的是静态的景色

B. "画船儿天边至，酒旗儿风外飐"描写的是动态的景色

C. "画船儿天边至，酒旗儿风外飐"突出了江南水乡的幽静美丽

D. 这首元曲能够把远近的景物交错来写，动中有静，变化有致

11. 下列理解正确的一项是（　　）。

A. "一江烟水照晴，两岸人家接画檐"两句运用了对比的方法

B. "芰荷"是指荷花

C. "看沙鸥舞再三，卷香风十里珠帘"描写了动态的景物

D. "爱杀江南"句与全文风格不和谐，使小令主旨弱化了

12. 下列理解不恰当的一项是（　　）。

A. 曲子写的江南秋景，其中写到了江水、芰荷、画船、酒旗等

B. 有动有静的描写是本曲的一个特点

C. 曲中只有一句话"爱杀江南"才是作者真正的抒情和评价

D. 综观全曲写到的色彩很是丰富，岸边人家也成了风景

第六章　旅游戏曲、剧作名篇导读

第一节　旅游戏曲导读

一、旅游戏曲的概念

　　旅游戏曲是宋元以后旅游文学中常见的体裁，它以散曲、元杂剧、传奇等体式来描写山水胜景，刻画历史遗迹，表达旅游者在旅游中的审美愉悦、历史感悟以及精神享受，并进一步表达出作者的人生感怀和艺术境界。

　　戏曲中反映的社会生活内容比较宽泛，不仅有传统诗词中常见的吟诵，也有底层人民的生活感受，雅俗共存，内容丰富。其中既有以豪迈激越的笔调抒写山川江河的雄伟壮丽和以明快简洁的笔触描绘林溪村舍秀美怡人的篇章，也有以细致灵动的笔触描绘城市都会的风情画卷。

二、旅游散曲的主要作品

　　旅游散曲有的记叙游踪，细致详尽；有的描摹景物，形象鲜明；有的借景抒情，颇多感慨；有的登临怀古，充满感悟。关汉卿是元代前期散曲创作的重要人物，其作品拓展了散曲中的旅游题材。【南吕·一枝花】《杭州景》套曲，描写了杭州都市繁华与秀丽的景色。

　　马致远的散曲声誉极高，其山水游历之作，大多寓情于景，表现出一种诗情画意。【越调·天净沙】《秋思》是其代表作，他还有一组写景散曲【双调·寿阳曲】八首，分别吟咏山市晴岚、远浦归帆、平沙落雁、潇湘夜雨、烟寺晚钟、渔村夕照、江天暮雪、洞庭秋月八种胜景，以疏笔勾勒为主，寥寥几笔，神韵毕现，极富诗情画意，是散曲中写山水景物的佳作。

　　张养浩《山坡羊·潼关怀古》是游历怀古的佳作，这首散曲既写出了潼关的险峻，重峦叠嶂，气势恢宏，又深寓世事兴衰变幻无常之感，揭示出封建王朝兴亡盛衰的本质，令人警醒。

　　张可久和乔吉是元代后期的散曲名家，张可久的著名套曲【南吕·一枝花】《湖上晚归》，可以说是一篇散曲游记，写作者西湖游赏，花月诗酒，直至二更才欣然回归。全篇写景优美，尤其是首曲采用虚实结合的方法描摹湖光山色，勾勒西湖晚景，尤为出色。张可久一生怀才不遇，对于世态炎凉的感慨总是挥之不去，所以他向往归隐，希望以隐逸生活的闲适洒脱来抚慰现实中的失意与痛苦。

乔吉旅游散曲中也有抒怀遣兴、咏物写景的上乘之作。如【双调·水仙子】《重观瀑布》，通篇用生动的比喻、奇丽诡谲的语言淋漓酣畅地描绘出瀑布壮丽变幻的景象和雄起磅礴的气势，想象奇妙，意境超凡。

元代以后，散曲逐渐衰微，基本上退出了历史舞台。

三、旅游戏曲导读

【例文一】　　　　　　　　闲对着绿树青山(1)

元·王实甫

[越调斗鹌鹑]闲对着绿树青山，消遣我烦心倦目。潜入(2)那水国渔乡，早跳出龙潭虎窟(3)。披着领箬笠蓑衣，堤防他斜风细雨。长则是琴一张酒一壶。自饮自斟，自歌自舞。

[紫花儿序]也不学刘伶(4)荷锸，也不学屈子(5)投江，且做个范蠡(6)归湖。绕一滩红蓼，过两岸青蒲。渔夫，将我这小小船儿棹(7)将过去。惊起那几行鸥鹭。似这等乐以忘忧，胡必归欤(8)。

[小桃红]水声山色两模糊，闲看云来去。则我怨结愁肠对谁诉？自踌躇，想这场烦恼都也由咱取(9)。感今怀古，旧荣新辱，都装入酒葫芦(10)。

【作者简介】

王实甫(1234—1294)，名德信，大都(今北京市)人，祖籍河北省保定市定兴(今定兴县)，元代著名戏曲作家，杂剧《西厢记》的作者，生平事迹不详。王实甫与关汉卿齐名，其作品全面地继承了唐诗宋词精美的语言艺术，又吸收了元代民间生动活泼的口头语言，创造了文采璀璨的元曲词汇，成为中国戏曲史上"文采派"的杰出代表。著有杂剧十四种，现存《西厢记》《丽春堂》《破窑记》三种。《破窑记》写刘月娥和吕蒙正悲欢离合的故事，有人怀疑不是王实甫的手笔。另有《贩茶船》《芙蓉亭》两种，各传有曲文一折。

【注释】

(1) 闲对着绿树青山：这是元代杂剧《丽春堂》第三折乐善所唱的三支曲子。《丽春堂》，全名《四丞相歌舞丽春堂》，作者王实甫。

(2) 潜入：此处意味退隐。

(3) 龙潭虎窟：指朝廷争权夺势的是非之地。

(4) 刘伶：魏晋间名士，字伯伦，以诗文和善饮而闻名于世。

(5) 屈子：即屈原。

(6) 范蠡：春秋末年越国大夫。辅佐越王勾践打败吴国，功成后身退，携西施泛舟五湖。

(7) 棹：船桨，此处作动词，意指用桨划过去。

(8) 胡必归欤：为什么一定要归去。

(9) 由咱取：由自己造成的。

(10) 都装入酒葫芦：意指酒醉后万事皆休。

【赏析】

王实甫的《丽春堂》讲的是金世宗大定年间丞相完颜乐善的故事。这三支连续的曲子，集中而完整地表现了乐善被贬在济南时的生活与情境。一位声名显赫的丞相，骤然被贬到青山绿水之间披蓑垂钓，这一巨大的变化，必然给他带来种种前所未有的感受。在曲子的前面。有乐善的一段自白："老夫每日饮酒看山，好是快活呵！"这种快活的感受是真实可信的。【斗鹌鹑】一曲，表现的就是这种感受。他"闲对着绿树青山"，得到了大自然的陶冶，因此，"烦心倦目"都被"消遣"。"潜入那水国渔乡，早跳出龙潭虎窟"两句，正是乐善从昔日朝廷重臣到眼前闲散隐者这一巨大变化的概括，而且构成强烈对比，显示了乐善对目前生活的快活感。接着，"披着领箬笠蓑衣"一句。塑造了"潜入那水国渔乡"之后乐善的形象；寄情山水，飘逸洒脱，体现着隐者生活的情趣。而"堤防他斜风细雨"一句，又暗暗道出了披蓑垂钓的生活，正可免去人间是非的纠缠。最后，"长则是琴一张，酒一壶，自饮自斟，自歌自舞"，更表现了他无拘无束，闲散自由，与世无争的生活，而这些正是乐善感到快活的最根本原因。

如果说【斗鹌鹑】主要表现了乐善对新的生活的某些感受，那么紧接着的【紫花儿序】一曲，则主要写他对这种生活的一些思考。"也不学刘伶荷锸，也不学屈子投江，且做个范蠡归湖"三句，表明他既不想如刘伶，也不想效法屈原，他要模仿的是范蠡：功成名就泛舟五湖。这表明，乐善并非盲目地生活在青山绿水之间，而是有明确的效仿对象，这正是他思考的结果。而且他认为，他泛一叶小舟，"绕一滩红蓼，过两岸青蒲""惊起那几

21世纪应用型精品规划教材·旅游管理专业

行鸥鹭"的生活,正似范蠡归湖的故事。故足以以乐忘忧而不必归欤之叹。曲中所写"一滩红蓼""两岸青蒲""几行鸥鹭",都表现了山水之间的宁静和幽美,以及乐善以范蠡自喻而获得的恬淡心境。

乐善对隐者生活的感受和思考,也是真实可信的。然而,他毕竟是被贬之后才开始这种生活的。因此,在他内心深处,还深藏着难以自解的踌躇。当他内心深处的踌躇隐约泛起的时候,就唱出了这曲【小桃红】:他感到水声和山色都模糊了。"闲看云来去",充满了无可奈何的惆怅。何以如此?就因为他"我怨结愁肠对谁诉"——满腹怨仇而无告,唯有"自踌躇"。显然,绿水青山的美景,终究不能完全消除被贬谪居的苦闷。由苦闷进而自责:"这场烦恼都由咱取",表现了无限的悔恨。在这种心情的支配下,他发出了"感今怀古,旧荣新辱"的感叹。所谓"旧荣",当然指昔日为相时的荣华富贵;而眼前的"自斟自饮,自歌自舞",却成了"新辱"。因此,他内心最深处的愿望,显然是改变目前的处境,消除"新辱",正是这两句的真正意义。然而,他的"新辱"是皇上贬斥的结果,本人无力消除。于是,所有的踌躇、自责、感叹,只好"都装入酒葫芦"——以酒浇愁,这是他唯一的解脱。

三支小曲,细致而深刻地表现了乐善被贬隐居时的感受、思考和苦闷;也生动地描写了昨日景物,并使二者达到了和谐统一。语言质朴,正与人物性格吻合,并具有较强的艺术感染力。乐善的心理活动过程,曲折地反映了全剧所表现的思想倾向。

【例文二】　　　　　　　　红杏深花

明·汤显祖

【排歌】〔外引众上〕红杏深花,菖蒲⁽¹⁾浅芽。春畴渐暖年华。竹篱茅舍酒旗儿叉。雨过炊烟一缕斜。〔生、末接介〕〔合〕提壶⁽²⁾叫,布谷喳。行看几日免排衙⁽³⁾。休头踏⁽⁴⁾,省喧哗,怕惊他林外野人家。

【八声甘州】平原麦洒,翠波摇翦翦⁽⁵⁾,绿畴如画。如酥嫩雨,绕塍⁽⁶⁾春色苴。趁江南土疏田脉佳。怕人户们抛荒力不加。还怕,有那无头官事,误了你好生涯。

【前腔】千村转岁华⁽⁷⁾。愚父老香盆⁽⁸⁾,儿童竹马⁽⁹⁾。阳春有脚⁽¹⁰⁾,经过百姓人家。月明无犬吠黄花,雨过有人耕绿野。真个,村村雨露桑麻。

【作者简介】

汤显祖(1550—1616),中国明代戏曲家、文学家,字义仍,号海若、若士、清远道人。

汉族，江西临川人。汤氏祖籍临川县云山乡，后迁居汤家山(今抚州市)。出身书香门第，早有才名，他不仅对古文诗词颇精，而且能通天文地理、医药卜筮诸书。34 岁中进士，在南京先后任太常寺博士、詹事府主簿和礼部祠祭司主事。

在汤显祖多方面的成就中，以戏曲创作为最，其戏剧作品《还魂记》《紫钗记》《南柯记》和《邯郸记》合称"临川四梦"，其中《牡丹亭》是他的代表作。这些剧作不但为中国人民所喜爱，而且已传播到英、日、德、俄等很多国家，被视为世界戏剧艺术的珍品。

【注释】

(1) 菖蒲：多年生草本植物，生在水边，根茎可作香料，外用可以治牙痛、齿龈出血等。古人常在端午节采之。

(2) 提壶：鸟名，鸣声犹如"布谷"。

(3) 排衙：长官排列依仗，接受属员的参谒，坐堂办事。

(4) 头踏：古代官员出行时排在前边的仪仗队。

(5) 鬌鬌：簇簇，丛集的样子。

(6) 塍：田间的土埂子。

(7) 转岁华：过上了好日子。

(8) 香盆：封建社会中奉迎统治者的一种仪式，焚香插在盆里，顶在头上，跪地迎送，表示崇敬和爱戴。

(9) 儿童竹马：歌颂太守的成语。东汉郭伋，曾任并州牧，有一次他到所属的某地，有几百个儿童骑竹马来欢迎他。

(10) 阳春有脚：歌颂太守的成语。唐代宋璟，爱民恤物，百姓称之为有脚阳春，所到之处如阳春普照。

【赏析】

这是明代传奇剧本《牡丹亭》第八出《劝农》中太守杜宝所唱的三支曲子。

第一支曲子[排歌]开始五句描述了太守杜宝出行时所见到的山野春光，杏花开放如火红艳，菖蒲抽芽，田野里春日渐暖，竹篱茅舍前酒旗招展，春雨初晴，炊烟袅袅。下面三句点出正值春耕时节，提壶鸟与布谷鸟在声声鸣叫。杏花春雨江南，自古以来就是四时江南风光画卷中的一幅名画，早已深深地印在了中国人的心中，至今仍是激发人们旅游的动因。

21世纪应用型精品规划教材·旅游管理专业

第二支曲子[八声甘州]头三句描述了田野间一片绿色的麦浪，有如一幅美丽的图画，下面四句描述，春雨如酥，春色已深，应该抓住墒情，及时耕种，切不可违迟农时，致使田地荒芜。田野之美是静态的，而田野中的劳作以及田园生活舒缓的节奏才是最值得竟日奔波之人艳羡的一种生活状态。

第三支曲子[前腔]头五句，描述了百姓对太守杜宝的爱戴与崇敬，有这样一位贤太守，百姓才得以安居乐业。最后四句描述了百姓安居乐业的情景。雨后人们在努力耕种，村村是一片桑麻。日落月出，甚至听不到犬吠，好一个太平年景。

这三支曲子表述了太守杜宝清廉勤政，体恤民情，深受人们的拥戴。杜宝出行劝农催耕，在《牡丹亭》的全剧中，属于情节的枝蔓。但这几支曲子有如一首优美的田园诗、一幅古代的风俗画，自有其可取之处。

【例文三】 **访翠 癸酉三月**

清·孔尚任

【缑山月】(生丽服上)金粉未消亡，闻得六朝香，满天涯烟草断人肠。【眉批】王谢[1]风流。怕催花信[2]紧，风风雨雨，误了春光。

小生侯方域，书剑飘零，归家无日。对三月艳阳之节，住六朝佳丽之场，虽是客况不堪，却也春情难按。昨日会着杨龙友，盛夸李香君妙龄绝色，平康第一。现在苏崑生教他吹歌，也来劝俺梳栊；争奈萧索奚囊[3]，难成好事。今日清明佳节，独坐无聊，不免借步踏青，竟到旧院一访，有何不可。(行介)

【锦缠道】望平康[4]，凤城东、千门绿杨。一路紫丝缰，引游郎，谁家乳燕双双。(丑扮柳敬亭上)黄莺惊晓梦，白发动春愁。(唤介)侯相公何处闲游？(生回头见介)原来是敬亭，来的好也；俺去城东踏青，正苦无伴哩。(丑)老汉无事，便好奉陪。(同行介)(丑指介)那是秦淮水榭。(生)隔春波，碧烟染窗；倚晴天，红杏窥墙。

【眉批】一幅江南旧院图。(丑指介)这是长桥，我们慢慢的走。(生)一带板桥长，闲指点茶寮[5]酒舫。(丑)不觉来到旧院了。(生)听声声卖花忙，穿过了条条深巷。(丑指介)这一条巷里，都是有名姊妹家。(生)果然不同，你看黑漆双门之上，插一枝带露柳娇黄。【眉批】末句天然风韵。

【作者简介】

孔尚任(1648—1718)，字聘之，又字季重，号东塘(《随园诗话》所载为东堂)，别号岸堂，自称云亭山人，山东曲阜人，孔子六十四代孙，清初诗人、戏曲作家，继承了儒家的思想传统与学术，自幼即留意礼、乐、兵、农等学问，还考证过乐律，为以后的戏曲创作打下了音乐知识基础。世人将他与《长生殿》的作者洪昇并论，称"南洪北孔"。

【注释】

(1) 王谢：六朝时望族王氏与谢氏的并称，代称高门世族。刘禹锡《乌衣巷》诗："旧时王谢堂前燕，飞入寻常百姓家。"

(2) 花信：花开的信息。按自小寒至谷雨，一百二十日，八个节气，我国古代以每五日为一候，计二十四候，人们在每一候内开花的植物中，挑选一种花期最准确的植物为代表，应一种花信，称之为"二十四番花信"。

(3) 奚囊：《新唐书·李贺传》："[贺]每旦日出，骑弱马，从小奚奴，背古锦囊，遇所得，书投囊中。"后因称诗为"奚囊"。

(4) 平康：唐长安丹凤街有平康坊，为妓女聚居之地。在当时，是属于"京都侠少"和"新科进士"两种人最常活动的处所，属于极风流的地方。后以此为妓女所居的泛称。

(5) 茶寮：茶馆。

【赏析】

《桃花扇》是一部表现亡国之痛的历史剧。作者将明末侯方域与秦淮艳姬李香君的悲欢离合同南明弘光朝的兴亡有机地结合在一起，塑造了一系列栩栩如生的人物形象，悲剧的结局突破了才子佳人大团圆的传统模式，男女之情与兴亡之感都得到哲理性的升华。

《桃花扇》是中国清代著名的传奇剧本，作者孔尚任，此剧是他经历十余年三易其稿而完成的。此剧表现了明末时以复社文人侯方域、吴次尾、陈定生为代表的"清流"同以阮大铖和马士英为代表的"权奸"之间的斗争，揭露了南明王朝政治的腐败和衰亡原因，反映了当时的社会面貌。即作者自己所说：借离合之情，写兴亡之感，实事实人，有凭有据。通过侯方域和李香君悲欢离合的爱情故事，表现南明覆亡的历史，并总结明朝 300 年亡国的历史经验，表现了丰富复杂的社会历史内容。然而由于作者所持立场的原因，其所描写的历史人物很多不符合历史事实，甚至存在歪曲现象。

本文所选片段出自《桃花扇》一戏第五出。

第一支曲子[缑山月]写春景，更有由春光引起的万千思绪，关心国家兴亡的士子纵使在

明媚的春光中，心头也是愁绪万千。江山胜迹仍在，只是多少风流人物、烟雨楼台都付与岁月长河中。由是观之，风景或许千百年来没有太大的不同，这是看风景的人心情不同罢了。

第二支曲子[锦缠道]写出偏安之下，表面宁静之中，江南春景好像万象太平。此中情理正如古人所言"暖风熏得游人醉，只把杭州作汴州"。若抛开历史背景不论，倒真是一幅原汁原味、歌舞升平的江南春景图。直到今日，还有多少人不远千里，来到江南，看六朝遗迹，寻找毓秀钟灵在水乡中。

若论戏文中精彩之笔，确如点评语云"插一支带露柳娇黄"最显"天然风韵"，这也是时下生态之旅的精髓所在，即原生态也。

【例文四】　　　　　　【南吕·一枝花】《杭州景》

元·关汉卿

普天下锦绣乡，环海内风流地。大元朝新附国，亡宋家旧华夷。水秀山奇，一到处堪游戏，这答儿忒富贵。满城中绣幕风帘，一哄地人烟凑集。

[梁州第七]百十里街衢整齐，万余家楼阁参差，并无半答儿闲田地。松轩竹径，药圃花蹊，茶园稻陌，竹坞梅溪。一陀儿一句诗题，一步儿一扇屏帏。西盐场便似一带琼瑶，吴山色千叠翡翠。兀良，望钱塘江万顷玻璃。更有清溪绿水，画船儿来往闲游戏。浙江亭紧相对，相对着险岭高峰长怪石，堪美堪题。

[尾]家家掩映渠流水，楼阁峥嵘出翠微，遥望西湖暮山势。看了这壁，觑了那壁，纵有丹青下不得笔。

【赏析】

"钱塘自古繁华"，特别是南宋以杭州为都城，经过一百多年的经营，使它成为当时世界上少见的美丽都市。元统一全国后，关汉卿曾到过杭州，这篇《杭州景》是以一个初到江南的北方人的角度描写了杭州都市的秀丽风光和繁华景象。【一枝花】概括介绍了杭州的历史变迁和城市风貌，指出这座南宋旧都是寰宇内的"锦绣山"和"风流地"，不仅繁华富贵，而且"水秀山奇"，到处足供游览；【梁州第七】一曲以移步换景的手法对杭州的景物进行了具体细致的描写，是整套曲的核心部分，一开始写城内街巷整齐通达，万家楼阁参差错落，繁华富丽的杭州城，掩映着"松轩竹径，药圃花蹊，茶园稻陌，竹坞梅溪"，到处充满诗情画意。然后作者将笔触伸展开来，转而写城里城外的山山水水，西盐场洁白纯净好似玉带，吴山景色葱茏如翠，钱塘江江面广阔如万顷玻璃，清溪绿水，险峰怪石，一片秀丽风光，值得羡慕，值得题咏；【尾】曲是收煞之笔，再次用简练的诗句来概括杭州的美丽风景，并以作者无法表达的深切感受作结，纵有丹青也画不出，对杭州景致进行了高度的赞美。

这首曲在景物描写方面很有特点，既有概括描写，又有具体描写，全曲结构严谨、层次清晰，又富有变化。作者充分利用对仗，把景物嵌入其中，意象迷离，让人有目不暇接之感，描绘了一幅色彩鲜明、内容丰富的风景画，又充满繁华富贵的民俗气息，其中也饱含着作者对祖国江山秀美风光的热爱之情。从语言上来说，朴素自然，通俗生动，格调清新明丽，体现出关汉卿散曲创作的率真本色。

【例文五】　　　　　　【中吕】山坡羊·潼关怀古
元·张养浩

峰峦如聚，波涛如怒，山河表里潼关路。望西都，意踌躇，伤心秦汉经行处，宫阙万间都做了土。兴，百姓苦；亡，百姓苦。

【赏析】

潼关，故址在今陕西省潼关县东南，雄踞晋、豫、秦三省，有"鸡鸣闻三省，关门扼九州"之说，历代为兵家必争的军事要地。作为军事要隘的潼关，始于春秋战国时代，此后历经战争洗礼，仍保留着基本风貌，是历史悠久的文化古迹。这首小令是元文宗天历年间，关中大旱，张养浩被征召任陕西行台中丞，在他赴任途中经过潼关时触发了追念古代情怀而作的，表现了作者对民间疾苦的关心和同情。

张养浩的《山坡羊·潼关怀古》把潼关的地形与历史巧妙地结合在一起，寓情于景，触景生情，以潼关作为历史的见证者，发出一声沉甸甸的"兴，百姓苦；亡，百姓苦"的千古奇叹。

全曲分三层：第一层(头三句)写潼关雄伟险要的形势。"山河"句言潼关外有黄河，内有华山，形势十分险要。张养浩途经潼关，看到的是"峰峦如聚，波涛如怒"的景象。本层描写潼关壮景，生动形象。一个"聚"字让读者眼前呈现出华山飞奔而来之势、群山攒立之状。山本是静止的，"如聚"化静为动，表现了峰峦的众多和动感。第二句写怒涛汹涌的黄河，潼关外黄河之水奔腾澎湃，一"怒"字让读者耳边回响起千古不绝的滔滔水声。黄河水是无生命的，而"如怒"则赋予河水以人的情感和意志，写出了波涛的汹涌澎湃。"怒"字还把河水人格化，注入了诗人吊古伤今而产生的满腔悲愤之情。第三句写潼关位

21世纪应用型精品规划教材·旅游管理专业

于群山重重包围、黄河寒流其间那狭隘之处。"山河表里潼关路"之感便油然而生，至此潼关之气势雄伟一览无遗，如此险要之地，暗示潼关的险峻，乃为历代兵家必争之地，也由此引发了下文的感慨。

第二层(四—七句)写从关中长安万间宫阙化为废墟而产生的深沉的感慨。第四、五句点出作者遥望古都长安，凭吊古迹，思绪万千，激愤难平。"望西都，意踌躇"，写作者驻马远望、感慨横生的样子。作家身处潼关，西望旧朝故都长安，遥想当年，秦之阿房，汉之未央，规模宏大，弥山纵谷，可如今崇丽之宫阙，寸瓦尺砖皆荡然无存，令人感慨万千。第六、七句"伤心秦汉经行处，宫阙万间都做了土"点出无限伤感的原因，概括了历代帝业盛衰兴亡的沧桑变化。这里作家面对繁华过后的废墟所发出的"伤心"实乃悲凉。为秦汉旧朝统治者悲凉，恐怕"宫阙万间都做了土"。辉煌过去，随即而来的是朝代变换。王朝的兴替固然令人伤感，但作者最伤心的是百姓之苦。秦、汉王朝为彰显一个时代的辉煌，集国之全力兴阿房、未央之建筑，然而辉煌过去，随即而来是朝代的变换，百姓在战争中苦不堪言。此情此景，让作家沉重地发出第三层"兴，百姓苦；亡，百姓苦"这句千古流传的慨叹。

第三层(末四句)写作者沉痛的感慨，即不管封建王朝如何更迭，在他们争城夺地的战争中蒙受灾难的，还是那些无辜的老百姓。它像一支高烧的红烛，照亮了人们的眼睛，使之认识到象征封建政权的宫阙，它的兴建是无数老百姓的白骨垒起来的；它的倒塌也有无数老百姓的白骨做了它的殉葬品。这便是它所闪耀的思想光辉。这是作者从历代帝王的兴亡史中概括出来的一个规律。三层意思环环相扣，层层深入，思想越来越显豁，感情越来越强烈，浑然形成一体。全曲景中寓情，情中有景，情景交融。

《潼关怀古》对历史的概括，显指元代现实生活：怀古实乃伤今，沉重实乃责任。张养浩特殊的仕途经历，决定了他的怀古散曲中有一种参破功名富贵的思想。《潼关怀古》以难得的沉重、深邃的目光，揭示了封建社会里一条颠扑不破的真理"兴，百姓苦；亡，百姓苦"。

【例文六】　　　　　　【南吕·一枝花】《湖上晚归》

元·张可久

[一枝花]长天落彩霞，远水涵秋镜。花如人面红，山似佛头青。生色围屏，翠冷松云径，嫣然眉黛横。但携将旖旎浓香，何必赋横斜瘦影。

[梁州]挽玉手留连锦英,据胡床指点银瓶。素娥不嫁伤孤另。想当年小小,问何处卿卿?东坡才调,西子娉婷,总相宜千古留名。吾二人此地私行,六一泉亭上诗成,三五夜花前月明,十四弦指下风生。可憎,有情,捧红牙合和伊州令。万籁寂,四山静,幽咽泉流水下声。鹤怨猿惊。

[尾]岩阿禅窟鸣金磬,波底龙宫漾水精。夜气清,酒力醒,宝篆销,玉漏鸣。笑归来仿佛二更,煞强似踏雪寻梅霸桥冷。

【赏析】

张可久,字小山,浙江庆元人。曾做过典吏、首领官等小官,一生在仕途上不得志。晚年隐居杭州西湖。他善写散曲,多歌咏山水,表达与此相关的思想感情,风格清新秀丽,有《小山乐府》存世。这一套曲用南吕宫,包括"一枝花"《梁州》等三支曲子,写情侣夜游西湖、兴尽而归的情景。曲中用比拟手法写西湖夜色,景物的变换与人物的活动融为一体。以词法填曲,精心雕琢;曲辞秀美,对仗工整,音调和谐。大量熔铸前人诗词名句入曲,又自铸新词,俊语连珠。如"长天"两句,化用王勃《滕王阁序》"落霞与孤鹜齐飞,秋水共长天一色";佛头青则取自林逋《西湖》的"春水净于僧眼碧,晚山深似佛头青";"生色翠屏"出自李贺的《秦宫》诗"内室深屏生色画"。这首曲集中体现了作者工丽典雅,以辞藻取胜的艺术风格。此曲为传统元曲名篇,不失为张小山的代表作。

【例文七】　　　　【双调·水仙子】《重观瀑布》

元·乔吉

天机织罢月梭闲,石壁高垂雪练寒。冰丝带雨悬霄汉,几千年晒未干。露华凉人怯衣单。似白虹饮涧,玉龙下山,晴雪飞滩。

【赏析】

《水仙子·重观瀑布》是乔吉的代表作品之一。这首小令想象丰富,境界开阔,即景抒情,寓情于景,奇思妙想,连用一系列的比喻,自远而近从几个不同的角度描述了瀑布胜景。

前四句以丰富的联想、夸侈的造语,推出了瀑布在天地间的整体形象,写远眺。远处瀑布倾流而下,深深地震撼了作者的心灵,使他感到这一奇景是天运神功所造。作者以大胆的想象,把天比作织机,月比作梭子,把瀑布比作一幅白练,从陡峭的石壁垂下,那白

21世纪应用型精品规划教材·旅游管理专业

练的缕缕经纬线，湿漉漉的，带着的水汽如丝丝的细雨直从空中飘下，十分形象地描绘了瀑布垂挂悬崖的姿态，由空间的壮观度入时间的壮观，所谓"思接千载"，从而更增加了瀑布的雄伟感。

后四句写近景，写走近瀑布后的感受。作者自远至近，已经靠近瀑布飞流的石壁，来到清溪泪流的滩头，感到飞沫飘落在身上，如天降甘露，感到寒气逼人而觉得衣服太单薄了。"人怯衣单"应"凉"，而"凉"又遥应前面的"雪练寒"。不过前文的"寒"是因瀑布的气势、色光而产生的心理感觉，而此处的"凉"则更偏重生理感觉。作者正是通过这种微妙的细节，影示了自己向瀑布的步步逼近。同时，看到阳光照耀下的几千年不停息地飞泻而下的瀑布，不禁对永恒的大自然肃然起敬。作者身临其境，不仅看，而且还进一步去感受，去体验。

全曲想象奇特，造语夸张，比喻新颖，语言流畅，词句诡丽，出奇制胜，把那瀑布的雄伟壮丽与人的博大精神、坚定意志二者表现得相得益彰，读之令人心旷神怡，如入其境，亲身感受到那份力的壮美。

这首小令写瀑布能如此鲜明壮观，生动形象，原因之一是运用比喻手法写瀑布之壮观，比喻艺术极为高超。"雪练""冰丝""带雨""露华"是借喻，"白虹""玉龙""晴雪"是明喻。多角度、多层面的比喻，既描绘出瀑布的动态，也写出它的静态，还写出它的色相。更为难得的是写出它流走飞动的神韵。由于多种比喻效果的产生，虽然曲中不见"瀑布"二字，但瀑布的奇观韵味极为生动地表现出来。有人称乔吉是曲家之李白，如果从雄奇豪迈的浪漫主义风格看，此言确实不虚。

第二节　旅游影视剧

电视、电影已成为人们日常生活中必不可少的一部分，同样作为人们精神领域消费活动的旅游，与影视作品的结合就形成一种新的旅游形式——影视旅游。西方称之为"电影引致旅游"，认为它是由于旅游目的地出现在荧屏、影带、银幕上而促使旅游者造访这些旅游地和吸引物的旅游活动。旅游吸引物就是通过影视作品的播放，激发旅游者的旅游动机，满足其旅游活动需求并能为影视旅游所利用。一部制作精良的影视剧在播出过程中，就已经为该地做了有力的宣传。

一、影视产业对旅游业发展的影响

影视业是创意产业，借助灯光、音响等现代传媒技术艺术化地展现拍摄地的传统文化，将剧情、人物融入拍摄地的优美环境中，共筑一个和谐理想的世界，让观众情感移入影视之中，从而触发到拍摄地去亲身体验影视作品中熟悉的场景和画面，这是影视旅游者最主要的动机。影视作品中有很多场景取自文化神秘或风光秀丽或幽深险绝，从而激发了观赏者的兴趣，去这些地方旅游。一部有影响力的影视剧，其真正的影响力在于能真正触动观众的心弦，引起他们的共鸣，这也就成了影视旅游的动机。

影视作品总是根据主题、人物、风格的要求，运用影视艺术特殊的表现手法，通过挖掘拍摄地独特的传统文化创造出真实可信的典型环境。这种典型是经过特效加工的自然景观和人文景观，随着影视的播放，不仅传承了拍摄地传统文化，而且在一定程度上推广了旅游地传统文化。影视作品是推广旅游地文化的重要媒介平台，对外景地旅游业发展起巨大的促进作用。

影视具有声像合一、声画结合的特点，任何一部电影或电视剧，即便是广告、纪录片、专题片等也少不了音乐、美术等传统艺术元素的搭配。通过特效的加工和处理，使作为影片拍摄地的景点或景区透过影视来看时，更加漂亮，更具有美感和吸引力。特别是镜头画面的独特视角对景物美的发掘，能够激发人们对拍摄地真实景物的审美感受，同时影视剧的故事内容也会给拍摄地增添一层梦幻般的文化色彩，无形中加强人们对拍摄地的向往。这种完美的影视拍摄艺术效果很好地形成了外景地的旅游感知形象和品牌。

二、旅游影视剧解说词导读

【例文一】　　　　　　　　　　**《走遍中国》**

《走遍中国》是中央电视台中文国际频道的一档大型专题报道栏目。通过人文说地理，通过地理说人文。用镜头带领观众进入中国的地理空间，在现实的地理空间中，将观众带进人文空间，揭秘历史，叙述故事，解密事件，介绍人物，让见证者见证历史，让专家学者进行评论匡正，让观众不知不觉间进入节目所叙述的故事中，共同探索、发现和思考。

第一集　黄河故道的传奇

这片绵延百里的梨花下面，曾是当年的黄河故道，你信吗？一座明代的古城就被封存在这片梨园的下面。繁荣一时的隋唐大运河为什么在 800 多年前从这里突然消失？你见过中国最大的酥梨王吗？请收看《走遍中国——黄河故道的传奇》

我们眼前这片灿若云锦的梨花世界，是安徽省宿州市砀山县的万亩梨园。每年的三月，这里晶莹的梨花总是如雪似雾、绵延百里、香气袭人。但当地人告诉我们，在这片花的海洋下面，曾是寸草不生的不毛之地，黄河两次流经这里。

我们眼前的这部县志，是中国唯一的一部影印版的《砀山县志》，翻开这部清代乾隆年间编撰的县志，我们发现，与砀山 2000 年悠久的历史不相称的是，有关它的历史的记载少之又少。

在今天的砀山县城，我们几乎看不到一丝明代以前的古迹，当地人告诉我们，今天我们看到的砀山县城只有 200 多年的历史，砀山的历史随着古城都被埋在了地下，今天的县城是建在当年的黄河故道上。砀山县文化馆馆长黄世东和宿州市文馆所所长韩三华，一直在研究黄河故道的历史文化，他们告诉我们，当年的砀山古城只留下了一块石碑，他们带我们来到了县城内的一家酒厂。在酒厂内的一个亭子旁，我们看到了那块石碑，石碑上刻着"宴嬉台"三个大字。黄馆长告诉我们，这三个大字，是唐代诗人李白游砀山时题刻的。而宴嬉台随着一次黄河决口，与整座砀山城被全部淹没了。

也许李白也不会想到，几百年后他题写的碑文，竟会成为砀山古城历史唯一的实物见证。

但是黄世东告诉我们，石碑原来并不在这个地方，而是在离今天县城 20 多里的毛李集，也就是说，当年的砀山县城不在现在的城址上。在两位专家的带领下，我们找到了当年石碑的遗址，却发现眼前竟是一望无际的梨园。

砀山的北面就是黄河。黄河是中华民族的摇篮，它孕育了华夏的文明，但这条河也给人们带来了一次又一次的灾难。据记载，历史上黄河因泛滥而改道共 26 次，大的改道就有六七次。

公元 1194 年，即宋绍熙五年，黄河在河南阳武决口，黄河又迎来了一次大改道，这次改道使黄河开始向南由淮河流入东海，但从此宿州市的砀山和萧县就成了黄泛区。

我们在宿州拍摄期间获悉，在宿州市桥区的一个建筑工地，发现了一处古河道的遗址，经专家考证认定，这正是宋代已经在宿州消失了的那条隋唐大运河遗址。

隋唐大运河开凿于隋大业年间，距今有 1400 多年。它是当时连接南北经济的重要枢纽，要比后来的京杭大运河早 600 多年。遗址出土了大量的瓷器以及生活用具，以此我们可以看出当时运河的繁荣景象。但隋唐大运河在宿州的河道在 800 多年前突然消失了？

站在硕果累累的梨园里，专家告诉我们，一个方圆四华里的砀山古城，今天就埋在我们脚下七八米深的地方。

两位专家告诉我们，我们脚下的古城是被1597年的黄泛淹没的，砀山县城在历史上被淹过多次，脚下的只是其中的一处古城址。今天我们只能在相关的历史资料中，去解读这座古城当年的神韵了。

也许在不久的将来通过发掘，这座沉睡了几百年的古城，将揭开它神秘的面纱，展现的将会是一个东方的庞贝古城。

但看着眼前这片果园，我们无法想象这么大的一座城池会消失得如此干净。在运河遗址挖掘现场的河道剖面，我们清楚地看到了黄河沙土的淤积。

专家告诉我们，由于隋唐大运河贯穿黄河，黄河的改道和历年的决口，一次次的黄泛造成了淤积，大运河开始渐渐萎缩，最后它也遭到了砀山县城同样的命运。

黄河发源于青海高原巴颜喀拉山北麓的约古宗列盆地，古称大河，流经黄土高原，由于黄土土质疏松，便携带了大量的泥沙流向下游，进入广阔的华北平原后，流速减慢，泥沙慢慢淤积下来.造成黄河下游河床逐渐抬高，成了一条"三年两决口，百年一改道"的悬河。

【例文二】　　　　纪录片《西湖》(解说词节选)

总导演　夏燕平

西湖不是纯自然的美景。

她不像黄山、九寨沟，西湖是千百年来人类治理疏浚、依势造景的山水之湖泊；她不像漓江、张家界，西湖是千百年来人们感怀世事、寄托情怀的精神之湖泊。因此说，西湖的美是天造人设的，《西湖》纪录片亦复如此。

许多第一次来到西湖的人，都有一种似曾相识之感。西湖之于中国人，太熟识了。

因为熟识，后来便不大有人愿意说西湖，也不是完全没有，而是怎么也说不好西湖。近代以来，西湖没有足以背诵的文，没有足以传唱的歌，没有足以传世的画，当然也没有足以把玩的影像作品。

影像作品，有出息的影像作品，是挑战观众的视觉经验，你得给人以陌生的东西。西湖，人们还陌生吗？

当我们离开西湖的景致，蜷缩在看不见风景的房间，把西湖这盘千年长度的磁带，往

21世纪应用型精品规划教材·旅游管理专业

回倒的时候，我们发现，西湖，其实人们还是陌生的，陌生正是在于人们的熟识："熟视无睹"。

西湖是沧海桑田。从海水浸蚀的潟湖，到可灌溉之湖，鱼虾之湖，饮用之湖，直至审美之湖。是经过几千年的自然造化和巧夺天工。远的不考，拜苏东坡之大名，我们都知道苏堤。其实还有与其比肩的杨公堤、稍逊风骚的赵公堤、早已隐入十万人家的白公堤……仅苏东坡治下的那次疏浚，就动用了二十万民工。

西湖是"户盈罗绮"。南宋在偏安的同时，却也创造了繁荣的经济和灿烂的文明。南宋后期，临安居民加上流动人口，约有一百四十万。城内店铺林立，买卖昼夜不绝。当时欧洲最著名的大城市伦敦，人口不过三万四千。难怪元初马可·波罗惊叹杭州是"天堂之城"。陈寅恪说："华夏民族之文化，历数千载之演进，造极于赵宋之世。"邓广铭说："两宋时期内的物质文明和精神文明所达到的高度，在中国整个封建社会历史时期之内，可以说是空前绝后的。"法国汉学家贾克·谢和耐说："13世纪的中国，其现代化的程度是令人吃惊的……艺术、娱乐、制度、工艺技术各方面，中国是当时世界上首屈一指的国家，其自豪足以认为世界其他各地皆为化外之邦。"这个"现代化"还包括精神文明的程度，因此，阿诺尔德·约瑟·汤因比说："如果让我选择，我愿意活在中国的宋朝。"

西湖是东南佛国。弘一法师《我在西湖出家的经过》中说："杭州这个地方，实堪称佛地，因为那边寺庙之多，约有两千余所，可想见杭州佛法之盛了。"除了庙宇林立、高僧大德云集之外，更重要的是，佛家义理通过日常生活已渗入杭州人的饮食起居，一年一度，历时三个月的声势浩大的"香市"便是足证。不仅东南大地，朝鲜、韩国、日本、菲律宾、印度尼西亚、马来西亚等国皆"认祖归宗"。道家在西湖有著名的"葛洪炼丹处"等十多处道观。马可·波罗之后，传教士们先后来到杭州，于是杭州有了基督教堂、天主教堂二十多座。伊斯兰教在杭州也有相当的传播，建有约五座清真寺。

西湖是唐诗宋词。许多人初来乍到却似曾相识，是因为他们早就熟悉了文学的西湖：宋之问"楼观沧海日，门对浙江潮"；白居易"江南忆，最忆是杭州"；苏东坡"欲把西湖比西子"；杨万里"毕竟西湖六月中"；柳永"东南形胜，三吴都会"。文传千古的还有：李清照、林和靖、张元干、张孝祥、辛弃疾、陆游、陈亮、姜夔、梅尧臣、范成大、朱熹、岳飞、文天祥、吴文英……元明清时的马可·波罗、于谦、袁宏道、张岱、袁枚、郑板桥、康有为、陈曾寿……近当代的名人孙中山、张静江、蒋介石、司徒雷登、鲁迅、周作人、戴望舒、郁达夫、李叔同、夏衍、毛泽东、周恩来……

西湖是"勾栏瓦舍"。中国的戏曲艺术作为一种成熟的艺术样式，肇始于南宋时期的杭州，戏和文自此合璧，南方人谓之"戏文"。汤显祖、关汉卿、李笠翁、洪昇等都在西湖这个舞台上有过充分的表演。中国有四大民间故事，其中两个故事的发生地传说在西湖：《白蛇传》和《梁祝》。《白蛇传》被中国几乎所有的艺术形式所演绎，《梁祝》更借以西湖的音乐——越剧而创作的小提琴协奏曲誉满世界。西湖还有《红梅记》(李慧娘)和《杨乃武与小白菜》，这都成了戏。

西湖是"壮怀激烈"。西湖不乏秀美，西湖也有壮美，悲壮之美。旷日持久的宋金、宋元战争中，产生了一代可歌可泣、彪炳史册的民族英雄：宗泽、刘铸、吴价、吴磷、岳飞、辛弃疾、陆游、韩世忠、文天祥、陆秀夫、张世杰……除了"忠骨岳坟"，西湖还有安葬了后来的民族英雄于谦、张苍水，世称"西湖三杰"。中国近代革命的先驱，鉴湖女侠秋瑾"面对故国湖山，埋骨西泠"。徐锡麟墓、章太炎墓、陶成章墓、浙军攻克南京阵亡将士墓、史量才墓、蒋百里墓……您还觉得西湖仅仅是秀美吗？

中国两千年的文明演进，我们都可以在西湖这个舞台上，找到她的发端、发祥和发展。这或许是许多惊艳西湖的人们被《西湖》惊艳的缘故，也是我们创作团队最初的奢望。

第一集　西湖云水

我们的祖先，曾经在传统医药的站位上，来划分我们的文化版图。黄河流域，是针灸文化圈，长江流域，是本草文化圈，江南一带，则是汤药文化圈。这种汤药文化圈的概括，真是挖到了江南文化的最为本质的特征，它与"针灸""本草"不同的是，"汤药"的"汤"字盖指液体，而两个读作"商"音的"汤"字便可以用来形容横无际涯的水势，因此这汤药文化圈的说法，是直截了当地扑向了水的主题。

一代代前人，有的以风水谈玄，有的为《水经》做注，已经为我们留下了无数的关于水的文化遗产。不过，在今天我们再去追溯西湖的来历，已经不必求索于《周易》问诸于阴阳了。

这是侏罗纪末期至白垩纪时期的西湖地区，此时这个地方正处在强烈的火山喷发期，灸热的岩浆不停地从岩缝中喷涌而出，就这样，岩浆不停地流淌着，燃烧着，终于有一天，外流的大量岩浆造成了地壳的塌陷，于是火山口成了洼地，而这洼地便成了以后西湖的基础。

>> 访谈

余秋雨(学者)：西湖是一个浅浅的海湾，是海水，后来由于潮汐带来的泥沙和长江带来的泥沙，使它和大海的通路封住了，它就变成了内湖。

21世纪应用型精品规划教材·旅游管理专业

接下来的沧海桑田我们已经无从考证，只是这片洼地的轮回，却从没有因为岁月的缘由，而停下它的脚步，直到一万两千年前后，海潮的出没使它变成了潟湖，后来，海水终于退去，于是一个被后人称作西湖的湖泊，便出现在了东南大地。

＞＞访谈

余秋雨(学者)：西湖有一个奇迹般的问号，也就是说它怎么会这样美丽，它为什么变成奇迹呢？就是它不是天造地设的美景，它不是黄山，它不是张家界，它不是长白山天池，这些都是天造地设的美景，西湖不是。

＞＞访谈

曾仕强(学者)：第一个，西湖的水一年比一年清澈。西湖的面积一年比一年加大，这怎么可能，这根本不可能人家只有缩小啦。

＞＞访谈

余秋雨(学者)：但是请注意这样的一个内湖，显而易见，它一定是年年蒸发天天蒸发，那么杂草丛生，然后会越来越变成一个盐碱地，然后什么也不是。到如果西湖变成一个盐碱地的时候，周围的生态也就完全变化了，那么我们现在所说的西湖文明、杭州文明根本就不存在了，一个荒凉的海滩而已。那么比较早的时候，这一带的人就想保护住已经开始出现的内湖生态。

2002 年，浙江的考古工作者在仅与西湖有一江之隔的萧山，发现了已有 8000 年历史的跨湖桥文化遗址，它比著名的河姆渡文化遗址还要提早 1000 年，在跨湖桥文化遗址中，有一件十分重要的文物，这便是这件同样经历了 8000 年岁月的独木舟。可以说这一次被称作当时的全国十大考古成果之一的重大发现，是对中国水文化的最为形象的注解，8000 年以前所打造的船只虽然搁浅，但是随着沧海桑田的变迁，先民们所生活过的东南大地，却留下了无尽的连天水网。

网，是岁月的脉络。

船，是泽畔的图腾。

古老的《诗经》是先民的歌唱，站在水边的先民们，曾经这样唱到，"谁谓河广，一苇杭之"。

这个"杭"字，与代表水上行舟的"航"字，原本就是一个字，但是当舟船文化随着海潮的退落渐渐远去，文明却在大地上扎下了深根，于是便有了杭州的出现，出现在水的家乡。

>＞访谈

余秋雨(学者)：那么特别是在公元 7 世纪的前期，隋炀帝挖运河的时候把杭州作为一个运河的终点，那个时候大家就认真来对待了，就是努力地希望能够用堤坝把湖和海隔开来。其实这件事情很早就做了，钱塘，就是当时的一个堤坝，把它隔开来。接下来呢，就是一定要用运河的水来冲这个水，让它变淡，越来越淡，然后再把这个已经淡了的湖呢，做了 6 个井，所谓六井，通向人口聚居的杭州。

在所有表达乡情的词汇里，有一个人们常常会用得到的成语"离乡背井"。井，并不仅是生活的符号，而且是家乡的象征。李白的名句"床前明月光"中的"床"字，其实并不是"床榻"的"床"，而是"井床"的"床"，他是看见了洒满井床的月光，才写下了那首家传户颂的怀乡之作。

不过，杭州人对于井的情感，还来自于一种更为特殊的缘由。

正因为杭州的出现是源于海潮的起落，所以在相当漫长的时间里，这座城市的饮用之水都带着海潮的咸苦，因此城中居民对生活用水的依赖，便唯有储满淡水的西湖，可是全城的居民如果都去西湖取水，其间是怎样的奔波劳苦，可想而知。

直到唐代宗时期李泌来任杭州刺史，这道苦涩的难题才得到了解决。不过这李泌却又是离乡背井，因为他的家乡是在那一片遥远的八百里秦川。

按照史料的记载，李泌的做法是"开凿六井"，然而，这六口水井说是水井，实际上却是水池，池中的水道又径与西湖相通。自六井开凿以后，西湖之水才在真正意义上注入杭州古城，滋润了千家万户。

正因为这六井依然存在的缘故，今天当我们扒着井栏向井中探头而望的时候，便一眼望见了唐朝。但是，我们望见的却不仅是李泌的恩泽，而且还望见了另一位杭州刺史的功德。

这真是上善若水呀。

白居易来到杭州做刺史，距离李泌开凿六井已经四十年，由于这时的西湖还没有得到根本治理，所以每逢旱天，西湖便变得很浅，而且一逢雨季，湖水又溢满全城。

>＞访谈

余秋雨(学者)：在 9 世纪的 20 年代，来了一个第一流的诗人叫白居易。白居易来到杭州的时候面对的是一个有问题的西湖，你想，西湖从原始的开掘一直到隋炀帝的时候经过一点整治，但是整治的力量也是不够的。白居易面对的是一个怎样的西湖呢？就是杂草壅塞，水量越来越少，周边的土地有待于它来灌溉，海水不能灌溉，只能用淡水灌溉，但是它本身已经很少的水了。白居易面对这个西湖的时候，他是行政长官，他一定要做事。

为了整治西湖，白居易便主持了一项为时三年的水利工程，并在自西湖北岸到武林门一带，修造了一道长长的堤坝，这道堤坝经过古城的变迁，早已隐入了"参差十万人家"而不复存在，但是杭州的历史却永远不会忘记它，这道理非常简单，杭州，已经是西湖的化身。

断桥所在的这道白堤原本叫作白沙堤，自打被称作白堤之后，它便具有了人赋品格，一个"白"字，既是一种巧合，又是一种忆念，杭州的百姓曾在这里迎接过流浪于仕途的江州司马，却又希望这位理水的诗人不要"抛得杭州"，而在美丽的白堤之上作千载勾留。

>> 访谈

余秋雨(学者)：白居易这个大诗人，他把自己最辉煌的年月执行在这个水利工程师所要做的事情上，让杭州的人忘记了他是一个诗人，更忘记了他是中国第一流的诗人。我说他故意把诗藏在石块间，藏在水草丛中，故意的。不过他如果真的在那写很多诗的话，后代杭州的诗人就不敢写诗了，因为他太伟大了。所以在这个里边，文本文化和民众的生态文化产生了很明显的比较，白居易选择的是民众的生态文化。

当西湖的垂柳飘去了唐诗的雪絮，水畔的枝条就开出了宋词的杏花，开着开着，就开成了那一行优美的佳句"花退残红青杏小"。

苏东坡第二次久住西湖，是在出任杭州太守的那三年时间里，不过苏东坡初来任上便遇上了大旱之年，遇到了河床袒露，遇到了井水干涸，然而到了第二年，杭州乃至整个江南地带却又是洪涝成灾。于是一项浚治运河、浚治六井、浚治西湖的水利工程便在这位诗人太守的任内，铺开了浩大的场面。

20万众民工的汗水从骄阳似火的盛夏一直洒到了阴霾冷冽的寒冬。

据《杭州府志》记载，浚治西湖的时候，由于苏东坡的决意而为与百般筹措，工程进展尚称顺利。但是剩下的唯一困扰，就是这满湖的淤泥杂草无处安置。这，恰恰又为西湖美景中十分独到的苏堤的出现不仅安置了悬念而且埋下了伏笔。西湖的淤泥杂草最终被派上了最佳的用场。世间许多所谓的弃物，最终的去向往往如此。"非是不堪为器用，都因良将未留心。"

>> 访谈

余秋雨(学者)：用一个比喻来说，我说他曾经把西湖比成是西子，变成一个美女，面对这个美女已经病入膏肓的时候，他不愿意做诗人，他愿意做一个真正男人来治理她，苏东坡当时就做了一个真正的治理美人的男人，治理她。

治理得好不好？治理得很好。很好的标准就是，由于他治理的杭州已经有可能成为国都，所以南宋就把它变成了国都。南宋成为国都不是自然选择的结果，当然和军事形势有关。但这军事形势当中，我要选择它，一定它是美丽的，繁华的，这跟苏东坡的治理有直接关系。

苏堤的出现不但让南来北往的车马行人不再环湖绕远，而且为空阔的水面平添了一道贯通两岸的六桥风光。可以说苏堤的形成，在整个西湖风光的演变中乃是一次创造性的完善。

苏东坡的创造力在无数的文化前贤中，可谓拔山扛鼎，但是凡属于东坡创造却又能独具心裁，他创造了紫砂中的东坡提梁，创造了美食中的无上妙品，更创造了宋词中大江东去式的豪放之风。如果说那些创造都还属于生活与艺术的创造，那么这一道充满诗情画意的苏堤，便是他所创造的政绩与艺术的完美结合。

对于同一题材的描写，能够让所有后人全部落入重复的陷阱，同样是一种创造。正由于这种缘故，他那首仅仅28个字的晴雨之歌，才会成为永久流传的西湖绝唱。

> 水光潋滟晴方好，
>
> 山色空濛雨亦奇。
>
> 欲把西湖比西子，
>
> 淡妆浓抹总相宜。

感谢先民们把这一片水网密集的地方为一代代后人们选作了安身立命之所，因为这里西通水系，东濒沧海，南枕钱江，北贯长河。而我们的西湖之水，恰好位于一个水的交叉点，让经济源流一体，让文化四通八达。

水，又是财富的象征。在中国古代"钱"字与"泉"字本就是互相通用的。西湖，最先也曾叫作钱塘湖，既寓本地的水泉之多，又寓杭州的经济富庶。经济学家曾经断言，世界上经济发达的地方都在江河的下游。因此，若用今天的话说是占尽了区位的优势，杭州才有了"钱塘自古繁华"之说。

不过，秦代的"大泉五十"，虽然直接表明了它的币值，但是在许多人看来，它在艺术上的优美程度却远逊于有着瘦金书字样的"崇宁通宝"之类的宋钱。其中的缘由是它在最初铸造的时候，便融进了艺术的基因。

这掌心的铜钱虽然只是一枚，可它却有着一个王朝的经历，当初成于北地最后流落南方。

"铁马秋风塞北，杏花春雨江南。"这一联非常经典的词句，以鲜明的形象勾画出了东方美学中豪放与婉约的最为主要的特征。而"杏花春雨"一词，本身就挟带着湿湿漉漉的水的意蕴。可以说水，作为世间一种十分独特的物体，在其千变万化的形态中，从来就具备着从豪放到婉约的全部特点。豪放时，它可以风生水起，狂澜万丈；婉约时，它又可以风定无波，静水平流。而我们的西湖之水，更多的时候则属于后者，代表着婉约主体呈现出温和的风貌。

> >访谈

许江(中国美术学院院长)：西湖塑造了中国城市的山水观念，这个观念超越了我们一般所说的"园林"。它把真山真水聚拢在一起，它把风月和丽日邀约在一起，和一城的人共度春夏秋冬。

西晋末年，中原崩乱，北方的大量流民开始一路向南迁徙。这是中国历史上第一次人口大迁徙，史称"永嘉丧乱"。南迁的人口大约有九十万，其中就包括了一大批士族阶层，像产生过一代书圣王羲之的王氏家族，产生过山水诗人谢灵运的谢氏家族，即刘禹锡的诗句"旧时王谢堂前燕"所指的"王谢"二家便是其中的代表。

这种家族中的一些杰出人物，将自己的艺术灵性与江南的青山丽水相融合，再次为江南文化的空灵秀美铺上了一层浓浓的底色。

但是当莽荡的烽烟再起，历史的旧剧又不得不再次上演。

公元1127年，徽钦二帝被金兵俘获，眼看着金兵就要兵临城下，北宋君臣们便匆匆卷起了曾经在《清明上河图》展现过的繁华旧梦，慌不择路地开始了千里流亡。自此，宋氏南迁的长长队伍，便沿着历史的纪年走过了北宋与南宋的分野。

> >访谈

田涛(历史学家)：举朝南迁，举国都南迁，这样的一个南迁，我们从表面上看来他把政治中心从黄河流域黄河之滨的河南省的开封一下子迁到了钱塘江畔去了。临安，临安这个词汇，顾名思义，临安临安者，临时安顿而已，实际上他心里所想的还是有朝一日要光复当时的大宋江山，即所谓的王师北定中原之日。遗憾的是他这种期盼始终没有得到实现。不过当政治中心从北方黄河流域南迁之后，和政治中心一起跨过长江的却有当时源自于黄河流域的各种文明。

对于艺术的迷醉以致痴心不改，赵宋天子们实在是历史上的典型。宋室南迁之后，恢复了设置皇家画院的传统。一些供职于皇家画院的画家也一改北宋时期的画家们所擅长描写的北地山水的面目。

山水是宋代画家最为擅长的题材，而画家们终日面对着西湖的山光水色便自然成了他们描摹的对象。按照北宋的传统，画家笔下的山水都要有一个富有诗意的题名，而这些题名通常又要求文字简洁一语中的并让人过目不忘。因此，在马远等人的画卷上，便出现了"南屏晚钟""雷峰夕照""双峰插云"与"苏堤春晓"这样的排列整齐的点题之句。

这便是"西湖十景"的由来。由于西湖十景的名字起得十分恰切，终于越叫越响，最后叫成了最具文采的独家景点，并让天下所有的人都记住了中国历史上的文学艺术与山水实景高度融合的优秀范例。

在这里，用"水墨丹青"作为中国绘画的又一称谓，似乎更为富于东方色彩。色彩，因水而渗透，笔墨，因水而润泽。有了水的十分神奇的功用，人们的那些奇思妙想才得以在这一片深青浅黛的湖山胜处叠翠飞花，并表达出了以灵秀为宗的关于水的主题。

花港观鱼的"港"是水，柳浪闻莺的"浪"是水，平湖秋月的"湖"也是水，三潭印月的"潭"，自然还是水。水，漾泳着晨雾夕阳，涵纳着云影天光。

水，涌动时有光芒之美，这光芒竟然是千姿百态；

水，平静时有倒影之美，这倒影竟让人浮想联翩。

缓缓驶去，那是苏小小乘坐的油壁香车；

翩翩而至，那是李慧娘眼中的美哉少年。

几道疏帘绿柳堆烟，那是西湖佳话仍然在断桥之侧扮演游湖借伞；

一把破扇遮风避雨，那是绝代疯僧要回到净慈古寺参加蒲团打坐。

西湖之水把东方的画卷浓涂重抹，让千年的岁月情醉湖山。

西湖之美把独家的美妙推向极点，让所有的模仿不敢抄袭。

> >访谈

王旭烽(作家)：我觉得西湖的精神应该是"雅"，就是中国文化里的那种文人的精神，非常典型的文人精神。因为中国文化精神层面还是很多的，它有平民百姓的，也有商贾的，也有侠客的，当然也有像于谦的，他也是杭州人，他是高官了。西湖很重要的就是中国文人的精神，士大夫的精神，尤其是更加偏重于文化艺术这一面。因为中国文化人学了文化以后是要考官的，之后就变成了士大夫。但是西湖的精神更偏重于文化艺术没有附属于政

21世纪应用型精品规划教材·旅游管理专业

治的那种纯粹的审美的精神。

明代崇祯年间出自浙江东阳的进士张国维曾在一部水利全书式的著述中说道：为政一方，说先要考虑江河之害，不能治水，便不能治政，不能治政，便不能治国。

其实这一关于治水的观点是来自于春秋战国时期的管子。管子曾说："善为国者，必先除害，五害之属，水为最大。"

事实上，一切有所作为的官吏，对于治水的问题都总是魂牵梦绕，就像白居易，就像苏东坡。

>>访谈

余秋雨(学者)：西湖是一个人造的美景，是人为了自然生态自我奋斗的结果。这美景有两种，一个就是它天造地设鬼斧神工，让人们享受，让人们糟蹋；另一种像西湖，它本来没有美景，不是美景，它很可能成为很丑陋的地方，但是就靠人类的，它和自然的一种对话，一种艰难的对话，一代代的延续下来，结果就变成了一个到现在为止都让我们很兴奋的一个话题。在马可波罗时代，当外国人都睁开眼睛要惊叹的这么一个美景。

所以我觉得西湖这个奇迹，是非常能够符合当代有关人和自然对话的这么一个中心课题的。

2000 年开始的宏大的西湖西进工程，不仅拓展了西湖的面积，而且更是焕发了西湖的美丽。但是热爱西湖的人们，面对这一片葱翠的湖山，并没有忘记它从远古走向今天的无尽沧桑，它从形成潟湖到人工浚治的重大变迁，以及它在从实用功能转化为审美功能的长期过程中，所凝聚的代代辛劳。

世间的许多事物都是这样，当它们的实用功能一旦走到极致，便往往会与审美功能欣然而遇。这，已经为众多的文化遗产所证明。正因为它们与西湖有着相同的经历，所以当我们站在西湖水畔的高峰，去了望万里江山的时候，我们便看到了连通南北的京杭运河，看到了横亘大漠的丝绸之路，看到了两千年前的地下军阵，看到了绵延北国的万里长城。

西湖，湖水虽浅却深不可测；

西湖，面积不大，却云水无垠。

中国传统文化中的许多精彩，高雅如西湖的诗词，通俗如断桥的传说，以及雅俗共赏的林林总总，正是自西湖云水而来。

此时，当我们飞行，在掠过长堤的时候，在掠过三岛的时候，在掠过名重东南的六和塔的时候，在掠过水网纠结的西溪湿地的时候，我们又完全可以说，只要西湖不干，便是活的遗产。

注:

西湖十景:　　苏堤春晓——平湖秋月　　曲院风荷——断桥残雪

柳岸闻莺——花港观鱼　　双峰插云——三潭印月

雷峰夕照——南屏晚钟

蝶恋花·花褪残红青杏小　　(宋/苏轼)

花褪残红青杏小。燕子飞时,绿水人家绕。枝上柳绵吹又少,天涯何处无芳草。

墙里秋千墙外道。墙外行人,墙里佳人笑。笑渐不闻声渐悄,多情却被无情恼。

【赏析】

以恢宏的视野和精微的视点,集婉约与豪放于一体,熔纪实与写意为一炉,不但要注重细节,而且要打开空间,力求这一部西湖新作,能够贯通中国历史的文澜道脉,能够发掘江南文化的深层底蕴,能够博采独绝天下的四时光影,使之成为一部视觉艺术的"西湖全书"。在具体的实施过程中,除了对与西湖相关的人物、景物、文物与风物进行深入细致的拍摄外,还对一些典型的历史事件施诸情景再现,对西湖演变的往古岁月再作三维复原。通过披阅西湖的文献史料,通过分析已有的各类作品和通过对与关于西湖的具体采访,在事件分类、人物分类、细节分类、景点分类和再现分类等诸项工作的基础上,《西湖》产生了十集的篇目,它们依次为《西湖云水》《临安的记忆》《西湖旧影》《湖山晴雨》《香市》《戏文的神采》《画印西湖》《西博往事》《伊人在水》和《天堂》。这些篇目,不但与统领全篇的主题紧密相衔,而且有着各自的独特使命,同时也将展示出"和而不同"的艺术特色。仅以《西湖旧影》为例,它既要争取搜集到大量的早期影片资料,又要计划在同机位、同景别、同景物而又要摄取到不同景色的前提下,完成西湖旧影与当今风貌的比照,使这部作品具有一种文献感。

【例文三】　　　　　　　　纪录片《江南》(解说词节选)

一缕清风,一片悠云,一份随意,感受梦里水乡的风姿绰约;一杯香茗,一窗碎月,一份闲心,细读江南文化的古韵。悠悠一部展示中华区域文化的开篇之作,诗人杨晓民与众名家精心打造的文化艺术精品,色彩斑斓的历史文化长卷,令人心动的电视文化苦旅。江南,一个让人心旌摇曳的历史文化盆景。这里山清水秀、人杰地灵、文明悠远,是中国

21世纪应用型精品规划教材·旅游管理专业

最具特质与魅力的独特之地。古往今来，多少才子佳人在这片充满神奇的土地上留下了动人的故事与情怀。《江南》用大文化的视野，将抒情、叙述、思辨融为一体，全方位、多视点解读中国传统文化里一个包含魅力的意象，诠释吴越文化的灵魂以及江南的园林、山水、风俗、饮食、民居、市井、工艺、戏曲等，展现生态、形态、情态浑然天成的东方农耕文明、乡土建筑文化、社会发展文脉等山河画卷，使我们在有限的地域中领略无限的空间意蕴和中华文明生机勃勃的创造力。《江南》，触摸中国文化根系的一幅生动且雅致的人文镜像，具有很纯粹的文化品质和极高的审美价值。

第一集《在水一方》　　第六集《民间故事》

第二集《水源木本》　　第七集《吴歌越调》

第三集《人景壶天》　　第八集《青梅煮酒》

第四集《莲叶田田》　　第九集《桨声灯影》

第五集《烟雨青山》　　第十集《朝花夕拾》

第一集：《在水一方》

<周庄1>

就从这里开始吧。

周庄、同里或者乌镇，水乡的古镇在江南生长。

在古镇上走一走，以这样的方式体会江南，我们细致而明确地感受到了江南的精神和风采。

水流在水里，风淡淡地吹着风。

在这里，流水和流水，不就是江南翻飞的水袖吗？不就是把江南舞动得风姿绰约、灵秀飘逸的水袖吗？

在朴实无华中超凡脱俗，在超凡脱俗中返璞归真，这水做的江南，这江南的流水啊。

"小桥、流水、人家"，这是江南最灿烂的风花雪月，这是江南最根本的从前以来。

十多年前，古镇的农民耕田的时候，掘到了一些石斧陶器和玉镯玉瑗，这一个发现，引起了文物管理部门的注意和重视，考古学家们从各地赶来，仔细看过了这些石斧陶器和玉镯玉瑗以后说道，这是崧泽、良渚文化时期的文物，离开现在，应该有五千五百年了吧。

五千多年前的古镇是什么样子，我们不能知道，我们只能知道，五千多年前，我们的先人，曾经在这里编织着生活，在这里的山下，在这里的水边，他们随意地唱着自己作的歌曲，一些鱼儿，悠闲地从他们身边游过。

我们不能知道，我们的先人从何而来，他们是千里迢迢赶来还是风尘仆仆路过，我们只知道，当他们和这一片山水相遇的时候，就毫不犹豫地留了下来，他们在这里开荒种田，纺纱织布，然后生儿育女，这一片山水，是我们的先人最初的家园。

我们也不能十分清晰地勾画出五千多年以来春夏秋冬的交替和风花雪月的演变，我们还是只能从古镇的一山一水一砖一石中，领略岁月浩渺和沧海桑田。

江南的水乡都是这样的，一半儿是水，另一半儿是岸。

那一些石阶从水上升起，通到屋前宅后，水乡的生活和水紧密相连，水乡的生活就是水做的生活。

这一条河贯穿古镇，这一条河仿佛就是一棵大树，两岸的房屋，就是生长在这一棵大树上的树叶和果实了。

上桥下桥，船来船往就是水乡古镇的日常生活。一些东西要送到镇里来，装船，一些东西要运到镇外去，还是装船。一些人要往镇外去，上船，另一些人回到镇上来，下船。古镇人家的一部分就是船，而船的一部分，就是古镇人的家了。

就这样看过去，古镇的河上，不就是一幅书法吗，水面是宣纸，船是写在纸上的行书，二岸的石驳岸，就是这一幅书法的装裱了。

然后，河的两岸，就是街了，青石板铺砌的街。

才下了一阵小雨，青石板显得光亮和明净。

许多年以前，小镇的街是用小石子铺砌的，叫蛋石街。今天的青石板，虽然少了蛋石街"雨天可穿红绣鞋"的诗意，但依然透着一丝苍古，并且融入了古镇的人情风貌，很和谐。

<周庄 2>

周庄的清早大抵如此。

像往常一样，最先醒来的人生起了炉子，夜里面把煤炉熄灭了，不仅仅是节省蜂窝煤，也是为了防火。然后街上有了买菜的人，扫地的人和上学的孩子。

老人下着店铺的门板。当地人把店铺的门板叫作塞板。这样的塞板在苏州已经不多见了，只有一些古镇还保留着。在今天看来，下一扇塞板，日子就翻过去一天。下完塞板的老人，独自在一边坐着。这一坐，就像是已经坐了百年。

对于周庄来说，百年就像昨天，老人记忆着昨天外婆唱的歌：摇啊摇，摇到外婆桥，外婆说我好宝宝，我说外婆蚕宝宝……外婆桥，上了年纪的人都这么说，外婆桥就在周庄，

21世纪应用型精品规划教材·旅游管理专业

是富安桥？还是那双桥？还是……又说不清楚了。

这个桥，那个桥，周庄有许多的桥，周庄人每天都会走过这些桥，走过这些桥的时候，他们就没有想到，这些石桥日后会改变他们如清晨般宁静的生活。在周庄人看来，富安桥，或者双桥，几百年来，它们只是人们行走的路，或是老人邻居聊天的地方。

富安桥是周庄最老的桥，桥的四角建有四座高大的桥楼，这样的造桥方法在江南水乡难得见到。双桥交错着，斑驳的青灰色像清晨的残梦。

画家陈逸飞先生那幅《故乡的回忆》就是取材于双桥。这双桥使陈先生名扬海外，更使周庄名扬天下。

白天，周庄的白天是属于旅游者的。今天周庄人的生活，是为远道而来的客人准备的。

坐在船上游览，这是游览周庄最好的方式。穿桥过洞，颇有情趣。每穿过一个桥洞就出现一种景色；每拐过一座桥塊，又另有一种意境。就像苏州园林，曲径通幽，又豁然开朗。好心情的旅游者听着船娘的歌声，触摸着穿竹石栏、临河水阁，就好像沾上了江南的好风水。

有一位诗人这样描述周庄：水乡的路，水云浦，进庄出庄一把橹。河水慢慢流，船橹慢慢摇，当年沈万山站在家中，指挥着他的大小船只进进出出，做着纵横四海的大生意。那情形一定繁忙，或许是鸦雀无声。

旅游者议论着沈万山的财富，说得最多的就是：南京的城墙有一半是沈万山造的。当年他还想犒赏朱元璋的军队，却不料因此惹恼了朱皇帝，流放云南了。

<乌镇1>

然后，让我们来谈谈乌镇吧。

乌镇的长廊是很有特色的，长长的长廊，长到了什么程度呢？那时民间有个传说，叫作有天无日。乌镇的长廊长得把太阳都遮掉了！唐朝的丞相裴休裴就喜欢这样的长廊，他坐在长廊的藤椅里，看得见乌镇的美丽景色却晒不着太阳。他在长廊里吟诗作画，喝酒饮茶。兴致所致，他或许还会玩一把文字游戏呢。

哥字分开两个可，颜色相同和尚与尼姑。和尚吃青菜，尼姑吃蘑菇；

林字分开两个木，颜色相同饭与粥。一根木头烧饭，一根木头烧粥；

朋字分开两个月，颜色相同和雪与霜。一个是阶前雪，一个是月下霜；

吕字分开两个口，颜色相同茶与酒。一个口喝茶，一个口吃酒。

诞生唐诗的抒情年代，在乌镇，曾经有过这么一位意趣风发的丞相。

穿过唐朝长长的长廊，我们去看社戏。

修真观戏台建于清同治年。石质台基，台框高三米多。戏台背河当街，面对修真观，三面都可以看到戏台上的情景。戏台上也有副对联，叫作：锣鼓一场，唤醒人间春梦；宫商两音，传来天上神仙。

小镇上爱看戏的人很多，尤其是妇女，如果今天戏台那儿有唱戏的要来，从一清早开始就心神不定了。看戏呀看戏去，锣鼓一响，脚底发痒，看越剧看花鼓戏、看京戏、看昆曲、看皮影去！逮住什么就看什么！

有关乌镇，还有姑嫂饼和蓝印花布作坊。

"用极细麦粉和糖及芝麻印成圆饼，有椒盐者，有白糖者，味甘而润，远近闻名。"

这是茅盾笔下的姑嫂饼。

很久以前了，乌镇有一家家庭作坊，专门做一种小酥饼，味道很好，有一种甜丝丝的香味，生意自然是好。但是，这家人家有个规矩，就是做酥饼的技术传媳不传女。这家的小姑就不服气，有一天深夜，偷偷地往嫂嫂做小酥饼的配料里撒了一把盐，——仿佛撒下了心中的一口恶气！奇怪的是，第二天的小酥饼竟然出奇的好吃，它既不是甜的，也不是咸的，它是椒盐的。嫂嫂当然也尝了椒盐小酥饼，同时尝到了小姑子心里的委屈。好了好了，你这个聪明的倔丫头，我算服了你。我们给这个新产品取名叫"姑嫂饼"，好不好？小姑嘴巴里塞满了"姑嫂饼"，她轻轻地捏了一把嫂嫂丰腴的手臂，表示自己喜悦的心情。

乌镇一带称蓝印花布为"拷花布"，这个名称由来已久。它取天然植物蓝草的色素为染料，以黄豆粉和石灰粉为防染浆，刻纸为版，利浆漏印，染色而成。

<乌镇2>

就像乌镇人介绍的那样：蓝印花布融进了青铜饰纹的高古，秦汉砖瓦的粗犷，宋瓷的典雅，苏绣的细腻，剪纸的简洁，织锦的华贵。

我们说蓝印花布得以源源流长、生生不息的原因是它的平民化。

纺纱、织布。在没有成为蓝印花布之前，蓝印花布是一匹匹刚刚从织布机上下来的白色土布，它们身上带着江南女孩手上的余温，而颜色，是与生俱来的本白色。

它们依依不舍地离开织布机，它们依恋的目光永远不会离开那些水灵如草、清澈如花的江南女孩了，任伊老了，在江南，它们的目光也不离开，这是刻骨铭心的爱情啊，乡村土布对江南女孩子天荒地老般的爱情。

蓝印花布，它的工艺，它的图案，均来自民间。工艺是染布。

21世纪应用型精品规划教材·旅游管理专业

——江南的女孩子谁不会染布呀？就像江南的女孩子人人都会绣花一样。

图案是花卉草木，也不复杂的，江南女孩子眼睛里天天都是花花草草的影子。

——江南的女孩子既是水做的女儿，更是花草薰香的女儿啊！

乌镇人将染好的蓝印花布挂在太阳底下晒的情景确实叫外地人感到惊奇，一幅幅蓝印花布从高高的云天直挂而下，太阳照着的时候，蓝印花布发出耀眼的光芒，一朵朵别致的花儿仿佛呼之欲出；而当风吹过的时候，那些悬挂着的布匹们则作着优美的舞蹈，一眨眼工夫就能飞到天上去的感觉。我们在这些悬挂的蓝印花布前站了很久，我们要读出它们清香的味道，要读出它们缤纷的图案，要读出许多江南女孩灵动的青春，要读出染布工人乌青手下一颗美丽的心。

暮色降临，我们听到了远方慈祥的声音：

你寄我的信，到今天才收到，或许是你写好信以后没有马上去投寄吧。你拍的照片我看过了，还不错的，但你自己不很满意，这是严格要求，我很欣赏，准备作一首诗给你，你不要性急，何时作成说不定的。

这是晚年的叶圣陶，与他孙子的一封家书。

写信，是叶圣陶晚年生活中，重要的一项内容，写完以后，是急忙地寄出去，然后内心的牵挂和远方的等待似乎才有了着落。这一些信显得平和友善。

寄完信之后，老人久久地看着窗外，眼睛有一点迷惑了，而这时候，在老人的心底渐渐地清晰起来的，是小桥流水，藕与莼菜。

【赏析】

《江南》用大文化的视野，将抒情、叙述、思辨融为一体，全方位、多视点解读中国传统文化里一个包含魅力的意象，诠释吴越文化的灵魂以及江南的园林、山水、风俗、饮食、民居、市井、工艺、戏曲等，展现生态、形态、情态浑然天成的东方农耕文明、乡土建筑文化、社会发展文脉等山河画卷，使我们在有限的地域中领略无限的空间意蕴和中华文明生气勃勃的创造力。

文化宝库知识

《优秀旅游纪录片简介》

1. 《一路向南：到世界的边缘》："用行动来证实，用脚步来注解。有些事现在不做，一辈子都不会做了。如果你真想做成一件事，全世界都会来帮你。"一辆摩托车，一寸寸穿越亚马逊雨林、安第斯高原，一步步走过墨西哥、智利、巴西、阿根廷，直到世界的尽头——乌斯怀亚，最终完成世界上最长的陆地穿越。历时三个月，行走在神秘美丽的南美大陆上，从结伴同行到孤身一人，谷岳究竟体验了哪些神秘刺激的风俗，挑战了什么稀奇古怪的职业，又经历了几多不为人知的艰辛危险？他不是勇士，却敢于同按部就班的世界决裂；他不崇拜英雄，自己却成为走在路上的标榜。

2. 《探秘帕米尔》：即使很多去过帕米尔、了解帕米尔的人都很难简单地概括帕米尔的魅力所在，因为这片位于亚洲中部的高原实在承载了太多的传奇。从自然环境来说，帕米尔是有名的世界屋脊，是地球两大山带阿尔卑斯——喜马拉雅山带和帕米尔——楚科奇山带的山结，数条庞大的山系纠结于此。而从人类历史的进程上来看，帕米尔高原为丝绸之路要冲，历代王朝多曾在此设立葱岭守捉或驿站，这片高原本身就是一部写满了人类交流史的土地……

3. 《临安寻梦》：在钱塘江下游北岸有一座古老的城市——杭州。隋炀帝开凿京杭大运河之后，杭州作为这条经济动脉的终点，逐渐富庶于东南。五代时期，吴越国选择这里作为都城所在地；到了北宋朝积累了丰盈的财富与无数华美的建筑园林，杭州获得东南第一州的美誉。公元1115年，女真人建立了金朝并与北宋消灭辽，后将北宋覆灭。公元1127年宋高宗赵构建立南宋并于1129年建都杭州，改其名为临安。本片介绍了临安的前世今生。

4. 《走遍北京世界之最》：展示了由北京市文物局、园林局、旅游局发起，评选出的北京旅游世界之最，包括万里长城、故宫、天坛、天安门广场、北海公园、十三陵、颐和园、周口店北京猿人遗址、云居寺、永乐大钟等旅游景点。从中反映出了千年古都北京的历史文化风貌，是了解北京风光，体会北京神韵的一部不可多得的电视系列片。

5. 《魅力斯洛文尼亚》：第一部以中国人的文化视角来拍摄制作的介绍斯洛文尼亚自然风光、历史传统和当代文化的系列文化纪录片。《魅力斯洛文尼亚》以《大地深处的乐章》《天堂印象》和《一个被爱的地方》三集分别讲述了四个斯洛文尼亚人和一对中国夫妻各自不同的生活、情感和他们不同的梦想。

6. 《北纬30°·中国行》：百集系列特别节目《北纬30°·中国行》以"自然、家园、文化"为主题，延续《边疆行》《沿海行》的风格，吸收新闻、专题、纪录片等不同节目类型的长处，以真取胜、以情动人。节目展现北纬30度沿线神奇的自然环境，描绘这片土地上人们的人性美、人情美，以自东向西沿纬度线行走为推进线索，深入关注普通群众的人生故事和生存状态，紧扣当下最大多数中国人的情感脉动，向世界展示中国北纬30度带上包括自然风光、历史文化、民俗风情和社会发展在内的全景式图画。

7. 《文明甘肃》：精神文明建设大型电视系列片《文明甘肃》，全方位讲述了甘肃省在精神文明建设上取得的长足进展。从八千年前的秦安大地湾遗址到"天下第一雄关"嘉峪关，俯拾皆是的遗迹昭示着甘肃厚重的历史；从举世瞩目的世界艺术宝库"敦煌莫高窟"到国人心灵读本《读者》，古往今来陇原都孕育着绚烂的文化；从藏传佛教格鲁派的六大宗主寺之一拉卜楞寺到蜚声中外的舞剧《丝路花雨》，多彩的民族民俗文化蕴含着丰富的宝藏。作为华夏文明的重要发祥地，甘肃既是中西文化交汇的要道，又是各民族交融的前沿地带，历史遗产、经典文化、民族民俗文化、旅游观光文化等资源丰富度位居全国前列，堪称中华民族重要的文化资源宝库。

8. 《丹麦·哥本哈根》：介绍了丹麦哥本哈根的城市规划特点、城市发展史、著名建筑、人民的生活状况、人文景观和历史事件、罗斯基勒城堡和克隆堡宫等著名城堡及历史悠久的卡尔斯博格(音)啤酒厂，游览记录着丹麦乡村景象的农村生活博物馆以及路易斯·安娜(音)艺术博物馆，展现哥本哈根的美丽景色和丹麦人对儿童的关爱。

习 题

(一) 单项选择题

1. 我国山水游记作为独立文体被确立始于(　　)。

　　A. 登城赋　　　　B. 永州八记　　　　C. 陋室铭　　　　D. 虎丘记

2. 北魏杨衒之《洛阳伽蓝记》中的"伽蓝"指的是(　　)。

　　A. 宫殿　　　　　B. 民居　　　　　　C. 佛寺　　　　　D. 道观

3. 黄庭坚《登快阁》诗中 "青眼聊因美酒横" 之"青眼"典故指的是(　　)。

　　A. 阮籍　　　　　B. 嵇康　　　　　　C. 刘伶　　　　　D. 山涛

4. 王维《鹿柴》一诗中的"返景"指的是(　　)。

　　A. 景物　　　　　B. 自然　　　　　　C. 返回景区　　　D. 夕阳

5. 郦道元《三峡》中的"亭午"含义是(　　)。

　　A. 驿站　　　　　B. 正午　　　　　　C. 上午　　　　　D. 下午

(二) 多项选择题

1. 下列搭配正确的是(　　)。

　　A. 谢灵运——《游敬亭山》

　　B. 李白——《望九华山赠青阳韦仲堪》

　　C. 苏轼——《秋登宣城谢朓北楼》

　　D. 刘禹锡——《晚泊牛渚》

2. 游记文包括(　　)。

　　A. 山水记　　　　B. 游记　　　　　C. 亭台记　　　D. 杂记

3. 下列诗句属于描写九华山风光的有(　　)。

　　A. 丹崖夹石柱, 菡萏金芙蓉

　　B. 天河挂绿水, 秀出九芙蓉

　　C. 五钗松拥仙坛盖, 九朵莲开佛国城

　　D. 滴翠峰前天柱高, 云门清醮发仙璈

4. 下列楹联出现在黄山地区古村落的有(　　)。

　　A. 第一等好事只是读书, 几百年人家无非积善

　　B. 饶诗书气有子必贤, 得山水性其人多寿

　　C. 慈孝后先人伦乐地, 读书朝夕学问性天

　　D. 翁去八百载, 醉乡犹在; 山行六七里, 亭影不孤

5. 旅游具有其他生活方式所不同的(　　)等特点。

　　A. 享乐性　　　　B. 欢悦性　　　　　C. 新奇性　　　D. 异地性

(三) 简答题

1. 怎样理解旅游文学与旅游文化的关系?

2. 以王维的《山居秋暝》为例, 阐述旅游诗的意境美。

3. 分析柳永《望海潮》这一类城市风情词的特点。

4. 古代山水旅游诗是如何在魏晋时期产生的?

5. 谈谈应当从哪几个方面欣赏古代游记和现当代游记?

21世纪应用型精品规划教材·旅游管理专业

(四) 案例分析题

1. 简述《巴蜀双城记》(节选)中所讨论的成都与重庆两个城市的文化特色。

巴蜀双城记(节选)

现代·高虹

重庆的人文地理特别容易孕生出少年气盛的自命不凡。年轻的心总是与这个城市火热的气氛合拍一些。长江嘉陵江边一站,不由地就吟哦出"大江东去,浪淘尽千古风流人物"之类的华章乐句,不由地便有了"到中流击水,浪遏飞舟"的豪迈冲动。

记得我在重庆读小学时,老师带了一帮学生去鹅岭公园看菊展,齐声朗诵的是唐末农民起义领袖黄巢的诗句:"待到秋来九月八,我花开后百花杀",明明是吟诗赏花的雅事,也弄得金戈铁马、杀气腾腾的"满城尽带黄金甲"!还让细嫩的嗓子故意劈些痰音,显得笃厚一些。夜登枇杷山,看万家灯火,两江汇流尽踏足下,于是又忙着把阑干拍遍,感慨"无人会,登临意",其实岂止是无人会,胸中一片乱七八糟的生命原始冲动,自己也未会。

重庆夏季别名"火炉",冬季雅号"雾都",而山高路不平是四季皆然,确实不是居家过日子的好地方。但越是生存境况不佳的地方,倒越容易生长出铺张的激情、不凡的志向,这大概正可以印证一句老生常谈——逆境出英雄吧。

城市到底出了多少英雄这很难说,但英雄的豪迈气概却溢满了这座水深火热的城市。这表现在市民阶层,你可以看到街头巷尾的小小口角转眼便升级为大动干戈,双方比试着谁更能逞强称霸。最初的事由完全不重要也完全被忘记了,重要的是此时此刻决不能输这口气,非要拼个你死我活。重庆人常用一句话评价某人:那崽儿有点亡命。口气中绝无一丝贬义。亡命之徒谁都觉得可怕,而重庆人表达的却可能是一种敬佩。

这种英雄气概在文化人那里,大多表现为精神的无限扩张,向往不平凡,拒绝平常心。从小他们戴着红领巾去歌乐山"中美合作所"、白公馆渣滓洞前扫墓,高声朗诵"我愿在烈火与热血中得到永生"。他们真的认为自己是早上八九点钟的太阳,对"世界是你们的"这种慨然允诺信而不疑。他们是鲁莽的理想主义者,注定要磕磕碰碰吃很多苦。直到年龄大了,英雄也就有些老了。

闲适的都市

成都是一座以"闲适"闻名的都市。

成都的"闲",在以生活节奏紧张为时尚的现代社会很有些遭人物议。外地朋友来到成都，主人立即呼朋引类，轮番款待。茶肆酒座，细品漫议，为主为宾，好不快活。结果客人临走时留下评论：你们成都好悠闲，慢悠悠的生活节奏，只怕在此长住，人就要变得懒散了，做不成什么大事。主人面面相觑——这话怎么说的？好茶好饭全喂白眼狼了。还有那心智糊涂的本地人，"蜀奸"似的直点头：是啊是啊，我就是被这种生活给耽误了。言下之意，他只要是东出夔门西越剑门，立马就成龙成凤如何了不得了。

此言甚不合孤意。悠闲并没有什么不合适的，它甚至是生命最佳状态(之一)。我总想将奥地利作家茨威格的一段话广为传播。那是他把塞纳河畔的维也纳和它的近邻德国作了一番比较之后所说的一段话。大意是这样：没有那种对安逸舒适生活的享受意识和审美意识，就不是真正的维也纳人。维也纳人并不"能干"，也没有紧张的生活秩序，只能愿意享受生活，并为此搞出了卓越超群的音乐和艺术。问题在于：维也纳人的闲适和享乐使他们产生出了如瓦格纳、勃拉姆斯、约翰？施特劳斯这样的艺术长河中的巨星，而成都的闲适产生的是什么呢？茶馆里的清客、街头上的混混儿、麻将桌上的高手、说东家长西家短的长舌妇。值得在某种意义上称道的唯有因闲适而格外发达的各种小吃。

看来，艺术和文明的前提确实需要闲适和富足，但闲适和富足并不铁定产生艺术和文明——如果市民骨子里缺少一种追求精神、追求美的深刻本能的话。

于是，成都的闲适终究是应该招致非议的了。

平民的乐园

曾经听闻一位老成都眉飞色舞地描述当年坐落在市中心的皇城古都风貌，雕梁画栋，城门森严，十分威风气派，哪是现在的粗陋而毫无特色的展览馆能望其项背的？他痛斥在"特殊时期"中拆毁皇城兴修万岁展览馆的刘吉挺、张西挺是千古罪人，这夫妻二人在"特殊时期"期间给四川造成许多灾难。老成都的那份痛心疾首，颇使人联想起新中国成立初期为保留北京古城墙而四处奔走呼号的梁思成——而老成都与老北京也真有几分相似之处：城墙、牌楼、护城河，茶馆、庙会、鸟笼子，品目繁多的风味小吃和种花养草的四合院，处处都标志着这是个平民的乐园，而绝不带点上海、重庆式的"冒险家的乐园"的色彩，那吱呀胡琴和哐哐鼓伴奏着还嫌不够，必须加上高亢如云的帮腔的川剧，一板一眼唱着的都是常人的生老病死、歌哭悲笑。

既然生在这座平民的乐园，成都的知识精英们，也就不必与享受着平庸快乐的草根市民作战了，反应该去充分体会一下这种快乐——最好的去处是茶馆和书场，而书场往往都设于茶馆，所以可说是一回事。

21世纪应用型精品规划教材·旅游管理专业

那遍布成都大街小巷的，铺设着木桌竹椅的茶馆，一侯走进，便可"丢开几十年教育、几千年文化在我身上的重负，自在地沉没于贤愚一体、皂白不分的人群中，满足牛要跟牛在一起、马要与马处一堆的原始要求"(美学家朱光潜语)。而那些好像出生时便落草于茶馆的说书人，更是市井街巷里的百年精怪，每一个毛孔都浸透着人情世故。他们还是化雅为俗的大家，化神奇为腐朽的高手。一个说书人说一个女人如何漂亮，"如花似玉"，紧接道："如花椒似芋头，麻不死你也要噎死你！"直听得我目瞪口呆，叹道："匪夷所思，化典至境！"说书人也很得意，沾沾自喜，他们真心认为"世事洞明皆学问，人情练达即文章"，且是唯一的学问、最好的文章。

平民的乐园虽然有一种常态自妙的况味，但在现代社会，毕竟杂糅着许多迟暮、守旧、破败、凋敝。提及"闲情"二字，其相邻的姊妹词似乎是优雅、舒适、幽静、安宁等，而成都的闲情却不需要这么讲究，它竟然滋生于简单以至于简陋、粗糙以至于粗鄙、随意以至于肆意的场景。

从物质生活到精神生活的不讲究、不精致、瞎凑合、穷应付，是成都闲情的地方特色。于是你可以看到：正规的楼堂馆所永远竞争不过街边的大排档摊贩。一到傍晚，临街的红锅饭馆和麻辣烫桌子便摆出占了人行道，食客们密密麻麻，吆五喝六。其场景和气氛十分不堪，而收费并不比酒楼宴厅便宜多少。尤其是夏日的"冷淡杯"，一张简易桌子，几条矮板凳竟然招客无限。男子们露天作业兼赤膊上阵，而装扮时髦的女郎将长裙往胯下一塞，长久陪坐。你别看桌上乱七八糟，地上一片狼藉，仔细瞧去，这些糙人中多有手机、商务通和高档手袋随身，再看美女如云依依相伴，便知其中富翁不少。既是如此，何不去花园餐厅、皇家酒楼？答曰："这里自在。"

这情景使人这样想：正如一切战争武器武装不了恐惧一样，一切现代化的装置，装备不出一个现代化的人来。

改良火锅

重庆人不无自豪地说在饮食花样上他们是执牛耳者。火锅的发祥地在重庆，且源于重庆社会底层的码头工人的故事已是尽人皆知，还有什么酸菜鱼、啤酒鸭……无不是他们的发明。重庆人敏捷能干、热情好动、善于兴风作浪，让别人跟在后面一浪一浪地赶。

但重庆人生性粗枝大叶，饮食上也显出粗犷有余，必须要由精细而温和的成都人来拾遗补阙。成都人是最精明的改良主义者，他们将重庆人的发明去粗取精、由表及里加以改良，最后面目全非，让重庆人完全认不出自己生的崽了。比如酸菜鱼在重庆兴起时，绝对是将大棵大棵的酸菜整熬，鱼骨头架子连头带尾地潜伏汤底，一个菜非要用小号面盆来盛不可。而这个菜一到成都，酸菜就成了碎米粒样，一片一片雪白的鱼肉飘浮其上，那鱼雷般的骨头架子是决不会让食客看见的了，熬汤以后早被厨房捞出，这道菜最后用了细瓷汤盆装好了，体面地登堂入室。

重庆火锅来到成都，保留其辣鲜香烫，但成都人是不会让那种傻大粗黑的灶具锅瓢出现在餐桌上的。还有锅里的作料也不会那么峥嵘毕露。要知道重庆火锅里辣椒是整个整个、花椒一舀满勺，而生姜呢，大块大块连拍破都不肯的。

重庆火锅最初常备一种十字架格子，一俟发展来成都，这东西早被挡在城门外了。其实那才是早年重庆火锅特有的人文景观：素昧平生的食客可同桌共用一锅，锅中扔个十字架形的格子，四面就座的客人——他们或许不相识的同一只锅进食，但只管经营面对自己的那一格，点了什么菜就放自己那一格里烫熟。

但那十字架子有点像官样文章，仅具形式而已——它漂浮在汤面上，底下却是"公海"并无国界。就有毛肚黄喉从这个格子丢下去却从那个格子冒了出来，对面客人打捞起来，一看自己并未点这道菜，便自觉用筷子送了回来："这是你的，跑过来了。"这边的客人慷慨道："不客气，你吃就是!"——不等火锅吃完，两人已称兄道弟哥俩好了。这种粗放是成都人所没有的，成都火锅也决无不相识的人共用一锅的情景。

一次重庆有客人来成都，我不怀好意地请去一家所谓"重庆无渣火锅"，那里是每人一个酒精炉，小号奶锅大小的不锈钢锅，精致小巧的盛菜碟子，把那习惯于大碗喝酒大块吃肉的汉子弄得手脚无措，初是碍于秀雅的服务小姐和我这个主人的情面，直着脖子僵手僵脚地硬挺着，到后来，终于花和尚般叫了起来："这顿鸟饭，吃得俺好憋气，也敢叫重庆火锅，待洒家去取了他招牌来!"

语言的精灵

温文好脾气的成都人，容易受到好惹是生非的重庆人诟病。首先便是语言令重庆人嘲笑。外省人听起来完全没有区别的四川话，在本地人耳朵里竟然可以分辨出那么多的差异，那么强烈的对比：重庆话横、杠、快、冲，成都话绵、软、慢、文。就市井俚语而言，重庆土话偏于粗，成都土话流于俗。"文革"期间的上山下乡运动，使成渝两地知青有机会初次接触和正面交锋，双方很快便确定了自己的优劣势及位置：重庆知青以拳头逞强，成都知青以舌头取胜。

重庆知青回城来，十分好笑地向街坊邻居学说成都知青奚落自己的话："重庆崽儿，

21世纪应用型精品规划教材·旅游管理专业

求钱莫得，馆进馆出。"其学说的重点是被夸张了的"莫"和"馆"的发音。挨了骂顾不上回报，先被其发音用词吸引住了，觉得十分新奇可乐。至于没钱还下馆子，是事实也正是其豪迈之处，不予以还击。

以阳刚著称的重庆小伙子听到绵软的成都话乐不可支，耳朵十分受用，尤其话从姑娘嘴里吐出来的时候。而重庆女人对这种娘娘腔表示反感，很难说潜意识中没有几分嫉恨和悻悻然，因为成都语音显然更能体现女性的娇媚。曾经听到一个重庆晚报的女记者厌恶地说："我最烦成都人说'晚报'了，让他们一说，我们就成了'Y报'了。"

其实除却偏颇和成见，就事实而论，成都话确实比重庆话更丰富，更有表现力，这一点，对语言颇有研究和体验的成渝两地的作家都不否认。而且认为这可能和两地人性格有关：重庆人一发生摩擦，说不上三两句便老拳相向，哪里有机会操练嘴皮子？而成都人遇事多半是狗掀门帘子，靠的就是嘴上功夫，大家都不依不饶，却又像嚼上了牛皮糖，缠了半天还维持着原有事态，既不相让也不升级，其间要费多少唇舌、要用多少词语？久而久之，语言自然积累得丰饶胜人，风格自然修炼得炉火纯青。

市民式幽默

一辆奥拓车后窗贴着一句话："长大了，就是卡迪拉克"；一架虚位以待的人力三轮车挂出一块牌子："你知道我在等你吗？"这都是城市里的幽默风景。成都街上跑得最多的正是奥拓和三轮，其实在成都公然表现自己幽默的人并不多。不过这也好，我一直认为，缺少足够的聪明最好不要尝试幽默，就如同没有洋溢的才华轻易不要抒情一样。

初识成都人的幽默是真正生活在这座城市之后。我的编辑工作中经常要指出别人作品的不足以便理直气壮地退稿，但当编辑不久我便遭遇到这样的事情：我说你这作品没有新意，他说那你可以当古文发表啊；我说你这文章写得太幼稚，他说你把它看作童话不行吗——终于忍不住我笑了起来。这就是成都式的幽默了：有点油滑，有点狡狯。最重要的一点是，遇事它不和你正面冲撞、不与你直接过招，就像溜冰场上，你直杵杵、笨拙拙地朝一个人奔去，他灵巧一闪躲开，当你叫一声摔了个大马趴，回头一看，那成都人正远远地朝你脱帽致意呢。

在成都街头曾经见到过很好玩的一幕，但当事人双方都不是开玩笑，而是相当认真的：一段时间市公安局整顿自行车，要求每辆车都必须安装上尾灯，动员了大批老头老太，满街捉拿没有尾灯的自行车。

事情其实很简单，一个尾灯花不了几个大子儿，但成都人就这么奇怪，他们千方百计想蒙混过去，用了比装尾灯不知多少倍的心力来应付这些老头老太。于是街上出现的尾灯匪夷所思，千奇百怪：有人铆上一块小钢板刷上红漆，被查问时车主岂止振振有词，简直是得意非凡了；有人用胶水将大活络丸瓶盖粘上去，一个急刹车，瓶盖叮哩当啷掉了下来，老太太寻声望去，该自行车落荒而逃。也有破旧不堪的丑车安上了个崭新漂亮的新尾灯，活像病马配金鞍——那多半是从人家新车上顺手牵下来的。一个下雨天，只见前面的自行车走出了一条血淋淋的路，心里吃了一惊，仔细一看，原来被别人挖掉尾灯的地方，车主贴了一块红纸在上面糊弄老太们，被雨一淋可不就滴滴答答淌血水。看着满街的成人、老人们一本正经地逮着、躲着，一会儿，一种特有的幽默感就会油然而生。

有文化的人爱把幽默说得太深沉，比如"幽默是智者的优越"什么的；没文化的人又常常把油腔滑调当作幽默。其实，市民似的幽默最宝贵的潜质既不是表现智慧，也不是让人开心好笑，而正在于它能够化解冲突，成功地将人从非此即彼的困境中解救出来，使模棱两可变得合情合理。

从重庆到成都

人太年轻的时候，一颗心总是向上的、奋进的，与重庆特有的热烈张扬的氛围总是更相容一些。向往着不平凡，拒绝着寻常巷陌的日常生活，于是便无端地对小桥流水的成都生出许多隔膜与粗鲁来，认为成都人操娘娘腔，没有血性，缺少刚烈，满城转悠着小市民。成都，恰如一个巨型的，散发出淡淡的肥皂气息的小康人家。

这种不无矫饰的情怀保留得那么长久，直到长大成人，长成了一个年轻女人，嫁到成都安家过日子以后，它还是在心灵深处隐隐作祟，如归隐田园的将军，"梦回吹角连营"。白天醒来，一样的提篮子上小菜市场，见成都少妇的菜篮里买了一块生猪肉、一斤水豆腐，末了也选上一束鲜花搁面上，便无端怀疑人家是要拿那晚香玉炒肉片或煮一个豆腐汤——"难道如此实际过日子的人也会有爱美之心、浪漫之情?"这近乎无理取闹的怀疑，其发源仍是那虽被日子冲淡了的，却又被时间凝固了的，对世俗生活的不爱。

成都以一种近乎虚无、十分内敛的姿态，接纳了不知多少年轻狂者。成都生活是一只缓缓的手，将这些人脸上过于浓厚的戏剧妆轻轻抹去，还原其普通而平常的五官。浓墨重彩本来是沧海英雄的底色，但在稀松平常的成都人中间，却容易讹变成小丑装扮。此时，才智激情将会无所适从，它们得让位于世故人情。

久之我感受到了，其实成都并不是拒斥所有的奋进、追求和腾达，它只不过以自己特有的悠闲，让一颗太忙碌的心在这里有所停驻。松弛闲适的老成都，为激进情绪，为劲旅

人生，提供了一个驿站。你完全可以在此进行检点，看看你是否走得太快，是否落下了什么——比如爱情，又比如灵魂。

……

2. 调查并分析本地旅游资源中的旅游文学资源。

第七章　旅游楹联、题刻名篇导读

第一节　旅 游 楹 联

楹联又叫对联、对子、楹帖、联语等，是我国独有的一种体裁短小、文字精练、历史悠久、雅俗共赏的传统文学形式，是我国异彩纷呈的艺术百花园中一朵具风姿的奇葩。其内容生动鲜明，格调优美，深刻展现了中华民族深厚的文化底蕴和东方文化神韵。我国许多名胜古迹都点缀有楹联，它们的存在既体现了书写制作的形式美，又揭示着旅游资源的内在美，丰富了旅游吸引物的内涵，使旅游者获得更高境界的审美愉悦。

一、楹联的起源与发展

楹联的产生有 1000 多年历史，它在社会上被广泛应用已有数百年历史，可谓源远流长。而探索其源，从民俗的角度可追溯到古时的桃符习俗。

悬挂桃符是我国古代一种带有迷信色彩或神话色彩的风俗习惯。据《山海经》记载，东海杜朔山上有大桃木，树上有神荼、郁垒两个神人，能制服和统领各种鬼怪，并且能用苇索把鬼怪捆绑起来喂虎。相传这两个神人就是最早的"门神"。为了驱鬼避邪，灭祸求福，人们就在辞旧岁迎新春之际，用桃树枝条仿照神荼、郁垒的形象，扎饰桃人，使之手执苇索，站立门旁。后来春节悬挂桃符便逐渐成为一种风俗。随着社会的进步和文化的发展，悬挂桃符的习俗也逐渐发展变化，先是在桃木板上书写祈福祛祸的吉祥话，后来改在上面题写对偶的诗句。于是，便出现了所谓"桃符诗句"，也叫楹帖。现在一般认为，我国最早的一副楹帖即春联是五代后蜀主孟昶在 946 年除夕所写"新年纳余庆，嘉节号长春"一联。后来在宋朝人们以纸代桃符，写作和欣赏对联开始成为一种风气，并一直延续至今。

从文学的角度来看，楹联作为一种文学艺术形式，它的前身是对偶句，其发展又是同整个汉语语言文学艺术的发展密切相连，是从中国汉字对偶修辞手法中脱胎而出的。其渊源可以上溯到《诗经》《楚辞》等古代经典中的对偶句，如"昔我往矣，杨柳依依；今我来思，雨雪霏霏"(《诗经·采薇》)，"悲莫悲兮生别离，乐莫乐兮新相如"(《楚辞·少司命》)等。后来在汉魏六朝诗赋对偶句式和骈体格式的基础上形成了严密工整的唐代格律诗，其中的颔联(第三节四句)和颈联(第五节六句)实际上就是对联的形式，如"晴川历历汉阳树，芳草萋萋鹦鹉洲"(崔颢《黄鹤楼》)等。对偶这种修辞技巧的日臻成熟和完善，无疑促进了汉语语言文学艺术的丰富和发展，同时，也孕育了楹联这种艺术形式，为楹联的产生创造了充分的条件。可见作为楹联的形式，整齐对仗的上下联句在唐朝或以前就已形成，但题写在门口的桃符上，成为新春佳节时的一种装饰艺术，或许是唐朝以后的事。

楹联在宋代开始兴盛，已逐渐为文人学士们所广泛接受和喜爱，并且形成一种题联的风气。一些文人通过题联来表达自己的志向和感情；有的则装饰于自己的厅堂，以显示自己的高雅和风范。元代楹联已悬于殿堂酒楼，据载，元世祖忽必烈召赵孟頫北上京师，过扬州明月楼的时候，主人请他题联，他挥笔云："春风阆苑三千客，明月扬州第一楼。"到了明代，由于明太祖朱元璋在除夕下旨，命城中各家均挂春联一副，然后微服出访，见一家屠户门前未挂，询问原因，主人说没人题写。他就提笔写了一副："双手劈开生死路，一刀割断是非根。"由此民间楹联开始普及。据说，他还数次题联赐给大将徐达，其中有一联云："始余起兵于濠上，先崇捧日之心；逮兹定鼎于江南，遂作擎天之柱。"清代是楹联创作的全盛时期，甚至有人将"清楹联"与唐诗、宋词、元曲相提并论，更有学者认为，"清代的主流文体是楹联"。孙髯翁的昆明大观楼长联和梁章钜的《楹联丛话》是清代楹联发展的重要里程碑，标志着楹联已经成为可以与诗词曲赋骈文媲美争妍的独立文体。

二、楹联的审美特征

1. 文体节奏美

作为一种独立的文体，楹联的上下联应字数相等、内容相关、词性相同、句式相同、平仄相谐、强弱相当、文字相别，这些要求使楹联的文体具备了形式上整齐一律、文辞意义表达上统一递进以及声调语气上抑扬顿挫的审美特征，无论是看、读、听，都舒畅流利、协调有序，极富节奏感。

2. 文学意蕴美

楹联是语境与情景的高度统一。许多名胜古迹、园林寺庙中的楹联，是写意、抒情的最好表现方式，是自然人文美景与作者心境情绪的一拍即合和绝妙点化，寥寥数字或抒志畅怀或哲理深刻，内涵丰富、意蕴深远。楹联的这种审美特征得益于各种修辞手法的灵活运用，比喻、比拟、借代、夸张、衬托、反语、设问、反问、排比、反复、接应、顶真(又称顶针或联珠)、回文、析字、叠字等，都是其常用的修辞手法。它们的使用使联文更加形象生动、内容深刻，这种独特的修辞艺术，不能不令人叹为观止。

3. 外在形式美

楹联的外在形式美源于它的约定性。主要表现在两方面：一是上下相合，左右对称。二是与匾额、横批构成一横二纵的形式美。

4. 书法艺术美

楹联与书法有着天然的联系，它从诞生之日起就是由书法家书写的，因此有人将其称为"用书法艺术形式表现的书法作品"，欣赏楹联艺术，同时也就是欣赏书法艺术。由于楹联独特的对称形式和联文要求，使其在书法艺术表现方面呈现以下特点：字体与环境氛围的和谐美、字迹与观赏距离的尺度美、独立与呼应的统一美、守格与破格的变化美。同时，我们要欣赏它还必须认识繁体字、异体字、古体字，如"識"即"识""豐"即"丰"等。

三、旅游地楹联选读

1. 江西滕王阁

> 我辈复登临，目极湖山千里而外；
> 奇文共欣赏，人在水天一色之中。

滕王阁坐落在江西南昌市赣江江畔，是江南三大名楼之首，始建于唐永徽四年(653年)，因唐太宗李世民之弟——滕王李元婴始建而得名，又因初唐诗人王勃诗句"落霞与孤鹜齐飞，秋水共长天一色"而流芳后世。本联系一幅集句(楹联的写作手法之一)联，上下联的前半句借用唐孟浩然和晋陶渊明的诗句，后半句出自韩愈《新修滕王阁记》和王勃《滕王阁序》。上联描写登临九丈危阁，高瞻远瞩，视野广阔，将千里之外的山山水水尽收眼底，一览无余，何其壮哉！下联提人们边玩赏无边风光，边玩味王勃那篇气贯长虹、情景交融的千古杰作，岂不妙哉！

2. 杭州西湖湖心亭

> 台榭漫芳塘，柳浪莲房，曲曲层层皆入画；
> 烟霞笼别墅，莺歌蛙鼓，晴晴雨雨总宜人。

21世纪应用型精品规划教材·旅游管理专业

湖心亭在杭州西湖中，初名"振鹭亭"，又称"清喜阁"。始建于明嘉靖三十一年(1552年)，明万历后才改名"湖心亭"。亭为楼式建筑，四面环水，登楼四望，不仅湖光荡漾，而且四面群山如屏风林立。亭的四面为西湖的南高峰和北高峰，景色十分壮观。游人登此楼观景，称为"湖心平眺"，是清代西湖十八景之一。

3. 泰山南天门

> 门辟九霄，仰步三天胜迹；
>
> 阶崇万级，俯临千嶂奇观。

泰山山峰雄伟壮丽，南天门在泰山盘道近处。这款楹联大意是：南天门高峻挺拔，就像开辟九重天一样，在这里可以欣赏三天(即道家所说的上清、太清、玉清)之上优美的景色；十八盘陡峭险峻，石阶重重，在这里可以俯视远处层峦叠嶂的奇特景象。

4. 昆明大观楼

五百里滇池，奔来眼底。披襟岸帻，喜茫茫空阔无边！看东骧神骏，西翥灵仪，北走蜿蜒，南翔缟素。高人韵士，何妨选胜登临。趁蟹屿螺州，梳裹就风鬟雾鬓；更萍天苇地，点缀些翠羽丹霞。莫辜负四围香稻，万顷晴沙，九夏芙蓉，三春杨柳；

数千年往事，注到心头。把酒凌虚，叹滚滚英雄谁在？想汉习楼船，唐标铁柱，宋挥玉斧，元跨革囊。伟烈丰功，费尽移山心力。尽珠帘画栋，卷不及暮雨朝云；便断碣残碑，都付与苍烟落照。只赢得几杵疏钟，半江渔火，两行秋雁，一枕清霜。

大观楼在云南昆明小西门外滇池畔，此联是清朝乾隆年间昆明名士孙髯翁登大观楼有感而作。全联气势磅礴，上联突出一个"喜"字，喜溢四方，绘出了一幅颇富滇池风物特色的风景画；下联勾勒云南的历史，重在一个"叹"字。作者追根溯源，道出了历史发展变化的必然规律，展示出一幅颇耐人玩味的历史画卷。全联180字，如一篇有声、有色、有情的骈文，妙语如珠，感情充沛，描写景物、陈述史实一气呵成，被誉为海内外第一长联。

5. 乾清宫

> 表正万邦，慎厥身修思永；
>
> 弘敷五典，无轻民事惟艰。
>
> 横匾：正大光明

此联出自《康熙题北京故有乾清宫联》，为爱新觉罗·玄烨写的一部楹联，收录于《中国楹联鉴赏辞典》。正因为乾清宫是皇帝起居与理政之所，这一联语就着重从修身、治国两方面立意。"表正"，犹言表率。"万邦"，各国，统指各地诸侯和其他国家。"慎"，谨慎。"厥"，其。"身修"，自身修养。"永"，长。"弘敷"，大力倡导。封建时代将"父义母慈兄友弟恭子孝"称为"五典"全联的大意是说：要作各国的表率，就得谨慎地注意自身的修养，思虑国家大事要有长远的观点，大力倡导"五典"，不要轻视老百姓的事，那些事办起来是很艰难的啊！这是康熙对自己，也是对后代皇帝提出的为政要求，虽然讲的并未超出君权至上和封建伦常那一套大道理，但综观他一生的政绩，他确乎是认识到"民事惟艰"，而在"慎厥身修"，努力励精图治，并取得了一定的成效。

6. 北京陶然亭

烟笼古寺无人到；树倚深堂有月来。

作者翁方纲(1733—1818)，清书法家、金石学家、文学家。直隶大兴(今属北京市)人。此联通过朴素的语言，突现了烟雾笼罩的慈悲庵和大树傍依的殿堂的深幽和雅静，以"无人到"和"有月来"的比照显出离隔尘嚣的寺庙风物，着力于表现一个"静"字。

7. 北海濠濮间临水轩

昳林木清幽，会心不远；

对禽鱼翔泳，乐意相关。

此联抓住了位于北海东岸濠濮间的景色特点来写，记载了位于北京西城区的北海景色。北海是我国现存历史悠久、规模宏大的帝王宫苑，与中北海隔桥相连。濠濮间正在北海东岸，清乾隆间建造，为三间水榭，四周又有叠砌的山石以及石坊、曲桥等，极富咫尺幽深之趣。濠濮为两水名，相传庄子与惠施曾游于濠梁之上，有鱼之知乐与可之辩；又有庄子垂钓于濮水，而却楚王之聘的故事。后即以濠濮指高士托身闲居之所。濠濮间取名源于此。这副对联形象地刻画了碧绿幽深的林木，从容自在的飞鸟和游鱼，也显现了作者爱好天然，沉醉个中的生活情趣。

8. 秦皇岛山海关孟姜女庙

海水朝朝朝朝朝朝朝落；

浮云长长长长长长长消。

21世纪应用型精品规划教材·旅游管理专业

　　孟姜女庙的前殿，在门前两边的廊柱上，有一副楹联。这副楹联，描写了山海关和孟姜女庙一带的自然风光，还表达了一种自然观、宇宙观，说世间的万事万物，就和海水、浮云一样，朝潮朝落，常涨常消，并无常态。这副楹联，能念出十多种读法，可以算上是天下一奇。

　　此联根据我国古文通假字一字多音、一字多意的特点，采用不同的断句方法，就能念出许许多多不同的读法。读这副楹联的时候，请注意，"朝"有"潮"(cháo)——潮水的"潮"，"朝"(zhāo)——朝阳的"朝"、今朝明朝的"朝"这样二音二义；"长"有涨(zhǎng)——涨潮的涨，"常"(cháng)——经常的"常"，"长"(cháng)——长短的长，这样二音三义。

　　三三四断句：

海水潮，朝朝潮，朝潮朝落

浮云涨，常常涨，常涨常消

　　还能读做：

海水潮，潮朝朝，朝朝潮落

浮云涨，涨长长，常常涨消

　　三四三断句：

海水潮，朝朝朝潮，朝朝落

浮云涨，常常常涨，常常消

海水潮，朝潮朝潮，朝潮落

浮云涨，常涨常涨，常涨消

　　四三三断句：

海水朝潮，朝朝潮，朝朝落

浮云常涨，常常涨，常常消

　　人常说四六不通，可是在这里还能念出四六断句：

海水朝潮，朝朝朝潮朝落

浮云常涨，常常常涨常消

海水朝潮，朝潮朝朝潮落

浮云常涨，常涨常常涨消

　　五五断句就更好听了，像一首古诗：

海水朝朝潮，朝潮朝朝落

> 浮云常常涨，常涨常常消
>
> 海水潮朝朝，朝朝朝潮落
>
> 浮云涨常常，常常常涨消

让我们再听一听六四断句：

> 海水朝朝朝潮，朝朝潮落
>
> 浮云常常常涨，常常涨消

孟姜女庙又名"贞女祠"，坐落于山海关城东门外6.5公里的望夫石村凤凰山上。面临渤海，背靠燕山，传说孟姜女跳海后，海里立刻出现两块礁石，低的是坟，高的是碑，不管潮水如何涨落，两块礁石露出水面永远那么高。其建筑包括山门、钟楼、前殿、后殿、振衣亭等，前、后殿为悬山顶，三楹四窗。前殿内塑孟姜女像，旁塑二童，背包罗伞。

这副对联悬挂在姜女庙(贞女祠)前殿的两边。这副对联利用汉字一字多音的特点，采用谐音假借的手法，巧妙地构成一副谜一样的联语。构思巧妙，切合题处景物，成为传诵的名联。不过二十个字的一副对联，用了八个不同的字，而作者又主要是在"朝"和"长"两个字上作文篇。"朝"，在这里读 zhāo，早晨、日、天的意思，如果读 cháo，则与"潮"是通假字；"长"，在这里读 zhǎng，产生、生长的意思，如果读 cháng，则与"常"是通假字。采用不同标点法，可产生多种读法。

到过山海关孟姜女庙的人，都为孟姜女庙的楹联称绝，不仅因为楹联构思奇巧，而且又切其悬处风物。国内出版物对该联作者一直用佚名著。

这副楹联还流传着一个鲜为人知的传说故事。

乾隆四十三年(1778)7月20日至9月26日，乾隆第三次东巡。一日，他们君臣来到了置有孟姜女塑像的庙宇前殿门外，只见那门两旁有着这样一副楹联：秦皇安在哉，万里长城筑怨；姜女未亡也，千秋片不铭贞。乾隆帝见王尔烈对这联很注意，便说："王爱卿，可有意为该庙再留一副楹联？"

"有前联在此，微臣有些不敢。""前联属前联，你吟属你吟，岂能相提并论！"和珅听了，也赶来凑趣说："适才，圣上有诗，要你和你未和。这会儿，有前人名联，又有圣上的御旨，怎好不吟上联？"王尔烈听了和珅的话后，心中有些烦。但是，又觉着得罪不得，然后一琢磨，何不乘此机会难为他一下。于是，他笑了笑对和珅说："和大人，你说的也是理，不过，我有一点担心。"和珅说："担心什么？"王尔烈说："担心我能吟得出，你却解不出。"和珅说："尽管我才疏学浅，不及你们翰林公，但是还不至于一点不

通，请你自管吟来。"

王尔烈当即取出纸笔，写下一副联：

> 海水朝朝朝朝朝朝朝落，
>
> 浮云长长长长长长长消。

他写出后，交给和珅，和珅一看，真是丈二和尚摸不着头脑，不用说解释，就连断句都断不开，顿时，和珅有些汗珠子冒了出来，正在这时，乾隆站在身边，和珅便对乾隆说："启奏圣上，王大人的这副奇联，看来非得万岁爷来解了。"哪想，乾隆看过后，也皱起眉头来说："王爱卿，你这是搞的什么名堂，我怎么也看不懂呢？"

王尔烈听了乾隆的话，这才认真地解释起来。原来，这是一副利用汉字一字多音，一字多义的谐音特点而写成的对联。上联的"朝"字，即可读成当作早晨讲的"朝"，也可读成百官上朝朝见君王的"朝"；下联的"长"字，即可读成当作成长讲的"长"，也可读成长短的"长"。王尔烈解释过后，便断句用谐音替代，读道：

> 海水潮，朝朝潮，朝潮朝落；
>
> 浮云涨，长长涨，长涨长消。

乾隆听了，心想这副对联所写的内容，倒像是宫殿里早朝时，百官朝见君王的样子，大有永庆升平之势，心中非常高兴。

和珅本想就此联的晦涩，攻击一下王尔烈，但是，听了王尔烈的这番解释，觉得又无懈可击，便转贬为褒赞扬一番。

其实，这副联是王尔烈站在孟姜女庙前，远眺大海中所谓的"孟姜女坟"岩石，看到那茫茫大海，想起那潮落的景况；看到那湛蓝高天，想到浮云变幻，常长常消的气势，既有生动的海天景物描写，又抒发了对孟姜女的怀念！

9. 济南大明湖小沧浪园

> 四面荷花三面柳，
>
> 一城山色半城湖。

济南的众多泉水，大部分流向城北，汇成了一个大湖，这就是名闻四方的大明湖。大明湖北岸的小沧浪亭西洞门的两旁，挂着清代大书法家铁保书写的一副对联："四面荷花三面柳，一城山色半城湖。"这副对联道出了济南柳、荷、湖、山辉映一体的独特风貌，成为游览济南的人争相欣赏的名句。

10. 杭州西湖天下景亭

水水山山处处明明秀秀，

晴晴雨雨时时好好奇奇。

"西湖天下景"亭坐落在杭州风景秀丽的孤山中山公园。亭名出自苏轼《怀西湖寄晁美叔同年》："西湖天下景，游者无贤愚。"联句立意新颖，用字娇嫩，将此联用于西湖这一特定景观之中，非常自然、贴切。西湖美景如在眼帘，使游人流连忘返，陶醉于山光水色之中。此联还可一字不少地改成一副九叠字对联：水处明，山处秀，水明山秀；晴时好，雨时齐，晴好雨奇。

11. 浙江天台山方广寺

风声水声虫声鸟声梵呗声，总合三百六十天击钟声，无声不寂；

月色山色草色树色云霞色，更兼四万八千丈峰峦色，有色皆空。

天台山，在浙江天台县北，佛教天台宗发源地。此山秀峰幽谷，飞瀑流泉，寺院重叠，方广寺为其中之一。这副对联既纤细入微地描写了方广寺周围繁多而有序的声、色景象，又切合方广寺的佛教氛围从中点化出"无声不寂""有色皆空"的佛理。写景与禅理自然有机地融合，理含景中，景因理深。

12. 镇江焦山吸江楼

汲来江水烹新茗，

买尽青山当画纸。

焦山：在镇江市东北长江中，因东汉陕中焦光隐居于此而得名。其耸立于长江中如中流砥柱，气势雄伟，历来为游览胜地。

吸江楼耸立在焦山东峰绝顶，原名吸江亭，又名吸江楼。因亭内四面有木雕佛像，人又称四面佛亭。楼呈八角形，整个结构为水泥仿木，有楼梯盘旋而上，回廊四通，八面有景。楼为两层，上层横额题有"吸江楼"三字，底层横额写有"江山胜概"四个大字。游客登楼远眺，大江南北旖旎风光，佳处妙景尽收眼底。江北碧野辽阔，阡陌纵横，一望无际，江南苍翠青山，连丘叠嶂。此处视野广阔，气象万千，令人精神顿爽。若夏日清晨登楼观日出，别有风味，历来为游人所称道。

作者郑燮，即郑板桥，能诗、会画，又懂茶趣、喜品茗，他在一生中曾写过许多茶联。

21世纪应用型精品规划教材·旅游管理专业

在镇江焦山别峰庵求学时，写下此联，作者通过登临吸江楼欣赏清澈江水和两岸青山时的奇想，表达出自己朴素淡泊，以品茗为乐，痴迷书画艺术的情性。同时，也反衬出作者对"江水""青山"的热爱。

13. 南京莫愁湖郁金堂

> 玳梁燕去，玉座苔移，千古犹留凭眺处；
>
> 天际遥青，城头浓翠，一樽来坐画图间。

莫愁湖位于南京市建邺区，是一座有着1500多年悠久历史和丰富人文资源的江南古典名园，为六朝胜迹，有"江南第一名湖""金陵第一名胜""金陵四十八景之首"等美誉。古称横塘，因其依石头城，故又称石城湖。莫愁之名，最早见于南朝乐府《莫愁乐》和梁武帝萧衍《河中之水歌》。后世传说为洛阳少女莫愁，卖身葬父，远嫁金陵，不容于姑舅，投湖自尽，因名莫愁湖。明初在湖上筑胜棋楼，清乾隆时建郁金堂、湖心亭等。郁金堂相传是莫愁女住过的地方，因唐代诗人沈佺期咏莫愁女诗中有"卢家少妇郁金香"之句，故名郁金堂。

作者通过对历史古迹和自然风光两方面的描述表现了莫愁湖、郁金堂的景色，联语简洁而流畅。上联凭吊莫愁湖昔日的两位重要人物莫愁女、朱元璋，勾勒出郁金堂从古时的名人之所到今朝凭眺处的沧桑变化。下联概写在郁金堂观览的由远方天际到近处城头的景色。

14. 苏州寒山寺

> 尘劫历一千余年，重复旧观，幸有名贤来作主；
> 诗人题二十八字，长留胜迹，可知佳句不烦多？

上联谈寒山寺之变迁，苏州寒山寺，始建于公元502年梁天监年间，到了唐代，相传唐名僧寒山曾在该寺居住，故改名寒山寺。寺院历经数代，屡毁于火，现在的建筑为清末重建。这是清代邹福保题于寒山寺碑廊的一副对联。

上联概括寒山寺历史。"尘劫历一千余年"，寒山寺在尘世中已有一千多年的历史了，"一千余年"指从梁天监年间到清末重建之时。"劫"是梵文劫簸(kalpa)的音译，它在印度，并不是佛教创造的名词，乃是古印度用来计算时间单位的通称，可以算作长时间，也可以算作短时间，长可长到无尽长，短也可以短到一刹那，不过，通常所称的劫，是指我们这个世界的长时代而言。这里的"尘劫"除了点明时间之长以外，还包含有经历各种劫难的意思。这一句虽短，但寒山寺所经的人世波折被浓缩后纳于其中，里面蕴含有作者深深的感慨。"重复旧观"指明重建。"幸有名贤来作主","名贤"当指当时主持重建仪式的人，"幸"字承前文而来，可以看作是作者对寒山寺历尽劫波后能重新修建的欣悦之情，同时也有对"名贤"作主、恢复名胜的感激。

"诗人题二十八字"，寒山寺本已有名，唐代诗人张继落第后途经此地，满怀羁旅之愁写下《枫桥夜泊》一诗，自此，诗韵钟声，脍炙人口；寺以诗名，传扬中外。此处"诗人"即指张继，"二十八字"指《枫桥夜泊》一诗："月落乌啼霜满天，江枫渔火对愁眠。姑苏城外寒山寺，夜半钟声到客船。""长留胜迹，可知佳句不烦多"，张继的《枫桥夜泊》一诗虽只有二十八字，但名胜与诗歌两相结合，更为彰著。"佳句不烦多"是作者的观点，隐含了对此诗的高度评价。

15. 上海豫园得月楼

楼高但任云飞过；
池小能将月送来。

豫园位于上海市老城厢的东北部，是江南古典园林之一。园主人四川布政使潘允端从1559年(明嘉靖己未年)起，在潘家住宅世春堂西面的几畦菜田上建造园林。经过二十余年的苦心经营，建成了豫园。"豫"有"平安""安泰"之意，取名"豫园"，有"豫悦老亲"的意思。

16. 杭州西湖平湖秋月

鱼戏平湖穿远岫；
雁鸣秋月写长天。

平湖秋月为"西湖十景"之一，在今天杭州西湖白堤西端，前临外湖、水面开阔，因前人"万顷湖平长似镜，四时月好最宜秋"诗句而得名"平湖秋月"。本联通过鱼穿远岫、秋月洒照，把湖光山色、月辉相互映衬的画面和浩渺清廓的境界呈现出来，而大雁在高空列队飞翔喻作"写长天"，更是神来之笔。

17. 四川峨眉山金顶

此地咫尺能进天，懒问天，但闻佛笑；
近水亭间先见月，要留月，不许云飞。

此联描写峨眉山金顶(峨眉山顶峰，海拔3099米，因峰顶原华藏寺有铜殿在阳光下闪金光，

21世纪应用型精品规划教材·旅游管理专业

故名)高拔 "能进天" 和金顶云月动人之景，表达作者对金顶祥和、云月相依氛围的喜爱。

18. 四川眉山三苏祠

> 一门父子三词客；
>
> 千古文章四大家。

此联是四川眉山三苏祠的楹联，全联都是在颂扬 "三苏" (即苏氏父子，包括苏洵、苏轼、苏辙)，一门父子三词客是：苏洵、苏轼、苏辙(苏轼与其父苏洵、弟苏辙，世人合称 "三苏"。宋王辟之《渑水燕谈录》云："苏氏文章擅天下，目其文曰三苏。" 洵为老苏，轼为大苏，辙为小苏)。千古文章四大家是：韩愈、柳宗元、欧阳修、苏轼，这联称道苏轼不仅工词，且其为文也位列千古文章四大家，高度评价了文学世家苏氏父子的文学成就及其影响。

19. 江西九江庐山绝顶

> 足下起祥云，到此处应带几分仙气；
>
> 眼前无俗障，坐定后宜生一点禅心。

庐山绝顶，指庐山最高峰汉阳峰，海拔 1474 米，周围悬崖峭壁，终年云雾缭绕，峰顶有石砌汉阳台，台前悬崖形如靠椅，传说为大禹治水时坐此石上，俯视长江，故名 "禹王台"。此联景情融合，含意隽永。上联写山势之高，风光之美：山顶云雾缭绕，有足踏祥云(佛教认为得道成佛者脚下生五色云，名 "祥云")，飘飘欲仙之感。下联写游人的感受：此处寺院林立，使人俗气尽消，油然而生清静安寂之心。"俗障"，佛家语，谓人世间各种困难和障碍。作者李渔(1611—1679)，字笠鸿，号笠翁，兰溪(今浙江兰溪市)人，清代戏曲理论家，一生著作追求通俗，善于通俗，以 "仙气" 对 "禅心"，是《笠翁对韵》"仙翁对释伴" 对仗要求的实践。

20. 江西南昌滕王阁

> 兴废总关情。看落霞孤鹜、秋水长天，幸此地湖山无恙；
>
> 古今才一瞬。问江上才人、阁中帝子，比当年风景如何。

滕王阁因滕王李元婴得名。李元婴是唐高祖李渊的幼子，唐太宗李世民的弟弟，骄奢淫逸，品行不端，毫无政绩可言。曾被封于山东滕州，故为滕王，且于滕州筑一阁楼名以 "滕王阁" (已被毁)，后滕王李元婴调任江南洪州(今江西南昌)，因思念故地滕州修筑了著名的 "滕王阁"，此阁因王勃一首 "滕王阁序" 为后人所熟知，成为永世的经典。 滕王阁与湖北武汉黄鹤楼、湖南岳阳楼并称为"江南三大名楼"。历史上的滕王阁先后共重建达29次之多,屡毁屡建。此联化用王勃的《滕王阁序》中名句"落霞与孤鹜齐飞,秋水共长天一色"的诗联,以"兴废总关情",写出了"湖山"人世变迁中的感慨。一个"幸"字,而后又有多少"不幸"藏在言外!联语由物及人,写出了"千古一瞬",世事沧桑。"风景如何"的诘问,更引起人们睹物怀人的幽思。从而产生一种不可名状的惆怅。整副对联,寓景于情,今与古的交融中蕴含着一种凝重的历史沉思。

21. 安徽黄山九龙瀑

> 九匹白练出奇观,连续奔腾,远观如八骏骅骝添赤兔;
>
> 三岭松涛鸣爽籁,抑扬起伏,乍听似千军健卒赴疆场。

黄山,在安徽省南部,是我国著名的游览胜地。秦代称黟山,唐天宝六年改名为黄山。九龙瀑,九龙飞瀑奔腾而下,形如九龙,故名"九龙瀑",在黄山罗汉峰和香炉峰之间,居黄山三大飞瀑(九龙瀑、人字瀑、百丈瀑)之首。此联运用比喻手法,上"观"下"听",绘形绘声地描绘出九龙瀑的飞流奇观与气势,给人一种如见其形、如闻其声的美感。此外,联语在遣词上,也有独到之初:上联,"八骏骅骝添赤兔"(八骏,相传是周穆王的八匹良马,骅骝是其中的一匹。赤兔,亦骏马名,相传为汉末吕布的坐骑)正好与"九匹"吻合;下联,以"三岭松涛"(黄山有莲花峰、天都峰、光明顶三大主峰,这里泛指黄山诸峰)作衬托,使"千军健卒赴疆场"气势更加雄浑无比。

22. 武汉黄鹤楼

一枝笔挺起江汉间,到最上层,放开肚皮,直吞将八百里洞庭,九百里云梦;

千年事幻在沧桑里,是真才子,自有眼界,那管他去早了黄鹤,来迟了青莲。

江汉,武昌是长江和汉水的汇合点,这里泛指湘鄂一带。洞庭,号称八百里,古有"洞庭天下水"之说。云梦,古泽薮名,据史书记载古云梦并不大,后人常把洞庭湖包括在内。去早了黄鹤,唐崔颢《黄鹤楼》诗有"昔人已乘黄鹤去,此地空余黄鹤楼"句。来迟了青莲,青莲为李白自号。传说李白登黄鹤楼原想赋诗,因见崔颢诗极为叹服"眼前有景道不得,崔颢有诗在上头"而搁笔不咏。此联是晚清楹联散文化的最佳例证。此联多用散文句式,如上联起句"一枝笔挺起江汉间""到最上层""哪管它去早了黄鹤,来迟了青莲"等更与口语无异。整联一方面渲染了黄鹤楼巍然屹立、磅礴无边的气势,另一方面也表达

21世纪应用型精品规划教材·旅游管理专业

了做人不管世事如何变化，都要自有眼界，开拓创新。

联语气势磅礴，语言通俗，明白如话。　　　　(陈永泉)

23. 湖南岳阳楼

一楼何奇？杜少陵五言绝唱，范希文两字关情，滕子京百废俱兴，吕纯阳三过必醉，诗耶？儒耶？吏耶？仙耶？前不见古人，使我怆然涕下！

诸君请看，洞庭湖南极潇湘，扬子江北通巫峡，巴陵山西来爽气，岳阳城东道崖疆。渚者！流者！峙者！镇者！此中有真意，问谁领会得来？

这副对联的显著特点之一是：用问答手法指点江山，写出了洞庭湖的山川形势、地理环境；其显著特点之二是：用典多，作者借助名人典故、名人诗文名句、传说逸事，描情绘景，抚今迫昔，抒发作者的情怀淋漓尽致，内涵十分丰富；其显著特点之三是：排比法的运用颇富表现力，上下联用了两组排比句，从各个角度有层次地反映岳阳楼的传说佳话和四周形势景象，揭示了岳阳楼著名和雄伟奇特的缘由。

上联一开始就赞叹岳阳楼的奇伟，接着便历数典型史迹予以论述：首先点出的是杜甫的五言绝唱——为世人称道的《登岳阳楼》诗，让人们从中去领略洞庭湖的浩瀚宏阔；其次点出使岳阳楼声誉倍添的范仲淹的佳辞妙句；再次提及岳阳楼的修建及范仲淹文中对滕子京政绩的评价；最后以吕洞宾的神话和陈子昂的诗句作结，从而把岳阳楼的奇伟美妙提到最高度。因为在岳阳，流传着许多关于吕洞宾的神话传说及诗句。其中有一首诗云："朝游北越暮苍悟，袖里青蛇胆气粗。三醉岳阳人不识，朗吟飞过洞庭湖。"作者把诗、儒、吏、仙几个方面的史迹、典故，巧妙地融入自己的联作之中，把岳阳楼的奇伟写到了绝处。然而作者到此笔锋顿转，移用陈子昂的佳诗妙句，借以发出不见前代贤才而悲伤感慨之情，寄寓着自己深沉的思想情感。

下联继续写岳阳楼之奇之美，不过不是借诗文典故，而主要是依据方位实写。登楼远眺，南可望潇湘，北可及巫峡，西可至巴陵山，东可穷山岩的边界。那宏阔的湖水，那滚滚奔腾的河流，那耸立的群峰，那雄镇一方的主峰均映入眼帘。作者写至此，切景着墨：发出了此中胜景真意，谁领会得来的设问。真是言虽尽而意无穷。

(资料来源：逯宝峰，陈静. 旅游文学欣赏[M]. 北京：中国科学技术出版社，2009.)

24. 青海湖日月山石碑

> 日上山，月上山，山上日月明；
>
> 青海湖，水海湖，湖海青水清。

在青海省东北部，大通山、日月山、青海南山之间，有一青海湖，古称西海，为我国最大的内陆湖。日月山在青海省东北部，原名"赤岭"，海拔 3520 米，为古代中原地区通往西域的要塞。相传当年文成公主远嫁吐蕃时，途经此山，西望一片苍凉，回首不见长安，不禁取出临行时帝后所赐日月宝镜观看，镜中竟然出现了长安的繁华景色。公主悲喜交加，想到了联姻通好的重任，毅然将宝镜甩下赤岭，宝镜裂成两块，变成了日山与月山，而公主的泪水则汇成了滔滔的倒淌河向西流入青海湖。后人为纪念公主，就把赤岭改名"日月山"。日月山是青海省农区和牧区的分界线，是省会西宁西去青海湖的必经之地，故有"西海屏风"、"草原门户"之称。山上建有日亭与月亭，并立日月山石碑，山下有文成公主庙。

这是一副构思非常奇巧的叠句合字联。它的尾句中山、上和日、月，湖、海和青、水八字均在叠句中出现。其中的日、月和青、水四字，又合为明、清两字。既切碑名，语句又畅通自然，此联真可称为绝对。

第二节　旅　游　题　刻

题刻，题字刻石。宋人赵彦卫《云麓漫钞》卷二："舒州皖公山洞，留题者甚众。沉枢密曩尝游，见洞上莓苔剥落处露一字'日下火'，知非今人名，试命抉剔之，乃唐李翱题字，甚颈健。予尝亲到。名公题刻已遍，山水殊胜。"王西彦《古屋》第一部一："门楣上也题刻着吉祥的句子。"

到处题词刻字是中国古代帝王的传统行为。从秦皇、汉武泰山封禅，到唐太宗题晋祠碑；宋太祖太庙立誓碑，再到清乾隆遍题江南园林。两千年来，形成传统一脉传承。中国人崇尚帝王之举，题刻便成了自觉不自觉的行动。黄巢曾赋"冲天香阵破长安，满城尽带黄金甲"的菊花诗，宋江酒楼题"敢笑黄巢不丈夫"，历代文人骚客可以说是题遍了名山石崖、大川古寺、旅店酒馆。这种做法在西方中世纪的古典复兴时期也曾鼎盛发展，大部分铭文青睐看拉丁谚语或宗教经文。

21世纪应用型精品规划教材·旅游管理专业

文化宝库知识

题刻与摩崖石刻

题刻即题字刻石。摩崖题刻一般指摩崖石刻。摩崖石刻，现代有广义和狭义之分，广义的摩崖石刻是指人们在天然的石壁上摩刻的所有内容，包括上面提及的各类文字石刻、石刻造像，还有一种特殊的石刻——岩画也可归入摩崖石刻，如贺兰山岩画、澳大利亚岩画等。狭义的摩崖石刻则专指文字石刻，即利用天然的石壁刻文记事。摩崖石刻是中国古代的一种石刻艺术，指在山崖石壁上所刻的书法、造像或者岩画。摩崖石刻起源于远古时代的一种记事方式，盛行于北朝时期，直至隋唐以及宋元以后连绵不断。摩崖石刻有着丰富的历史内涵和史料价值。

【例文一】《史记·泰山刻石》

皇帝临位，作制明法，臣下修饬。廿(《史记》为"二十"，与刻石文字不合)有六年，初并天下，罔不宾服。亲巡远方黎民，登兹泰山，周览东极。从臣思迹，本原事业，祗颂功德。治道运行，诸产得宜，皆有法式。大义休明，垂于后世，顺承勿革。皇帝躬圣，既平天下，不懈于治。夙兴夜寐，建设长利，专隆教诲。训经宣达，远近毕理，咸承圣志。贵贱分明，男女礼顺，慎遵职事。昭隔内外，靡不清净，施于后嗣。化及无穷，遵奉遗诏，永承重戒。(秦二世皇帝元年胡亥增刻："皇帝曰：金石刻尽，始皇帝，金石刻辞不称始皇帝。其于久远也，如后嗣为之者，不称成功。丞相臣斯、臣去疾、御史大夫臣昧死言：臣请具刻诏书、金石刻，因明白矣。臣昧死请。制曰：可")。

【赏析】

作者李斯(约公元前284年—公元前208)，秦朝丞相，著名的政治家、文学家和书法家，也是秦代唯一的作家，作品多载《史记》本传和《秦始皇本纪》。曾协助秦始皇帝统一天下。秦统一之后，参与制定了秦朝的法律，统一车轨、文字、度量衡制度。本石刻极具史料价值，文字虽短，但严整肃穆，高度概括了秦始皇统一全国的事迹，歌颂了秦始皇的巨大历史功绩，同时也开创了封禅刻石这一文体形式。

此石刻对研究中国碑刻源流和书法艺术同样具有重要的意义。《泰山刻石》的传世拓本最早的是明华中甫、安国家旧藏本，裱装十四开半，四面共存166字，实为泰山刻石之冠，每面均有安国篆书题字。其书体是秦统一后的标准字体——小篆，直接继承了《石鼓文》

的特征，比《石鼓文》更加简化和方整，并呈长方形，线条圆润流畅，疏密匀称，给人以端庄稳重的感受。唐张怀瑾称颂李斯的小篆是："画如铁石，字若飞动""骨气丰匀，方圆妙绝"。

【例文二】封燕然山铭

惟永元元年秋七月，有汉元舅曰车骑将军窦宪，寅亮圣明，登翼王室，纳于大麓，维清缉熙。乃与执金吾耿秉，述职巡御。理兵于朔方。鹰扬之校，螭虎之士，爰该六师，暨南单于、东胡乌桓、西戎氐羌，侯王君长之群，骁骑三万。元戎轻武，长毂四分，云辎蔽路，万有三千余乘。勒以八阵，莅以威神，玄甲耀目，朱旗绛天。遂陵高阙，下鸡鹿，经碛卤，绝大漠，斩温禺以衅鼓，血尸逐以染锷。然后四校横徂，星流彗扫，萧条万里，野无遗寇。于是域灭区殚，反斾而旋，考传验图，穷览其山川。遂逾涿邪，跨安侯，乘燕然，踏冒顿之区落，焚老上之龙庭。上以摅高、文之宿愤，光祖宗之玄灵；下以安固后嗣，恢拓境宇，振大汉之天声。兹所谓一劳而久逸，暂费而永宁者也，乃遂封山刊石，昭铭盛德。其辞曰：

> 铄王师兮征荒裔，
> 剿凶虐兮截海外。
> 敻其邈兮亘地界，
> 封神丘兮建隆嵑，
> 熙帝载兮振万世！

【赏析】

作者班固(32—92)，东汉官吏、史学家、文学家。史学家班彪之子，字孟坚，汉族，扶风安陵人(今陕西咸阳东北)。除兰台令史，迁为郎，典校秘书，潜心二十余年，修成《汉书》。班固是东汉前期最著名的辞赋家，著有《两都赋》《答宾戏》《幽通赋》等。班固在《汉书》和《两都赋序》中表达了自己对辞赋的看法。他认为汉赋源于古诗，是"雅颂之亚""炳焉与三代同风"。他不仅肯定汉赋"抒下情而通讽喻"的一面，还肯定它"宣上德而尽忠孝"的一面，实际上也肯定了汉赋歌功颂德的内容。班固另有《咏史诗》，缇萦故事，为完整五言体，虽质木无文，却是最早文人五言诗之一。

汉和帝永元元年(公元 89 年)，大将军窦宪奉旨远征匈奴，班固被任为中护军随行，参

21世纪应用型精品规划教材·旅游管理专业

与谋议。窦宪大败北单于，登上燕然山(今蒙古境内的杭爱山)，刻石勒功，纪汉威德，命班固撰写了著名的燕然山铭文。这篇为窦宪出征匈奴纪功而作的《封燕然山铭》，典重华美，广为传诵，并成为常用的典故。

【例文三】大唐中兴颂

天宝十四年，安禄山陷洛阳。明年，陷长安，天子幸蜀，太子即位于灵武。明年，皇帝移军凤翔。其年，复两京，上皇还京师。於戏! 前代帝王有盛德大业者，必见于歌颂。若今歌颂大业刻之金石，非老于文学，其谁宜为? 颂曰: 噫噫前朝，孽臣骄，为昏为妖。边将骋兵，毒乱国经，群生失宁。大驾南巡，百察窜身，奉贼称臣。天将昌唐，睨我皇，匹马北方。独立一呼，千麾万旟，戎卒前驱。我师其东，储皇抚戎，荡攘群凶。复复指期，曾不逾时，有国无之。自有至难，宗庙再安，二圣重欢。地辟天开，蠲除祆灾，瑞庆大来。凶徒逆俦，涵濡天休，死生堪羞。功劳位尊，忠烈名存，泽流子孙。盛德之兴，山高日升，万福是膺。能令大君，声容云云，不在斯文。湘江东西，中直浯溪，石崖云齐。可磨可镌，刊此颂焉，何曾千万年!

【赏析】

大唐中兴颂碑常称为中兴颂或中兴颂碑。现存三块，由元结撰文，颜真卿书写。元结定稿后，所刻最早、最大的一块现存于三湘名胜浯溪公园。碑林多集中在我国北方地区，南方的甚少，湖南的浯溪碑林是较为知名的一处。

元结(712—772)，字次山，河南鲁山人。他"雅好山水，闻有胜绝，未尝不枉路登览而铭赞之"，喜爱将自己撰写的诗文请人书丹刻石，其诗《浯溪铭》刊刻后，与陆续篆刻的《峿台铭》《庼铭》，合称"三吾铭"或"三吾碑"。"三吾铭"都是篆书摩崖，是罕见的唐代篆书精品。后来，又有颜真卿书丹的《大唐中兴颂》。与所有的摩崖石刻一样，摩崖石的好坏，都有一个先决条件——石壁。浯溪属石灰岩，即成层岩。他处每层约六七尺不等，层间空隙亦二三寸不等，故崖间常有古树，枝丫横出。再加上石层紧密，不现层缝，平坦如削，质理紧细，是天造地设的刻碑的好地方，这为镌刻《大唐中兴颂》提供了良好的材质基础，前人称此石壁为"一绝"。《大唐中兴颂》的元次山文、颜鲁公书，与这境象清绝的山光岚气，曾经被并称为"三绝"。因而《大唐中兴颂》又被称为"三绝碑"。从北宋仁宗皇佑年间开始，就在碑前建"三绝堂"，游人可登临其上，把酒临风，其悠悠然哉!

元结是唐代古文运动的先驱，鲁公则是唐代楷书的杰出代表和集大成者，更重要的是，元颜二公都是平定安史之乱的功臣，他们目睹了这场灾乱，又亲眼看到灾乱正趋于平静，大唐正走向中兴。因而，品读《大唐中兴颂》，我们能真切地感受到它所涉及的人文风光、文学、艺术和曾经的历史风云。此碑字径在 20 厘米，不仅碑面最大，字形也最大，因此显得格外的正大浑阔。历代书法创作的经验告诉我们，楷书大字是相当难写的，因而宋代黄庭坚说"大字无过《瘗鹤铭》，晚有名崖《中兴颂》""晚有石崖颂中兴"，将《瘗鹤铭》《中兴颂》两者作为大字的代表。

【例文四】徐州莲花漏铭

故龙图阁直学士礼部侍郎燕公肃，以创物之智闻于天下，做莲花漏，世服其精。凡公所临，必为之，今州郡往往而在，虽有巧者，莫敢损益。而徐州独用赘人卫朴所造，废法而任意，有壶而无箭。自以无目而废天下之视，使守者伺其满，则决之更注，人莫不笑之。国子博士傅君褐，公之外曾孙，得其法为详。其通守是邦也，实始改做，而请铭于轼。铭曰：人之所信者，手足耳目也，目识多寡，手知重轻。然人未有以手量而目计者，必付之于度量与权衡。岂不自信而信物，盖以为无意无我，然后得万物之情。故天地之寒暑，日月之晦明，昆仑旁薄于三十八万七千里之外，而不能逃于三尺之箭、五斗之瓶。虽疾雷霆风雨雪昼晦，而迟速有度，不加亏赢。使凡为吏者，如瓶之受水不过其量，如水之浮箭不失其平，如箭之升降也，视时之上下，降不为辱，升不为荣，则民将靡然心服，而寄我以死生矣。

【赏析】

莲花漏，也称"漏刻""漏壶"，古代计时器的一种。因壶作莲花形状，所以称莲花漏。唐朝诗人唐彦谦有《叙别》诗云："谯楼夜促莲花漏，树阴摇月蛟螭走。"宋仁宗朝有燕肃造莲花漏，在很多州使用。莲花漏就是浮漏，用两个放水壶，一个受水壶，再用两根叫"渴乌"的细管，利用虹吸原理，把放水壶中的水，逐步放到受水壶中，使受水壶中水平面高度保持恒定。相等时间内受水壶的水流速度恒定，据以测定时间。莲花漏实物已不存在。

苏轼知徐州时，应徐州通守(官名，每郡一人，位次于太守)傅褐(燕肃的外曾孙)之邀作"徐州莲花漏铭"。铭文记徐州通判傅锡，依其外公之法制造"莲花漏"。其制造的莲花漏计时器，安放在"州郡用之以计昏晓"的谯楼上。苏轼在这篇铭文中，高度评价了燕肃制作莲花漏的智慧和贡献，并由此联系到人事，将莲花漏这种计时器的特点和功能比喻为官吏的品性，假使凡是做官的，能像这瓶所装的水不超过它的容量，像水中的浮箭不失其

21世纪应用型精品规划教材·旅游管理专业

平稳，像箭升降的状态，根据时势的变化，降职不认为是受辱，升迁不认为是荣耀，那么老百姓就会把死生寄托在其身上了。这也寄托了苏轼本人的政治理想。

【例文五】颐和园铜牛铭

夏禹治河，铁牛传颂。义重安澜，后人景从。制寓刚戊，象取厚坤。蛟龙远避，讵数鼍鼋。漾此昆明，潴流万顷。金写神牛，用镇悠永。巴邱淮水，共贯同条。人称汉武，我慕唐尧。瑞应之符，逮于西海。敬兹降祥，乾隆乙亥。

【赏析】

在颐和园昆明湖东堤，十七孔桥的东侧，有一处独特的景物，一头大小和真牛相仿的铜牛蜷卧在雕有波浪的青石座上。铜牛体态优美，两耳竖立，昂首凝眸，目光炯炯地遥望着颐和园的远山近水。清代高宗皇帝弘历(年号"乾隆")，是一代较有作为的君主。其于乾隆二十年(1755 年)，沿用大禹治水的传说，仿唐朝铁牛上岸的做法，命匠人铸造了它，为了表示大清王朝的繁荣强盛，铜牛全身镀金，并在金牛背上用篆文铸了《金牛铭》。颐和园铜牛铭，是我国古代拨蜡法铸造的代表作。我国古代雕刻，以写意见长，而这只铜牛，却用了写实的手法，它不仅造型生动，而且和周围环境融为一体。铜牛反映了我国当时的铸造艺术水平，是我国现存最大的古代镀金铜牛。今天，它和铜亭、铜麒麟、铜狮子成为来颐和园游览的人必看的独特景物。

【例文六】

HOMO SAPIENS NON URINAT IN VENTUM

【赏析】

荷兰阿姆斯特丹广场入口的铭文告诉人们做事要讲求方法，切勿事倍功半。该建筑建于20世纪90年代，虽不是一座古老的建筑，但这条勉励已延续数年。

【例文七】

He that gives away all before he's dead, Let'em take this hatchet and knock him on the head.

【赏析】

赫里福德郡救济院(英国)的雕塑刻画了一个男人，拿着斧头，穿着鞋子，戴着帽子，一块布料在其赤身裸体上打了个结。铭文指的是创立救济院的那位先生，建筑支出使他负债累累，最终，偿还债务耗尽了他的余生。

习　题

(一) 填空题

1. 鱼戏平湖穿远岫，＿＿＿＿＿＿＿＿＿＿＿。（《杭州平湖秋月联》）

2. 青山有幸埋忠骨，＿＿＿＿＿＿＿＿＿＿＿。（《杭州岳飞庙联》）

3. 眄林木清幽，＿＿＿＿＿＿＿＿＿＿＿，＿＿＿＿＿＿＿＿＿＿＿乐意相关。（《北海濠濮

间临水轩联》)

4. 湖南岳阳楼联中有"范希文两字关情"。范希文就是＿＿＿＿＿＿＿＿＿＿，"两字"是指＿＿＿＿＿＿＿＿，＿＿＿＿＿＿＿＿。

5. 《南昌滕王阁联》"看落霞孤鹜，秋水长天"源于王勃的《滕王阁序》，原句是＿＿＿＿＿＿＿＿＿＿，＿＿＿＿＿＿＿＿。

(二) 单项选择题

1. 《杭州西湖天下景亭联》"水水山山处处明明秀秀，晴晴雨雨时时好好奇奇妙妙"这首叠字联是化用( )。

    A. 杨万里："接天莲叶无穷碧，映日荷花别样红"

    B. 严粲："青山湖外知何处，中有斜阳一段明"

    C. 苏轼："水光潋滟晴方好，山色空蒙雨亦奇"

    D. 俞桂："风日晴和人意好，夕阳箫鼓几船归"

2. 被誉为"内涵美质，外溢华美妙"的古今第一长联是( )。

    A. 成都望江楼联   B. 贵阳甲秀楼联

    C. 采石太白楼联   D. 昆明滇池大观楼联

3. 《苏州寒山寺联》下联："诗人题二十八字，长留胜迹，可知佳句不须多"中的"二十八字的佳句"是指( )。

    A. 杜牧《江南春》(千里莺啼绿映红)

    B. 张继《枫桥夜泊》(月落乌啼霜满天)

    C. 李白《苏台览古》(旧苑荒台杨柳新)

    D. 杜甫《江南逢李龟年》(岐王宅里寻常见)

4. "青山有幸埋忠骨，白铁无辜铸佞臣"运用了( )。

    A. 对比、拟人   B. 比喻、拟人   C. 衬托、拟人   D. 对比、借代

(三) 简答题

1. 简析《西湖平湖秋月联》(鱼戏平湖穿云岫，雁鸣秋月写长天)的意境和写作特点。

2. 《镇江焦山吸江楼联》(汲来江水烹新茗，买尽青山当画屏)反映了作者郑板桥怎样的情感气质？

3. 如何断读《孟姜女庙联》(海水朝朝朝朝朝朝朝落，浮云长长长长长长长消)？请用标点断出两种不同的读法，并指出其主要创作手法。

4. 分析《上海豫园得月楼联》(楼高但任云飞过，池小能将月送来)的意境和其中所寄寓的处世哲理。

21世纪应用型精品规划教材·旅游管理专业

第八章　旅游小说、报告文学名篇导读

第一节　旅游视角下小说名篇导读

小说为人们喜闻乐见。小说不仅满足人们娱乐、接受教育、审美超越等的阅读需求，还构成了一种与人的生存息息相关的人文景观。

一、小说与旅游的关系

小说是以刻画人物为中心，通过完整的故事情节和具体的环境描写来反映社会生活的一种文学体裁。小说有三个要素：人物、故事情节、环境(自然环境和社会环境)。小说反映社会生活的主要手段是塑造人物形象。小说主要是通过故事情节来展现人物性格、表现中心的。故事来源于生活，但它通过整理、提炼和安排，就比现时生活中发生的真事更集中，更完整，更具有代表性。小说的环境描写和人物的塑造与中心思想有极其重要的关系。在环境描写中，社会环境是重点，它揭示了种种复杂的社会关系，如人物的身份、地位、成长的历史背景等。自然环境包括人物活动的地点、时间、季节、气候以及景物等。自然环境描写对表达人物的心情、渲染气氛都有不小的作用。在小说情节的展开中，往往蕴含着"旅游元素"，这里所说的"旅游元素"，是指作品中的人物在具备文化想象的空间中进行位移，在不同的场景中展开情节，使读者在接受过程中得到旅行和游历的体验。对西方文学而言，相比于注重时间维度的"成长小说"，可能注重空间维度的"漫游记"一类的"游历小说"，更具备当今消费主义时代的"旅游"的性质。

在中国古代的历史演义和英雄传奇小说中，空间广阔就是一个特点，比如《三国演义》，涉及当时整个中国。"关云长千里走单骑""赤壁大战""诸葛亮六出祁山"，均场面宏大。《水浒传》也不止于描写水泊梁山，而是从山东到汴梁，写了很广大的地域。据现代学者研究，《水浒传》中所描写的水战，实际上是借用了后世的杨么、朱元璋等起义军的洞庭湖之战和太湖之战等场景，为了小说情节发展的需要，扩大了叙述空间。读中国的小说，经常会伴随着不自觉的"纸上旅游"。即便是社会小说的代表作《红楼梦》，里面的大观园也相当于一个"旅游景点"，事实上这也确实是红学研究的一个重点，更不要说《西游记》那样的小说，孙悟空"旅游"了当时人们所能想象到的整个宇宙。为年轻人所喜爱的武侠小说，其中的旅游元素，也非常值得关注。读到梁羽生的《七剑下天山》，除了对天山壮丽景色的向往之外，还有对政治的愤慨。金庸小说越是篇幅宏伟，其蕴含的"旅游元素"就越多，空间也越大。《天龙八部》写到了大宋、大辽、西夏、大理、女真等同时并存的政权区域，主人公驰骋东西、纵横南北，读者随情节进展，完成了一场"华夏游"。故事情节中浓重的"游历"色彩，可以说是中国小说的一大特色。

文化宝库知识

旅 游 小 说

以刻画人物形象为中心，通过完整的故事情节和环境描写来反映社会生活的文学体裁即小说。旅游小说是指文学爱好者组成旅行团，沿着小说主人公的足迹，游历书中描写的各个地方，身临其境地体会书中人物当年的感情。这种颇具浪漫色彩的学术式旅游方式，深受旅游者的欢迎，比如循着西班牙作家卡洛斯·鲁依斯·萨丰的小说《风之影》提供的路径游巴塞罗那、按照德国作家可帕里克·聚斯金德的畅销小说《香水》提供的路径游法国普罗旺斯等。德国各地的旅游景点还曾掀起在小说和文学作品中找自家景点踪迹的活动。柏林亚历山大广场算是很成功的典型之一。亚历山大广场位于柏林东部，曾是东德的交通枢纽和商业中心。柏林人亲昵地把亚历山大广场叫作"亚历克斯"。作家阿尔弗雷德·德布林在 1929 年创作了名为《柏林：亚历山大广场》的小说，该小说是德国文学在 20 世纪最重要的作品之一，早在 30 年代就被搬上银幕。借助这部小说，亚历山大广场每年吸引数百万游客。不少景点还聘请作家专门围绕景点创作小说，特别是侦探类小说，尤其受欢迎。

二、旅游视角下小说名篇导读

【例文一】 老残游记(节选)

刘鹗

自从那日起，又过了几天，老残向管事的道："现在天气渐寒，贵居停的病也不会再发，明年如有委用之处，再来效劳。目下鄙人要往济南府去看看大明湖的风景。"管事的再三挽留不住，只好当晚设酒饯行；封了一千两银子奉给老残，算是医生的酬劳。老残略道一声"谢谢"，也就收入箱笼，告辞动身上车去了。

一路秋山红叶，老圃黄花，颇不寂寞。到了济南府，进得城来，家家泉水，户户垂杨，比那江南风景，觉得更为有趣。到了小布政司街，觅了一家客店，名叫高升店，将行李卸下，开发了车价酒钱，胡乱吃点晚饭，也就睡了。

次日清晨起来，吃点儿点心，便摇着串铃满街蜇了一趟，虚应一应故事。午后便步行至鹊华桥边，雇了一只小船，荡起双桨，朝北不远，便到历下亭前。止船进去，入了大门，便是一个亭子，油漆已大半剥蚀。亭子上悬了一副对联，写的是"历下此亭古，济南名士多"，上写着"杜工部句"，下写着"道州何绍基书"。亭子旁边虽有几间房屋，也没有什么意思。复行下船，向西荡去，不甚远，又到了铁公祠畔。你道铁公是谁？就是明初与燕王为难的那个铁铉。后人敬他的忠义，所以至今春秋时节，土人尚不断的来此进香。

到了铁公祠前，朝南一望，只见对面千佛山上，梵字僧楼，与那苍松翠柏，高下相间，红的火红，白的雪白，青的靛青，绿的碧绿，更有那一株半株的丹枫夹在里面，仿佛宋人赵千里的一幅大画，做了一架数十里长的屏风。正在叹赏不绝，忽听一声渔唱，低头看去，谁知那明湖业已澄净的同镜子一般。那千佛山的倒影映在湖里，显得明明白白，那楼台树木，格外光彩，觉得比上头的一个千佛山还要好看，还要清楚。这湖的南岸，上去便是街市，却有一层芦苇，密密遮住。现在正是开花的时候，一片白花映着带水气的斜阳，好似一条粉红绒毯，做了上下两个山的垫子，实在奇绝。

老残心里想道："如此佳景，为何没有什么游人？"看了一会儿，回转身来，看那大门里面楹柱上有副对联，写的是"四面荷花三面柳，一城山色半城湖"，暗暗点头道："真正不错！"进了大门，正面便是铁公享堂，朝东便是一个荷池。绕着曲折的回廊，到了荷池东面，就是个圆门。圆门东边有三间旧房，有个破匾，上题"古水仙祠"四个字。祠前一副破旧对联，写的是"一盏寒泉荐秋菊，三更画船穿藕花"。过了水仙祠，仍旧上了船，荡到历下亭的后面。两边荷叶荷花将船夹住，那荷叶初枯，擦的船嗤嗤价响；那水鸟被人惊起，格格价飞；那已老的莲蓬，不断地绷到船窗里面来。老残随手摘了几个莲蓬，一面吃着，一面船已到了鹊华桥畔了。

【作者简介】

刘鹗(1857—1909)清末小说家。谱名震远，原名孟鹏，字铁云。后更名鹗，字铁云，又字公约。笔名"洪都百炼生"。号老残。署名"鸿都百炼生"。汉族，江苏丹徒(今镇江市)人，寄籍山阳(今淮安楚州)。 出身官僚家庭，但不喜欢科场文学。他承袭家学，致力于数学、医学、水利学等实际学问，并纵览百家。除《老残游记》外，刘鹗著有天算著作《勾股天元草》《孤三角术》，治河著作《历代黄河变迁图考》《治河七说》《治河续说》，医学著作《人命安和集》(未完成)，金石著作《铁云藏陶》《铁云泥封》《铁云藏龟》，《铁云藏龟》是第一部甲骨文集录，奠定了后来甲骨文研究基础。诗歌创作《铁云诗存》。

【注释】

(1) 居停：即主人、东家

(2) 趸：往返来回，兜圈子。

(3) 杜工部：诗人杜甫。

(4) 享堂：祭堂。

【赏析】

"海右此亭古，济南名士多。"自古以来，济南便是无数文人墨客的聚集地，且不说李清照、辛弃疾、张养浩、李攀龙等济南本土文人对故土的赞美，即便是曾经旅居在此、经过济南的文人，也留下了无数墨宝来赞美济南，如元代赵孟頫的"云雾润蒸华不住，波涛声震大明湖"，北宋黄庭坚的"济南潇洒似江南，湖光山色与水清"，清代刘凤诰的"四面荷花三面柳，一城山色半城湖"，这其中又以刘鹗的"家家泉水，户户垂杨"影响最大，他的《老残游记》写济南独特奇绝的城市风貌，吸引着后世文人纷至沓来，并在这里雅集宴饮、题咏唱和，留下了大量的记游诗文，使济南这座老城文化底蕴更加深厚。在《老残游记》中，刘鹗以大量的笔触描写济南的泉水景色，济南名点趵突泉、金线泉、黑虎泉、舜井、护城河等无不在其内。其中对"佛山倒影"的描写更是形象、生动，"忽听一声渔唱。低头看去，谁知那明湖业已澄净得同镜子一般。那千佛山的倒影映在湖里，显得明明白白。那楼台树木，格外光彩，觉得比上头的一个千佛山还要好看，还要清楚"。短短数十字，就把"看山水底山更佳"，"佛山影落镜湖秋"的意境表现得淋漓尽致。

在刘鹗的笔下，他更偏爱济南的大妞，他把美人的音容笑貌刻画得栩栩如生，如他在《明湖湖边美人绝唱》一回中对白妞外貌的描绘，写她的眼睛"如秋水，如寒星，如宝珠，如水银里头养着两丸黑水银"。写她悠扬动人，不同寻常的唱腔，"忽然拔了一个尖儿，像一线钢丝抛入天际"；"仿佛有一点声音从地底下发出"；"像放那东洋焰火，一个子弹上天，随化作千百道五光火色，纵横散乱"。这一连串生动、具体、形象的比喻，把一个年轻女艺人的音容笑貌活现在人们面前，并在后世这"黑白妞"的形象为无数文人所引用。

而刘鹗最佳的妙笔，却是那"到了济南府，进得城来，家家泉水，户户垂杨，比那江南风景，更为有趣"的描述。简单地用八个字"家家泉水，户户垂杨"就鲜明形象地概括出了济南"泉城"特色，成为流传不衰，无人比及的绝妙佳句。

【例文二】　　　　　　　　荷花淀

孙犁

月亮升起来，院子里凉爽得很，干净得很，白天破好的苇眉子潮润润的，正好编席。女人坐在小院当中，手指上缠绞着柔滑修长的苇眉子。苇眉子又薄又细，在她怀里跳跃着。要问白洋淀有多少苇地？不知道。每年出多少苇子？不知道。只晓得，每年芦花飘飞苇叶黄的时候，全淀的芦苇收割，垛起垛来，在白洋淀周围的广场上，就成了一条苇子的长城。女人们，在场里、院里编着席。编成了多少席？六月里，淀水涨满，有无数的船只运输银白雪亮的席子出口，不久，各地的城市村庄，就全有了花纹又密又精致的席子了。大家争着买：

"好席子，白洋淀席！"

这女人编着席。不久在她的身子下面就编成了一大片。就像坐在一片洁白的雪地上，也像坐在一片洁白的云彩上。她有时望望淀里，淀里也是一片银白世界。水面笼起一层薄薄透明的雾，风吹过来，带着新鲜的荷叶荷花香。

但是大门还没关，丈夫还没回来。

很晚丈夫才回来了。这年轻人不过二十五六岁，头戴一顶大草帽，上身穿一件洁白的小褂，黑单裤卷过了膝盖，光着脚，他叫水生，小苇庄的游击组长，党的负责人。今天领着游击组到区上开会去来。女人抬头笑着问：

"今天怎么回来的这么晚？"站起来要去端饭。水生坐在台阶上说：

"吃过饭了，你不要去拿。"

女人就又坐在席子上。她望着丈夫的脸，她看出他的脸有些红胀，说话也有些气喘。她问：

"他们几个哩？"

水生说：

"还在区上。爹哩？"

女人说：

"睡了。"

"小华哩？"

"和他爷爷去收了半天虾篓，早就睡了。他们几个为什么还不回来？"

水生笑了一下。女人看出他笑的不像平常。

"怎么了，你？"

水生小声说：

"明天我就到大部队上去了。"

女人的手指震动了一下，像是叫苇眉子划破了手，她把一个手指放在嘴里吮了一下。

水生说：

"今天县委召集我们开会。假若敌人再在同口安上据点，那和端村就成了一条线，淀里的斗争形势就变了。会上决定成立一个地区队。我第一个举手报了名的。"

女人低着头说：

"你总是很积极的。"

水生说：

"我是村里的游击组长，是干部，自然要站在头里，他们几个也报了名。他们不敢回来，怕家里的人拖尾巴。公推我代表，回来和家里人们说一说。他们全觉得你还开明一些。"

女人没有说话。过了一会，她才说：

"你走，我不拦你，家里怎么办？"

水生指着父亲的小房叫她小声一些。说：

"家里，自然有别人照顾。可是咱的庄子小，这一次参军的就有七个。庄上青年人少了，也不能全靠别人，家里的事，你就多做些，爹老了，小华还不懂事。"

女人鼻子里有些酸，但她并没有哭。只说：

"你明白家里的难处就好了。"

水生想安慰她。因为要考虑准备的事情还太多，他只说了两句：

"千斤的担子你先担吧，打走了鬼子，我回来谢你。"

说罢，他就到别人家里去了，他说回来再和父亲谈。

鸡叫的时候，水生才回来。女人还是呆呆地坐在院子里等他，她说：

"你有什么话嘱咐我吧！"

"没有什么话了，我走了，你要不断进步，识字，生产。"

"嗯。"

"什么事也不要落在别人后面！"

"嗯，还有什么？"

"不要叫敌人汉奸捉活的。捉住了要和他拼命。"

那最重要的一句，女人流着眼泪答应了他。

第二天，女人给他打点好一个小小的包裹，里面包了一身新单衣，一条新毛巾，一双新鞋子。那几家也是这些东西，交水生带去。一家人送他出了门。父亲一手拉着水生，对他说：

"水生，你干的是光荣事情，我不拦你，你放心走吧。大人孩子我给你照顾，什么也不要惦记。"

全庄的男女老少也送他出来，水生对大家笑一笑，上船走了。

女人们到底有些藕断丝连。过了两天，四个青年妇女集在水生家里来，大家商量：

"听说他们还在这里没走。我不拖尾巴，可是忘下了一件衣裳。"

"我有句要紧的话得和他说说。"

水生的女人说：

"听他说鬼子要在同口安据点……"

"哪里就碰得那么巧，我们快去快回来。"

"我本来不想去，可是俺婆婆非叫我再去看看他，有什么看头啊！"

于是这几个女人偷偷坐在一只小船上，划到对面马庄去了。

到了马庄，她们不敢到街上去找，来到村头一个亲戚家里。亲戚说：你们来得不巧，昨天晚上他们还在这里，半夜里走了，谁也不知开到哪里去。你们不用惦记他们，听说水生一来就当了副排长，大家都是欢天喜地的……

几个女人羞红着脸告辞出来，摇开靠在岸边上的小船。现在已经快到晌午了，万里无云，可是因为在水上，还有些凉风。这风从南面吹过来，从稻秧上苇尖吹过来。水面没有一只船，水像无边的跳荡的水银。

几个女人有点失望，也有些伤心，各人在心里骂着自己的狠心贼。可是青年人，永远朝着愉快的事情想，女人们尤其容易忘记那些不痛快。不久，她们就又说笑起来了。

"你看说走就走了。"

"可慌(高兴的意思)哩，比什么也慌，比过新年，娶新——也没见他这么慌过！"

"拴马桩也不顶事了。"

"不行了，脱了缰了！"

"一到军队里，他一准得忘了家里的人。"

"那是真的，我们家里住过一些年轻的队伍，一天到晚仰着脖子出来唱，进去唱，我们一辈子也没那么乐过。等他们闲下来没有事了，我就傻想：该低下头了吧。你猜人家干什么？用白粉子在我家影壁上画上许多圆圈圈，一个一个蹲在院子里，托着枪瞄那个，又唱起来了！"

她们轻轻划着船，船两边的水哗，哗，哗。顺手从水里捞上一棵菱角来，菱角还很嫩很小，乳白色。顺手又丢到水里去。那株菱角就又安安稳稳浮在水面上生长去了。

"现在你知道他们到了哪里？"

"管他哩，也许跑到天边上去了！"

她们都抬起头往远处看了看。

"唉呀！那边过来一只船。"

"唉呀！日本鬼子，你看那衣裳！"

"快摇！"

小船拼命往前摇。她们心里也许有些后悔，不该这么冒冒失失走来；也许有些怨恨那些走远了的人。但是立刻就想，什么也别想了，快摇，大船紧紧追过来了。

大船追得很紧。

幸亏是这些青年妇女，白洋淀长大的，她们摇的小船飞快。小船活像离开了水皮的一条打跳的梭鱼。她们从小跟这小船打交道，驶起来，就像织布穿梭，缝衣透针一般快。假如敌人追上了，就跳到水里去死吧！

后面大船来的飞快。那明明白白是鬼子！这几个青年妇女咬紧牙制止住心跳，摇橹的手并没有慌，水在两旁大声哗哗，哗哗，哗哗哗！

"往荷花淀里摇！那里水浅，大船过不去。"

她们奔着那不知道有几亩大小的荷花淀去，那一望无边际的密密层层的大荷叶，迎着阳光舒展开，就像铜墙铁壁一样。粉色荷花箭高高地挺出来，是监视白洋淀的哨兵吧！

她们向荷花淀里摇，最后，努力的一摇，小船窜进了荷花淀。几只野鸭扑楞楞飞起，尖声惊叫，掠着水面飞走了。就在她们的耳边响起一排枪声！

整个荷花淀全震荡起来。她们想，陷在敌人的埋伏里了，一准要死了，一齐翻身跳到水里去。渐渐听清楚枪声只是向着外面，她们才又扒着船帮露出头来。她们看见不远的地方，那宽厚肥大的荷叶下面，有一个人的脸，下半截身子长在水里。荷花变成人了？那不是我们的水生吗？又往左右看去，不久各人就找到了各人丈夫的脸，啊！原来是他们！

但是那些隐蔽在大荷叶下面的战士们，正在聚精会神瞄着敌人射击，半眼也没有看她们。枪声清脆，三五排枪过后，他们投出了手榴弹，冲出了荷花淀。

手榴弹把敌人那只大船击沉，一切都沉下去了。水面上只剩下一团烟硝火药气味。战士们就在那里大声欢笑着，打捞战利品。他们又开始了沉到水底捞出大鱼来的拿手戏。他们争着捞出敌人的枪支、子弹带，然后是一袋子一袋子叫水浸透了的面粉和大米。水生拍打着水去追赶一个在水波上滚动的东西，是一包用精致纸盒装着的饼干。

妇女们带着浑身水，又坐到她们的小船上去了。

水生追回那个纸盒，一只手高高举起，一只手用力拍打着水，好使自己不沉下去。对着荷花淀吆喝：

"出来吧，你们！"

好像带着很大的气。

她们只好摇着船出来。忽然从她们的船底下冒出一个人来，只有水生的女人认的那是区小队的队长。这个人抹一把脸上的水问她们：

"你们干什么来呀？"

水生的女人说：

"又给他们送了一些衣裳来！"

小队长回头对水生说：

"都是你村的？"

"不是她们是谁，一群落后分子！"说完把纸盒顺手丢在女人们船上，一泅，又沉到水底下去了，到很远的地方才钻出来。

小队长开了个玩笑，他说：

"你们也没有白来，不是你们，我们的伏击不会这么彻底。可是，任务已经完成，该回去晒晒衣裳了。情况还紧的很！"战士们已经把打捞出来的战利品，全装在他们的小船上，准备转移。

一人摘了一片大荷叶顶在头上，抵挡正午的太阳。几个青年妇女把掉在水里又捞出来

的小包裹，丢给了他们，战士们的三只小船就奔着东南方向，箭一样飞去了。不久就消失在中午水面上的烟波里。

几个青年妇女划着她们的小船赶紧回家，一个个像落水鸡似的。一路走着，因过于刺激和兴奋，她们又说笑起来，坐在船头脸朝后的一个噘着嘴说：

"你看他们那个横样子，见了我们爱搭理不搭理的！"

"啊，好像我们给他们丢了什么人似的。"

她们自己也笑了，今天的事情不算光彩，可是：

"我们没枪，有枪就不往荷花淀里跑，在大淀里就和鬼子干起来！"

"我今天也算看见打仗了。打仗有什么出奇，只要你不着慌，谁还不会趴在那里放枪呀！"

"打沉了，我也会凫水捞东西，我管保比他们水式好，再深点我也不怕！"

"水生嫂，回去我们也成立队伍，不然以后还能出门吗！"

"刚当上兵就小看我们，过二年，更把我们看得一钱不值了，谁比谁落后多少呢！"

这一年秋季，她们学会了射击。冬天，打冰夹鱼的时候，她们一个个登在流星一样的冰船上，来回警戒。敌人围剿那百亩大苇塘的时候，她们配合子弟兵作战，出入在那芦苇似的海里。

【作者简介】

孙犁(1913 年 5 月 11 日—2002 年 7 月 11 日)，原名孙树勋，河北省衡水市安平人，现当代著名小说家、散文家，"荷花淀派"的创始人，又先后担任过《平原杂志》《天津日报》文艺副刊、《文艺通讯》等报刊的编辑，并著有关于编辑的作品。12 岁开始接受新文学，受鲁迅和文学研究会影响很大。"孙犁"是他参加抗日战争后于 1938 年开始使用的笔名。1942 年加入中国共产党。新中国成立后，历任中国作家协会天津分会副主席、主席，天津市文联名誉主席，中国作协第一至三届理事、作协顾问，中国文联第四届委员。

主要作品有短篇小说集《芦花荡》《荷花淀》《采蒲台》《嘱咐》，中篇小说《村歌》《铁木前传》长篇小说《风云初记》，叙事诗集《白洋淀之曲》，通讯报告集《农村速写》，散文集《津门小集》《晚华集》《秀露集》《澹定集》《书林秋草》《耕堂散文》，作品集《尺泽集》《曲终集》，论文集《文学短论》，还出版了《孙犁小说选》《孙犁诗选》《孙犁散文选》《孙犁文论集》以及《孙犁文集》等。

【注释】

白洋淀：(淀为浅湖)是河北省最大的湖泊，是在太行山前的永定河和滹沱河冲积扇交汇处的扇缘洼地上汇水形成，主体位于河北省保定市安新县境内，一部分在沧州地区。水域面积 366 平方公里，为华北平原最大的淡水湖，以大面积的芦苇荡和千亩连片的荷花淀而闻名，素有华北明珠之称，抗日战争时期，水上游击队——雁翎队的故事脍炙人口。白洋淀于 1982 年干涸，1988 年大雨使白洋淀湖区恢复，成为旅游胜地。2007 年白洋淀景区经国家旅游局正式批准为国家 5A 级旅游景区。

【赏析】

白洋淀位于河北省中部，距离北京市区和天津市区的车程均约 140 公里，是京津地区周末短途旅游的理想去处。这里有绵延无尽的芦苇荡，水路纵横其间，环境优美。每年七月，大片的荷花开放，更是美丽异常。景区里现建设了几大景点，既有以水淀荷花为主体的自然风光，也有以抗日历史为背景的人文建筑，还有表演等项目，游玩内容丰富。孙犁是解放区小说创作中独树一帜的作家。他的代表作品《荷花淀》透着鲜明的时代特色和独特的美学价值，成为我国现代小说史上短篇小说的佳作。

《荷花淀》以他的家乡冀中平原为背景，具体描写了抗日根据地人民在中国共产党领导下，进行艰苦抗战的斗争生活，反映了他们的人性美和人情美，表现了抗日根据地人民热爱生活，热爱祖国的伟大精神。在艺术手法上，孙犁讲究语言的清新、自然、明快，讲究构思的灵巧绝妙，创造了一种诗情画意之美。

【例文三】　　　　　　　　　北方的河(节选)

张承志

他们来到了河边上。他一出了红脸后生的窑洞就大步流星地在前面疾走。等他走到了浊浪拍溅的河漫滩上，才回头看了看那姑娘摇晃的身影。真像一根杨柳，他想，给她的照相机压得一弯一闪。他沿着黄河踱着，大步踏着咯响的卵石。河水隆隆响着，又浓又稠，闪烁而颠动，像是流动着沉重的金属。这么宽阔的大峡都被震得摇动了，他惊奇地想着，也许有一天两岸的大山都会震得坍塌下来。真是北方第一大河啊。远处有一株带有枝叶的树干被河水卷着一沉一浮，他盯准那落叶奔跑起来，想追上河水的速度。他痛快地大声叫嚷着，是感到自己已经完全融化在这喧腾声里，融化在河面上生起的、掠过大河长峡的凉风中了。

她刚刚给照相机换上一个长镜头，带好遮光罩，调整了光圈和速度。她擦着汗喘着，使劲地追赶着前面的他。她看见他这时正站在上游的一个尖岬上，一动不动。

"你怎么了，喂！"她快活地招呼着。她轻轻扣好相机快门上的保险，她已经拍了第一张。她相信河水层次复杂的黄色，对岸朦胧的青山，以及远处无定河汇入黄河的银白的光影会使这张柯达胶片的效果很好。河底村小小的招待所很干净，现在她一点儿担心也没有了。

"你说话呀，研究生！"她朝旅伴开起玩笑来了。

"全想起来了，"他开口道，"我早知道，一到这儿我就能想起来。"

"想起来什么？地理讲义么？"她兴致很高地问，她挺想和这个大个子青年开开玩笑。

"不，是这块石头。"他说，"十几年前，我就是从这儿下水的。"

"游泳么？"她歪着头瞧着他。他默默地站着，长长地叹了一口气。告诉她么？"我上错了车。喏，那时的长途班车正巧就是辆解放牌卡车，"他迟疑地说，"我去延川看同学，然后想回北京。从绥德去军渡然后才能进山西往北京走，可是我上错了车。那辆车没有往北去军渡，而是顺着无定河跑到这儿来了。而且，路被雨水冲垮了，车停在青羊坪。在青羊坪我听说这儿有渡船，就赶了四十里路来到了这里。"他凝视着向南流逝的黄河水，西斜的阳光下，河里像是满溢着一川铜水。他看见姑娘的身影长长地投在铜水般的河面上，和他的并排挨着。告诉她吧，他想道。"在这里，就在这儿我下了水，游过了黄河。"

她静了一会儿，轻声问："你为什么不等渡船呢？"

那船晚上回来，八天后才再到河东去。当时他远远地望见船在河东岸泊着。他是靠扒车到各地同学插队的地方游逛的，他从新疆出发，先到巴里坤，再到陕北，然后去山西，最后回北京。他想看看世界，也看看同学和人们都在怎么生活。

姑娘又补充说道："我是说，游过去——太冒险了。你不能等渡船么？"

"我没钱，"他说，"我在村子里问了：住小店，吃白面一天九毛钱，吃黑面一天六毛钱。那时候我住不起。"

她感动地凝视着他。"你真勇敢，"她说。

他的心跳了一下。你为什么把这些都告诉她？他的心绪突然坏了。他发现这姑娘和他的距离一下子近了，她身上的一股气息使他心烦意乱。今天在这儿遇上这个女的可真是见鬼，他想，原来可以在黄河边搞搞调查、背背讲义的。本来可以让这段时间和往事追想一点点地流过心间，那该使他觉得多宝贵啊。可是这女的弄得他忍不住要讲话，而这么讲完全像是吹牛。

"游过黄河……我想，这太不容易了，"他听见那姑娘自语般地说道。他觉得她已经开始直视着他的眼睛。你这会儿不怕没有招待所了，哼！他悠悠地想。她在放松了戒备的神经以后，此刻显得光彩袭人。这使他心慌意乱。他咬着嘴唇不再理睬她，只顾盯着斜阳下闪烁的满溢一川的滚滚黄河。

她举起照相机，取出一个变焦距镜头换上。这个小伙子很吸引人，浑身冒着热情和一股英气。他敢从这儿游到对岸去。上游拂来的、带着土腥味儿的凉风撩着她的额发，抚着她放在快门上的手指。这个可不像以前人家介绍的那个。那个出了一趟国，一天到晚就光知道絮絮叨叨地摆弄他那堆洋百货。那家伙甚至连眼睛都不朝别处瞧，甚至不朝我身上瞧，她遐想着。而这个，这个扬言要考上地理研究生的小伙子却有一双烫人的眼睛。她想着又偷偷地瞟了他一眼。瞧人家，她想，人家眼睛里是什么？是黄河。

"坐下歇歇吧，"她建议说，并且把手绢铺在黄沙上，坐了下来。黄河就在眼前冲撞着，倔强地奔驰。这河里流的不是水，不是浪，她想，"喂！研究生！你看这黄河！"她喊他说，"我说，这黄河里没有浪头。不是水，不是浪，是一大块一大块凝着的、古朴的流体。你说我讲得对吗？"她问道。

一块一块的，他听着，这姑娘的形容很奇怪，但更奇怪的是她形容得挺准确。一块块半凝固的、微微凸起的黄流在稳稳前移，老实巴交但又自信而强悍。而陕北高原扑下来了，倾斜下来，潜入它的怀抱。"你说的，挺有意思。"他回答道，"我是说，挺形象。"

"我搞摄影。这一行要求人总得训练自己的感受。"

"不过，我觉得这黄河——"他停了一下。他也想试试。我的感受和你这小姑娘可不太一样。他感到那压抑不住的劲头又跃跃而来了。算了，他警告自己说。

"你觉得像什么？"她感兴趣地盯着他的脸。他准是个热情的人，瞧这脸庞多动人。她端起照相机，调了一下光圈。"你说吧！你能形容得好，我就能把这感觉拍在底片上。"她朝他挑战地眯起了眼睛。

"我觉得——这黄河像是我的父亲！"他突然低声说道。他的嗓音浊重沙哑，而且在颤抖，"父亲，"他说。我是怎么了？怎么和她说这个。可是他明白他忍不住，眼前这个姑娘在吸引着他说这个。也许是她身上的那股味道和她那微微眯起的黑眼睛在吸引着他说这个。他没想到心底还有个想对这个姑娘说说这个的欲望。他忍不住了。

【作者简介】

张承志，中国当代最具影响力的回族穆斯林作家，中学时代是红卫兵，"红卫兵"这个名称就源自他当时的笔名"红卫士"。

1948年生于北京，1968年到内蒙古插队，1975年毕业于北京大学历史系考古专业，1978年进入中国社会科学院研究生院民族系，1981年毕业获得历史学硕士学位，精通英语、日语、西班牙语、阿拉伯语，对蒙古语、满语、哈萨克语亦有了解。他1978年开始发表作品，早年的作品带有浪漫主义色彩，语言充满诗意，洋溢着青春热情的理想主义气息。后来的作品转向伊斯兰教题材，引起过不少争议。代表作有《北方的河》《黑骏马》《心灵史》等。已出版各类著作30余种。

【赏析】

作品中一个知识分子以现实或梦境的方式与北方的五条河(黄河、永定河、额尔齐斯河、湟水、黑龙江)相遇，这是一场强劲的文化之旅，北方的河是如山的父亲，也是如水的母亲，他们具备一切北方土地上英雄的品质，这也正是中华民族坚韧执着的文化精神。北方的河在苦难的生活岁月中穿越风雪、顽强自进，而"他"，一个充满了青春正能量的知识分子，则在现实的重重考验中，走向了精神的强大与成熟。他，一个专业素质过硬的中文系应届毕业生，毕业分配却不如意，带着理想去报考研究生，却阻力重重。在经过了世俗的努力和精神的炼狱之后，他终于走向了成熟。北方的河见证了这一灵魂升华的过程，充满风险与考验的生活在不同的时段给予了主人公以不同的折磨和启迪，但是，年轻人最终战胜了重重苦难(来自社会、家庭、爱情)，最终走向了成熟，学会了稳健，理解了苦难，懂得了爱情，成长为一个人格英雄。

在师友的启发下，"他"下定决心要报考地理学的研究生，于是便有了对黄河的实地考察，这样的学习准备在实践过程中却超越了地理学的知识学范畴，壮美的黄河给予了主人公伟大的精神启迪，他在这里找到了自幼失去的心灵之父，完成了关于中华民族英雄美学精神的壮美想象："他激动地喃喃着：'嘿，黄河，黄河。'他看见在那巨大的峡谷之底，一条微微闪着白亮的浩浩荡荡的大河正从天尽头蜿蜒而来。……大河深在谷底，但又朦胧辽阔，威风凛凛地巡视着为它折腰膜拜的大自然。潮湿凉爽的河风拂上了车厢，他已经冲到了卡车最前面，痉挛的手指扳紧栏板。"在这里，我们看到，面对着黄河带来的伟岸高大的视觉震撼，这个自幼失怙的男人对中国文化精神中的英雄主义进行了一次灵魂上的伟大皈依。他用刚性的品质和诗一样的语言表达了对中华民族的礼赞之情，刚健、硬朗、坚强、伟岸、执着、包容等这些属于英雄的品质成为黄河之父的美学特征，这些品质流传千年不曾失落，如闪闪的星斗指引着中华民族的未来发展。

本文节选的是描写黄河的一段，黄河发源于青藏高原的巴颜喀拉山，向东流入渤海。它是我国的第二大河，主要半干旱、半湿润地区。它的干流水量明显小于长江，此外，黄河的干流像一个巨大的"几"字，蜿蜒在祖国的北方大地上。

自古以来，就有不少文人雅士赞美黄河。如杜甫的"黄河北岸海西军，椎鼓鸣钟天下闻"，刘禹锡的"九曲黄河万里沙，浪淘梦簸自天涯"，李白的"君不见，黄河之水天上来，奔流到海不复回"，再如李商隐的"土花漠碧云茫茫，黄河欲尽天苍黄"，白居易的"黄河水白黄云秋，行人河边相对愁"，这些赞美黄河的诗句都体现了黄河的磅礴气势。不管是高山还是雪原，都挡不住黄河的脚步，曲折前行后在其身后留下了富饶的大平原，养育了一方儿女，成就了一种地域文化。如今，黄河沿线的旅游景区正吸引着中外旅游者纷至沓来。

【例文四】　　　　　　　　南方有嘉木(节选)

王旭峰

杭天醉继承了中国古代的文人们对水的认识。他们大多是一些具有泛神论倾向的诗人。他们对自然界的一切，往往怀有一种心心相印的神秘和亲和感。他们亦都是水的崇拜者。

虽然孔子以为水有九种美好的品行：德、义、道、勇、法、正、察、善、志，但这显然是儒家的水；是可以灌我缨也可以准我足的沧浪之水；是出山远行奔流至海的治国平天下的水了。

亦有一种在山之水，是许由用来洗耳朵的道家的水。在山泉水清，出山泉水浊。茶圣陆羽的唐朝的水，当然是在山的了。

他说：煮茶用的水，以山水最好，江水次之，井水最差。山水，又以出于乳泉、石池水流不急的为最好，像瀑布般汹涌湍急的水不要喝，喝久了会使人的颈部生病。还有，积蓄在山谷中的水，虽澄清却不流动，从炎夏到霜降以前，可能有蛇蝎的积毒潜藏在里面，若要饮用，可先加以疏导，把污水放出，到有新泉缓缓流动时取用。江河的水，要从远离居民的地方取用。井水，应从经常汲水的井中取用。

历代的中国茶人们，著书立说者，倒也不少，其中较有名的，要数 9 世纪唐代的张又

21世纪应用型精品规划教材·旅游管理专业

新，他是个状元才子，写过一篇《煎茶水记》的文章，把天下的水，分为二十个等级，还说是陆羽流传下来的。

庐山康王谷水帘水第一；无锡县惠山寺石泉水第二；

新州兰溪石下水第三；峡州扇子山虾蟆口水第四；

苏州虎丘寺石泉水第五；庐山招贤夺下方桥潭水第六；

扬子江南零水第七；洪州西山西东瀑布泉第八；

唐州柏岩县淮水源第九；庐州龙池山岭水第十；

丹阳县观音寺水第十一；扬州大明寺水第十二；

汉江金州上游中零水第十三；归州玉虚洞下香溪水第十四；

商州武关西洛水第十五；吴湘江水第十六；

天台山西南峰千丈瀑布水第十七；柳州圆泉水第十八；

桐庐严陵滩水第十九；雪水第二十。

杭天醉之水道，根本取法于陆羽，又承继明人田艺衡、许次纡，这两个人均为钱塘人士，前者著《煮泉小品》，后者著《茶疏》；前者去官隐居，后者一生布衣，都是杭天醉心里佩服的人。

那个田艺衡，原是个岁贡先生，还在徽州当过训导，后来辞官回了乡。朱衣白发，带着两个女郎，坐在西湖的花柳丛中，人来皆以客迎之。茶也喝得，酒也喝得，就像个活神仙。写的那部《煮泉小品》，倒是分了源泉、石流、清寒、甘香、宜茶、灵水、异泉、江水、井水、绪谈十目，尚可玩味。

比起来，杭天醉更喜欢许次纪。此人倒也是个官家子弟，乃父作过广西布政使，老天爷却叫他破了一条腿，从此布衣终身。杭天醉感觉这个许次纪和他很投契的。《茶疏》中有许多精辟之见，比如杭天醉喜欢许次纪所说的喝茶的环境——一是心手闲适；二是披咏疲倦；三是明窗净几；四是风日晴和……他心里对这等放浪形骸天地间的悠人处士，总是不胜欲慕。从前赵寄客在时，一派治国平天下的儒家精神，每每他想说点老庄，便被他拦腰斩断，说："你没有资格退而结网。"又说："兴中会说功成身退，是先要功成。如今你于国于民既无功可言，奢论逍遥游，岂不笑煞人？"杭天醉想想也是，只得收了他那风花雪月的摊子，和赵寄客勉强讨论革命。如今寄客不在，谁再来管他心里头喜欢的东西。他倒是蛮想再写一部茶书呢，题目都想好了，就叫《忘忧茶说》。

说话间便到了大慈山白鹤峰下。进了山门，石板路直通幽处。青山相峙，叠嶂连天，杂树繁茂，竹影摇空；脚下一根水成银线，珍珍淙淙与人擦脚而过。此时天色大明，野芳发，繁荫秀，杭天醉空着双手，提着长袍，搂着肩上扛一只四耳大罐，等着一会儿汲水用。

过了二山门，泉声越发响亮，杭天醉便也更加心切，跑得比搂着更快。搂着在后面跟着，一边思考和琢磨着问题，自言自语地说："奇怪也是真奇怪。哪里不好用水，偏偏说是这里的水好，真是老虎跑出来的？"

"哪里真有这样的事情，"杭天醉兴冲冲地往上登，说，"前人说了，西湖之泉，以虎跑为最；西山之茶，以龙井为佳。只是水好了，原本是山的功劳，人们却要弄些龙啊虎啊仙人啊，来抬举山水，这就是埋没了这等好山了。"

杭天醉说得有理，原来这西湖的环山茶区，表土下面，竟有一条透水性甚佳的石英沙岩地带，雨水渗入，形成那许多的山洞和名泉。虎跑的一升水中，氧的含量指数有二十六，比一般矿泉水含氧量高出一倍，用来泡茶，最好。

说话间到了虎跑寺，寺不大，自成雅趣。中心便是虎跑泉。这里一个两尺见方的泉眼，水从石牌间浪泊涌出，泉后壁刻"虎跑泉"三字，功力深厚，乃西蜀书法家谭道一手迹。泉前又凿有一方池，环以石栏，傍以苍松，间以花卉；泉池四周，围有叠翠轩、桂花厅、滴翠轩、罗汉亭、碑屋、钟楼。滴翠轩后面，又有西大殿、观音殿。西侧，是天王殿和大雄宝殿，还有济祖塔院和楞岩楼等。杭天醉环顾四周山水，叹了一句："当年野虎闲跑处，留得清泉与世尝。"便弯下身，以手掬水，饮了一口，口中便甘例满溢，忙不迭地就叫："搂着，我们忘了取水的竹勺子。"

说话间，一只竹勺便伸到他眼前。此时，天色大亮，山光水色清澈明朗，杭天醉接过水勺，抽了一下，水勺不动，他抬头一看，一级衣芒鞋的女尼站在他面前，只是那一头的长发尚未剃度，看来，是个带发修行女居士。

女尼眉眼盈盈，年轻。杭天醉连忙从泉边立起，双手合掌，对着她欠身一躬，口中便念："阿弥陀佛，谢居士善心助我。"

说完，再用手去抽那个竹勺，依旧抽不动，杭天醉便奇了。抬头再仔细看，那女居士隐隐约约地带些涩笑，使他心里泛起几丝涟漪。

"少爷真的不认识我了？"

杭天醉手指对方，惊叫一声："你怎么这副模样？"

原来，眼前站着的，正是大半年前救下的红衫儿。

搂着正从寺庙厨下寻着一只大碗过来，见红衫儿站着，也有些吃惊，便问："红衫儿，

你不是走了吗？"

"正要走呢。"

"上哪里去？我怎么一点也不晓得！"

杭天醉大怒，抽过水勺就扔进了泉里："你给我说清楚！"

撮着也有些慌了，心里埋怨红衫儿不该这时出来。原来立夏之后，撮着老婆进城给杭夫人请安，女人嘴碎心浅，藏不住东西，便把红衫儿供了出来。夫人听了，倒也不置可否。直到天醉娶亲前，才把撮着叫去，如此这般嘱咐了，出了点钱，便把红衫儿移到了虎跑附近的寺庙。说是前生有罪，要在寺里吃斋供佛三个月。红衫儿浑浑噩噩的，听了便哭。她在撮着家里待着，人家也不敢怠慢她，山里人淳朴，她便过得安详，像一只在狂风骤雨中受伤的小鸟，总算有了个临时的窝。她走的时候哭哭泣泣，一百个不愿意，又没奈何，可是在青灯古佛前清心修炼了两个月，又觉得没什么可怕的，有饭吃，有觉睡，不用练功，更不再挨打，她想起来，就觉得赛过了以往的任何一天。

不料半个月前，嘉兴来了个老尼，说是来领了红衫儿去的，还说她命里注定要出家，不由分说给她套了这身缝衣，又要剪她那一头好青丝。红衫儿又哭了，不过她也再想不出别的反抗的主意。红衫儿没有读过一天书，连自家名字都不认得，空长了张楚楚可人的小脸。不过从小在戏班子里待，苦还是吃得起的，面对命运，总是随波逐流吧。

三天前她随师父来到虎跑寺，说好今日走的。

早上洗了脸，梳了头，便到泉边来照一照，权当是镜子。女孩子爱美，终究还是天性。缘分在那里摆着，今日出来，就碰上了她的救命恩人。

杭天醉一听，家里人竟瞒着他，做这样荒唐事情，气得口口声声叫撮着："撮着，我从此认识你！哎，撮着，我从此晓得我养了一个什么样的人！"

撮着又害怕又委屈，说："夫人警告我不准告诉你的！告诉你就要吃生活的。夫人也是为红衫儿好，说是住在杭州，迟早被云中雕抢了去，不如远远地离开……"

杭天醉不听撮着申辩，问红衫儿："你这傻丫头，怎么也不给我通报个信，十来里路的事情！"

红衫儿就要哭了，说："我不敢的，我不敢的。"

"你晓得你这一把头发剃掉，以后怎样做人？"

红衫儿摇摇头，还是个孩子样，看了也叫人心疼。

"你晓不晓得，老尼姑要把你带到什么地方去？"

　　红衫儿想了想，说："师父说，是到一个叫平湖的地方，住在庵里。她说庵里很好的，还有很多和我一样的姑娘。嗯，师父说，那里靠码头，人来人往，蛮热闹的，比在这里快活多了。"

　　杭天醉一听，像个陀螺，在地上乱转，一边气急败坏地咒道："撮着你这该死的，晓得这是把红衫儿推到哪里去？什么尼姑庵，分明就是一个大火坑！"

　　原来晚清以来，江南日益繁华，商埠林立，人流往返不息。杭嘉湖平原的河湖港汊，就集中一批秦楼娃馆，专做皮肉生意。《老残游记》中，专门写了有一类尼姑庵，也是明修栈道暗度陈仓，一边阿弥陀佛，一边淫乱无度的。刚才听红衫儿一说，无疑便是这样一个去处。

　　撮着和红衫儿听了这话，脸都吓白了，红衫儿摇摇晃晃地哆嗦着嘴唇，便要站不住。撮着也急得额角头掉汗，一边说："少爷，我真不晓得，少爷，我真不晓得。"

　　杭天醉见他们俩真害怕了，一股英雄胆气便油然而生，说："怕什么，我杭天醉，如今已是忘忧茶庄的老板，凡事我做主。你，撮着，"他指着撮着鼻尖，"你去和那老尼姑交涉，就说红衫儿原是我救下的，她爹不要她了，当了一湖的人送给我的。我这就把她带走，这几个银圆叫她拿去，权当了来回的路费。"他又回过身，用拇指、食指拎拎红衫儿身上那件袍子的领："赶快给我脱了这身衣服去，好好一个女孩子，弄成这副模样，我不爱看。"

　　红衫儿再出来的时候，杭着一根大辫子，干干净净，一身红衣服。小肩膀，薄薄窄窄的，垂髻又细又软，挂了一脸。两只眼睛，像两江柳叶丛中的清泉，向外冒着水儿。小下巴尖尖的，惹人怜爱。红衫儿个头也要比杭天醉矮上一截，杭天醉觉得自己只要胳膊一伸，就能把她一把撸过来，自己便也就伟岸得像一个强盗快客。不像面对沈绿爱，如面对一头大洋马，使他完全丧失拥抱的兴趣。其实他早已经在不知不觉地拿这两个女人作比较，要不是在佛门寺庙，他早就伸开臂膀一试效果了。

　　他想看看，红衫儿笑起来时究竟是怎么一个模样，便取了刚才撮着拿着的那只小碗，慢慢舀了一碗水，又掏出一把铜板给红衫儿说："红衫儿，你变个戏法给我看。"

　　红衫儿乖乖的，接了那铜板，一边小心翼翼地蹲下，往那碗里斜斜地滑进铜板，一边说："少爷，你这戏法，我在这里见过许多次了，水高出碗口半寸多都不会溢出。真是神仙老虎刨出的水，才会有这样的看头。少爷，我是不懂的，我是奇怪死了的。"

　　杭天醉见女孩子如此虔诚向他讨教，眼睫毛上沾了泪水，像水草一样，几根倒下，几

21世纪应用型精品规划教材·旅游管理专业

根扶起，心里便有说不出来的感动，便如同学堂里回答西洋教师一般地细细道来：

"你以后记住，这个大千世界，原来都是可以讲道的，不用那些怪力乱神来解释。比如这个虎跑泉水，因是从石英砂岩中渗涌出来，好像是过滤了一般，里面的矿物质就特别少。还有，水分子的密度又高，表面张力大，所以水面坟起而不滴，前人有个叫了立诚的，还专门写过一首《虎跑水试钱》，想不想听？"

红衫儿连忙点头，说想听。

杭天醉很高兴，便站了起来，踱着方步，背道：

虎跑泉勺一盏平，投以百钱凸水晶。

绝无点点复滴滴，在山泉清凝玉液。

"怎么样？"他问。

"好。"红杉儿其实也没真的听懂这里面的子丑寅卯，只是觉得应该说好。"真没想到，水也有那么多的说法。"

杭天醉便来了劲，滔滔不绝起来："水，拿来泡茶，最要紧处，便是这几个字，你可给我记住了，一会儿我考你。"

"一是要清，二是要活，三是要轻，四是要甘，五是要树。听说过'敲冰煮茗'这个典吗？"

红衫儿摇摇头。

【作者简介】

王旭烽，1955 年生于杭州，1982 年毕业于浙江大学历史系，分配至《浙江工人报》任编辑，后调至中国茶叶博物馆。1998 年调入浙江省作家协会，专业写作。中国作家协会会员，中国国际茶文化研究会理事。现为浙江省茶文化学院教授。自 1979 年发表第一部独幕话剧《承认不承认》至今，已创作近 400 万字。主要作品有《春天系列》《西湖十景系列》《茶人三部曲》《饮茶说茶》《杭州史话》，大型电视片《浙江七千年》《话说茶文化》(主撰稿)等。其中《南方有嘉木》曾获全国"五个一工程奖"。

【赏析】

本书是中国第一部反映茶文化的长篇小说，第五届茅盾文学奖获奖作品。

故事发生在绿茶之都的杭州，忘忧茶庄的传人杭九斋是清末江南的一位茶商，风流儒雅，却不好理财治业，最终死在烟花女子的烟榻上。下一代茶人叫杭天醉，生长在封建王朝彻底崩溃与民国诞生的时代，他身上始终交错着颓唐与奋发的矛盾。有学问，有才气，有激情，也有抱负，但优柔寡断，爱男友，爱妻子，爱小妾，爱子女……最终"爱"得茫然若失，不得已向佛门逃遁。杭天醉所生的三子二女，经历的是一个更加广阔的时代，他们以各种身份和不同方式参与了华茶的兴衰起落的全过程。其间，民族，家族及其个人命运，错综复杂，跌宕起伏，茶庄兴衰又和百年来华茶的兴衰紧密相连，小说因此勾画出一部近、现代史上的中国茶人的命运长卷。

"西湖龙井虎跑水"，被誉为西湖双绝。古往今来，凡是来杭州游历的人们，无不以能身临其境品尝一下以虎跑甘泉之水冲泡的西湖龙井之茶为快事。历代的诗人们留下了许多赞美虎跑泉水的诗篇。

如苏东坡有："道人不惜阶前水，借与匏尊自在偿。"清代诗人黄景仁(1749—1783)在《虎跑泉》一诗中有云："问水何方来？南岳几千里。龙象一帖然，天人共欢喜。"诗人是根据传说，说虎跑泉水是从南岳衡山由仙童化虎搬运而来，缺水的大慈山忽有清泉涌出，天上人间都为之欢呼赞叹。亦赞扬高僧开山引泉，造福苍生功德。

不仅如此，虎跑泉周围还有着迷人的自然景色与人文景观，既能够遍赏名山，赏观名泉，又可踏访名寺，拜见名僧。山间的虎跑寺如今已成为具有江南特色的家里园林。叠叠石山，金桂满院，充满了虎虎生气。此外，滴翠崖、弘一法师塔、济公殿、济颠塔院等也早已成为当地人文名胜，为众人所钟爱。

【例文五】　　　　　　　　　　**狼图腾(节选)**

姜戎

三人登上一片高坡，远处突然出现几座绿得发假的大山。三人路过的山，虽然都换上了春天的新绿，却是绿中带黄，夹杂着秋草的陈黄色。可远处的绿山，却绿得像是话剧舞台上用纯绿色染出的布景，绿得像是动画片中的童话仙境。乌力吉扬鞭遥指绿山说：要是去年秋天来，走到这儿看到的是一座黑山，这会儿黑灰没了，全是一色儿的新草，像不像整座山都穿上绿缎子夹袍？三匹马望见绿山，全都加速快跑起来。乌力吉挑了一面坡势较缓的草坡，带两人直插过去。

三匹马翻过两道山梁，踏上了全绿的山坡。满坡的新草像是一大片绿苗麦地，纯净得没有一根黄草，没有一丝异味，草香也越来越浓。闻着闻着，毕利格老人觉得有点不对头，

21世纪应用型精品规划教材·旅游管理专业

低头仔细察看。两条狗也好像发现猎情，低头闻，小步跑，到处乱转。老人弯下腰，低下头，瞪眼细看马蹄旁半尺多高的嫩草。老人抬起头说：你们再仔细闻闻。陈阵深深地吸了一口气，竟然直接闻到了嫩草草汁的清香，好像是在秋天坐在马拉打草机上，闻到的刀割青草流出的草汁香气。陈阵问道：难道有人刚刚在这儿打过草？可谁会上这儿来打草呢？

老人下了马，用长马棒扒拉青草，细心查找。不一会儿，便从草丛下找出一团黄绿色的东西，他用手捻了一下，又放到鼻子下面闻了闻说：这是黄羊粪，黄羊刚才还来过这儿。乌力吉和陈阵也下了马，看了看老人手中的黄羊粪，春天的黄羊粪很湿，不分颗粒，挤成一段。两人都吃了一惊，又走了几步，眼前一大片嫩草像是被镰刀割过一样，东一块，西一片，高矮不齐。

陈阵说：我说今年春天在接羔草场没见着几只黄羊，原来都跑这儿来吃好草了。黄羊吃草真够狠的，比打草机还厉害。

乌力吉给枪膛推上子弹，又关上保险，轻声说：每年春天黄羊都到接羔草场跟下羔羊群抢草吃，今年不来了，就是说这片新草场的草，要比接羔草场的草还要好。黄羊跟我想到一块儿去了。

毕利格老人笑眯了眼，对乌力吉说：黄羊最会挑草，黄羊挑上的草场，人畜不来那就太可惜了，看来这次又是你对了。

乌力吉说：先别定，等你看了那边的水再说。

陈阵担心地说：可这会儿羊羔还小，还走不了这么远的道。要是等到羔子能上路迁场，起码还得一个月，到那时候，这片草场早就让黄羊啃光了。

老人说：甭着慌，狼比人精。黄羊群过来了，狼群还能不过来吗？这季节母黄羊下羔还没下完呢，大羊小羔都跑不快，正是一年中狼抓黄羊的最好时候，用不了几天，狼群准把黄羊群全赶跑。

乌力吉说：怪不得今年牧场羊群接羔的成活率比往年高，原来青草一出来，黄羊群和狼群全来这儿了。没黄羊抢草，又没多少狼来偷羔子，成活率自然就高了。

陈阵一听有狼，急忙催两人上马。三匹马又翻过一道小山梁，乌力吉提醒他留神，翻过前面那道大梁，就是大草场。他估摸狼和黄羊这会儿都在那里呢。

快到山梁顶部的时候，三人全下了马，躬着腰，牵着马，搂着狗的脖子，轻步轻脚地向山顶上几礅巨石靠过去。两条大狗知道有猎情，紧紧贴着主人蹲步低行。接近岩石，三人都用缰绳拴住马前腿，躬身走到巨石后面，趴在草丛中，用望远镜观察新草场的全景。

　　陈阵终于看清了这片边境草原美丽的处女地，这可能是中国最后一片处女草原了，美得让他几乎窒息，美得让他不忍再往前踏进一步，连使他魂牵梦绕的哥萨克顿河草原都忘了。陈阵久久地拜伏在它的面前，也忘记了狼。

　　眼前是一大片人迹未至、方圆几十里的碧绿大盆地。盆地的东方是重重叠叠，一层一波的山浪，一直向大兴安岭的余脉涌去。绿山青山、褐山赭山、蓝山紫山，推着青绿褐赭蓝紫色的彩波向茫茫的远山泛去，与粉红色的天际云海相会。盆地的北西南三面，是浅碟状的宽广大缓坡，从三面的山梁缓缓而下。草坡像是被腾格里修剪过的草毯，整齐的草毯上还有一条条一片片蓝色、白色、黄色、粉色的山花图案，色条之间散点着其他各色野花，将大片色块色条，衔接过渡得浑然天成。

　　一条标准的蒙古草原小河，从盆地东南山谷里流出。小河一流到盆地底部的平地上，立即大幅度地扭捏起来，每一曲河弯河套，都弯成了马蹄形的小半圆或大半圆，犹如一个个开口的银圈。整条闪着银光的小河宛若一个个银耳环、银手镯和银项圈串起来的银嫁妆；又像是远嫁到草原的森林蒙古姑娘，在欣赏草原美景，她忘掉了自己新嫁娘的身份，变成了一个贪玩的小姑娘，在最短的距离内绕行出最长的观光采花路线。河弯河套越绕越圆，越绕越长，最后注入盆地中央的一汪蓝湖。泉河清清，水面上流淌着朵朵白云。

　　盆地中央竟是陈阵在梦中都没有见过的天鹅湖。望远镜镜头里，宽阔的湖面出现了十几只白得耀眼的天鹅，在茂密绿苇环绕的湖中幽幽滑行，享受着世外天国的宁静和安乐。天鹅四周是成百上千的大雁、野鸭和各种不知名的水鸟。五六只大天鹅忽地飞起来，带起了大群水鸟，在湖与河的上空低低盘旋欢叫，好像隆重的迎新彩队乐团。泉湖静静，湖面上漂浮着朵朵白羽。

　　在天鹅湖的西北边还有一个天然出口，将湖中满溢的泉水，输引到远处上万亩密密的苇塘湿地里去了。这也许是中国最后一个从未受人惊扰过的原始天鹅湖，也是中国北部草原边境最后一处原始美景了。陈阵看得痴迷，心里不由一阵阵惊叹，又掠过一丝担忧。一旦人马进驻，它的原始美很快就会消失，以后的中国人再也没有机会欣赏这样天然原始的处子之美了。陈阵想如果边防公路通过他趴伏的地方就好了，这才是真正应该划为禁区的地方。

【作者简介】

姜戎原名吕嘉民，姜戎是笔名，汉族，1946 年 4 月生于北京，籍贯上海。

曾任中国劳动关系学院教师。主业：政治经济学，偏重政治学方面。1967 年自愿赴内蒙古额仑草原插队。1978 年返城。1979 年考入社科院研究生院。作品《狼图腾》：1971 年起腹稿于内蒙古锡盟东乌珠穆沁草原。1997 年初稿于北京。2003 年岁末定稿于北京。2004 年 4 月出版，后凭此作荣登"2006 第一届中国作家富豪榜"。2015 年 2 月，由法国导演让·雅克·阿诺执导拍摄的电影版《狼图腾》上映，引发热议。

【赏析】

这是一本优秀的小说，描述了大草原上腾格尔地区的人民群众的生活。作为一名北京知青，他自愿到内蒙古边境的额仑大草原插队，长达 11 年。直到 1979 年考入中国社会科学院的研究生院。在草原，他钻过狼洞，掏过狼崽，养过小狼，与狼战斗过，也与狼缠绵过。并与他亲爱的小狼共同患难，经历了青年时代痛苦的精神"游牧"。蒙古狼带他穿过了历史的千年迷雾，径直来到谜团的中心。是狼的狡黠和智慧、狼的军事才能和顽强不屈的性格、草原人对狼的爱和恨、狼的神奇魔力，使姜戎与狼结下了不解之缘。狼是草原民族的兽祖、宗师、战神与楷模；狼的团队精神和家族责任感；狼的智慧、顽强和尊严；狼对蒙古铁骑的驯导和对草原生态的保护；游牧民族千百年来对于狼的至尊崇拜；蒙古民族古老神秘的天葬仪式；以及狼嗥、狼耳、狼眼、狼食、狼烟、狼旗……有关狼的种种细节，均使作者沉迷于其中，写出了这部有关人与自然、人性与狼性、狼道与天道的长篇小说。

第二节　旅游视角下报告文学名篇导读

一、报告文学

报告文学是一种介于新闻报道和文学作品之间的文学样式，它的基本特征是新闻性、文学性，是用文学手段处理新闻题材的一种文体，叙写现实生活中确实存在的先进人物，反映多彩多姿的生活，揭露为人们嗤之以鼻的丑恶事物。特点是真实，艺术加工，形象性，抒情性。报告文学是一种在真人真事基础上塑造艺术形象，以文学手段及时反映现实生活的文学体裁。

根据茅盾先生的解释是：报告文学是散文的一种，介乎于新闻报道和小说之间，也就是兼有新闻和文学特点的散文，要求真实，运用文学语言和多种艺术手法，通过生动的情节和典型的细节，迅速地，及时地"报告"现实生活中具有典型意义的真人真事，往往像新闻通讯一样，善于以最快的速度，把生活中刚发生的事件及时地传达给读者大众。题材即是发生的某一件事，所以"报告"有浓厚的新闻性；但它跟新闻不同，因为它必须充分地形象化。必须将"事件"发生的环境和人物活生生地描写出来，读者便如同亲身经验，而且从这具体的生活图画中明白了作者所要表达的思想。(茅盾《关于报告文学》)简单地说，报告文学就是运用文学艺术形式真实、及时地反映社会生活事件和人物活动的一种文学体裁，具有"文学轻骑兵"的作用。特征是写真纪实报告文学兼有文学性、新闻性和政论性三种特点。

报告文学与小说有类似之处，但二者又是完全不同的文体。美国有"非小说文学"或"非虚构文学"，与报告文学相似。这说明报告文学在表达方法上是类似小说的。但是，它和小说相比，要求严守真实性原则，不能虚构，所有的艺术概括与加工，都不能违犯真实性的原则。

二、旅游视角下报告文学名篇导读

【例文一】　　　　　　　　向往希腊

杨澜

拜惯了菩萨的中国人第一次见到裸体的维纳斯雕像时，一定吃惊不小。这个爱琴海国家的传统——什么公民、选举之类，与我们君权天授的历史毫不相干，想必也使常常自以为是世界中心的中国人有些恼火。更有甚者，原来整个西方文明都跑到希腊去认祖归宗，这马上就让我们这个东方文明的领袖有了对立情绪。

但是希腊也没碍着我们什么，它既没有向我们输入过鸦片，也没有逼过我们割地赔款，其实，它的命运比近代中国还要可怜：从亚历山大的罗马帝国时代到第一次世界大战结束的近两千年中，希腊压根儿就没有独立过。罗马人、东哥特人、威尼斯人、土耳其人轮流坐庄，"二战"期间德军又是这里的实际统治者。

希腊的时运如此不济，倒让富有同情心的中国人顿时软了心肠。再端详希腊的那些健美的神像，就觉得并不那么面目可憎了；甚至还发现了人家的一些优点：当我们祖先用金

21世纪应用型精品规划教材·旅游管理专业

丝楠木支撑的宫殿在岁月中腐蚀殆尽时，希腊那些古老的神庙却依然屹立——毕竟，它们是用石头做的。

在我看来，不论后人在东西方文明比较上如何借题发挥，任何一种文明原本都是值得敬重的，我们完全没有必要在表态之前，先拿来与自家的文化比个山高水低。正如美国有句谚语："苹果是苹果，橘子是橘子。"

我向往希腊,是因为它的不同。

当我带着一脑子希腊神话和荷马史诗兴冲冲地来到雅典时，却大失所望，整个城市被毫无特点的不高不矮的灰色水泥楼房所覆盖,实在平庸得很；卫城山上的雅典娜神庙前游人如潮,在烈日当空的夏季，更添了烦躁。加上神庙正在维修，俊美的石柱被脚手架东遮西拦，顿失风雅。我只好匆匆拍了一张纪念照，表示到此一游——其实拍给谁看呢？反正不是给自己，倒像是为了以后向别人炫耀似的。

记得一位法国朋友对我说，她一直很向往北京，但参观了故宫、十三陵之后，却觉得不如想象中的好，于是大呼"距离是美的必要条件"。我在雅典也有同感：这里名声最盛的古迹早已被现代商业所包围，而在号称国宾级的饭店大堂内，我却从已经磨破褪色的沙发绒垫上知道了什么是"历史悠久"。想想也不奇怪，我们曾接触的有关古城的电视片、照片、文字之类都力图从最佳角度刻画最佳形象，又加上我们至善至美的幻想功夫，怎么经得起例行公事式的走马观花呢？我不禁空前怀疑起旅游的意义来。

雅典的朋友劝我别失望。他们说："想看真正的希腊吗？那得上爱琴海。"

我听了他们的话。

看过爱琴海的蓝色，便觉得其余的海域总有些混混沌沌，不清不楚。这里全是岩石海岸,所谓的沙滩也全是粗大的石柱，绝少泥沙，所以数米深的海水都是晶莹剔透的，可以看见鱼儿在游。再往深处去，重重叠叠的海浪尽情地把天光吸纳、摇匀，酿成不透明的极纯的湛蓝色，似乎还有了黏稠感，让人只觉得心神随之荡漾起来，才明白了荷马把爱琴海形容成"醇厚的酒的颜色"，是多么受用。在这水如酒的海域里，我一天比一天沉醉：Mykanos岛上的高大风车和悠闲的塘鹅，让我愉快轻松得几乎懒散；Crete岛上绚丽的壁画和险要的古堡，让我在长吁短叹中肃然起敬；而最让我难忘的是 Delos 岛和 Santorini 岛。

Delos 岛很荒凉，荒凉到在这个几十平方公里的岛上，除了两三个守岛的管理员外，无人居住。山脚下，曾经挺拔的太阳神阿波罗神庙坍塌了；山顶上，曾经辉煌的天后赫拉神庙只剩了一个平台；而在山坡上，数以百计的没有了房顶的石屋依然规整，宽阔的石街依旧洁净，半圆形的露天阶梯剧场依然随时可以接纳五百位观众。公元前七世纪前后，Delos 是爱琴海各共和国的贸易中心。

当年的 Delos 海港中，商船云集，好不热闹，每年葡萄丰收之时，周围各岛居民纷纷来此聚会，祭奠神灵，饮酒看戏，通宵达旦，但好景不长，一次罗马人来袭，守岛的希腊将士全军覆没。杀红眼的罗马人还不罢休，竟把岛上四万余平民百姓砍杀殆尽。一时间哭声震天、血肉横飞，大概是因为杀人太多，连强悍的罗马人也不敢在岛上久留。于是，盛极一时的 Delos 成了无人区，岛上血腥腐败的气味经年不减，过往船只躲之还嫌不及，岂敢停靠？

这一荒，就是两千多年。

断剑残骸都已化作泥土，冤魂游鬼今日何处安家？Delos 是有名的风岛，昔日民房的门窗都很狭小。当强劲的海风穿过这些门窗的时候，便发出奇异的鸣咽声，让人心寒。没膝的荒草长得很茂盛，成片的石柱、石果从草丛中探出半截身子，白森森的，凄凉得很。我被这荒凉的岛震慑住了，不敢放大声音说话，脸也被风吹得生疼。在一派冷清败落中，我找到了五尊五官完好的石狮子(据管理员讲，原本共有九尊，有四尊已损坏)。它们昂首伫立，同真狮子一般大小，都是母狮的样子。它们流线形的身材，经两千年风雨的冲刷后，依然圆润流畅。饱满的头颅上，五官已模糊不清，但镇定稳健的气韵犹存，一副凛然不可侵犯的神情。

起初，我责怪粗心的希腊人把这无价的国宝丢在这荒岛上不管，但管理员告诉我，这些石狮的造型极富力学原理，若非人为原因，不易破损，再说，它们是这岛的标志，如果把它们搬走，Delos 就真的没有一点生气了。顿了一下，他继续说道："别看我们住在岛上，但不过是客人，它们才是这岛的主人。"

离岛上船的时候，我走在最后。回头望望这巨大的废墟，心中竟不再害怕：那五尊坚强而温良的石狮，一定会把 Delos 镇守得好好的。

文明诞生了，也坍塌了，但有过这么一次就够了，让后世永远有了参照的内容。人，曾不懈地尝试各种长生不老的方法，没想到，却在自己雕刻的石头中得到了永生。

Santorini 与 Delos 可以说是完全相反。这座岛相传是一古大西洋国在火山爆发沉入海底后仅存的一部分。每隔半个世纪左右，岛就要经历一次毁灭性的地震。最近一次发生在 50 年代。按理说，这该足以使 Santorini 成为荒岛了。但奇怪，人们撤走了，又回来了；房子倒塌了，又重建起来了。人们忙碌快乐得同对大自然的咒语充耳不闻。对比 Defos，天灾

21世纪应用型精品规划教材·旅游管理专业

和人祸，究竟哪一个更可怕呢？

　　Santorini 的主城在三百米高的峭壁上，一色纯白平顶民房不紧不慢地散落开去，远远望去，像是从蓝天上泻下的一抹流云。曲曲折折的山路上，有成对的骡马载着游人缓缓上行。每到峰回路转之处，这些牲畜也懂得在拐角处停留片刻，让我们这些外地人对着周遭的景色大惊小怪一番。驮客上山这一行，骡子们干得习惯了，大抵也知道了一些旅游心理学。只是如果遇上了体态肥硕的游客，骡子们也懂得避重就轻，竟会远远地躲开去，直到它们的主人生气了吆喝着它们过来，才老大不情愿地靠上前来，嘴里还喷着气。任何一位登上 Santorini 山顶的人都会精神一爽。这里几乎只有两种颜色：蓝色和白色。前者是无染的海与天，后者是无尘的屋与街。在这蓝与白的世界里，我惊讶于希腊民居的简朴。

　　那是简单的立方块的组合：平顶、直墙。墙的外壁很粗糙，好像岛上的泥瓦匠很粗心，从未抹平过；岛上风也不小，所以门窗都用实心木板钉成，平平常常的两片，小而结实，板面也没有刨光。种花呢，也只挑了最平凡的那几种，大大咧咧地种在半人高的粗陶罐里，任凭灿烂的小花爬满不高的墙头。

　　希腊人也有讲究的地方：那就是颜色的纯正。教堂的圆顶与住家的门窗全漆成天蓝色——和爱琴海的颜色又有什么不同呢？漆就漆吧，怎么好像用了同一种颜料，岛东岛西，深浅没有一点区别？或许是大家商量好了，干脆就拿大海做了共同的参照？还有各家墙壁的白色，纯得像阳光过滤的。稍有褪色，就会有人调了浓浓的白灰，漫天漫地地抹上去，直到雪亮如新。就连石板路缝隙，也被涂成同样的白色。我眼见一个人抱着一桶白浆，跑在街口，用窄刷子细心地描抹，不让一点白色溅上石板，真比油画家还认真。

　　这样单纯的颜色，这样朴素的民房，若是零星地散落在红墙金瓦间，一定会显得寒酸；但它们在 Santorini 连成一山、一岛，映着同样纯净的海水和天空，便有了说不出的清爽。因为不少人家依山而居，房屋高低错落，所以邻居的阳台就成了自家的屋顶；自家的石梯又成了另一位街坊的阴凉。窄巷中有或浓或淡的灰色的影子，是两边住户半开半合的门窗投下的。在这高低错落中，周围的景致显得气韵生动，毫无单调呆板之嫌。

　　我就在这极端透彻洁净的环境中，明白了希腊人创造出健康而雅致的文化来，并不是件什么奇怪的事。

　　坐在橄榄树下，眺望海的尽头，琢磨着潮涨潮落，哲学家便有了；欣赏着海风中衣裾飘飘的妻子，望着健壮活泼的儿女，而把神仙雕成他们的模样，雕塑家便有了；守着沃土，生活不算太艰难，于是几位老哥，一边饮酒，一边添油加醋地大谈英雄的故事，还不过瘾，就找来俊美的少年，让他们当众演示，从而有了剧场和戏剧，也颇为自然；至于有了剩余的精力，想把肌肉在和煦的地中海阳光中展示一下，与远近各岛的同龄人比试掷远和较力，或是为了纪念一个战士，而去跑他曾跑过的距离(马拉松)，也就不是什么巧合了。

在我看来，希腊文明的美来自和谐。而和谐的文明就在这和谐的自然中产生。真正的文化传统，决不仅仅存在于考古上的意义，它更是一种已完全融入百姓生活的心情和态度。

这才是我真正向往的希腊。

【赏析】

希腊共和国位于巴尔干半岛的东南端，三面临海，国土的四分之三都是山地，海岸长达 12 000 公里。希腊面积为 131 944 平方公里，包括希腊本土、爱琴海和爱奥尼亚海中的诸多岛屿。希腊的地貌具有多样性，无数的山脉，一望无际的平原，珍珠般的海港。希腊是欧洲的文明古国，2700 多年前就开始有文字记载的历史。希腊悠久的历史和独特的地中海自然风光吸引着全世界的游客。 希腊不仅是西方文明的摇篮，还蕴藏着丰富和珍贵的历史遗产。这些历史遗产具有无可比拟的历史价值。希腊建立了现代哲学、数学和科学体系的基础，在艺术、工程方面也对世界贡献很大。古希腊的文明对西方文化和世界文化的发展也起到了不可估量的作用，此外希腊对民主的建立和发展及西方价值观方面也有很多的贡献。

【例文二】　　　　　西北走笔之二大漠魂

郑世隆

那片绿色总是闪耀在我的眼前：葱茏茂盛的、蓬蓬勃勃的。

它是像巨人般站在腾格里那吞噬一切生命的沙龙脚下的；它是用生命的波涛激荡出的笑声，蔑视着死亡的。

那片绿色清晰地呈现在我的眼前……

越野车穿过喧闹的武威市区，驰过弯弯曲曲的公路，拐进一段狭窄坎坷的土道。于是，悄悄向这城市袭来的腾格里沙漠，兀地闯入眼帘。但见连绵起伏的沙丘，从遥远的天际边，成群结队、挤挤撞撞地雇集在一起，向那"银色的城市"窥视着，试图一口吞下横亘在它脚前、阻挡它肆虐的绿。几乎就在同时，举目眺去，一场殊死的鏖战正在这里进行。啊，那绿阵冲上去了，像汹涌的海潮，像迅疾的旋风，把一杆杆红色的、粉色的、黄色的旗帜，插到敌阵中，插在那沙龙弓起的脊背上。他们的队伍是多么浩荡呀，偎着蓝天，扶着流云……

21世纪应用型精品规划教材·旅游管理专业

倏尔之间，我那被惊颤了的思绪，又回到现实中来：这些无畏的战士，原来是一棵棵挺立在沙海上的杨与松！那些色彩缤纷的战旗，是沙蒿、花棒、梭梭儿竞放着的花蕾！

在这生机与死亡、希望与毁灭拼搏的战阵里，在那飞扬着绿色呐喊的队列中间，向我走来一个身影，这队列里的普通一兵——

它是一棵杨，还是一棵松？

它是一株芨芨草，还是一株沙蒿？

不，他是一个活生生的人，是一个浑身泛着沙味儿、草味儿、土味儿的庄稼汉，财税林场的场长老龚。在这赤日炎炎的中午，他热情地握住我的手，使我那颗燥热的心，顿然碰到了一片沁凉。

老龚的个头，比他的"士兵"矮了许多。他穿着肩膀披满沙粒的蓝制服，稀疏的头发泛着银毫。那满脸的笑纹儿，映出了这位老武威人透明坦荡的心地。他老了，五十都出头了吧，但身子骨挺硬朗。我夸他好体格，好精气神儿，他答得脆："那是因为在这里滚爬了十几个年头哇，叫风刮的，叫沙子磨的！"他一边笑着，迈着大步踏上沙丘，那双穿着布鞋的大脚片子，不由得使人联想起沙漠之舟骆驼的足印。好像这方圆数十里的"沙漠公园"的每一寸土、每一棵树、每一粒沙，他都抚摸过，捧吻过，跋涉过。

我这么问他，他又嘿嘿地朗笑起来："你没说错！过去这儿寸草不生，只有沙娃娃(蜥蜴)满地跑。你瞅，它们跑得多活脱，翘着小尾巴，后腿儿不点地，飞哩！如今，这些小东西也能在树根底下乘凉了。腾格里这一角呀，硬是凭着林场工人的志气，在上面画上了好看的画儿。瞧见那片葡萄苗了吗？都争着往上蹿呢！来年，这里是紫灯笼绿叶扶，沙地上瓜果香。一会儿到屋里去，我杀几个瓜叫你尝尝，保你吃了甜醉，醉个颠倒！"

好个老龚，说得多么绘声绘色。他身上的文学细胞，在这干旱的沙漠里简直涨满了灵感的甘露。俗话说，沙地瓜甜，可老龚的话更甜，甜得钻心，甜得醉人！他爱林场，疼林场，像个母亲，一见了自己的孩子，就有那述不尽的衷肠。

是呀，林场工人是有着母亲的经历、母亲的情怀的。那是因为他们在炎沙漠野里，曾用头上的青丝蘸着面庞红润的肤色，写下了光荣的历史。在祖国的"三年困难时期"，他们，一群有着豆蔻年华的姑娘和小伙子，为了给大西北戈壁涂上一抹绿，勒紧腰带，忍着饥寒，在这儿扎下帐篷。他们从几十里外的河滩挑来水，跪在烫膝的沙砾上，用干裂的手，捧着小铁桶，把水，也把心血一同浇下去。沙窝喝美了，乐滋滋地嚷着，还要再喝一口，再喝一口！他们的肚子饿得辘辘地叫呀，还要绊绊跌跌地奔向河滩……几多春秋，那沙窝里开始溢出一汪新绿，像胚胎般孕育出了小生命。林场工人高兴得围在那细嫩的小树苗前，瞅呀，瞅呀，热滚滚的泪珠，不知啥时也和在水里浇下去……

我看着挺立在林海间的老龚，敬仰之情跳在心坎。他笑得多美，那眼角边泛动着的鱼尾纹儿，一条条、一道道，都辉映着人生拼搏精神的光华。

在林场里转了好长时间，老实说，我的脚脖子都走得转筋了，真想蹲在树荫底下歇口气。何况老龚那杀瓜的许诺又那么强烈地吸引着我。可是，老龚，这位长者，却越走越有劲，越说兴越浓。相比之下，好像倒比我还年轻了十岁，龚场长可是个细心的人哩，似乎看出了我那想头，把我又领到一片树荫里，登上一个沙坡，忽听机声震耳，流水叮咚，只见在骄阳下升腾着缕缕热流的大漠之上，豁然呈现出一个新月形的大湖！顿时，眼前的景象惊得我张大嘴巴，竟觉舌头也短了半截儿！难道是遇见了奇妙的海市蜃楼了吗？抑或是挽着飞天仙子的玉腕，飞到了敦煌那碧波倾荡的月牙泉边？

"哈哈！这是我们林场新挖掘的沙漠游泳池！"老龚笑得直摸下巴颏儿，"到了明年夏天，这里更好看哩：蟠桃树绿了，各种花开了，在荫凉下摆好茶座，在池边撑起太阳伞，配上人们红的绿的游泳衣，那美，还不成了瑶池仙境！怕天宫王母、蓬莱八仙不快快地奔来？咱园里那蟠桃，怕不馋坏了孙猴儿！"

这话，神了！在沙上飞窜的沙娃娃不动了；池边咕嘟咕嘟冒水的龙头没了声音，飞扬的打夯机停止了鸣响——老龚的心胸如海哇，他吐出的，简直是令人振聋发聩的涛声！

在招待所庭院那雕梁画栋的大漠亭下，我尝到了主人端来的大西瓜。这瓜，圆大，碧绿，花皮，个个儿都有七八斤重。牛耳尖刀只消轻轻地在皮上一碰，咔崩一声，它们就咧开嘴朝你笑了。我捧起一牙儿瓜，看那红殷殷瓤上，嵌着黄嘟嘟的瓜子，沁着含蜜欲滴的瓜汁儿，骤然间觉得它的分量忒重，那是一颗颗心在跳，一滴滴汗在淌呀！而这用血汗凝结成的果实，都被主人带着微笑，怀着虔诚，无偿地奉献给了他人！

大家正在亭下促膝畅谈着，不知啥时，老龚的身影消失了，原来他为改良树种的事，主持一个现场会去了。

我的眼前不禁又浮现出他的身影，仿佛看见，在晚霞中，他迈着矫健的步子，走入浩瀚的绿色中，和那么多树木花草搂抱在一起。哦，那绿色的事业啊，时时萦绕着这位老兵的魂！院外，林涛发出了深沉的欢呼，那是在向他招手吧？热切地欢迎着他们中的一员……蓦然间，我的心扉为之一开，我明白了，真切地明白了：千古大漠啊，正因为注入了林场工人崇高的灵魂，才有了那葱茏茂盛的绿，才焕发出蓬蓬勃勃的生机。

21世纪应用型精品规划教材·旅游管理专业

西北走笔之三翡翠海

郑世隆

一出武威县城，吉普车就开足马力，沿着古丝绸之路西行。河西走廊那堆金砌绿的庄稼院和纵横交错的灌渠，被呼呼地甩在车后。放眼望去，南面是巍峨绵延的祁连雪峰，北面是幻若雾霭的焉支山脉。前方，茫茫戈壁接连着无垠的蓝天。长城断垣和古烽火台，宛如沉浮在海面上的岛屿。我们乘坐的吉普车，恰似一叶小舟，在海上颠簸航行。将近中午，一轮如火的骄阳高悬在空中，小小的车厢里，暑气蒸腾，旅伴中有的打起盹儿来……忽觉一丝凉风拂面而来。猛睁眼，视野中跳出一片淡淡的绿。那是一处处被树木环抱着的村舍，一垄垄金灿灿的葵花，一汪汪覆着莲叶的涝池……同行的军区严干事告诉我们，已经进入古甘州张掖的地面了。

车子继续向前疾行，蓦然间，我们竟觉得周身裹在一片绿的世界里，令人回肠荡气的绿！那绿，湿润、透明、清澈，熠熠地映射着太阳的光华，似无数颗宝石在闪烁，滚动，卷起如茵的波浪。那是祁连山雪水喂养出的大片牧草，真像晶莹可爱的翡翠海！"金张掖，银武威"，此话果真不假。

隐约传来腾踏之声，过了一阵，便似有旋风呼啸而起。紧接着，蹄声杂沓，嘶鸣盈耳。我们连忙向车窗外张望，好家伙！几百匹翘首扬鬃的骏马，正从车旁蜂拥而过，像汹涌澎湃的巨流，汇向那碧波倾荡的绿海。最为壮观的是闪动在马群里的战士们，犹如惊涛骇浪中的艄公。手中挥舞的套马竿，似点波撑舟的长篙。军帽上的红星，在阳光下灿灿生辉，宛若闪耀在翡翠海中的红玛瑙！

啊！这就是我们向往已久的山丹军马场。三千多年前，祖先们就开始在这里养马。北魏、西夏、元等朝代，也都设置过皇家马营。这里是丝绸之路的咽喉，兵家必争之地。它界跨甘青两省，襟围山丹、永昌、肃南诸县，雄视瀚海，锁控金川。曾有歌云："失我胭脂山，使我妇女无颜色，失我祁连山，使我六畜不繁衍。"公元前 121 年，西汉骠骑将军霍去病出征河西，就在这里屯兵养马。1949 年解放大西北的炮声未停，毛主席就电示第一野战军总部："要完整无缺地将大马营马场接管下来。"从此，这块肥美的草原，回到了人民的怀抱……

多么辽阔的草原，多么丰盛的牧场！这儿水足草旺，翠绿葱茏，蜂飞蝶舞，繁花竞妍。在这绮旎的风光里，似乎透射出一股股扑面的热浪，不禁让人联想起李白那"虽居焉支山，不道逆雪寒"的佳句来。

接待我们的是一位彪悍的"老军马"，五十多岁，下巴颏上扎满刺谓般的胡茬儿。小而明亮的眸子里闪着喜悦的光。一见面就紧摸住我们的手："好哇！握笔杆儿的客人，欢迎你们来呀！"

他是老场长，当年解放战争枪林弹雨里的二等功臣。

老场长粗犷而有心计，他早就留意到我们总瞄着院子里的马，便走去牵过一匹臀上烙着"001"字样的种马来。

这就是驰名中外的山丹良种马。啊，多好的一匹马！这不就是唐彩神骏的模特儿吗？只见它通身水光油亮，像裹着青缎子。胸围宽阔，喷鼻犹如吐出朵朵白云。那圆大的四蹄，翻甩着的粗尾，能使人想象得出它腾踏云霓时的雄姿，勇敢的骑手跨上它，会嗖的一声，投向千里草原的怀抱。

"来，试试看！"老场长慨然邀请我们乘骑。大家一时面面相觑，哪敢轻易领受那追风踏燕，虎视八荒的壮福呢？

"不骑马，咋算到过山丹哟！"憨厚的主人无不惋惜地说。还是严干事解了"围"："老场长可是位呱呱叫的骑手呀，欢迎他表演骑术好不好？"

我们立刻鼓起掌来。老场长真爽快，只见他抓住缰绳，猛一垫步，左脚踩镫，右脚一迈，眨眼间身子便轻轻地落上鞍桥。他双腿一夹，嗖——！那骏马早已窜出十丈开外。一勒缰绳，那山丹神骏前蹄腾起，原地兜个急旋儿，长嘶一声，立定不动了。

大伙的眼睛都看直了。老场长，虎威不减当年；山丹马，果真名不虚传！

"山丹一号"是在蒙古马和顿河马杂交的基础上，经全场职工15个寒暑辛勤培育的硕果。严干事说，有关科研部门的专家、教授已作了鉴定，还正式把山丹马写入了《养马学》呢。

"老场长，如今场里养了多少匹军马？"有人问。

"海哩！十来万匹吧。"老场长滚鞍下马，身不摇，气不嘘，"一句话：'四化'需要多少，就供给多少！咱国家70%是山地，啥时候也离不了马。它的皮、肉、奶还有很高的经济价值。马奶里的维生素C，比牛奶要高9倍，肉味也鲜，含有亚油酸、亚麻酸，能使血管软化哩！……"嘿，没想到老场长如此博学！要不是那身戎装，真会让人以为他是位满腹经纶的学者！

扯起务马经，老场长的话匣子就关不住了。从马的产驹、喂养、成长、脾性，到疾病防治，都作了详细的介绍。光是当地适合马吃的草就说出几十种。什么紫花苜蓿、扁杆早熟禾、老芒麦、棱弧茅、小糠草……末了，又兴致勃勃地讲了阉马的情景。"那可是惊心动魄的场面！马的蛮劲儿哟，了得！十个壮汉也休想撂倒它。弄不好挨它一蹄子，就叫你仨月起不来炕……瞅见那牛角圈了吗？人站在墙头上，待它冲进三角形的圈栏，遇到顶尖儿死胡同，嘭！木板闸就把退路堵死了。好乖乖！它气得在地上翻滚撒野，以为谁也奈何不得。正着！大伙乘势一扑而上，捆住四蹄，嚓嚓嚓——哟！手术就干净利索地做完喽！……"

"听说192号下了双驹？"

"消息都上了《人民日报》，天下皆知！"老场长脸上的笑容像盛开着的银丝菊花，"活脱脱的一对孪生兄弟哟，一个高75公分，重50公斤；一个高73公分，重41公斤。同志们这个搂，那个亲，宠得就像对保育院摇篮里的奶娃娃……"老场长的神情，活似妈妈在亲昵地絮叨着自己的孩子。边说，边用他那双大手梳理着马鬃毛。那黧黑粗壮的手指，落得那么轻，抚得那么柔，每个细微的动作里，都浸注着无声的语言，深沉的爱。

晚上，主人为我们准备了别具草原风味的洗尘宴。小榆木桌上，旱獭肉肥得冒油，野鸡片烹得脆嫩，手抓羊肉喷香扑鼻……主人盛情，宾至如归，彼此举起醇烈的马奶酒，三杯下肚，红云拂面，话如小河……

"老场长，你对马的感情咋那么深？"严干事引出了我们所关心的话题。

"马救过我的命，"老场长一仰脖，干了杯中酒，讲述了在淮海战役中，有一次他身负重伤，战马在火线上把他驮回团指挥所的故事。"当然不光为这个，因为，我是一个兵呀，我的战斗岗位在这里！……"

"你是怎么到马场的呢？"

"解放那一年吧，"老场长一往情深地说，"我在后方医院养好了伤，组织上派我来军马场搞接管工作。接管接管，哈哈，这一'接'，便真的'管'起马来了。三十多年喽，一天离了马，我就受不了。"

说到对马的感情，严干事讲了下面一段故事：

15年前，老场长的妻子在河北老家生了个胖小儿，又赶上春节将临，便写信叫他回家看看，过个团圆年。中年得子，老场长那个喜悦劲儿，就别提了！进了家门，抱住小宝贝就是一顿亲，乐得他"小马驹，小马驹"地叫，把老婆弄得莫名其妙。当时，场里正培育"山丹一号"良种马，场部有个冒失鬼给老场长写了封信，把母马可能遇到难产的情况告诉了他。老场长得知信息，火烧火燎地坐不住了，说啥也要赶回场。大年初一，就登上了西去的列车……

"老场长，怪不得有人说你爱马胜过爱老婆孩子哩！"严干事笑嘻嘻说。

"贫嘴！"老场长笑吟吟地说，"不爱老婆孩子，咱还把他们弄到军马场来落户！驹娃子呀，来给你这位会说话的叔叔多添些酒！"

随着话音，从里间屋走出个半大小伙儿，壮壮实实愣头愣脑，通身牧马人的装束。这是老场长的儿子驹娃子，场里的知青牧马组组长。

"好哇，连接班人都带出来罗！老场长，你不想内地老家吗？"

老场长又饮了一个满杯，抹抹胡茬儿，说："想！咋能不想哩！……可这里也不错。山像画儿，水似蜜。到了夏秋，你就看吧，草场绿得像一片翡翠海，美哩！我想，应该让更多的宝马良驹从这翡翠海奔出去，把咱西北草原的绿，把马场的春色，带到全国各处……"

他说得多么动情，像诗！吃着手抓肉，喝着马奶酒，牧马人那质朴敦厚的气质，伴着草原浓浓的绿意，浸入心怀！像场长这样的"老军马"，场里不知有多少！在烽火连天的岁月里，他们骑马挎枪走天下，立下赫赫战功；如今"解甲归田"，仍老骥伏枥，壮心不已，默默地耕耘着戈壁瀚海。他们携着干粮，背着水壶，五冬六夏，饥餐渴饮，用汗水浇灌出肥美的牧草，把最好的军马奉献给人民……

新的一天开始了。老场长又率领一队队晨牧的战士，策马扬鞭，驰向辽阔的草场，驰向白云深处。我们的车子也沿着翡翠海里的航线——甘新公路继续西行。极目望去，牧马人头顶上的五星，像颗颗晶莹火红的心，在万顷碧波之上，闪动着点点光华……

习　　题

(一) 填空题

1. 小说有三个要素：_____，_____，_____。

2. 小说中的"旅游元素"是指作品中的人物在_____中进行位移，在_____中展开情节，使读者在接受过程中得到_____的体验。

3. 孙犁的短篇小说《荷花淀》中提到的湖泊_____是河北省最大的湖泊，淀是指_____。

4. 报告文学的基本特征是_____，_____，是用文学手段处理_____的一种文体。

21世纪应用型精品规划教材·旅游管理专业

(二) 单项选择题

1. 报告文学最大的特点是( )。

    A. 真实   B. 形象   C. 抒情   D. 新闻性

2. 小说反映社会生活的主要手段是( )。

    A. 故事情节的展开   B. 自然环境描写

    C. 社会环境描写   D. 塑造人物形象

3. 下列哪一部小说中主要人物的游历范围达到了当时人们所能想象的宇宙空间? ( )

    A. 《红楼梦》   B. 《水浒传》   C. 《三国演义》D. 《西游记》

4. 《老残游记》中"家家泉水,户户垂杨,比那江南风景,更为有趣"描写的是哪一座城市风景? ( )

    A. 北京   B. 济南   C. 洛阳   D. 天津

(三) 简答题

1. 简析小说与报告文学的相似之处和不同之处。

2. 读了报告文学例文"西北走笔",你对大西北留下了哪些印象?

(四) 综合题

1. 小说有哪些特点?自选一篇小说,从旅游视角进行赏析。

2. 报告文学有哪些特点?自选一篇报告文学,从旅游视角进行赏析。

第三篇

江苏旅游景点文学知识

【学习目标】

　　通过本篇的学习，可以了解江苏旅游资源的特征，知晓江苏著名景点与文学名家及文学名篇的关系，掌握江苏主要旅游景点的文学审美特征，具备用文学知识提高对旅游景点欣赏和解说的能力。

【关键词】

　　旅游景点　旅游诗词　山水　建筑　园林

案例导入

《三国演义》成就了无锡三国城

　　依名人小说、诗文创建景点，可形象化地再现小说中的人物、情节、思想。无锡三国城即是在 1990 年为中央电视台拍摄《三国演义》这部电视剧而建。1994 年对外开放，其中山坡桃园、曹营水寨、三江口吴营、甘露寺、吴王宫既依据小说描摹，又巧借太湖湖光山色佳景，形成逼真的古代水陆战场。这些景观的特点是，依据小说记载，恰当安排厅堂位置，栽培花木，并按照书中人物的喜好，充分发挥想象力，并依据汉代风俗特点进行内部陈设，虽然是"假作真时真亦假"，但毕竟使抽象的文字成为形象的实体，形成独特的旅游吸引力。

第九章　江苏山水类旅游景点文学知识

第一节　江苏山水旅游简述

　　江苏钟灵毓秀，有众多的山水类名胜，不仅从自然角度显得俊朗秀美，而且由于众多文学名家来此游历，也增添了文化上的魅力，闪耀着夺目的光彩。江苏山水旅游的发展，就是绚丽自然美景与深厚人文底蕴相结合相辉映的典范。

　　首先，从地理学角度分析，江苏山水的形成和发展具有优越的自然条件。江苏是个以平原为主，水域广阔的省份，平原和水面所占面积比例之高均为全国之冠。江苏地貌特点为海陆相邻，湖河密布，水网纵横，平原辽阔，山丘起伏，多低山秀岭。全省自然景观的特点是山水结合，以水见长。世界第三大河长江，横贯江苏，东流入海，水天一色，蔚为壮观。世界遗产京杭大运河的精华地段也在江苏，把太湖、长江、淮河等水系串联起来，与沿线的山城水郭相辉映，构成融江、河、湖、山和辽阔平原于一体的壮丽画面。

　　其次，江苏山水旅游文学是一个长期不断创造的过程，千百年来，江苏不仅出了众多的才学兼备之士，他们踏遍大江南北，赞美家乡的山水，也吸引了数不清的文人墨客、帝王将相、高僧大德在此登高望远，感慨咏叹。因此，江苏的山水景观中渐渐融入了丰富的历史文化内容。而今，随着大众旅游意识的觉醒和旅游业的快速发展，大量游客来到江苏的山水名胜，人们审美情趣的提高也促进了相应景观文化内涵的挖掘，以山水为表现对象的文学艺术更是得以彰显。从哲学意义上说，山水文化是人化的山水，是人的本质力量的对象化的结晶。而山水文学中无论是诗歌还是散文，都是人给自然打上了烙印，使山水得以人情化，因而更符合人们的审美需求。

第二节　江苏山水景点名篇导读

一、江苏山体景观文学名篇

1. 钟灵毓秀的紫金山

　　紫金山又称为钟山，位于江苏省省会南京。其像一条巨龙盘踞在南京东北郊，东西蜿蜿长 7 公里，南北宽 3 公里，面积 20 多平方公里。三峰并列，形如笔架，中间是主峰，名为北高峰，海拔 468 米，为宁镇山脉最高峰。因山上紫色页岩裸露，阳光照耀下，闪耀着紫色光彩，远远望去，如紫云升腾，故又名紫金山。可以说，这样一座"高峰"，在整体地势平坦的长江下游地区极具代表性，也成为南京的重要标志。

1) 王安石《游钟山》

<blockquote>
终日看山不厌山，　买山欲待老山间。

山花落尽山长在，　山水空流山自闲。
</blockquote>

王安石的这首绝句，是他所写《游钟山》四首绝句中的第一首。这首诗最突出的特色是在短短的四句二十八个字中，"山"字出现了八次，一个字在如此短小的篇幅中出现得如此频繁，在整个中国古典诗歌中是很罕见的。可以说，王安石正是借助于这个"山"的反复运用，不仅达到了回环反复的效果，在形式上取得了特殊的美感，而且在内涵上形成了特殊的意蕴。诗中的山有两座山，前两句所写的就是钟山本身。"终日看山不厌山"，似乎暗用了李白"相看两不厌，唯有敬亭山"的诗意。既然终日看都不厌烦，由此可见钟山是多么有魅力。第二句是用买山的行为来说明钟山的魅力，而"终待老"三字更加突出了这种魅力。诗的最后两句所写的山，那是一座进入了悠闲自在境界的山。山上的花全部凋零，山依然还是那座山，但是，它已经是一座精神得到了升华的山了，豪华落尽见真醇，皮毛落尽，精神独存。它就像一位得道的高人，去掉了所有的浮躁与华美，进入了神完气足，闲静自在的境界。这就更使诗人流连忘返了。

诗中连用了八个"山"字，显然不是随意的行为，而是有意的安排。八个"山"字在诗中形成了回环反复之美，而且对称中有错落，更有特殊的韵味。八个"山"字平均分配在四句中，每一句中都是两个"山"字。但是，前两句中的"山"字分别出现在句子中的不同位置上，没有一个位置相同，这就说明这两句是以错落为主，主要想造成一种形式上的变化。而后两句中的"山"字被安排在不同句子的同一位置上，使其构成了非常明显的对称，表现出一种形式上的对称之美。这样，前后的句子在句法上就有所区别，有所变化。所以，这首诗不论是从内容还是从形式来看，都可以说是极为出色的。

2) 孔稚珪《北山移文》

钟山之英，草堂之灵，驰烟驿路，勒移山庭。夫以耿介拔俗之标，萧洒出尘之想，度白雪以方洁，干青云而直上，吾方知之矣。

若其亭亭物表，皎皎霞外，芥千金而不眄，屣万乘其如脱，闻凤吹于洛浦，值薪歌于延濑，固亦有焉。

岂期终始参差，苍黄翻覆，泪翟子之悲，恸朱公之哭。乍回迹以心染，或先贞而后黩，何其谬哉！呜呼，尚生不存，仲氏既往，山阿寂寥，千载谁赏！

世有周子，隽俗之士，既文既博，亦玄亦史。然而学遁东鲁，习隐南郭，偶吹草堂，滥巾北岳。诱我松桂，欺我云壑。虽假容于江皋，乃缨情于好爵。

其始至也，将欲排巢父，拉许由，傲百氏，蔑王侯。风情张日，霜气横秋。或叹幽人长往，或怨王孙不游。谈空空于释部，核玄玄于道流，务光何足比，涓子不能俦。

及其鸣驺入谷，鹤书赴陇，形驰魄散，志变神动。尔乃眉轩席次，袂耸筵上，焚芰制而裂荷衣，抗尘容而走俗状。风云凄其带愤，石泉咽而下怆，望林峦而有失，顾草木而如丧。

至其钮金篇，绾墨绶，跨属城之雄，冠百里之首。张英风于海甸，驰妙誉于浙右。道帙长摈，法筵久埋。敲扑喧嚣犯其虑，牒诉倥偬装其怀。琴歌既断，酒赋无续，常绸缪于结课，每纷纶于折狱，笼张赵于往图，架卓鲁于前箓，希踪三辅豪，驰声九州牧。

使我高霞孤映，明月独举，青松落阴，白云谁侣？磵户摧绝无与归，石径荒凉徒延伫。至于还飙入幕，写雾出楹，蕙帐空兮夜鹤怨，山人去兮晓猿惊。昔闻投簪逸海岸，今见解兰缚尘缨。于是南岳献嘲，北陇腾笑，列壑争讥，攒峰竦诮。慨游子之我欺，悲无人以赴吊。

故其林惭无尽，涧愧不歇，秋桂遣风，春萝罢月。骋西山之逸议，驰东皋之素谒。

今又促装下邑，浪栧上京，虽情殷于魏阙，或假步于山扃。岂可使芳杜厚颜，薜荔蒙耻，碧岭再辱，丹崖重滓，尘游躅于蕙路，污渌池以洗耳。宜扃岫幌，掩云关，敛轻雾，藏鸣湍。截来辕于谷口，杜妄辔于郊端。于是丛条瞋胆，叠颖怒魄。或飞柯以折轮，乍低枝而扫迹。请回俗士驾，为君谢逋客。

《北山移文》是孔稚珪的代表作。孔稚珪，字德璋，会稽郡山阴县人，生于南朝宋文帝元嘉二十四年(447 年)，卒于南朝齐和帝中兴元年(501 年)。北山即钟山。孔稚珪生平不乐世务，而喜好诗文。移文是古代文书的一种，相当于现代的公开信，是用来表明自己的态度和谴责他人作风的一种文体。孔稚硅运用这种文体，假托北山山神的旨意，通过拟人手法，讥讽了那些表面清高而实际上贪图名利的假隐士的丑恶心态。此文全篇用拟人化的手法描写山中景物蒙耻发愤的心情，对山水草木的描写形象生动，语言精练华美，对仗工整，音韵和谐，而且富有浓烈的抒情韵味。作者让山林景物全体出动，而且让他们富有人的感

21世纪应用型精品规划教材·旅游管理专业

情，喜、怒、哀、乐，谈笑怒骂，揶揄嘲笑，矛头指向假隐士周颙，从而深刻揭露了士大夫们伪装清高实则苦心钻营、争名逐利的丑恶灵魂，具有深刻的批判意义和现实意义。此文是骈文，全篇以对偶句为主，基本上由四字句和六字句相配而成，而且用典精切，笔锋犀利，因此成为南北朝以来广为传诵的佳作。现代文学家钱钟书对此文曾有评价："以风物刻画之工，佐人事讥嘲之切，山水之清音与滑稽之雅虐，相得而益彰。"

2. 形势险固的北固山

北固山在镇江市中心以北 2 公里，横枕大江，石壁陡峭，山势险固，以此得名。北固山号称京口第一山，有三峰。前峰古称正峰，有东吴孙权所筑铁瓮城遗址，现建成烈士陵园；中峰古称北固峰，有明代所建的玄武殿，民国时拆建为气象台；后峰即北峰，为北固山主峰，海拔 58.5 米，为名胜古迹集中地，古甘露寺雄踞峰巅，为风景最佳处。庙虽不大，但因采取"以寺镇山"的手法建造，故有凌空飞阁之势。北固山许多古迹都与三国时"刘备招亲"的故事有关。

1）辛弃疾《南乡子·登京口北固亭有怀》

何处望神州？满眼风光北固楼。千古兴亡多少事？悠悠。不尽长江滚滚流。

年少万兜鍪，坐断东南战未休。天下英雄谁敌手？曹刘。生子当如孙仲谋。

辛弃疾是南宋著名爱国词人，他一生为抗金收复失地事业呕心沥血，词作中充满了抗金豪情和战斗精神，也充满了对国家前途的忧患和抗敌斗志遭压迫的苦闷。由于胸怀民族大业，放眼千古兴亡，传达豪情义愤，他的词豪放磅礴，沉雄悲壮，是宋词豪放派的代表。这首咏史词以三国旧事来抒发对时局的忧患，充分展示了辛词豪放的风格。

上阕首先一问一答："何处望神州？满眼风光北固楼。"词人登上高高的北固楼，放眼望去是美好的神州风光，这牵发了他的联想，思古之情油然而生，"千古兴亡多少事？悠悠，不尽长江滚滚流"，想到了国家的盛衰，千古的兴亡，正好比悠悠东逝的长江水，滚滚流不尽，令人惆怅感喟不已。这最后一句，化用了杜甫《登高》中"无边落木萧萧下，不尽长江滚滚来"的诗句，用得不落痕迹，贴切自然。

上阕是落笔眼前引遐思，下阕则纵怀远古寄豪情，"年少万兜鍪，坐断东南战未休"，"年少"指孙权，他继承孙策为吴国之主时年方十九，但已统率着数万军队，割据东南一方，连年抗击着敌人的进攻。"天下英雄谁敌手？曹刘"，这是用了《三国志》中的一个典故，曹操曾对刘备说："今天下英雄，唯使君(刘备)与操耳"，指只有号称天下英雄的曹刘才是孙权的对手。"生子当如孙仲谋"，"仲谋"是孙权的字，这又用了一个典故，《三国志》中曹操赞叹孙权"生子当如孙仲谋，刘景升儿子若豚犬耳"。此处赞叹孙权的雄才大略，实际上暗指类似东吴占据了江南半壁江山的南宋，没有出一个像孙权那样有雄才大略的英雄人物，今昔对比，令词人慕古伤今，忧患惆怅。

这首词时空纵横开阖，气势宏大，融典故入词，毫无斧凿印迹，寄情委婉深沉，与典故合而为一，达到很高的艺术境界。

2) 米芾《多景楼》

> 华胥兜率梦曾游，天下江山第一楼。
>
> 冉冉明廷万灵入，迢迢溟海六鳌愁。
>
> 指分块圠方舆露，顶矗昭回列纬浮。
>
> 衲子来时多泛钵，汉星归未觉经牛。
>
> 云移怒翼搏千里，气霁刚风御九秋。
>
> 康乐平生追壮观，未知席上极沧洲。

多景楼在北固山甘露寺内，背倚北固，北临大江，气势雄伟。始建于宋，几经兴废，现在的楼阁为今人仿制。北固山"江山之胜，烟云显晦，萃于目前"。宋代文人墨客多于其地游览，题诗作文，歌吟胜景，多景楼尤为登临之最。苏轼曾作《采桑子》词称其为"天下之殊景"，并刻石留念。米芾的《多景楼诗帖》即是在此地游览时为甘露寺禅师而作。

"米元章以书名，而词章亦豪放不群"(曾敏行《独醒杂志》卷六)。苏轼誉其"迈往凌云之气，清雅绝俗之文，超妙入神之字"(《与米元章书》)，世人"不独仰其翰墨，尤服造语之工"(何执中帖后跋语)。全诗以淋漓的笔墨渲染江山胜景，将神话与现实融为一体，豪言壮语与离奇意境相合无间，风格遒劲别致，格调不凡，堪为诗词的意境风格与书法的形式风格浑然一体的典范之作，非超凡功力而不能为之。"云移怒翼搏千里，气霁刚风御九秋"，这诗句是何等豪放！值得一提的是，这首诗的诗帖也是一副书法传世名作，笔法纵逸雄宕，刷掠奋迅，纵横曲直随心所欲，全凭神行。赏读此帖，诗的意境与书法的意象会不由自主地把人们的思绪带回到公元 10 世纪初一个萧飒之秋的多景楼，去领略当年老米挥毫赋诗时那"神游八极，眼空四海"的孤傲风神、放浪形骸与气干云霄的豪放气概。会当此情此景，即使是一个怯懦柔弱者也会顿添几分豪气。

3. 佛教名山栖霞山

栖霞山在南京城东北 22 公里处，濒临长江。山势略呈方形，形如一把张开的雨伞，古称"伞山"。南朝时因山中盛产当归、甘草、野参、茯苓等可以养生的药草，又名摄山。主峰凤翔峰，海拔 286 米。南京有"春牛首，秋栖霞"的说法，因为遍植枫树，秋天的栖霞山层林尽染，"栖霞红叶"远近闻名。主峰的西麓有始建于南朝齐永明七年(489 年)的栖霞寺，是江南佛教三论宗的发祥地。它与山东临清的灵岩寺、湖北当阳的玉泉寺、浙江天台的国清寺齐名，并称为"四大丛林"。

1) 王世贞《游摄山栖霞寺记》

余将以三月朔赴留都，而二月之廿六日抵京口，其明日荆侍御邀登北固山，又明日从京口陆行且百里，倦及龙潭驿。大雨，肩舆出没于危峰峭壁之址，与江相樛带而行，如是者凡二十里。雨益甚，江山之胜顾益奇，秀色在眉睫间，应接不暇，欣然忘其衫履之淋漉也。抵驿，与儿子骐及张生元春小饮。呼驿宰，问以摄山道，甚难之。谓："径险而受雨则泞，可无往也。" 余兴发，不可遏。质明起，遂取所向道。时晓色熹微，与霁色接，溪流暴涨，不绝声。然所过诸岭多童，至中四处，忽得苍松古柏之属，是为摄山。

趋驰道数百武，得寺曰栖霞。右方有穹碑，唐高宗所撰，以传明隐君僧绍者。隐君故栖此山矣，舍宅为寺，人主贤而志之。碑阴"栖霞"二大字，雄丽飞动，疑即唐人笔也。稍东，拾级而上曰山门，江总持一碑卧于地，拂而读之。复前为门，四天王所托宇焉。拾级复上，杰殿新构，工可十之八，而前庭颇逼侧。僧曰："未已也，是将广之，移四天王宇于山门，而加伟殿。"后拾级复上，为方丈。僧供起面饼、茵蔯、菌而甘，啖之至饱。饭已，与元春、儿骐由殿后启左窦而出，探所谓千佛岩者。其阳为石塔，塔不甚高，而壁金刚力士像于四周，颇巧致。此塔隋文皇所建，以藏舍利者也。文皇遇异尼，得舍利数百颗，分树塔以藏之，凡八十三州，所遣僧及守臣争侈言光怪灵异以媚上。而蒋州其一也，盖其时建业以蒋子文故降从蒋云。 塔左圆池，一泉泓然满其中，石莲花蹙沸而起。僧雏咸资汲焉，曰品外泉。兹泉陆羽所未品也。千佛岩独隐君子仲璋所镌无量寿佛像可耳，观音大势至已不逮其他，若文惠太子、豫篇、竟陵王千像，皆刊损天趣，以就人巧，使斗拔奇峭之态，泯没不复可迹。且所谓佛者，一而已，何千之有？循千佛岩沿涧而进，迤逦不可穷，时旭日渐融，草树被之，葱茏庵蔼，有光泽。涧水受雨，争道下送，势如散珠，声若戛玉。僧雏以酒茗从，兴至辄酒，足疲辄茗。已，由中峰涧至白乳泉，探蠡酌之，尽一器。

乃蹴蹜过岭，其直如截者曰天开岩。中仅通一线径，虽不甚高，而孤险峭足可畏。将自此问绝顶，而力不胜矣。其西则层叠浪岭，直下乱石错之。若海波万沸，汹涌灏瀁。熟视之，审其名之称也。　可二里许，一兰若承之，曰观音庵，方有事于土木，其壮丽几与寺埒。主僧某者，福德人也，言简而精，与之小酬酢而别。还，复饭方丈。

儿子兴未已，复呼元春登绝顶。返则日下舂矣。欲骄余以所不及见。余谓："若所见非大江耶？业已自北固、龙潭饱之矣。"二子不能对，乃就寝。　今天下名山大刹，处处有之，然不能两相得。而其最著而最古者，独兹寺与济南之灵岩、天台之国清、荆州之玉泉而已。灵岩于三十年前一游之，忽忽若梦境耳。今者垂暮，而复与观栖霞之胜，独老且衰，不能守三尺蒲团地，而黾勉一出，远愧僧绍，然犹能自为计，庶几异日不至作总持哉？

这是王世贞游览摄山栖霞寺的一篇游记，写于万历十六年(1588 年)，时年六十三岁。作者赴留都路上冒雨依山沿江而行，得见奇伟秀丽的江山美景，喜悦自得，忘却了衣履尽湿，乘着兴致正浓，打听道路，登山游览。文篇写游山，所见有雨后初霁，草树润泽，涧水奔流；有山岩孤险，群峰层叠。写观寺，依次写观寺院、石碑及千佛岩、石塔和品外泉。叙事写景之间，穿插了对寺院碑刻的书法艺术的考察和评价，介绍了品外泉得名的由来，体现了作者的见解和学识。作者最后以自己经历为证，高度赞美了栖霞寺景物之胜，把它与灵岩寺、国清寺、玉泉寺等名刹相提并论。

2) 乾隆《题栖霞山联》

> 树匝丹崖空外合，
>
> 泉鸣碧涧静中闻。

乾隆即清高宗，名爱新觉罗·弘历。乾隆可谓与栖霞山结缘最深的帝王，他六下江南，五次住在栖霞行宫，第一次是 1757 年，第二次在 1762 年，第三次在 1765 年，第四次在 1780 年，第五次在 1784 年，虽然总共只有 45 天，却作诗 119 首，楹联、匾额等 50 多幅。乾隆南巡之前，两江总督尹继善就着手做准备，修建了栖霞行宫。行宫的建筑，包括春雨山房、太古堂、武夷一曲精庐、话山亭、夕佳楼、石壁精舍等，还有一个御花园等。这些诗文作品，成为栖霞山一笔宝贵的历史文化财富。他也给栖霞山的一些景点命名，"彩虹明镜"就是他命名的。千佛岩上有一座"纱帽峰"，"纱帽"就是古代官员戴的乌纱帽，乾隆认为此名与明征君的隐逸形象不和谐，就提议改名"玉冠峰"。他还曾在诗中称赞栖霞山是"第一金陵明秀山"，这对于宣传栖霞山和提升栖霞山的知名度，大有好处。

这副对联上联讲看着树长在悬崖边，在半空中摇曳。下联说静静地听着，泉水在溪涧

21世纪应用型精品规划教材·旅游管理专业

里叮当作响。读全联，一幅动静相间的松泉山水图呼之欲出，栩栩如生。

4. 道教名山茅山

茅山位于句容与金坛两市之间，总面积 32 平方公里，主峰为大茅峰，海拔 372.5 米。相传西汉年间，有渭城茅氏兄弟弃家来此修道，后皆得道成仙，山因此得名。它是中国东南道教圣地，为江南"三山符箓"之一，在天下洞天福地中，排名为"第八洞天""第一福地"。山上有 9 峰、26 洞、19 泉、28 池和众多的怪石、古树等。

1）陶弘景《答诏问》

> 山中何所有，岭上多白云；
>
> 只可自怡悦，不堪持赠君。

陶弘景(456—536)，字通明，南朝梁时丹阳秣陵(今江苏南京)人。著名的医药家、炼丹家、文学家。他隐居在茅山，屡聘不出，梁武帝常向他请教国家大事，人们称他为"山中宰相"。

这是陶弘景隐居之后回答齐高帝萧道成诏书所问而写的一首诗。首句即照应题目。齐高帝之问，带有劝其出山、颇不以弃功名、隐林泉为然。而诗人则平平淡淡地回答："岭上多白云。"话虽简淡，含意却很深。是的，山中能有什么呢？没有华轩高马，没有钟鸣鼎食，没有荣华富贵，只有那轻轻淡淡、缥缥缈缈的白云。在迷恋利禄的人看来，"白云"实在不值什么；但在诗人心目中是一种超尘出世的生活境界的象征。然而"白云"的这种价值是名利场中人不能理解的，唯有品格高洁、风神飘逸的高士才能领略"白云"的奇韵真趣。所以诗人说："只可自怡悦，不堪持赠君。"言外之意，我的志趣所在是白云青山林泉，可惜我无法让您理解个中情趣，就像山中白云悠悠，难以持赠一样。言词间颇替齐高帝感到惋惜。诗人以这种委婉的方式表达了谢绝出仕之意。此诗写得轻淡自然，韵味隽永，历代传诵。

2）王安石《登茅峰》

> 一峰高出众峰巅，疑隔尘沙路几千。
>
> 俯视烟云来不极，仰攀萝茑去无前。
>
> 人间已换嘉平帝，地下谁通句曲天。
>
> 陈迹是非今草莽，纷纷流俗尚师传。

王安石(1021－1086)，字介甫，号半山，汉族，临川(今江西抚州市临川区)人，北宋著名的思想家、政治家、文学家、改革家。庆历二年(1042年)，王安石进士及第。历任扬州签判、鄞县知县、舒州通判等职，政绩显著。熙宁二年(1069年)，任参知政事，次年拜相，主持变法。因守旧派反对，熙宁七年(1074年)罢相。一年后，宋神宗再次起用，旋又罢相，退居江宁。元祐元年(1086年)，保守派得势，新法皆废，郁然病逝于钟山(今江苏南京)，赠太傅。绍圣元年(1094年)，获谥"文"，故世称王文公。

王安石一生中曾多次寓居江宁(南京)。他在江宁期间专心攻读，中了进士，还收徒讲学，传播改革思想。由于句容紧靠江宁，胜迹又众多，所以他曾三次来句容游览，并写下了许多动人的诗篇。本诗以大茅峰为主体，围绕大茅峰的沧桑巨变，写出他在二次罢相后，对世事变幻的感慨。其中"人间已换嘉平帝"句借三国时司马懿在嘉平元年，计赚曹爽夺取兵权专制魏政的"高陵之变"来隐喻司马光专权。他感叹自己不能像南朝齐梁时陶弘景那样隐居茅山，过着"山中宰相"那样的生活。现在变法中的是是非非都将成为历史遗迹，但愿新法给人民带来的惠泽能永远流传下去。

二、江苏水域景观文学名篇

江苏水面积1.74万平方公里，约占全省面积的17%，有大小河流2900余条。万里长江流经南京、扬州、江阴、张家港、南通等地之后，东流入海。京杭大运河经徐州、淮安、扬州、镇江、丹阳、常州、无锡、苏州等城市，还有南京的十里秦淮、南通的濠河、苏州的水巷等。这些河流沿线的自然风光和人文景观融为一体，成为江苏最具水乡民俗风情特色的水景旅游资源。江苏超过数万平方米的湖泊多达600余个。太湖、洪泽湖、阳澄湖、玄武湖、漏湖等大小不一，各具神采，其中很多自古就是著名游览地。江苏的地下水资源也十分丰富，名泉众多。镇江的中泠泉、无锡的惠山泉、苏州虎丘泉、丹阳观音寺泉、扬州的大明寺泉，分别被誉为天下第一泉、第二泉、第三泉、第四泉、第五泉。

1. 历经沧桑的秦淮河

秦淮河古名"藏龙浦"，其源有二，南源出溧水东芦山，称溧水河；北源出句容宝华山，称句容河。二源在南京江宁区西北村汇合，再经方山西侧北流，至东山镇分流为秦淮新河和秦淮河，秦淮新河西流至金胜村入江，秦淮河自上方门入南京市区，到通济门外九龙桥歧分为二：一支由东水关入南京城，经城南夫子庙一带出西水关，为内秦淮；另一支由通济门经中华门绕行城外，为外秦淮。内秦淮近5公里长的河段自古就是大族聚居、商贾云集、人文荟萃之地，有"十里秦淮"之称，是南京这一繁华古都的缩影。

1) 杜牧《泊秦淮》

烟笼寒水月笼沙，夜泊秦淮近酒家。

商女不知亡国恨，隔江犹唱后庭花。

杜牧(803－852)唐代著名诗人，汉族，字牧之，号樊川居士，京兆万年(今陕西西安)人，宰相杜佑之孙。唐文宗大和二年进士，授宏文馆校书郎。后赴江西观察使幕，转淮南节度使幕，又入观察使幕。史馆修撰，膳部、比部、司勋员外郎，黄州、池州、睦州刺史等职，最终官至中书舍人。晚唐杰出诗人，尤以七言绝句著称。

杜牧前期颇为关心政治，对当时百孔千疮的唐王朝表示忧虑，他看到统治集团的腐朽昏庸，看到藩镇的拥兵自固，看到边患的频繁，深感当时社会危机四伏，唐王朝前景可悲。这种忧时伤世的思想，促使他写了很多具有现实意义的诗篇。《泊秦淮》也就是在这种思想基础上产生的。

这首即景生情之作，通过写夜泊秦淮所见所闻的感受，揭露了晚唐统治者沉溺声色，醉生梦死的腐朽生活。秦淮河两岸是六朝时的繁华之地，是权贵富豪、墨客骚人纵情声色、寻欢作乐的场所。诗人夜泊秦淮，在茫茫沙月，迷蒙烟水中眼见灯红酒绿，耳闻淫歌艳曲，不禁触景生情，顿生家国亡思，将对历史的咏叹与对现实的思考紧密结合，从陈的荒淫之国联想到江河日下的晚唐命运。全诗寓情于景，意境悲凉，感情深沉含蓄，语言精当锤炼，沈德潜称之为"绝唱"。

2) 吴敬梓《儒林外史》(章选)

话说南京城里，每年四月半后，秦淮景致，渐渐好了。那外江的船，都有下掉了楼子，换上凉蓬，撑了进来。船舱中间，放着一张小方金漆桌子，桌上摆着宜兴沙壶，极细的成窑、宣窑杯子，烹的上好的雨水毛尖茶。那游船的备了酒和肴馔到这河里来游，就是走路的人，也买几个钱的毛尖茶，在船上煨了吃，慢慢而行。到天色晚了，每船两盏明角灯，一来一往，映着河里，上下明亮。自文德桥至利涉桥、东水关，夜夜笙歌不绝。又有那些游人买了水老鼠花在河里放。那水花直站在河里，放出来，就和一树梨花一般，每夜直到四更时才歇。

……

转眼长夏已过，又是新秋，清风戒寒，那秦淮河另是一番景致。满城的人都叫了船，请了大和尚在船上悬挂佛像，铺设经坛，从西水关起，一路施食到进香河。十里之内，降真香烧的有如烟雾溟蒙。那鼓钹梵呗之声，不绝于耳。到晚，做的极精致的莲花灯，点起来浮在水面上。又是极大的法船，照依佛家中地狱赦罪之说，超度这些孤魂升天，把一个南京秦淮河，变做西域天竺国。……所以这一夜，南京人各家门户，都搭起两张桌子来，两枝通宵风烛，一座香斗，从大中桥到清凉山，一条街有七八里路，点得像一条银龙，一夜的亮，香烟不绝，大风也吹不熄。倾城士女都出来烧香看会。

吴敬梓(1701—1754)，字敏轩，晚号文木老人，原籍安徽全椒，33岁时移居南京。"秦淮水亭"系吴敬梓移居南京后的客寓之地，位于南京城南秦淮河畔笛步、青溪一带的淮青桥附近，是吴敬梓后半生读书和写作的地方，现已建成"吴敬梓故居纪念馆"。

南京秦淮河畔有我国古代最大的科举考场——"江南贡院"，吴敬梓目睹了无数文人在这里追逐功名利禄的众生相，深刻地意识到我国科举制度对人性的摧残，于36岁开始写《儒林外史》，直到49岁才完成。

《儒林外史》是一部对儒林命运进行讽刺和反思的小说。它形象地揭示了科举制度下，知识阶层精神道德和文化教育的腐朽糜烂，其笔锋指向士人功名利禄的观念、官僚制度、人伦关系和整个社会风气。

以上两部分分别描述了秦淮河一带夏秋两季的景物，作者观察细致入微，视线从秦淮河里的游船、花灯到河畔的桥、游人，富有立体感，展现了十里秦淮真切世俗的景象，显现出作者对南京的深厚感情。这种写实性的笔法，具有古代风土笔记、游记散文的精确性，在古代白话小说中颇为罕见。

3) 朱自清《桨声灯影里的秦淮河》(章选)

秦淮河里的船，比北京，颐和园的船好，比西湖的船好，比扬州瘦西湖的船也好。这几处的船不是觉着笨，就是觉着简陋、局促；都不能引起乘客们的情韵，如秦淮河的船一样。秦淮河的船约略可分为两种：一是大船；二是小船，就是所谓"七板子"。大船舱口阔大，可容二三十人。里面陈设着字画和光洁的红木家具，桌上一律嵌着冰凉的大理石面。窗格雕镂颇细，使人起柔腻之感。窗格里映着红色蓝色的玻璃；玻璃上有精致的花纹，也颇悦人目。"七板子"规模虽不及大船，但那淡蓝色的栏干，空敞的舱，也足系人情思。而最出色处却在它的舱前。舱前是甲板上的一部。上面有弧形的顶，两边用疏疏的栏干支着。里面通常放着两张藤的躺椅。躺下，可以谈天，可以望远，可以顾盼两岸的河房。大船上也有这个，便在小船上更觉清隽罢了。舱前的顶下，一律悬着灯彩；灯的多少，明暗，彩苏的精粗，艳晦，是不一的。但好歹总还你一个灯彩。这灯彩实在是最能勾人的东西。

21世纪应用型精品规划教材·旅游管理专业

夜幕垂垂地下来时，大小船上都点起灯火。从两重玻璃里映出那辐射着的黄黄的散光，反晕出一片朦胧的烟霭；透过这烟霭，在黯黯的水波里，又逗起缕缕的明漪。在这薄霭和微漪里，听着那悠然的间歇的桨声，谁能不被引入他的美梦去呢？只愁梦太多了，这些大小船儿如何载得起呀？我们这时模模糊糊地谈着明末的秦淮河的艳迹，如《桃花扇》及《板桥杂记》里所载的。我们真神往了。我们仿佛亲见那时华灯映水，画舫凌波的光景了。于是我们的船便成了历史的重载了。我们终于恍然秦淮河的船所以雅丽过于他处，而又有奇异的吸引力的，实在是许多历史的影像使然了。

秦淮河的水是碧阴阴的；看起来厚而不腻，或者是六朝金粉所凝么？我们初上船的时候，天色还未断黑，那漾漾的柔波是这样的恬静，委婉，使我们一面有水阔天空之想，一面又憧憬着纸醉金迷之境了。等到灯火明时，阴阴的变为沉沉了：黯淡的水光，像梦一般；那偶然闪烁着的光芒，就是梦的眼睛了。我们坐在舱前，因了那隆起的顶棚，仿佛总是昂着首向前走着似的；于是飘飘然如御风而行的我们，看着那些自在的湾泊着的船，船里走马灯般的人物，便像是下界一般，迢迢的远了，又像在雾里看花，尽朦朦胧胧的。这时我们已过了利涉桥，望见东关头了。沿路听见断续的歌声：有从沿河的妓楼飘来的，有从河上船里度来的。我们明知那些歌声，只是些因袭的言词，从生涩的歌喉里机械地发出来的；但它们经了夏夜的微风的吹漾和水波的摇拂，袅娜着到我们耳边的时候，已经不单是她们的歌声，而混着微风和河水的密语了。于是我们不得不被牵惹着，震撼着，相与浮沉于这歌声里了。从东关头转弯，不久就到大中桥。大中桥共有三个桥拱，都很阔大，俨然是三座门儿；使我们觉得我们的船和船里的我们，在桥下过去时，真是太无颜色了。桥砖是深褐色，表明它的历史的长久；但都完好无缺，令人太息于古昔工程的坚美。桥上两旁都是木壁的房子，中间应该有街路？这些房子都破旧了，多年烟熏的迹，遮没了当年的美丽。我想象秦淮河的极盛时，在这样宏阔的桥上，特地盖了房子，必然是髹漆得富富丽丽的；晚间必然是灯火通明的。现在却只剩下一片黑沉沉！但是桥上造着房子，毕竟使我们多少可以想见往日的繁华；这也慰情聊胜无了。过了大中桥，便到了灯月交辉，笙歌彻夜的秦淮河；这才是秦淮河的真面目哩。

大中桥外，顿然空阔，和桥内两岸排着密密的人家的大异了。一眼望去，疏疏的林，淡淡的月，衬着蓝蔚的天，颇像荒江野渡光景；那边呢，郁丛丛的，阴森森的，又似乎藏着无边的黑暗：令人几乎不信那是繁华的秦淮河了。但是河中眩晕着的灯光，纵横着的画舫，悠扬着的笛韵，夹着那吱吱的胡琴声，终于使我们认识绿如茵陈酒的秦淮水了。此地天裸露着的多些，故觉夜来的独迟些；从清清的水影里，我们感到的只是薄薄的夜——这正是秦淮河的夜。大中桥外，本来还有一座复成桥，是船夫口中的我们的游踪尽处，或也是秦淮河繁华的尽处了。我的脚曾踏过复成桥的脊，在十三四岁的时候。但是两次游秦淮河，却都不曾见着复成桥的面；明知总在前途的，却常觉得有些虚无缥缈似的。我想，不见倒也好。这时正是盛夏。我们下船后，借着新生的晚凉和河上的微风，暑气已渐渐消散；到了此地，豁然开朗，身子顿然轻了——习习的清风荏苒在面上，手上，衣上，这便又感到了一缕新凉了。南京的日光，大概没有杭州猛烈；西湖的夏夜老是热蓬蓬的，水像沸着一般，秦淮河的水却尽是这样冷冷地绿着。任你人影的憧憧，歌声的扰扰，总像隔着一层薄薄的绿纱面幕似的；它尽是这样静静的，冷冷的绿着。我们出了大中桥，走不上半里路，船夫便将船划到一旁，停了桨由它宕着。他以为那里正是繁华的极点，再过去就是荒凉了；所以让我们多多赏鉴一会儿。他自己却静静的蹲着。他是看惯这光景的了，大约只是一个无可无不可。这无可无不可，无论是升的沉的，总之，都比我们高了。

那时河里闹热极了。船大半泊着，小半在水上穿梭似的来往。停泊着的都在近市的那一边，我们的船自然也夹在其中。因为这边略略的挤，便觉得那边十分的疏了。在每一只船从那边过去时，我们能画出它的轻轻的影和曲曲的波，在我们的心上；这显着是空，且显着是静了。那时处处都是歌声和凄厉的胡琴声，圆润的喉咙，确乎是很少的。但那生涩的，尖脆的调子能使人有少年的，粗率不拘的感觉，也正可快我们的意。况且多少隔开些儿听着，因为想象与渴慕的做美，总觉更有滋味；而竞发的喧嚣，抑扬的不齐，远近的杂沓，和乐器的嘈嘈切切，合成另一意味的谐音，也使我们无所适从，如随着大风而走。这实在因为我们的心枯涩久了，变为脆弱；故偶然润泽一下，便疯狂似的不能自主了。但秦淮河确也腻人。即如船里的人面，无论是和我们一堆儿泊着的，无论是从我们眼前过去的，总是模模糊糊的，甚至渺渺茫茫的；任你张圆了眼睛，揩净了眦垢，也是枉然。这真够人想呢。在我们停泊的地方，灯光原是纷然的；不过这些灯光都是黄而有晕的。黄已经不能明了，再加上了晕，便更不成了。灯愈多，晕就愈甚；在繁星般的黄的交错里，秦淮河仿佛笼上了一团光雾。光芒与雾气腾腾的晕着，什么都只剩了轮廓；所以人面的详细的曲线，便消失于我们的眼底了。但灯光究竟夺不了那边的月色；灯光是浑的，月色是清的，在浑沌的灯光里，渗入了一派清辉，却真是奇迹！那晚月儿已瘦削了两三分。她晚妆才罢，盈盈的上了柳梢头。天是蓝得可爱，仿佛一汪水似的；月儿便更出落得精神了。岸上原有三株两株的垂杨树，淡淡的影在水里摇曳着。它们那柔细的枝条浴着月光，就像一只只美

21世纪应用型精品规划教材·旅游管理专业

人的臂膊，交互的缠着，挽着；又像是月儿披着的发。而月儿偶然也从它们的交叉处偷偷窥看我们，大有小姑娘怕羞的样子。岸上另有几株不知名的老树，光光的立着；在月光里照起来，却又俨然是精神矍铄的老人。远处——快到天际线了，才有一两片白云，亮得现出异彩，像美丽的贝壳一般。白云下便是黑黑的一带轮廓；是一条随意画的不规则的曲线。这一段光景，和河中的风味大异了。但灯与月竟能并存着，交融着，使月成了缠绵的月，灯射着渺渺的灵辉；这正是天之所以厚秦淮河，也正是天之所以厚我们了。

朱自清(1898—1948)，原名自华、号秋实，后改名自清，字佩弦。现代著名散文家、诗人、学者、民主战士。其散文朴素缜密、清隽沉郁、语言洗练、文笔清丽、极富有真情实感。朱自清以独特的美文艺术风格，为中国现代散文增添了瑰丽的色彩，为建立中国现代散文全新的审美特征创造了具有中国民族特色的散文体制和风格。

1923 年 10 月，正值五四运动过后四年，文化领域显得比较冷落。朱自清与俞平伯身为新文化运动的干将，想要借游览秦淮河滋润自己干枯的心灵，慰藉自己寂寞的灵魂。他们相约写下同名的两篇散文，以上引用的是朱自清所写的。该文 1924 年 1 月 25 日发表于《东方杂志》。这篇散文记叙夏夜泛舟秦淮河的见闻感受，作者在声光色彩的协奏中，敏锐地捕捉到了秦淮河不同时地、不同情境中的绰约风姿，引发人思古之幽情。富有诗情画意是文篇的最大特色，秦淮河在作者笔下如诗、如画、如梦一般。奇异的"七板子"船，足以让人发幽思之情；温柔飘香的绿水，仿佛六朝金粉所凝；缥缈的歌声，似是微风和河水的密语……平淡中见神奇，意味隽永，有诗的意境，画的境界，正是文中有画，画中有文。作者的笔触是细致的，描绘秦淮河风光时，不求气势豪放，而以精巧展现其美，具体细腻地描绘秦淮河的秀丽安逸，充分体现了作者细致的描写手法。船只、绿水、灯光、月光、大中桥、歌声……种种景物，作者抓住其光、形、色、味，细细描绘，却是明丽中不见雕琢，淡雅而不俗气，展现了秦淮河水、灯、月交相辉映的秀美夜色。历史是秦淮河的养料，可以说历史成就了秦淮河，没有历史的秦淮河便失去了一切意义。作者从现实走进历史回忆，从形态与神态两方面唤醒了秦淮河。"舱前的顶下，一律悬着灯彩；灯的多少，明暗，彩苏的精粗，艳晦，是不一的。但好歹总还你一个灯彩。这灯彩实在是最能勾人的东西。""在这薄霭和微漪里，听着那悠然的间歇的桨声，谁能不被引入他的美梦去呢？只愁梦太多了，这些大小船儿如何载得起呀？我们这时模模糊糊地谈着明末的秦淮河的艳迹，如《桃花扇》及《板桥杂记》里所载的。我们真神往了。我们仿佛亲见那时华灯映水，画舫凌波的光景了。于是我们的船便成了历史的重载。"作者由灯开始堕入历史的长河中，模模糊糊中、恍惚中，是许多历史的影像使然了：行走的船只，雾里看花，尽是飘飘然，朦朦胧胧；缥缈的歌声，似幻似真……作者借助对历史影像的缅怀，将秦淮河写得虚虚实实、朦朦胧胧，让人陶醉，令人神往。

2. 一碧万顷的太湖

太湖在江苏、浙江、上海两省一市交界处，长江三角洲南部，古称震泽、具区，又名五湖，是我国第三大淡水湖，江苏第一大湖。湖泊面积 2338 平方公里，古时号称三万六千顷。太湖沿岸和诸岛遗存大批文物古迹，是吴越文化的发祥地。浩瀚如海的太湖，风光如画。湖中有大小岛屿 48 个，连同沿湖的山峰和半岛，号称"太湖 72 峰"，形成了山环水抱之势，组成一幅山外有山、湖外有湖、碧波银浪、重峦叠翠的壮丽画面。

1) 王昌龄《太湖秋夕》

水宿烟雨寒，洞庭霜落微。

月明移舟去，夜静魂梦归。

暗觉海风度，萧萧闻雁飞。

王昌龄 (698—756)，字少伯，河东晋阳(今山西太原)人。盛唐著名边塞诗人，后人誉为"七绝圣手"。早年贫贱，困于农耕，年近不惑，始中进士。初任秘书省校书郎，又中博学宏辞，授汜水尉，因事贬岭南。与李白、高适、王维、王之涣、岑参等交厚。开元末年返长安，改授江宁丞。被谤谪龙标尉。安史乱起，为刺史闾丘所杀。

这首诗描绘了深秋的一个夜晚，诗人宿在太湖的一条小船上，月光下，小船在水上慢慢地移动。夜是如此的寂静，湖面泛起一片寒气，洞庭山落下一层微霜。诗人似睡非睡，似梦非梦，隐隐地感到海风吹过，听到远远的地方有大雁南飞的声音。王昌龄诗歌整体风格慷慨旷达，气格高尚，这首诗也具有同样的特点。"萧萧闻雁飞"又给人以沉郁苍凉的画面感，让读者看到一个不一样的太湖。

2) 任红举《太湖美》

太湖美呀太湖美/美就美在太湖水/水上有白帆/水下有红菱/水边芦苇青/水底鱼虾肥/湖水织出灌溉网/稻香果香绕湖飞/太湖美呀太湖美。太湖美呀太湖美/美就美在太湖水/红旗映绿波/春风湖面吹/水是丰收酒/湖是碧玉杯/装满深情盛满爱/捧给祖国报春晖/太湖美呀太湖美。

任红举，出生于 1934 年，北京人。中共党员。1949 年参加解放军，历任第二野战军三十一师文工队演员，志愿军十二军文工团创作员，南京军区政治部前线歌舞团创作室创作

员，中国音乐文学会理事，江苏音乐文学学会副主席。

《太湖美》是一首著名的艺术歌曲，创作于 1978 年，由任红举作词，龙飞作曲。它描绘了太湖两岸优美的自然风光、丰盛的物产，歌颂了党的恩情，歌颂了在党的领导下，人民辛勤劳动，使太湖两岸获得连年丰收。经歌唱家朱逢博演唱后深受广大人民群众的喜爱，它在江南是一首家喻户晓的歌曲。

歌词展现了意境之美，一开篇就用抒情的笔调，感叹"太湖美"，点出歌曲的题目和中心，让人不由遐想，太湖到底有多美，又美在哪里呢。紧接着就画龙点睛地应答"美就美在太湖水"。然后围绕"水"展开描述，白帆、红菱、芦苇、鱼虾、稻谷、果子，对这些景物采用了白描的手法，再现了真实的生活场景，使人仿佛置身于太湖边，看到一片鱼米之乡的景象。

3）陈夔龙《澄澜堂楹联》

> 山横马迹，渚峙鼋头，尽纳湖光开绿野；
>
> 雨卷珠帘，云飞画栋，此间风景胜洪都。

陈夔龙(1857—1948)，又名陈夔鳞，字筱石，一作小石、韶石，号庸庵、庸叟、花近楼主，室名花近楼、松寿堂等，清末大臣。贵州贵筑(今贵阳)人，原籍江西省抚州市崇仁县。同治十一年(1872 年)中秀才，光绪元年(1875 年)中举人，十二年(1886 年)中进士。起于寒士，官运亨通，历经同治、光绪、宣统三朝。

陈夔龙曾任清末江苏巡抚，辛亥革命后住在上海。这副对联题写在无锡鼋头渚澄澜堂之上。无锡处于太湖北岸，其景区鼋头渚被郭沫若誉为观赏太湖的"佳绝处"。澄澜堂是一座五开间、三面环廊的宫殿式建筑，位置很好，能居高临下观赏太湖。湖水平静为"澄"，波涛澎湃是"澜"。坐在这里，看不尽太湖的气象万千、变幻无穷。这副对联上联写登澄澜堂，可一览太湖鼋头渚四周美景。此间山峦起伏，楼阁精雅，湖面澄清碧绿，气象万千。马迹，指远处的马迹山，传说秦始皇南巡归来，命神马为此山之主，神马惊喜而跃入水中，凌空腾跃时留下四个蹄印。下联谓这里的景色胜过南昌的滕王阁。"雨卷珠帘，云飞画栋"两句化用王勃《滕王阁》诗："画栋朝飞南浦云，朱帘暮卷西山雨。"洪都，江西南昌，唐时称为洪州，设都督府，是滕王阁所在地。这是一副登临绘景之作，突出鼋头渚的秀美风景，并与洪都滕王阁景色比美，令人赏心悦目，情畅意适。

3. 甘甜怡人的惠山泉

惠山多清泉，历史上并有"九龙十三泉"之说。位于无锡惠山寺附近的惠山泉原名漪澜泉，相传它是唐朝大历末年(779 年)，由无锡县令警澄派人开凿的。共两池，上池圆，水色澄碧，饮用都在这里汲取；下池方，虽一脉相通，但水质不如上池清澈。唐朝陆羽在他著的《茶经》中排列名泉 20 处，无锡惠山泉位居第二。另一位评水大家刘伯刍认为："透宜于煮茶的泉水有七眼，惠山泉是第二。"此后"天下第二泉"之名为历代文人名流所公认。

惠山泉水为山水，即通过岩层裂隙过滤了流淌的地下水，因此其含杂质极微，"味甘"而"质轻"，宜以"煎茶为上"。清乾隆皇帝计量各地名泉，量得惠山泉水为每量斗重一两零四厘，仅比北京玉泉水稍重。近年来经多次化验，知惠山泉水所含矿物质有钙、镁、碳酸盐等及微量氡气，表面张力大，水高出杯口数毫米而不溢，水质清澈透明而无任何有害物质，与世界卫生组织及美、日等国家的饮用水水质相比较，确系当今世界饮用水中之佼佼者。

1) 苏轼《惠山谒钱道人烹小龙团登绝顶望太湖》

踏遍江南南岸山，逢山未免更留连。

独携天上小团月，来试人间第二泉。

石路萦回九龙脊，水光翻动五湖天。

孙登无语空归去，半岭松声万壑传。

苏轼(1037—1101)，北宋文学家、书画家。字子瞻，又字和仲，号东坡居士。汉族，眉州眉山(今属四川)人，与父苏洵，弟苏辙合称三苏。他在文学艺术方面堪称全才。其文汪洋恣肆，明白畅达，与欧阳修并称欧苏，为唐宋八大家之一；诗清新豪健，善用夸张比喻，在艺术表现方面独具风格，与黄庭坚并称苏黄；词开豪放一派，对后代很有影响，与辛弃疾并称苏辛。

苏东坡两次到惠山泉，这首诗是他第一次在熙宁七年(1074 年)留下的。当初在政坛上初出茅庐、锐气方刚的苏轼，不堪"拗相公"王安石集团"以杂事诬奏"所迫害，于北宋神宗熙宁四年(1071 年)，自求外放杭州通判。此后的三年里，处江湖之远，使苏轼避开了政治旋涡，有时间为心灵卸载疗伤，寻求新的人生路径。他频频往返在杭州与湖州、润州、秀州、常州、姑苏、无锡间，公务之余，有闲暇流连于江南的湖光山色中，纵情于由诗人、歌伎和高僧组成的精神生活圈子里，品茗纵酒唱和，品尝到从未有过的闲适愉悦，一切都似顺风顺水。然而，他心中还有放不下的，那就是遥远的庙堂，与它有关的心结，更是让苏轼剪不断理还乱。此种精神状态的消解与转变，既有赖于苏轼反思与自觉，也需要江南的人情山水的补益与开悟。在人生的关键时刻，苏子的一次惠山之旅，使他精神境界有了一次升华。《惠山谒钱道人烹小龙团登绝顶望太湖》印证了这一进程。此次精神之旅，以茶为缘，苏轼与物华天宝人杰地灵的惠山深情对话，脉脉倾诉，由渐悟而至顿悟。于其中，钱安道兄弟，一僧一俗，给苏轼以心灵的安慰与开导。钱安道相赠建溪茶，使苏轼深悟了"森然可爱不可侵，骨清肉腻和且正"的茶品，叹服赠送者骨鲠不屈的人格。苏轼回报以"他日卜邻先有约，待君投绂我休官"，意在表明两人心心相印，惺惺相惜，可见苏轼政治锐气尚存。其弟钱道人，惠山寺僧人，则于烹饮小龙团之时，尽显茶禅一味，更使苏轼澡雪精神，疏瀹心灵。赠茶品茶，蕴含真谛。钱氏兄弟二人一阴一阳，一刚一柔，阴阳互补，刚柔相济，让苏轼受益匪浅。

提到惠山泉的是第二句"独携天上小团月，来试人间第二泉"。这是一副精巧的流水对，三组对仗，各见其巧。"独携"对"来试"，"独"字突出苏轼对钱道人和惠山的情有独钟，深有寄托；"试"字意在表明要做一次沟通的尝试，以茶为媒的尝试。"小团月"指的是当时珍贵的朝廷贡品"龙凤团茶"，因为是天子赏赐，所以称它来自"天上"。"独携"与"来试"两个行为正好体现了行为主体即作者鲜明的人物形象，他对品茶的热爱，对好水的渴慕跃然纸上，他品茶的修养定然不低。从"天上"到"人间"，他似乎来自天上，属神仙之流，听说惠山泉的名声，憧憬泉边的美景，不禁动了凡心，身携皓月，从天外飘然飞下，来试泉水。他的闲情逸致与洒脱也同时显露了出来。全诗想象奇特，表达含蓄，意蕴丰富，足以勾起无数读者的遐想。

2) 皮日休《题惠山泉》

> 尝思丞相煮茗时，郡侯催发只嫌迟。
>
> 吴关去国三千里，莫笑杨妃爱荔枝。

皮日休(约838—约883)，晚唐文学家，字袭美，一字逸少，汉族，复州竟陵(今湖北天门)人。曾居住在鹿门山，自号鹿门子，又号间气布衣、醉吟先生、醉士等。诗文多抨击时弊、同情人民疾苦之作。他和陆龟蒙、罗隐的小品文被鲁迅誉为唐末"一塌糊涂的泥塘里的光彩和锋镰"。

这是一首讽刺诗，诗中"丞相"指的是唐朝名相李德裕，他因为对惠山泉水独有情种，动用权力，让递送公文的驿站传送泉水到长安供他享用，称为"水递"。一个"只嫌迟"

让丞相穷奢极欲，无视民间疾苦的形象跃然纸上。诗的最后把"水递"与唐玄宗为了取悦杨贵妃，从岭南千里传送荔枝的事情相提并论。对于晚唐士人来说，造成唐代盛衰转变的安史之乱无疑是他们心中最难以忘怀，最具冲击力的事件，因此唐玄宗、杨贵妃纵情至乱为题材的诗词并不少见，杜牧就有"一骑红尘妃子笑，无人知是荔枝来"之句。皮日休用了"莫笑"二字，进行了尖锐、辛辣的讽刺，同时，警戒当世之意也包含其中。当然，今天从旅游资源开发宣传的角度看，这首诗反衬了二泉水是多么的甘美诱人，以致一代名相都不惜动用权力，不顾世人非议去获取。

习　题

(一) 填空题

1. 世界遗产_____的精华地段也在江苏，把太湖、长江、淮河等水系串联起来，与沿线的山城水郭相辉映，构成融江、河、湖、山和辽阔平原于一体的壮丽画面。

2. 《北山移文》是_____的代表作，北山即江苏的_____。

3. _____在北固山甘露寺内，苏轼曾作《采桑子》词称其为"天下之殊景"，并刻石留念。

4. 朱自清与_____身为新文化运动的干将，借游览秦淮河滋润自己干枯的心灵，慰藉自己寂寞的灵魂。他们相约写下同名的两篇散文_____。

(二) 单项选择题

1. 王安石的《游钟山》四首绝句中的第一首最突出的特色是在短短的四句二十八个字中，"山"字出现了(　　)次。

　　A. 十二　　　　　B. 四　　　　　　C. 八　　　　　　D. 十

2. 山中何所有，岭上多白云。陶弘景隐居在江苏的(　　)。

　　A. 茅山　　　　　B. 钟山　　　　　C. 栖霞山　　　　D. 花果山

3. (　　)是吴敬梓后半生读书和写作的地方，现已建成"吴敬梓故居纪念馆"。

　　A. 北固山　　　　B. 惠山泉畔　　　C. 秦淮河边　　　D. 太湖边

(三) 简答题

1. 王世贞《游摄山栖霞寺记》描绘了栖霞山哪些景物？体现了作者什么样的思想情感？

2. "独携天上小团月，来试人间第二泉。"作何解释，从文学角度分析怎样体现了惠山泉的甘美。

(四) 综合题

1. 结合秦淮河的旅游开发，思考一下如何结合文学作品进行旅游宣传。

2. 江苏山体景观有何特点？文学作品在其旅游开发中起到什么样的作用？

第十章 江苏人文建筑类旅游景点文学知识

第一节 江苏建筑文化简述

江苏拥有大量巧夺天工、能使游客陶醉的传统建筑。江苏建筑文化既包含着中国建筑文化的精华，又广泛吸收了优秀的外来建筑文化。江苏悠久的历史和灿烂的文化，造就出一大批精美的、独特的、享誉极高的建筑遗产，如中山陵、明孝陵、明祖陵、南京城墙、拙政园、寄畅园、个园、玄妙观、淹城遗址、周恩来故居等全国重点文物保护单位。这其中，有壮丽古拙的陵墓建筑，也有玲珑精巧的园林建筑，还有宏伟洒脱的佛寺道观。

一方面，这些建筑景观或以其布局规整、气势宏大，或以其构件精巧、审美独特来吸引游人。另一方面，由于江苏自古人文荟萃，江苏籍或在江苏活动的名人众多，他们居住、活动甚至葬于此类景观所在地，吸引游人来瞻仰缅怀。而慕名前来的游人中不乏文学名家，他们留下咏叹诗文，又成为其文化遗产的一部分，这无疑增强了该类景观的吸引力。因此，在对此类景观的旅游欣赏中，除了了解建筑物本身特点外，还应该对相关文学作品进行欣赏，以认识该景观的文化内涵。

第二节 江苏人文建筑景观文学名篇

一、江苏陵墓建筑景观文学名篇

1. 宏伟壮观的明孝陵

明孝陵，坐落于南京市玄武区紫金山南麓独龙阜玩珠峰下，是明太祖朱元璋与其皇后的合葬陵墓。因皇后马氏谥号"孝慈高皇后"，且奉行以孝治天下，故名孝陵。其占地面积达 170 余万平方米，是中国规模最大的帝王陵寝之一。

明孝陵始建于明洪武十四年(1381 年)，至明永乐三年(1405 年)建成，先后调用军工 10 万，历时达 25 年。承唐宋帝陵"依山为陵"旧制，又创方坟为圜丘新制。将人文与自然和谐统一，达到天人合一的完美高度，成为中国传统建筑艺术文化与环境美学相结合的优秀典范。

明孝陵作为中国明皇陵之首，代表了明初建筑和石刻艺术的最高成就，直接影响明清两代五百余年 20 多座帝王陵寝的形制。依历史进程分布于北京、湖北、辽宁、河北等地的明清皇家陵寝，均按南京明孝陵的规制和模式营建。因此，明孝陵在中国帝陵发展史上有着特殊的地位，故而有"明清皇家第一陵"的美誉。

墓区的建筑大体分为两组：第一组神道部分，从下马坊起，到孝陵正门；第二组是主体部分，从正门到宝城、明楼、崇丘为止。现存建筑有神烈山碑、禁约碑、下马坊、大金门、四方城及神功圣德碑、石像翁仲、御河桥、陵门、碑亭、孝陵殿、大石桥、宝城、墓及清末所建碑亭、享殿……

由于明孝陵安葬的是明朝开国皇帝朱元璋，因此对它的拜谒往往赋予了特殊的政治含义。现留存的与明孝陵相关的诗词多为站在不同立场的人物在祭拜前后所写，由于出发点和目的的不同，诗词中表达出的思想感情自然千差万别。

重谒孝陵

顾炎武

旧识中官及老僧，相看多怪往来曾。

问君何事三千里，春谒长陵秋孝陵。

顾炎武(1613—1682)，汉族，明朝南直隶苏州府昆山(今江苏省昆山市)千灯镇人，本名绛，乳名藩汉，别名继坤、圭年，字忠清、宁人，亦自署蒋山佣；南都败后，因为仰慕文天祥学生王炎午的为人，改名炎武。因故居旁有亭林湖，学者尊为亭林先生。明末清初杰出的思想家、经学家、史地学家和音韵学家，与黄宗羲、王夫之并称为明末清初"三大儒"。

"中官"指宦官，明代有安排宦官守陵的传统，不少权倾一时的宦官被罢黜后，都会被发配到南京守孝陵终老。诗的第一句就是说，顾炎武拜谒孝陵时，遇到守陵宦官和山上寺中僧人，大家面面相觑，对方心里知道这是念念不忘前朝的遗民又来拜祭。第二句是说，顾炎武在北京昌平的十三陵拜谒过明成祖朱棣后，长途跋涉回到江南，再一次拜谒明孝陵。

综合顾炎武的生平看，这首诗则写满了辛酸。他生于江南官宦世家，从高祖父开始，四代先人在朝为官。明末时，27 岁的顾炎武放弃科举，把目光转向经世致用之学，先后撰写了《天下郡国利病书》《肇域志》等实用性著作。清兵入关后，顾炎武受举荐在南京兵部任职，不断著论，为朝廷出谋划策。弘光政权灭亡后，顾炎武一度投军，并以精卫填海的精神，秘密组织一系列抗清活动，但均告失败。

从顺治八年开始，但凡到南京，顾炎武都会登上紫金山拜谒明孝陵。而最后一次拜谒是顺治十七年，此时顾炎武已经是变卖家产、云游四方的隐士。当时他已年过六旬，前一年在山海关凭吊了明清拉锯的战场遗址，这一年春天又到北京昌平的十三陵，秋天时回到江南，最后一次拜谒明孝陵。动荡的时代，动荡的人生，三千里关河崎岖，全部消释在短短的春秋之间。

2. 庄严肃穆的史可法祠墓

史可法的祠堂和衣冠墓位于扬州梅花岭畔。祠墓均南向，大门临河，东墓西祠，并列通连。院正中为"飨堂"，堂正中供奉 1985 年为纪念史可法殉难 340 周年而塑的史可法干漆夹苎像。飨堂后为史公衣冠墓，墓前有 3 门砖砌牌坊，上额"史忠正公墓"，与三面围墙形成墓域。墓地内银杏蔚秀，蜡梅交柯，正中立表石墓碑，上镌"明督师兵部尚书兼东阁大学士史可法之墓"。碑后墓台上有墓冢，封土高 16 米。

1) 张尔荩《史公祠联》

数点梅花亡国泪，

二分明月故臣心。

这副对联为清代诗人张尔荩所撰。目前挂于史可法纪念馆飨堂两侧。言简意赅的内容，雄壮雅健的笔墨，让人领略到史可法"吾誓与城为殉"的凛然正气。此地正是扬州城北的梅花岭，残落的梅花花瓣如同亡国者的血泪。二分明月指代扬州，因为唐代诗人徐凝有"天下三分明月夜，二分无赖是扬州"之句。但同时，残月也暗指明王朝失去江山。

2) 全祖望《梅花岭记》

顺治二年乙酉四月，江都围急。督相史忠烈公知势不可为，集诸将而语之曰："吾誓与城为殉，然仓皇中不可落于敌人之手以死，谁为我临期成此大章者？"副将军史德威慨然任之。忠烈喜曰："吾尚未有子，汝当以同姓为吾后。吾上书太夫人，谱汝诸孙中。"

二十五日，城陷，忠烈拔刀自裁。诸将果争前抱持之。忠烈大呼德威，德威流涕，不能执刀，遂为诸将所拥而行。至小东门，大兵如林而至，马副使鸣騄、任太守民育及诸将刘都督肇基等皆死。忠烈乃瞠目曰："我史阁部也。"被执至南门，和硕豫亲王以先生呼之，劝之降。忠烈大骂而死。初，忠烈遗言："我死当葬梅花岭上。"至是，德威求公之骨不可得，乃以衣冠葬之。

21世纪应用型精品规划教材·旅游管理专业

或曰：“城之破也，有亲见忠烈青衣乌帽，乘白马，出天宁门投江死者，未尝殒于城中也。”自有是言，大江南北遂谓忠烈未死。已而英、霍山师大起，皆托忠烈之名，仿佛陈涉之称项燕。吴中孙公兆奎以起兵不克，执至白下。经略洪承畴与之有旧，问曰：“先生在兵间，审知故扬州阁部史公果死耶，抑未死耶？”孙公答曰：“经略从北来，审知故松山殉难督师洪公果死耶，抑未死耶？”承畴大惠，急呼麾下驱出斩之。

呜呼！神仙诡诞之说，谓颜太师以兵解，文少保亦以悟大光明法蝉脱，实未尝死。不知忠义者圣贤家法，其气浩然，常留天地之间，何必出世入世之面目！神仙之说，所谓为蛇画足。即如忠烈遗骸，不可问矣，百年而后，予登岭上，与客述忠烈遗言，无不泪下如雨，想见当日围城光景，此即忠烈之面目宛然可遇，是不必问其果解脱否也，而况冒其未死之名者哉？

全祖望(1705—1755)，字绍衣，号谢山，小名补，自署鲒埼亭长，学者称谢山先生。浙江鄞县(今宁波市鄞州区)人。清代史学家、文学家和思想家，浙东学派重要代表。乾隆元年(1736 年)荐举博学鸿词，同年中进士，选翰林院庶吉士，为李绂所重用。因李绂与张廷玉不和，散馆后以知县任用，遂愤而辞官不复出，专心著述。

明崇祯十七年(1644 年)，清兵大举入关。当时任朝廷礼部尚书兼东阁大学士的史可法，奉命督师扬州。次年四月，清和硕豫亲王多铎亲自率兵攻打扬州城，史可法于城陷后被俘，宁死不屈，为国捐躯，死后其衣冠葬在梅花岭上。明亡百年以后，全祖望登上梅花岭，怀着崇敬的心情，用饱蘸感情的笔墨记叙了史可法以身殉国的悲壮事迹，歌颂了他舍生取义、视死如归的忠烈行为和崇高的民族气节，用文字为这位大义凛然的民族英雄树立了一座不朽的丰碑。

《梅花岭记》一文篇法严谨，全文紧扣史可法的英勇就义，并按就义前、就义时、就义后的顺序写，最后对就义加以议论，总结全文。文篇处处照应梅花岭这个地点，注意选取史可法事迹中典型性的细节表现史可法的精神。文篇议论显得比较含蓄，言近旨远，令人回味。

文篇赞颂了史可法忠于职守、慷慨就义的高贵品质和广大爱国群众反抗强暴、誓死不屈的崇高气节，并对洪承畴之类的汉奸作了无情的讽刺，表达了作者的民族意识。主题明确，感情深沉，寓褒贬于客观叙述之中，语言含蓄精练，富有感染力。严酷的文网迫使作者避实就虚，巧构思，精剪裁，对史可法的战斗经过简略记述，而用大量篇幅记述其语言、行动和有关传说，通过正面描写和侧面烘托陪衬的方法，以塑造抗清义士的高大形象。文篇叙议结合，记叙部分以突出史可法的民族气节，生动传神；议论的文字则揭示其殉难的意义，深化了文篇的主旨。

二、江苏园林建筑景观文学名篇

1. 小而耐看的网师园

网师园位于苏州市城区东南部带城桥路阔家头巷 11 号，距离上海虹桥机场约 120 公里。是苏州园林中典型的古典山水宅园代表作品。网师园始建于南宋淳熙年间(1174—1189)，旧为宋代藏书家、官至侍郎的扬州文人史正志的"万卷堂"故址，花园名为"渔隐"，后废。至清乾隆年间(约 1770 年)，退休的光禄寺少卿宋宗元购之并重建，定园名为"网师园"。

网师园全园布局紧凑，建筑精巧，空间尺度比例协调，以精致的造园布局，深蕴的文化内涵，典雅的园林气息，成为江南中小古典园林的代表作品。现面积约 10 亩(包括原住宅)，其中园林部分占地约 8 亩。内花园占地 5 亩，其中水池 447 平方米。总面积还不及拙政园的六分之一，但小中见大，布局严谨，主次分明又富于变化，园内有园，景外有景，精巧幽深之至。建筑虽多却不见拥塞，山池虽小，却不觉局促。网师园布局精巧，结构紧凑，以建筑精巧和空间尺度比例协调而著称。

1) 陈从周《苏州网师园》

苏州网师园，我誉为是苏州园林之小园极则，在全国的园林中，亦居上选，是"以少胜多"的典范。

网师园在苏州市阔家头巷，本来是史氏万卷堂故址。清乾隆间来鲁儒(宗元，又字悫庭)购其地治别业，以"网师"自号，并颜其园，盖托渔隐之义，亦取名与原巷名"王思"相谐音。旋园颓记，复归瞿远村，叠石种木，布置得宜，增建亭宇，易旧为新，更名"瞿园"。乾隆六十年(1795 年)钱大昕为之作记，今之规模，即为其旧。同治间属李鸿育(眉生)，更名"苏东邻"。其子少眉继有其园。达桂(馨山)亦一度寄寓之。入民国，张作霖举以赠其师张锡銮(金坡)。曾租赁与叶恭绰(遐庵)和张泽(善孖)、爰(大千)兄弟，分居宅园。后何亚农购得之，小有修理。1958 年秋由苏州园林管理处接管，住宅园林修葺一新。叶遐庵谱《满庭芳》词，所谓"西子换新装"也。

住宅南向，前有照壁及东西辕也。人间屋穿廊为轿厅，厅东有避弄可导之内厅。轿厅之后，大厅崇立，其前砖门楼，雕镂极精，厅面阔五间，三明两暗。西则为书塾，廊间刻园记。内厅《女厅》为楼，殿其后，亦五间，且带厢。厢前障以花样，植桂，小院宜秋。厅悬俞樾(曲园)书"撷秀楼"匾。登楼西望，天平、灵岩诸山黛痕一抹，隐现窗前。其后与五峰书屋、集虚斋相接。下楼至竹外一枝轩，则全园之景了然。

自轿厅西首入园，额曰"网师小筑"，有曲廊接四面厅，额"小山丛桂轩"，轩前界以花墙，山幽桂馥，香藏不散，轩东有便道直贯南北，其与避弄作用相同。蹈和馆琴室位轩西，小院回廊，迂徐曲折。欲扬先抑，未歌先敛，故小山丛桂轩之北以黄石山围之，称"云岗"。随廊越坡，有亭可留，名"月到风来"，明波着镜，渔矶高下，画桥迤逦，俱呈现于一池之中，而高下虚实，云水变幻，骋怀游目，飓尺千里。"涓涓流水细浸阶，凿个池儿招个月儿来、画栋频摇动，荷菱尽倒开。"亭名正写此妙境。云岗以西，小阁临流，名"濯缨"，与看松读画轩隔水招呼。轩园之主厅，其前古木若虬，老根盘结于苔石间，询画本也。轩旁修廊一曲与竹外一枝轩接连，东廊名射鸭，系一半亭，与池西之月到风来亭相映。凭阑得静观之趣，俯视池水，弥漫无尽，聚而支分，去来无踪，盖得力于溪口、湾头、石矶之巧于安排，以假象逗人。桥与步石环池而筑，犹沿明代布桥之惯例，其命意在不分割水面，增支流之深远。至于驳岸有级，出水留矶，增人"浮水"之感，而亭、台、廊、榭，无不面水，使全园处处有水"可依"。园不在大，泉不在广，杜诗所谓"名园依绿水"，不啻为是园咏也。以此可悟理水之法，并窥环秀山庄叠山之奥秘，思致相通。池周山石，虽未若环秀山庄之曲尽巧思，然平易近人，蕴藉多姿，其蓝本出自虎丘白莲池。

园之西部殿春簃，原为药阑。一春花事，以芍药为殿，故以"殿春"名之。小轩三间，拖一复室，竹、石、梅、蕉，隐于窗后，微阳淡抹，浅画成图。苏州诸园，此园构思最佳，盖园小"邻虚"，顿扩空间，"透"字之妙用，于此得之。轩前面东为假山，与其西曲廊相对。西南隅有水一泓，名"涵碧"，清澈醒人，与中部大池有脉可通，存"水贵有源"之意。泉上构亭，名"冷泉"。南略置峰石为殿春簃对景。余地以"花街"铺地，极平洁，与中部之利用水池，同一原则。以整片出之，成水陆对比，前者以石点水，后者以水点石。其与总体之利用建筑与山石之对比，相互变换者，如歌家之巧运新腔，不袭旧调。

网师园清新有韵味，以文学作品拟之，正北宋晏几道《小山词》之"淡语皆有味，浅语皆有致"，建筑无多，山石有限，其奴役风月，左右游人，若非造园家"匠心"独到，不克臻此。足证园林非"土木""绿化"之事，故称"构园"。王国维《人间词话》指出"境界"二字，园以有"境界"为上，网师园差堪似之。

陈从周(1918—2000)，原名郁文，晚年别号梓室，自称梓翁。浙江杭州人，闻名中国的古建筑园林艺术专家，中共党员，同济大学教授，博士生导师，擅长文、史，兼工诗词、绘画。其代表著作《说园》五篇情真意切，熔文史哲艺与园林建筑于一炉，受到国内外学者的好评，纷纷出版不同版本、译本，前后有英文译本、日文译本以及德文、法文、意文本。

陈从周往往把文史知识与园林建筑理论结合起来谈，他的著述既是园林理论，也是婉约清丽、畅快明达的文学小品文，诚如叶圣陶先生的评述："熔哲、文、美术于一炉，臻此高境，钦悦无量。"这篇文章同样如此，一开头首先就总结了网师园的最大优点，是"以少胜多"的典范，这个评价可以说是入木三分，深得其味。后讲述网师园历史沿革，可谓考证详细，但论述起来，又详略得当，并无烦琐之意。再接下来介绍园林的建筑布局，构筑技巧，尤其以殿春簃为例，深入浅出，又与其他园林做类比，信手拈来，洒脱自如。文篇最后将文学作品与园林艺术相比拟，用晏几道《小山词》和王国维《人间词话》作总结，正符合陈从周先生一贯所提倡的，"园之佳者如诗之绝句，词之小令"，学习园林得先了解文化，艺术间是相同的。整篇文章的语言清新自然，简洁优美。多用整句、短句，整散结合、长短交互，富有节奏感和音乐美。

2) 郑板桥《网师园濯缨水阁对联》

曾三颜四；

禹寸陶分。

郑板桥(1693—1765)，原名郑燮，字克柔，号理庵，又号板桥，人称板桥先生，江苏兴化人，祖籍苏州。康熙秀才，雍正十年举人，乾隆元年(1736)进士。官山东范县、潍县县令，政绩显著，后客居扬州，以卖画为生，为"扬州八怪"重要代表人物。郑板桥是著名的"扬州八怪"之一，一生与江南山水园林渊源不浅，在扬州、南京、兴化、南通等园林里都留有他的墨迹，或对联或书画，状物写景，颇多情趣。他的书法用隶体参入行楷，自名"六分半书"，为世所称。

网师园的这副对联，刚劲流畅、朴实清雅，深得其风韵。所谓"曾三颜四"，典出孔子《论语》，曾者曾参，颜者颜渊，都是孔子的学生。曾参曾经说过："吾日三省吾身，为人谋而不忠乎？与朋友交而不信乎？诗不习乎？"忠、信、习诗乃为人之必须，是做人的基本素质，此即"曾三"之"三"。"颜四"所指就是颜渊著名的"非礼勿视，非礼勿听，非礼勿言，非礼勿动"，这是古人的德行守则。"禹寸陶分"则是告诫人们要珍惜光阴。所谓"禹寸"，《淮南子》中有"大圣大贵尺璧，而重寸之阴"，东晋时候的陶侃据此严格约束自我，他清贫出身，事业有成，平日最讨厌清谈浮华，经常勉人珍惜光阴，他

曾说："大禹圣者，乃惜寸阴，至于众人，当惜分阴！""寸"与"分"是中国古代的长度单位，一寸十分，可见陶侃如何勉人惜时守阴。对联虽只有八个字，却连用了四个历史上著名人物的典故，上联是儒家"立德"的标准，下联是"惜时"的榜样。这样紧凑而又读之隽永的联句，真可谓点石成金。

2. "风月无价"的沧浪亭

沧浪亭为江苏苏州名园之一。原为五代吴越广陵王钱元璙的花园。北宋庆历五年(1045年)诗人苏舜钦在园内建沧浪亭，故名。全园结构以假山为中心，建筑物环绕四周，高低起伏，树木苍翠，有山林气象。并利用借景法，将园外的水与园内的山连成一气，扩大园景。在园林设计中独具一格。

1) 欧阳修《沧浪亭》

> 子美寄我沧浪吟，邀我共作沧浪篇。
> 沧浪有景不可到，使我东望心悠然。
> 荒湾野水气象古，高林翠阜相回环。
> 新篁抽笋添夏景，老柏乱发争春妍。
> 水禽闲暇事高格，山鸟日夕相啾喧。
> 不知此地几兴废？仰视乔木皆苍烟。
> 堪嗟人迹到不远，虽有来路曾无缘。
> 穷奇极怪谁似子？搜索幽隐探神仙。
> 初寻一径入蒙密，豁目异境无穷边。
> 风高月白最宜夜，一片莹净铺琼田。
> 清光不辨水与月，但见空碧涵漪涟。
> 清风明月本无价，可惜只卖四万钱！
> 又疑此境天乞与，壮士憔悴天应怜。
> 鸱夷古亦有独往，江湖波涛渺翻天。
> 崎岖世路欲脱去，反以身试蛟龙渊。
> 岂如扁舟任飘兀，红蕖渌浪摇醉眠。
> 丈夫身在岂长弃？新诗美酒聊穷年。
> 虽然不许俗客到，莫惜佳句人间传。

欧阳修(1007—1072)，字永叔，号醉翁、六一居士，汉族，吉州永丰(今江西省吉安市永丰县)人，北宋政治家、文学家，且在政治上负有盛名。官至翰林学士、枢密副使、参知政事，谥号文忠，世称欧阳文忠公。后人又将其与韩愈、柳宗元和苏轼合称"千古文篇四大家"。与韩愈、柳宗元、苏轼、苏洵、苏辙、王安石、曾巩被世人称为"唐宋散文八大家"。

欧阳修是在宋代文学史上最早开创一代文风的文坛领袖。领导了北宋诗文革新运动，继承并发展了韩愈的古文理论。他的散文创作的高度成就与其正确的古文理论相辅相成，从而开创了一代文风。欧阳修在变革文风的同时，也对诗风词风进行了革新。

本诗中"子美"即指苏舜钦，是欧阳修的好友。苏受朝臣排挤，长期放废，寓居苏州，买故园废地，筑沧浪亭，徜徉其间。并写有《沧浪亭记》一文，详记其事。欧阳修此诗作于庆历七年(1047年)，诗人依据《沧浪亭记》，在想象中描绘了沧浪亭四周高古葱翠的气象，春朝夏日，清风白月之夜的幽雅景致以及自己对其地的向往之情。并对"壮士憔悴"——友人放废的不幸遭遇给予深切同情，且为他能得山水佳地逍遥度日感到庆幸。篇末寓有对友人的安慰及对其未来命运的祝祷和对其诗文的褒美。全诗铺叙自然，语言流畅。但正如陈衍所评："未免辞费。"然其中亦自有流传佳句，如"风高月白最宜夜，一片莹净铺琼田""清风明月本无价，可惜只卖四万钱"等。

2) 归有光《沧浪亭记》

浮图文瑛居大云庵，环水，即苏子美沧浪亭之地也。亟求余作《沧浪亭记》，曰："昔子美之记，记亭之胜也。请子记吾所以为亭者。"

余曰：昔吴越有国时，广陵王镇吴中，治南园于子城之西南；其外戚孙承祐，亦治园于其偏。迨淮海纳土，此园不废。苏子美始建沧浪亭，最后禅者居之：此沧浪亭为大云庵也。有庵以来二百年，文瑛寻古遗事，复子美之构于荒残灭没之余：此大云庵为沧浪亭也。

夫古今之变，朝市改易。尝登姑苏之台，望五湖之渺茫，群山之苍翠，太伯、虞仲之所建，阖闾、夫差之所争，子胥、种、蠡之所经营，今皆无有矣。庵与亭何为者哉？虽然，钱镠因乱攘窃，保有吴越，国富兵强，垂及四世。诸子姻戚，乘时奢僭，宫馆苑囿，极一时之盛。而子美之亭，乃为释子所钦重如此。可以见士之欲垂名于千载，不与其澌然而俱尽者，则有在矣。

文瑛读书喜诗，与吾徒游，呼之为沧浪僧云。

归有光(1506—1571)明代官员、散文家。字熙甫，又字开甫，别号震川，又号项脊生，汉族，江苏昆山人。嘉靖十九年举人。会试落第八次，徙居嘉定安亭江上，读书谈道，学徒众多，60 岁方成进士，历长兴知县、顺德通判、南京太仆寺丞，留掌内阁制敕房，与修《世宗实录》，卒于南京。归有光与唐顺之、王慎中两人均崇尚内容翔实、文字朴实的唐宋古文，并称为嘉靖三大家。由于归有光在散文创作方面的极深造诣，在当时被称为"今之欧阳修"，后人称赞其散文为"明文第一"，著有《震川集》《三吴水利录》等。

文篇第一段主要说明写作此文的原因。首句即点明文瑛所居之地乃宋代著名诗人苏舜钦昔日所建沧浪亭的旧址。这是全文的一根主线，后文的记述历史、抒发感慨，都是紧紧围绕这根主线的。紧接着的"亟求"二字，不仅表达了文瑛对作者的敬慕推崇，也表明了作者谦虚的美德。因为苏舜钦曾写过一篇《沧浪亭记》，自己若贸然而写，则有不恭不敬之嫌。"亟求"，则可谓盛情难却，不得不写，并非有意班门弄斧之意。按常理，此种文篇应把描写重点放在沧浪亭优美的景色和精良的结构上，可本文并未涉及于此，原因就是作者没有以自己的口吻来进行解释说明，而是巧妙地设计了一段文瑛的请求之语，这段看似平常的对话，却含有深义。原来苏子美为此写过记，且是记亭之胜也。作者不愿拾人牙慧、步人后尘，而是另辟蹊径，把重点放在"所以为者"之上。利用对话避免正面平铺直叙的呆板，给人以亲切自然的感受。这种艺术构思确实可谓巧妙。

文篇的第二段主要记述沧浪亭多次发生变化的历史过程，作者抓住了由"园"到"亭"、由"亭"到"庵"、再由"庵"到"亭"的变化，不到一百字的篇幅，表现了长达六百多年的悠久历史，说明作者具有高超的概括能力和广博学识。

文篇的第三段是全文的重点，作者在抒发自己因园亭的变化而产生的感慨之同时，强调了"士之欲垂名于千载""则有在矣"的道理，表明了自己淡泊名利的胸怀。世享变化乃古今之必然，登高台，眺望山湖想到早在春秋时，许多人为吴越之地争夺不休，"天下攘攘，皆为利往"，而今像太伯虞仲、阖闾夫差、子胥、仲蠡已是历史的匆匆过客。与之相比，庵与亭的变化就算不得什么了。透过感慨，作者那种欲超脱于尘事羁绊的淡然心态就呈现出来了。作者将笔一宕，又落在沧浪亭上。此地在钱氏吴越之时是"宫馆苑囿，极一时之盛"，而今不仅渐然而尽，甚至未给后人留下任何印象。与之相反的是苏舜钦建造的一座小亭，却令后人"钦重如此"。通过对比，作者得出了自己的结论："可以见士之欲垂名于千载，不与其渐然而俱尽者，则有在矣。"一篇曲折文字，主旨只在此一句。作者未作更明白的揭示，不言明而令人尽可意会，留有丰富的想象余地。

3) 梁章钜《沧浪亭集句联》

清风明月本无价；

近水遥山皆有情。

梁章钜，清文学家。字闳中，一字茞林，晚号退庵，福建长乐人。嘉庆进士，官至江苏巡抚。纵览群书，熟于掌故。喜作笔记小说，也能诗。有《文选旁证》《制义丛话》《楹联丛话》《浪迹丛谈》《称谓录》《归田琐记》《藤花吟馆诗钞》等存世。

这是一副巧妙的集句联，上联见欧阳修长诗《沧浪亭》，下联见苏舜钦诗《过苏州》。虽是集句，读起来却是一副佳联，上下契合，天衣无缝。上联，清风明月是无价之宝，意境是那样雅淡、疏朗；下联，远山近水都是有情之物，情韵是那样缠绵、妩媚。使人入得园来，觉得这一草一木、一砖一瓦都分外可亲，满园美景都是无价之宝，真令人留恋难舍。名园对名联，相映成趣。倘若我们略加分析，此联就更加值得玩味。封建社会士大夫的审美情趣受佛道的影响很深，崇尚高雅、清淡、闲适的意境。由于封建社会政体的特殊性，中国的知识分子最具对社会政治实体的依附性。儒道两家是中国知识分子的两大精神支柱，达则尊孔孟，积极入世，讲究修、齐、治、平；否则重老庄、消极出世，转向自然，寄情山水。在古典诗歌中，家国之忧与对山林的陶醉是两个基本母体。对政治的消极引来了对审美的积极，换句话说，消极的人生态度恰与积极的审美态度接壤。由此，在文艺作品中士大夫通过移情作用，对大自然的一草一木、一山一石、一水一溪都感到亲切和愉悦，从大自然的秀丽中得到美的享受，当西方文学家把大自然视为恶敌，笔下常指写人与自然力的搏斗，流露出恐惧之意时，中国的文学艺术却在大自然中怡情养性，自得其乐。话说回来，清水、明月这自然之物是特别受文人青睐的，吟水弄月者为高人雅士。如苏轼曾在《前赤壁赋》中说：“惟江上之清风，与山间之明月，耳得之而为声，目遇之而成色，取之无禁，用之不竭，是造物者之无尽藏也。”再看欧阳修《会老堂口号》是“金马玉堂三学士，清风明月两闲人”。文人对山水有情的就更多，如李白《独坐敬亭山》“相看两不厌，只有敬亭山”。清风、明月、近水、遥山成了失意文人心灵的避难所，所以这副对联情趣的高雅获得了普遍的赞赏。

习　题

(一)填空题

1.　“问君何事三千里，春谒长陵秋孝陵。”诗中顾炎武分别拜谒了明朝皇帝_____和_____。

2. "数点梅花亡国泪，二分明月故臣心。"二分明月指代的是江苏的_____市。

3. 著名园林沧浪亭的名字来自大诗人_____的作品_____。

4. 陈从周先生的《说园》婉约清丽、畅快明达，文章最后将文学作品与园林艺术相比拟，用晏几道_____和王国维_____作总结。

(二) 单项选择题

1. "数点梅花亡国泪，二分明月故臣心"是(   )撰写的对联？

    A. 史可法   B. 张尔荩   C. 徐凝   D. 全祖望

2. (   )在散文创作方面的极深造诣，在当时被称为"今之欧阳修"。

    A. 全祖望   B. 欧阳修   C. 唐寅   D. 顾炎武

(三) 简答题

1. 结合景物解释郑板桥的《网师园濯缨水阁对联》。

2. 归有光《沧浪亭记》一文的主旨是什么？

(四) 综合题

1. 阅读陈从周的《说园》，举例阐述一下他是如何"熔哲、文、美术于一炉"的。

2. 说说楹联在园林导游讲解中的应用。

参 考 文 献

[1]章尚正. 旅游文学[M]. 福州：福建人民出版社，2002.

[2]韩荔华. 汉语言文学知识[M]. 北京：旅游教育出版社，2007.

[3]张胜难，邰东梅. 旅游文学[M]. 南京：南京大学出版社，2015.

[4]郭雪峰. 旅游文学[M]. 北京：清华大学出版社，2014.

[5]李洪波，韩荔华. 旅游文学作品欣赏[M]. 北京：旅游教育出版社，2015.

[6]逯宝峰，陈静. 旅游文学鉴赏[M]. 北京：中国科学技术出版社，2009.

[7]周先慎. 中国文学十五讲[M]. 北京：北京大学出版社，2014.

[8]袁行霈. 中国文学史[M]. 北京：高等教育出版社，2014.

[9]崔益红. 中国旅游文化[M]. 北京：北京大学出版社，2014.

[10]宗白华. 美学散步[M]. 上海：上海人民出版社，2005.

[11]李洪波. 旅游文学作品欣赏[M]. 北京：旅游教育出版社，2007.

[12]李伟. 旅游文化学[M]. 北京：科学出版社，2006.

[13]庄坚毅. 中国旅游文化[M]. 北京：北京理工大学出版社，2010.

[14]张启. 旅游文化学[M]. 杭州：浙江大学出版社，2010.

[15]王运熙，顾易生. 中国文学批评史[M]. 上海：上海古籍出版社，1996.

[16]章培恒，骆玉明. 中国文学史[M]. 上海：复旦大学出版社，1996.

[17]林语堂. 人生的盛宴[M]. 南京：江苏文艺出版社，2009.

[18]刘秀峰. 中国旅游文化[M]. 北京：人民邮电出版社，2006.

[19]康玉庆. 中国旅游文化[M]. 北京：中国科学技术出版社，2009.

[20]杨妮. 中国旅游文化[M]. 西安：西安交通大学出版社，2011.

[21]邱德玉. 旅游文化[M]. 北京：北京科学出版社，2014.

[22]江苏省旅游局. 走遍江苏[M]. 北京：中国林业出版社，2000.

[23]潘宝明，朱安平. 江苏旅游文化[M]. 北京：中国轻工业出版社，2003.

[24]徐静. 吴文化概述[M]. 苏州：苏州大学出版社，2013.